„Menschen treten in unser Leben und begleiten uns eine Weile. Einige bleiben für immer, denn sie hinterlassen Spuren in unseren Herzen."

- Unbekannter Autor-

Das Buch

Ben Bischoff und sein Partner Christian Klein stehen vor einem Rätsel, als am Rheinufer vier Finger und ein abgetrennter Arm mit geheimnisvollen Tätowierungen angespült werden. Die Hinweise führen die Polizisten zunächst in die rechte Szene, doch die Ermittlungen drehen sich im Kreis, und einmal mehr wird ihnen schmerzhaft bewusst, dass sie einen Feind in den eigenen Reihen haben. Während Christian Klein und die neue Dezernatsleiterin die Ermittlungen unaufhörlich vorantreiben, sucht Ben Bischoff fieberhaft nach den Auftraggebern des Killers, der einst seine Tochter ermordete. Die Situation spitzt sich dramatisch zu, denn seine Gegner sind zu allem bereit.

Der Autor

Lars Brede wurde am 14. November 1979 in Wuppertal geboren. Schon zu Schulzeiten entdeckte er die Leidenschaft für das Schreiben, die aber nach dem Abitur zunächst in den Hintergrund trat.
Nach einer Ausbildung zum Bankkaufmann studierte Lars Brede nebenberuflich Wirtschaftswissenschaften an der Fernuniversität in Hagen. Seither arbeitet er in verschiedenen Positionen bei einer Bank. Er ist verheiratet und Vater zweier Söhne.

Skorpion

2., überarbeitete Auflage

Bibliografische Information der Deutschen Nationalbibliothek:
Die Deutsche Nationalbibliothek verzeichnet diese Publikation in
der Deutschen Nationalbibliografie; detaillierte bibliografische Daten sind im Internet über http://dnb.dnb.de abrufbar.

© 2025 Lars Brede

Verlag: BoD · Books on Demand GmbH, In de Tarpen 42,

22848 Norderstedt, bod@bod.de

Druck: Libri Plureos GmbH, Friedensallee 273,

22763 Hamburg

ISBN: 978-3-7693-5465-2

Prolog

Sonne. Er versuchte, seine kahle Stirn mit einem Tuch zu verdecken, während er den Spaten unaufhörlich in den Boden der zweispurigen Straße rammte.

Seine Unterarme, der Hals und das Gesicht waren braun gebrannt. "Berufskrankheit", wie Sergej es nannte. Er richtete sich auf und streckte die verspannten Glieder. Das T-Shirt wies um den Hals herum und unter den Achseln große, nasse Flecken auf. Schweiß. Sergej zog es aus und trocknete seine Stirn.

Es war heiß. Seit Tagen hatten die Temperaturen die dreißig Grad nicht mehr unterschritten. Keine Wolke schmückte den Himmel. "Eigentlich schön", dachte er, "wenn da nicht die verdammte Arbeit wäre."

Acht Stunden täglich Löcher graben, Rohre flicken und die Löcher wieder zuschütten. Asphalt aufstemmen, ausbessern, neu verlegen und das alles in der Hitze und dem Staub dieser Stadt. Sommer in Duisburg.

Sergej drückte seine Faust in die Hüfte und sah zum Himmel. Hatten sie nicht Regen versprochen? Kein Verlass. Resigniert schüttelte er den Kopf und griff wieder zu seinem Spaten. Erde raus. Einmal, zweimal, Schweiß abwischen und absetzen.

Sergej sah an sich hinab. Sein dicker, weißer Bauch bebte bei jeder Bewegung wie ein Wackelpudding. Der Arzt hatte es ihm gesagt: "Du musst abnehmen, Sergej." Doch Sergej hatte die Ermahnung nur mit einem Schmunzeln und einem abweisenden "Ja, ja" zur Kenntnis genommen. Blutdruck, Cholesterin, die Knie. Wo sollte er anfangen?

Erde raus. Einmal, zweimal, Schweiß abwischen und absetzen. Die kurze Stille wurde jäh durch das Dröhnen eines Presslufthammers unterbrochen. Ein Lastwagen rauschte an der Baustelle vorbei und trug den aufwirbelnden Staub hinüber auf die andere Straßenseite.

Die Gäste des Café Venezia versuchten, ihre Augen und Gesichter vor dem heranfliegenden Dreck zu schützen. Manche hielten die Hände über ihre Getränke und Eisbecher.

Ein kleiner Mann mit lichtem, dunklem Haar schob sich an der langen Schlange vorbei nach draußen:

"Ma cosa fai, pezzo di mode? Was soll das, du Vollidiot?", rief er aufgebracht auf Italienisch und gestikulierte dabei wild.

"Nicht verstehen", antwortete der irritierte Sergej, während der Mann noch immer schimpfte.

"Ihr macht kaputt meine Geschäft!"

Giovanni ließ sich nicht beruhigen. Mit südländischem Temperament redete er weiter auf die Gäste seines bis auf den letzten Platz gefüllten Eiscafés ein. Kopfschütteln. Schmunzeln. Lachen. Tuscheln.

Giovanni drehte sich mit gespielter Erregung herum und ging zurück in sein Geschäft. Giovanni hieß eigentlich Georgios und war Grieche. Er hatte seinen Namen geändert und den Satz "echt italienisches Eis" an den Schaufenstern angebracht, da er sich davon ein besseres Geschäft versprach. Wer würde sich schon von echt griechischem Eis angesprochen fühlen?

Georgios war vor zwei Jahren nach Deutschland gekommen. Er selbst nannte sich einen Wirtschaftsflüchtling. In

8

seinem Heimatdorf, Kroni, einem kleinen Fischerdorf auf der Halbinsel Peloponnes, war jeder Zweite arbeitslos, darunter seine gesamte Familie.

Renten und Sozialgelder wurden, wenn überhaupt, nur verspätet gezahlt und darüber hinaus im Rahmen der Sanierung des Landes stark gekürzt.

Griechenland war pleite und riss ihn mit in den Abgrund. Irgendwann kam er dann auf die Idee, echt italienisches Eis in Deutschland zu verkaufen. Viele seiner Verwandten waren bereits hier, und nun auch er. Im Sommer in Duisburg. Georgios war eigentlich Physiker. Acht Semester hatte er an der Nationalen Technischen Universität in Athen verbracht. Ein Top-Wert. Alles nur, um dann für einen Hungerlohn zu arbeiten, bis er schließlich entlassen wurde. Er schmunzelte, als er darüber nachdachte, dass er heute ohne jegliche Qualifikation um ein Vielfaches mehr verdiente.

"Prego. Bitte", sagte Georgios, als er den Kaffee und den Erdbeerbecher auf dem kleinen Tisch vor den beiden jungen Frauen abstellte und ihnen mit einem breiten Lächeln zuzwinkerte. Hätten sie nicht ihre großen Sonnenbrillen getragen, hätte Georgios gesehen, wie sie die Augen verdrehten.

"Mensch, schau mal die Schlange", sagte die Eine zur Anderen und deutete auf die Menschenreihe, die sich nun schon von der Eistheke bis auf die Straße erstreckte. "Glück gehabt, dass wir überhaupt noch einen Platz bekommen haben", antwortete die Andere.

Ein kleines Mädchen hüpfte an der Schlange vorbei und schleckte an ihrem Zitroneneis. Der Presslufthammer dröhnte.

"Mach die Scheißding aus!", rief Georgios nun auf Griechisch, was der Bauarbeiter natürlich unter dem Lärm nicht hörte, wobei er ohnehin kein Griechisch verstand.

Plötzlich Stille. Nur Sergejs Schaufel stieß immer wieder in den Boden. Ein Mädchen weinte. Es war gestolpert und hatte sein Zitroneneis fallen lassen.

"Kein Problem, Mädel", sagte Georgios mit gespieltem Akzent. "Hier, nimm dir ein neues."

Das Mädchen strahlte. Wieder dieses Hämmern.

"Verdammte Scheiße, ihr Vollpfosten!", rief Georgios nun völlig ohne Akzent.

Sergej und sein Kollege sahen sich an, dann Georgios. Dann zuckten sie lediglich mit den Schultern, denn der Presslufthammer war verstummt.

Mike Brandt sah flüchtig zur Uhr. 15:36. Er erschrak. Keine Zeit. Eilig sprang er aus dem Bett und zog sich die Jeans über, die neben ihm auf dem Boden lag. Wo war sein T-Shirt? Er legte sich auf den Boden und sah unter dem Bett nach. Nichts. Der Boss hasste es, wenn er zu spät kam. Das wusste er, und gerade heute hing viel davon ab, dass er funktionierte. Alles hing davon ab.

Mike stand auf und sah sich hektisch um. Er hatte seine Sachen heute Morgen in der Erregung achtlos in den Raum geworfen. Nein, sie hatte es getan.

"Weißt du, wo mein Shirt ist?", fragte er.

Die junge Frau drehte sich herum und rieb sich verschlafen die Augen. Sie strich sich ihr dunkles Haar aus dem Gesicht und grinste. "Nein, aber das brauchst du auch nicht."

Geschmeidig wie eine Katze richtete sie sich auf und entblößte ihre wohlgeformten Brüste.

Sie biss sich auf die Unterlippe und sah Mike mit großen Augen an. "Willst du nicht wieder ins Bett kommen?", fragte sie mit einer Stimme, die keinen Zweifel an ihren Absichten zuließ.

Er stand wie angewurzelt an der Bettkante und starrte sie an. Sie kroch auf ihn zu und öffnete mit der einen Hand die Knöpfe seiner Hose, während sie mit der anderen sein Glied massierte.

Mike schloss die Augen und fühlte. Er strich ihr eine Strähne aus dem Gesicht. Seine Hand berührte ihre Wange und malte schließlich die Konturen ihrer Tätowierung nach, die sich von ihrem Hals über die Brust bis zum Bauchnabel erstreckte. Dann stieß er sie weg. "Nicht jetzt, Jesse", sagte er.

Seine Mimik, der angestrengte Blick und die trockenen Lippen verrieten, wie schwer es ihm fiel. "Ich muss zum Boss. Das weißt du doch."

Jesse warf sich rücklings auf das Bett und betrachtete stumm die Decke. Sie lächelte, als hätte sie ein lustiger Einfall erreicht. Dann legte sie ihren Fuß zwischen seine Beine und arbeitete sich sanft bis zu seinem Schritt empor, während er mit zitternden Händen bemüht war, seine Hose zu schließen.

"Jesse!", rief er halb lachend und trat einen Schritt zurück, sodass sie ihn nicht mehr erreichen konnte. "Hör damit auf. Sag mir lieber, wo mein T-Shirt ist."

Sie verkroch sich unter der Decke und drehte sich beleidigt zur Seite. "Auf der Kommode", antwortete sie knapp.

Mike griff danach, zog es über und schloss seinen Gürtel. Dann kroch er noch einmal ins Bett und gab Jesse einen zärtlichen Kuss auf die Wange. "Später, ok?", flüsterte er. "Ja klar", antwortete sie. "Du oder ein anderer."

Mike lachte. Er hatte Jesse vor zwei Monaten auf einem Konzert der Gruppe Kriegsgewitter kennengelernt. Zuerst hatte er sie nur beobachtet. Während er eher am Rand stand und sich mit Bier und Schnaps zuschüttete, tanzte sie wild in der Menge. Exzessiv. Dann fasste er sich ein Herz. Er griff nach ihrer Hand, nahm sie mit in die Herrentoilette, und beide zogen sich eine Line. Das war der Anfang. Und heute? Heute taten sie eigentlich nichts anderes. Sie schliefen miteinander, nahmen Drogen, und ab und zu erledigte er einen Job für den Boss. So wie jetzt.

Er schlüpfte in die schwarze Lederweste, die an der Garderobe hing, und griff nach seinem Helm. In den Hosenbund schob er sich eine 38er. Am Fußgelenk befestigte er ein Jagdmesser.

Sicher ist sicher, dachte er. Wie damals, als ihn die drei Türken vermöbeln wollten. Er kam aus einem Klub. Dabei trug er die typische Uniform. Jeans, Springerstiefel und die schwarze Jacke. Plötzlich waren sie da. Drei. Er war allein. Einen hatte er mit dem Messer erwischt. Den beiden anderen wollte er eine Kugel verpassen, doch er verfehlte sie. Dann lief er. Er lief, und er lachte. Mike Brandt strich sich mit der Hand über den kahlgeschorenen Kopf. Es war ein gutes Gefühl und machte ihn und seine Brüder zu einer Einheit. Es verband sie. Niemand stellte sich gegen die Brigade.

Sie hatte nicht den Hauch einer Chance. In dem Moment, als er sie berührte, wusste sie, dass sie fallen würde. Hart. Nun lag sie da. Am Boden, auf dem heißen Asphalt, mitten vor ihrem Haus. Sie war die letzte Bewohnerin. Alle anderen Wohnungen standen bereits leer. Ebenso wie die Häuser links und rechts neben ihr und die meisten anderen Einheiten in dieser Straße.

Seit nunmehr siebzig Jahren lebte sie hier, aber so etwas war ihr noch nie passiert. Passanten gingen an ihr vorüber und sahen zu ihr hinab, doch niemand half. Ihre Einkäufe lagen auf dem Gehweg verteilt. Die Äpfel wiesen Druckstellen auf und würden bald faulen. Ein paar Eier waren zerbrochen, und die Deckel der Joghurtbecher waren eingedellt. Die weiße, cremige Masse floss heraus und klebte an der Zahnpastatube. Der Skateboardfahrer, der sie so unsanft zu Boden befördert hatte, war nicht mehr zu sehen.

Hannelore Bruns rappelte sich auf und klopfte sich mühsam den Dreck von ihrem Rock. Sie sah die Fassade des Mehrfamilienhauses hinauf. Putz bröckelte von der Wand. Eine Folge der Feuchtigkeit in den Wänden. Hausschwamm. Vielleicht die Ursache für ihr Asthma, dachte sie. Dann kamen die Erinnerungen. So viele Erinnerungen.

Ein kleines Mädchen lief fröhlich an ihr vorüber. Hannelore atmete tief ein. Zitroneneis, vermutete sie.

Waren das tolle Zeiten. Damals, als Hans noch lebte und ihr Sohn noch der war, der er sein sollte. Als der Bergbau noch die Seele der Stadt war. Als sie nicht reich war, aber genug zum Leben hatte und nicht jede Mark hatte abzählen müssen. Damals.

Zwei junge Männer in kurzen Hosen überquerten die Straße. Sie sahen aus wie Spanier oder Italiener, dachte Hannelore. So richtig unterscheiden konnte sie das nicht. Ach, damals. Sie tanzten. Oh, wie sie tanzten. Unten, in dem kleinen Klub an der Ecke, wo nun das Obstgeschäft war. Der erste Tanz, der erste Kuss, der erste … Hannelore unterdrückte die Erinnerung, doch sie liebte diese Stadt. So wie sie einmal war.

Und heute? Hannelore sammelte die Lebensmittel zusammen und öffnete die Tür. Sie musste in die dritte Etage. Zu Fuß. In einem Haus, das unter starken Bergschäden litt. Die Wände und Böden waren so schief, dass sie Tische und Stühle mit Keilen sichern musste, damit sie nicht in die andere Ecke des Raumes rutschten. Langsam ging sie hinauf. Schritt für Schritt. Pause und weiter. Ein Fuß nach dem anderen. Sie schloss die Haustür auf und ließ sich auf den Stuhl am Fenster fallen, von dem aus sie die Straße beobachten konnte.

Die Szenerie wirkte beinahe wie in einem Ferienort im Süden. Die Gehwege waren belebt, die Menschen lachten. Sie hatten Zeit, hasteten nicht durch die Gassen, waren unbeschwert. Hannelore beobachtete sie verbittert. Wussten sie denn nichts? War es ihnen egal, dass die Straßen dieser Stadt nicht mehr erneuert, sondern nur noch geflickt wurden? War es ihnen egal, dass die letzten verbliebenen Geschäfte dieses Viertels bald schließen müssten, weil die Kunden ausblieben?

Hannelore Bruns wandte sich ab, als sie ein fremdes Geräusch wahrnahm. Fast wie ein Donner. Fast.

Mike Brandt sah noch einmal zum Fenster hinauf, als er seinen Helm aufsetzte und das Sicherheitsband befestigte. Sie hatte den Vorhang zur Seite geschoben und sah, lediglich mit einem Bettlaken bekleidet, hinunter. Mike atmete auf. Wäre sie sauer gewesen, wäre sie liegen geblieben, redete er sich ein. Er schwang sich auf seine Harley Davidson und startete den Motor. Wie er dieses Geräusch liebte. Kraftvoll und ungedrosselt. Verboten, doch was scherte ihn das. Er lebte in seiner Welt. Er verfolgte seine Regeln und nicht die Konventionen des Staates. Er war ein freier Mann.

Mike schlug mit einer Hand nach einer Wespe, die vor seinem Gesicht auf und ab flog. Beim ersten Mal verfehlte er sie, beim zweiten Mal erwischte er sie mit dem Handrücken. Sie flog davon und schlüpfte durch das halb geöffnete Fenster in der ersten Etage.

Jesse griff nach der Fliegenklatsche, die auf der Fensterbank lag, und fuchtelte damit unbeholfen herum, in der Hoffnung, die Wespe zu erlegen. "Scheiße.", fluchte sie, warf das Plastikwerkzeug in die Ecke und ging zurück ins Schlafzimmer. Die Wespe, offenbar angelockt von ihrem Parfum, folgte ihr und legte sich immer wieder penetrant auf ihr Gesicht.

Jesse rollte die Fernsehzeitung zusammen und schlug zu. Treffer. Sie lächelte. Ein Socken. Warum lag einer seiner Socken auf dem Fußboden? Hatte er ihn vergessen? Idiot. Sie rollte die Augen, griff danach und warf den Strumpf in den Wäschekorb in der Ecke des Raumes.

Mike hatte einen gestählten Körper. Das zog sie an. Er hatte diese spezielle Ausstrahlung. Das erregte sie. Er hatte einen riesigen … Jesse schüttelte den Kopf. Mike war gefangen in seiner Ideologie, die auch sie teilte, doch für sie war es ein Abenteuer. Für ihn war es sein Lebensinhalt. Sie dachte nach, hinterfragte. Er nahm hin. Sie überlegte, entwickelte sich weiter. Er war dumm und gehörig. Sie war berechnend. Er war das Mittel zum Zweck.

Sergej legte die Schaufel beiseite und kletterte aus dem etwa einen Meter tiefen Loch. Er sagte etwas zu seinem Kollegen, der lediglich nickte. Georgios sah sich in alle Richtungen um. Die Sonne stand bereits tief, so dass er nur schwer erkennen konnte, was in der Ferne passierte. Noch immer dieses Dröhnen. Unregelmäßig. Zunächst leise, dann immer lauter, bis es das Hämmern der Baustelle übertönt hatte.

Ein blauer Fiat Punto fuhr rückwärts aus der Einbahnstraße heraus, die sich in etwa einhundert Metern Entfernung befand. Der Fahrer drückte die Innenknöpfe herunter und kurbelte die Fenster hoch, bei über dreißig Grad. Die Gäste des Café Venezia erhoben sich. Die junge Frau schob ihren Erdbeerbecher zur Seite und nahm die Sonnenbrille ab. Ein eigenartiger Geruch machte sich breit. Benzin.

Er gab Gas. Mike scherte sich nicht um Tempolimits. Es interessierte ihn nicht, ob eine Ampel rot oder grün war. Wenn frei war, fuhr er. In seinem eigenen Tempo. In seinem Rhythmus. Im Rhythmus der Bruderschaft. In Gedanken ging er alles noch einmal durch. Der Job war gefährlich. Dann dachte er wieder an Jesse. Heute Abend würde er wieder bei ihr sein und alles nachholen. Bleib beim Job, ermahnte er sich. Er würde an ihrer Tür klingeln und sie nehmen. Konzentriere dich. Hart und bestimmt. Vergiss sie. Ein Fehler kann dein Leben kosten.

Das kleine Mädchen biss ein großes Stück von ihrer Eiswaffel ab. Sie hielt inne. Dann rannte sie, bemüht, das Eis fest in ihren kleinen Händen zu halten, den Weg, den sie gekommen war.

Hannelore Bruns sah zuerst das Mädchen unter ihrem Fenster in der dritten Etage. Sie lehnte sich etwas vor, um besser sehen zu können, woher das Geräusch kam. Zuerst sah sie nur eine Staubwolke, dann wurden die Konturen klarer. Sie schloss das Fenster und zog die Vorhänge zu, denn sie wussten nicht, was sie taten. Mit diesem Viertel, mit dieser Stadt.

Schweiß lief über die Stirn und die Wange des Mädchens. Das Eis hatte sie fallen lassen. Neben ihr stoppte ein blauer Fiat Punto. Der Fahrer zögerte einen Moment, ehe er den Rückwärtsgang einlegte und aus der Straße herausschoss. Er schloss die Fenster und verriegelte die Türen.

"Mama, Mama!", rief das Mädchen, als es das Eiscafé erreichte. Eine junge Frau stand auf und ging auf sie zu, ehe sich ihr Blick an ihr vorbei auf die Straße richtete. Sie nahm das Mädchen liebevoll in den Arm und streichelte seine Wange. Dieser Lärm, dieser Geruch.

Georgios ging zur Tür und sah hinaus, die Straße hinab, von wo die Geräusche zu kommen schienen. Als aus seiner Vermutung Gewissheit wurde, drehte er sich abrupt um, schloss die Tür zu seinem Café und verriegelte sie. Die Jalousien seines Schaufensters ließ er vor den überraschten Augen seiner Gäste, innerhalb und außerhalb des Cafés, herab.

"Was macht der Spinner?", fragte die eine Frau die andere. Dabei nahm sie die Sonnenbrille ab und steckte sie in ihr Haar. Wieder dieses Geräusch. Sie sahen hinüber zu Sergej, der entschuldigend mit den Schultern zuckte. Kein Presslufthammer. Sergej stellte die Schaufel zur Seite und trat hinter den Bauwagen, der am Straßenrand stand. Dann sah er es. Er flüsterte seinem Kollegen ein paar Worte auf Russisch ins Ohr. "Der Teufel und seine Schergen. Er ist es wahrhaftig."

Kapitel 1

5:34 Uhr und nichts passierte. So wie gestern. Und so wie am Tag zuvor. Er griff nach dem Becher Kaffee auf dem Armaturenbrett, den er sich gerade an der Tankstelle an der Ecke besorgt hatte. Dabei war er sehr darauf bedacht gewesen, immer einen freien Blick auf das Zielobjekt zu bewahren. An der Kasse war er einen Schritt zur Seite und zwei Schritte zurückgetreten, um zwischen Schokoladenriegeln und Kaugummis den Eingang zu beobachten. Ein tiefer Schluck. Der Kaffee war heiß. Er rieb die Lippen aneinander, um den Schmerz zu unterdrücken. Dann nippte er noch einmal.

5:35 Uhr und nichts passierte. Was sollte auch geschehen? Es war ein Mittwoch, und sie war berufstätig. Sie war um 18 Uhr nach Hause gekommen. Er war ihr vom Büro aus gefolgt, ohne dass sie ihn bemerkte. Mal ließ er zwei Fahrzeuge zwischen ihnen Raum, dann waren es wieder mehr. Mal fuhr er versetzt auf der linken Spur, dann wieder rechts, doch eigentlich wusste er ganz genau, wohin sie wollte. Es war nur ein Gefühl, dem er nachging. Eine innere Unruhe, die ihn verfolgt hatte, bis er ihr schließlich nachgab.

Das Licht im Bad ging an. Ungewöhnlich. Ging sie früher aus dem Haus? Er nahm das Fernglas zur Hand und stellte es an dem kleinen Rädchen zwischen den Gläsern scharf. Es war ihr Mann. Er pinkelte im Stehen. Das hatte er bereits herausgefunden. Doch das waren nicht die Hinweise, nach denen er suchte. Der Mann im Fenster rieb sich die Augen und löschte das Licht, ohne sich die Hände zu waschen. Dann war es wieder ruhig. Wie gestern, wie vorgestern und wie die Nacht davor. Der Mann drückte den leeren Kaffeebecher zusammen und warf ihn zu den übrigen Bechern auf den Rücksitz. Dann öffnete er das Handschuhfach seines Wagens und nahm eine Schachtel Zigaretten heraus. Er zündete eine an und nahm einen tiefen Zug. Genüsslich pustete er den Rauch bei halb geöffneten Augen durch die Lippen in den Fahrzeugraum. Dann drückte er den Glimmstängel auf dem Schaltknüppel aus, brach den Filter ab und legte ihn in das kleine Fach in der Mittelkonsole.

"Er ist schon wieder draußen", sagte Fred Vorthmann, als er sich ins Bett legte und den Arm um seine Frau legte.

"Hm", antwortete sie schlaftrunken.

Er richtete sich auf. "Hast du mir zugehört, Julia?", fragte er mit Nachdruck.

Fred drehte sich um und schaltete die kleine Lampe auf seinem Nachttisch ein. Die Frau neben ihm zuckte zusammen und rieb sich die Augen.

"Wer?", entgegnete sie schließlich, obwohl sie die Antwort kannte.

"Wer wohl? Du weißt, wovon ich spreche. Es ist die dritte Nacht in Folge, in der sein Auto dort unten steht. Wofür hält der uns? Für Idioten?"

Julia streichelte ihrem Mann sanft über die Schulter. "Beruhige dich bitte, Schatz."

Er drückte sie von sich und stand auf. "Es reicht jetzt. Ich rufe die Polizei."

"Nein!", rief Julia.

Sie sprang auf und hielt ihn am Arm zurück. "Ich rede mit ihm. Gleich morgen. Er ist nicht gefährlich, Fred. Er ist nur verwirrt."

"Und das hier?", erwiderte Fred und zeigte auf seine deformierte Nase. "Hast du vergessen, dass er mir das Nasenbein gebrochen hat?"

Julia schüttelte resignierend den Kopf. "Er war nicht er selbst. Die Medikamente ..."

Fred unterbrach sie schroff. "Hör auf dir das so zurechtzulegen, wie du es für richtig hältst. Der Typ ist krank, ein Psychopath. Was macht der sonst da draußen?" "Aber denk doch daran, was er für Max getan hat", sagte Julia verzweifelt.

Fred sah betroffen zu Boden. Sie griff nach seinen Händen und suchte seinen Blick. "Er hat dafür gesorgt, dass er in unsere Familie kommt. Ohne ihn wäre der Junge jetzt irgendwo in einem Waisenhaus. Ohne ihn wären wir jetzt keine Familie."

Fred dachte nach. Schließlich winkte er ab. "Der Junge ist doch noch gar nicht richtig bei uns angekommen." Jetzt war sie es, die ihn von sich stieß. "Max hat vor nicht einmal einem halben Jahr seine Mutter verloren. Was erwartest du denn von ihm?"

Sie hob wütend die Hände, drehte sich um und vergrub sich unter ihrer Bettdecke. "Ruf' doch deine scheiß Polizei."

Fred sah sie einige Sekunden an. Dann folgte er ihr und legte sich neben sie ins Bett. Er löschte das Licht und kuschelte sich an sie heran. "Aber du redest mit ihm, ja?", sagte er schließlich.

"Ja", antwortete sie einsilbig.

Stille legte sich über das Haus und das Zimmer. Plötzlich hörten sie Schritte.

Das erste Licht des Tages streichelte den Mann im Auto vor dem stattlichen Einfamilienhaus in Düsseldorf-Benrath. Er warf einen Blick in den Rückspiegel. Seine Augen wirkten überraschend klar und wach. Sie erzählten die Geschichte eines jungen Mannes, der einst nach Hause kam und seine Frau in die Arme schloss. Die Liebe seines Lebens, deren Perfektion nur durch die Geburt ihrer Tochter übertroffen werden konnte. Das kleine Mädchen, das er jeden Abend in die Arme schließen durfte und das ihm noch heute ein Lächeln ins Gesicht zauberte. Sie erzählten von den Momenten, die sich tief in sein Gedächtnis eingebrannt hatten: den ersten Schritten, dem ersten Wort, den Stunden auf dem weichen Teppichboden in ihrem Kinderzimmer und dem feinen Sand bei ihren Urlauben am Meer. Sie funkelten wie die Kerzen auf ihren Geburtstagskuchen, die sie in jedem Jahr mit wachsender Begeisterung versuchte zu löschen. Er musste lachen. Sechs Stück waren es gewesen. Die dunklen Ringe unter seinen Augen sprachen eine andere Sprache. Sie spiegelten den Schmerz, den er bei sich trug, seit er seine Tochter vor nun fast neun Jahren tot in ihrem Kinderzimmer fand. Verstümmelt und ermordet von einem Auftragsmörder.

Der Mann lehnte sich zurück und spürte den Luftzug, der durch die beiden geöffneten Fenster hindurch das Auto durchströmte. Die Luft war warm und drückend, schon zu dieser frühen Stunde - ein Vorbote der Hitze, die sich auch an diesem Tag wieder über das Land legen sollte. Seine Augen sprangen zurück zu dem Haus, vor dem er stand. Einen kurzen Moment lang meinte er, eine Bewegung wahrzunehmen, doch im nächsten Moment war es wieder ruhig. "Die Müdigkeit", redete er sich ein. Wieder wanderte sein Blick zum Spiegel. Um die Augen und um den Mund herum hatten sich tiefe Falten in die Haut gegraben. Er sah alt aus. Damals hatten höchstens Lachfalten sein Gesicht geziert, doch sie waren Zeugen geworden, wie er willkürlich für acht Jahre in der Psychiatrie versteckt worden war, ehe eine junge Journalistin auf seinen Fall aufmerksam wurde und ihn dort herausholte. Und so gruben sie sich tiefer und tiefer, wie der Zorn, der noch immer in ihm loderte.

Sie hatte ihm einen Teil seines Lebens zurückgegeben. Einen Teil, denn fast alles andere hatte er verloren. Auch seine Ehe zerbrach schließlich daran. Nichts war mehr so, wie es einmal war.

Der Mörder seiner Tochter war tot. Er hatte ihn am Hamburger Hafen sterben sehen. Aber wer waren die Auftraggeber? Und wer hatte dafür gesorgt, dass er acht Jahre seines Lebens in einer geschlossenen Anstalt verlor? Die Antworten auf seine Fragen suchte er hier. Heute Abend. Und den Abend davor und auch davor. Wieder ein Luftzug. Diesmal genoss er ihn.

"Was war das?", flüsterte Fred.

Auch Julia stand aufrecht im Bett, doch sie war unfähig, ein Wort zu sprechen. Der Schreck lähmte sie.

"Ich sehe nach. Wenn es wieder dein Ex-Mann ist, schalten wir endgültig die Polizei ein."

Julia nickte ängstlich.

Langsam zog er die Decke zur Seite. Er entfernte den Stecker der Nachtlampe, nahm den Ständer wie einen Baseballschläger in beide Hände. Dann schlich er zur Tür. Noch einmal versicherte er sich mit einem Blick bei Julia, dass er das Richtige tat. Sie hatte die Decke bis ans Kinn hochgezogen und lugte lediglich mit den Augen herüber. Wieder dieses Geräusch. Fred öffnete langsam die Tür. Licht schimmerte aus dem Flur. Er entspannte sich merklich und ließ die Lampe sinken. Zwei weitere Schritte, dann riss er mit einem Ruck die Tür zum Badezimmer auf.

"Was machst du da?", rief er aufgebracht.

Der Mann fuhr sich mit der Hand über das unrasierte Gesicht. Der Bart wies Lücken auf, doch das war ihm egal. Seine Haare hatte er seit Tagen nicht gewaschen. Sie juckten, doch auch das störte ihn nicht weiter. Sein T-Shirt hatte er täglich gewechselt. Die Schmutzwäsche lag gemeinsam mit den leeren Kaffeebechern auf der Rückbank und verbreitete einen unangenehmen Geruch. Wieder zündete er sich eine Zigarette an und zog einmal daran. Er konnte sich schon nicht mehr daran erinnern, woher er diese Marotte hatte, doch schließlich brach er den Filter ab und sortierte ihn ordentlich zwischen den anderen Filtern in der Mittelkonsole ein. Ben Bischoff war müde. Er streckte seinen 190 Zentimeter langen Körper. Dabei versuchte er die noch verbliebenen Muskeln anzuspannen, um gleich wieder für Entlastung und

Entspannung zu sorgen. Progressive Muskelrelaxation. Eine Technik, die er in der Psychiatrie gelernt hatte, um besser mit Stress umzugehen. Nun aber half sie ihm, seinen Körper für den anstehenden Tag in Schwung zu bringen. Es war 5:40 Uhr.

Noch etwa zwei Stunden bis zum Dienstbeginn. Wenn nichts dazwischenkam, würde er sein Büro dann um 17 Uhr wieder verschließen, ein paar Kilometer weiterfahren, warten, bis Julia das ihre verließ. Der Polizeidienst ließ ihm diese Freiheit. Die Stellung als Kommissar allemal. Er würde ihr folgen, mal auf der einen Spur, mal auf der anderen, und schließlich vor ihrem Haus ausharren und darauf warten, einen Hinweis oder eine Eingebung zu erhalten, die ihn bei der Suche nach den Auftraggebern des Mordes an seiner Tochter voranbrachten. Warum er das tat? Ein Gefühl.

Er hatte die Lösung bei sich gesucht. Er hatte seine alten Fälle aufgearbeitet, hatte nach Menschen gesucht, die ihm Leid hatten zufügen wollen, und die gab es, zweifellos. Doch er sah keinen dieser Menschen in der Lage, einen Mord an einem kleinen Mädchen zu beauftragen. Es hatte ihn zermürbt, seinen Kopf zermartert, und schließlich hatte er sich gezwungen, umzudenken. War nicht er das Ziel, sondern sie? Julia?

Sie arbeitete bei der Bundesbank, damals wie heute. Sie prüfte und beurteilte die Risiken, die systemrelevante Banken, wie sie neuerdings genannt wurden, eingingen. Nach dem Tod ihrer Tochter gab sie diesen Job zunächst auf, ehe sie in veränderter Funktion den Weg zurück ins Leben suchte. Dann, acht Jahre später, wurde ihre

Nachfolgerin erschossen. Ermordet von dem gleichen Killer, der auch Anja Bischoff, seine Tochter, auf dem Gewissen hatte und der am Hamburger Hafen sein Leben ließ. Er wäre der Einzige gewesen, der Bens Fragen hätte beantworten können, doch er hatte seinem Leben mit einem Schuss in die Schläfe selbst ein Ende bereitet. Das alles war mehr als eine vage Spur. Das war ein Zusammenhang. Doch die Polizei tat nichts. Der neue Polizeipräsident, Thomas Richter, hatte die Fallakte nach dem Tod des Mörders geschlossen und jede weitere Untersuchung untersagt. Warum, das war sein Geheimnis. Ben Bischoff schüttelte verständnislos den Kopf. Nicht einmal eine Kontaktaufnahme zur Bundesbank hatte es gegeben. Keine Suche nach Gemeinsamkeiten, keine Arbeitsplatzüberprüfung. Nichts. Ben war in diesem Kampf auf sich allein gestellt. Er schrak auf. Wieder Licht im Badezimmer.

"Ich musste Pipi", erklärte der verschreckte Junge.
"Du bist acht Jahre alt. Meinst du nicht, es ist langsam an der Zeit, bis zum Aufstehen durchzuhalten?", ermahnte ihn Fred.
Max sah betroffen zu Boden.
"Geh ins Bett, Junge."
"Er hat auch einen Namen, Fred."
Julia Bischoff-Vorthmann stand plötzlich in der Tür und drängte sich an Fred vorbei zu dem eingeschüchterten Jungen. Sie legte zärtlich ihren Arm um ihn und streichelte mit der anderen Hand seine Wange. Max presste die Lippen aufeinander und hüpfte mit Schwung von der Toilette herunter. Er zog seine Schlafanzughose hoch

und tapste langsam zurück in sein Zimmer. Julia folgte ihm. Fred sah ihr mit bitterem Blick nach.

"Wasch dir die Hände!"

Ben Bischoff griff zu seinem Fernglas. Zuerst sah er nichts. Dann erkannte er ein paar Zentimeter über dem Fensterrahmen einen schwarzen Schopf. Max. Ben lächelte. Er war ein guter Junge. Aus dem Lächeln wurde ein Schmunzeln, und von einem Moment zum anderen war plötzlich eine gewisse Melancholie in Bens Blick zu erkennen. Janina.

Kurz nach seiner Entlassung aus der Klinik trat Ben wieder in den Polizeidienst ein. Viele Vorurteile und Ablehnung begleiteten ihn in seinen ersten Wochen. Er wurde als krank, als Psychopath beschimpft und behandelt. Sicherlich hatte auch er selbst einen nicht unwesentlichen Teil dazu beigetragen, dass dieses Bild entstand, doch Janina war in dieser Zeit sein Anker gewesen. Sie begegnete ihm offen, ohne Vorurteile, und mit der Zeit entwickelte er Sympathie für die junge Frau und irgendwann dann auch so etwas wie Zuneigung. Ein Lastwagen rauschte durch Bens Blickfeld. Ungewöhnlich für diese Straße und diese Zeit. Fehl am Platz. So wie Janina. In Gedanken spürte er noch immer ihre Lippen auf seinen und ihre zärtlichen Berührungen. Er hörte ihr Lachen und genoss ihren Humor. Noch immer fühlte er dieses Kribbeln im Bauch, wenn er ihr Grab besuchte.

Max musste es ähnlich gehen. Er war Janinas Sohn und hatte so viel von ihr. Vielleicht hatte Ben deshalb diese Nähe zu ihm gespürt, als er ihn zum ersten Mal traf. Vielleicht hatte er sich deshalb so bemüht, dem Jungen nach dem Tod der Mutter wieder ein schönes Zuhause zu verschaffen. Vielleicht hatte er ihn deshalb in die Obhut der besten Mutter gegeben, die er zu kennen glaubte: Julia. Dann kamen diese Gedanken, die seine Welt erneut auf den Kopf stellten. War sie der Auslöser für den Mord an ihrer gemeinsamen Tochter gewesen? Wusste sie mehr, als sie vorgab? Mit der Zeit wurde Ben immer unsicherer, ob er diese Frau wirklich so gut kannte, wie er glaubte. Nur ein Gefühl.

Im Fenster erschien Fred, Julias neuer Ehemann. Ben hielt ihn für ein Arschloch, aber solide. Er arbeitete als Lehrer, hatte geregelte Arbeitszeiten und kannte sich nach Bens Vorstellung sicherlich auch mit der Kindererziehung aus. Gut für Max, dachte er. Dann betrat Julia den Raum und verließ ihn gleich darauf wieder. Auch der schwarze Haarschopf war verschwunden. Bens Magen knurrte. Er hatte seit gestern früh nichts mehr gegessen. Ihm war klar, dass er an seinen Ernährungsgewohnheiten arbeiten musste, doch momentan fehlte ihm schlicht die Kraft für Veränderungen, egal in welcher Form. Ein weiterer negativer Effekt war, dass seine Tabletten so noch viel mehr auf den Magen schlugen, was sich wiederum auf den Kreislauf auswirkte. Doch verzichten konnte er darauf nicht. Er wusste nur zu genau, was ohne seine Antidepressiva mit ihm geschah, und der Mann dort oben im Fenster wusste es auch.

Fred schlug mit der Faust gegen die Wandfliesen und tanzte sogleich herum, als habe er sich gerade den Schmerz seines Lebens zugefügt. Ben lachte. Sein Lachen wurde zu einem Husten. Sein Husten behandelte er, indem er sich eine weitere Zigarette anzündete. Den Filter warf er diesmal aus dem Fenster, doch eine Böe trug ihn wieder ins Fahrzeuginnere. Ben beobachtete, wie er rotierend zu Boden sank und schließlich nicht mehr zu sehen war. Noch einmal blickte er auf. Das Licht war wieder erloschen. Ben Bischoff startete den Wagen. Er kurbelte die Fenster hoch und schaltete die Klimaanlage ein. Dann legte er den Gang ein und fuhr los. Frühstück.

Julia saß auf der Kante des Bettes in Form eines Rennautos. Sie streichelte Max zärtlich über den Kopf, während ihm die Augen langsam wieder zufielen. Vorsichtig stand sie auf und zog die dünne Sommerdecke noch ein wenig höher, so dass seine Schultern vollständig bedeckt waren. Sie lächelte. Dann ging sie hinaus, doch bevor sie die Tür schloss, sah sie noch einmal beseelt zu dem kleinen Jungen im Bett. Pures Glück.

Fred saß aufrecht im Ehebett, als Julia das Zimmer betrat und sich wortlos neben ihn setzte.

"Warum hast du ihn wieder schlafen gelegt?", fragte er mit einem kritischen Unterton.

Sie sah ihn überrascht an. "Es sind Ferien. Warum sollte er nicht noch etwas schlafen? Immerhin hast du ihn gerade ganz schön angefahren. Da kann es nicht schaden, wenn er nochmal ein bisschen runterkommt."

Fred verzog die Mundwinkel und biss sich auf die Lippe. "Es kann sicher nicht schaden, wenn Max mal nicht bis in die Puppen liegen bleibt. Ich habe das Gefühl, du lässt die Erziehung gerade etwas schleifen, mein Schatz", sagte er schließlich.

Julia fuhr auf und griff nach dem Wecker auf ihrem

Nachttisch. "Es ist noch keine sechs Uhr morgens, Fred", zischte sie ihn an und warf ihm die Uhr vor den Brustkorb.

Fred fing sie reflexartig auf und stellte sie zur Seite. Er schüttelte den Kopf. "Weißt du, wenn du meinst, dass du mehr als ein Pädagoge von Kindererziehung verstehst, dann ..."

Julia machte mit ihrem Gesichtsausdruck ihrem ganzen Entsetzen über diese Aussage Luft und deutete Fred mit großen Augen nun besser nicht weiterzusprechen. Entschuldigend hob er die Hände, ohne einen Funken Reue erkennen zu lassen.

"Ich meine ja nur ...", fuhr er nach einer kurzen Pause fort. "Meine Eltern haben mich relativ streng erzogen, und das hat mir eher geholfen als geschadet."

"Deine Eltern? Wie würde der Herr Pädagoge denn sein Verhältnis zu seinen Eltern beschreiben? Herzlich?", sagte sie mit deutlicher Ironie.

"Was soll das, Julia?", fragte er irritiert.

"Tut mir leid, Fred. Aber das Verhältnis zu deinen Eltern ist doch nicht gut. Es ist distanziert. Ich wünsche mir, dass Max mit seinen Sorgen und Problemen zu uns kommt, dass er uns vertraut. Wie soll er das denn tun, wenn du ihn schon anfährst, wenn er morgens Pipi muss? Das kann doch nicht dein Ernst sein, oder?", bemühte sie sich, ihren Standpunkt zu erklären.

"Es geht hier nicht um die Situation von heute Morgen, oder?", fragte er.

Stille. Zögerlich schüttelte sie den Kopf. "Nein, ich habe das Gefühl, dass du dich nicht auf Max einlässt."

Fred sah zu Boden und nickte. "Weißt du, mir fällt das alles verdammt schwer. Ich soll von heute auf morgen eine Art Vaterersatz für ihn sein, aber das kann ich nicht." Dann hob er seinen Blick und sah Julia nun direkt in die Augen. "Darüber hinaus verbringen wir kaum noch Zeit miteinander. Ich meine, allein. Das kann ich nicht mehr, Julia."

Sie erschrak. "Was willst du mir damit sagen?"

Er schwieg.

Kapitel 2

Rot. Schon wieder. Der Mann im silbernen VW Passat bremste hart und blieb kurz vor der Haltelinie stehen. Dabei wäre es so einfach gewesen. Gas geben, freundlich in die Kamera auf der anderen Seite der Kreuzung lächeln, später dann ein Anruf in der Abteilung für Verkehrsdelikte und eine Flasche billigen Aldi-Fusel. So einfach.

Doch er hatte sich entschieden, stehen zu bleiben. Wie so oft in seinem Leben. Immer vorsichtig, immer korrekt, auch wenn heute etwas anders war. Denn der Wagen hinter ihm schaffte es, wenn auch mit großer Mühe, ebenfalls zum Stehen zu kommen, während ihm sein Leben gerade mit voller Wucht gegen die Stoßstange donnerte.

Der Mann umklammerte das Lenkrad und kniff die Lippen zusammen. Er war kurz davor zu explodieren, oder noch viel gefährlicher, zu implodieren.

Die Ampel schaltete auf grün. Er gab Gas, fuhr den Motor auf viertausend Umdrehungen hoch und schaltete in den nächsthöheren Gang, bis ihn die nächste Ampel abrupt stoppte. Er warf sich zurück in den Sitz und rieb sich die Stirn, während er beobachtete, wie erst die Fahrzeuge von der einen, dann von der anderen Seite in den fließenden Verkehr einbogen.

Er war falsch abgebogen. Irgendwo auf seinem Lebensweg hatte er in den vergangenen fünf Jahren die falsche Abzweigung genommen und merkte nun, dass er die ganze Zeit in die falsche Richtung unterwegs gewesen war. Doch wo?

Vielleicht war es die Kreuzung "Beziehung" gewesen, auf der er wissentlich alle Möglichkeiten zur Kehrtwende ignoriert hatte und weiter, ohne nachzudenken, in die gleiche Richtung sauste. Heute war ihm klar, dass er spätestens am Ende der Sackgasse hätte wenden müssen. Eventuell war es aber auch nicht nur einmal der falsche Weg gewesen, auf dem er sich befand. Was war mit seinem Beruf? Sein Kopf sagte ihm, dass alles in Ordnung war. Der Job war gut geachtet. Er brachte ihm genug Geld ein, um davon zu leben, und irgendwie tat er ja auch etwas, das anderen Menschen half.

Sein Bauch zog sich bei diesem Gedankengang allerdings immer weiter zusammen, und schließlich schnürte es ihm die Kehle zu, bis er versuchte, den Gedanken wieder zu verdrängen. So, wie er es immer tat. Doch das Grummeln in der Magengegend wurde stärker. Von Monat zu Monat, von Woche zu Woche, von Tag zu Tag.

Grün. Er gab Gas, sah aber zweihundert Meter weiter bereits die nächste rote Ampel. Der Mann drückte mit dem Fuß härter gegen das Gaspedal. Rebell, dachte er und bemerkte sogleich, wie albern sich das anhörte.

Er trat auf die Bremse, rutschte ein paar Meter und kam zum Stehen. Im Rückspiegel sah er nur noch die Scheinwerfer des Geländewagens, der ihn erfasste und mit voller Kraft auf die befahrene Kreuzung schob.

Polizeipräsident Thomas Richter. Wie gut sich das anhörte. Der Mann, der das kleine Schild am Eingang des Büros angebracht hatte, war gerade wieder verschwunden, und so saß er nun in seinem bequemen Ledersessel, die Füße auf dem Schreibtisch und sah zur Decke.

Polizeipräsident Thomas Richter. Endlich war es offiziell.

Das Büro war wesentlich größer als sein altes. Natürlich hatte er es erst einmal entrümpeln müssen. Der alte Mann, der vor ihm hier gehaust hatte, war, was seinen Geschmack betraf, etwas eigentümlich gewesen. Die schwere Eichenschrankwand war nun verschwunden, ebenso der wuchtige Schreibtisch und die Sitzgruppe aus den siebziger Jahren. Stattdessen wurden sie nun durch Glasschränke und einen modernen Kunststoffschreibtisch ersetzt, die dem Raum eine gewisse Leichtigkeit verleihen sollten. Lediglich den Ledersessel hatte er behalten. Für seine Besucher blieben nur weiße Stühle aus hartem Plastik. Sie sollten gar nicht erst auf die Idee kommen, dass mit ihm auf Augenhöhe zu sprechen war. Und diesen Standesunterschied machte er hiermit deutlich. Thomas Richter reckte sich und nahm die Beine vom Tisch. Er lehnte sich vor und betätigte den Knopf der Gegensprechanlage.

"Sonja?", fragte er.

Ein leises Rauschen. Sonst nichts.

"Sonja Mäuschen?", wiederholte er mit sanfter Stimme.

Es knackte. "Ja, Herr Polizeipräsident", sprach es aus dem zwanzig Jahre alten Gerät.

"Sonja, komm doch bitte nochmal kurz zu mir. Ich glaube, wir haben noch einen Moment", sagte Richter.

Stille.

"Sonja?", fragte er nun ein wenig verärgert.

"Ja, Herr Polizeipräsident. Ihr Besuch ist hier. Soll ich sie reinschicken?"

Verdammt. Sie war zu früh. Sonja musste warten, doch er würde später auf sie zurückgreifen.

"Schicken Sie sie rein."

Ein silberner VW Passat hielt auf dem Parkplatz des Polizeipräsidiums. Der Fahrer hatte den Wagen rückwärts eingeparkt, damit niemand die Beule an der Rückseite und die herabhängende Stoßstange erkennen konnte. Häme war das Letzte, das er nun brauchte.

Er strich mit der Hand sein Hemd glatt, als er den Anschnallgurt gelöst hatte. Glück hatte er gehabt. Der Geländewagen hatte ihn mitten auf die Kreuzung geschoben. Der Passat hatte sich dabei mehrfach um die eigene Achse gedreht und war schließlich zum Stehen gekommen. Geistesgegenwärtig hatte er den Rückwärtsgang eingelegt und mit kreischendem Motor die Fahrbahn verlassen, während nur Sekundenbruchteile darauf ein LKW an ihm vorbeirauschte.

Er hatte einmal tief durchgeatmet, so wie er es gelernt hatte, war ausgestiegen und zu der zitternden Fahrerin des Jeeps gelaufen. Dann hatte er das Eintreffen des Krankenwagens und der Polizeistreife abgewartet, seine Aussage und seine Dienstnummer zu Protokoll gegeben und war, mit dem Hinweis auf einen wichtigen Fall, so schnell es ging, verschwunden. Den Fall gab es nicht. Der Streifenpolizist war ein alter Bekannter und würde alles in seinem Sinne regeln. Die Jeep-Fahrerin würde weniger Glück haben, denn einen Schuldigen gab es immer, und heute fiel die Wahl auf sie.

Da war es wieder, dieses Grummeln, das ihn in letzter Zeit so oft erreichte. Es fühlte sich an, als ob es ihn innerlich auffraß. Doch wieder wehrte er sich und fuhr. Rebell. Diesmal klang es ganz und gar nicht albern.

Er öffnete die Fahrertür und stieg aus. Trotz der sich schon anbahnenden, brütenden Hitze, die der Tag mit sich brachte, trug er einen Schal, den er nun noch ein wenig enger zog. Nicht wegen des Wetters, aus modischen Gründen. Sie hatte ihm dazu geraten, und es gefiel ihm. Warum sollte er auch alles verteufeln, was von ihr kam. Schließlich war auch das ein Teil von ihm. Doch war es das wirklich? Er riss den Schal mit einem Ruck vom Hals und warf ihn ins Auto.

Der erste Tag vom Rest seines Lebens hatte begonnen. So oder so ähnlich hatte er es heute morgen in seinem Horoskop gelesen. Wenn ab jetzt jeder Tag so startete wie dieser, konnte er darauf gut verzichten.

Zum ersten Mal an diesem Tag huschte ein Lächeln über sein Gesicht. Er verschloss das Auto mit einem Knopfdruck und drehte sich um. Sein Blick wanderte die hohe Backsteinmauer empor, die sich vor ihm wie eine Festung aufgebaut hatte. Das Polizeipräsidium von Düsseldorf erstreckte sich ursprünglich über einen ganzen Häuserblock. Heute jedoch wurden nur noch wenige Teile des Gebäudes tatsächlich von der Polizei genutzt. Der Rest, zumindest der, der keinem Modernisierungsbedarf unterlag, wurde günstig vermietet. Dennoch blieb die beeindruckende Wirkung dieses Komplexes. Alcatraz, dachte er. Er war noch nie dort gewesen, aber so stellte er es sich vor.

Und noch eines hatte das Gebäude mit der Gefängnisinsel gemein. Eine Flucht war unmöglich.

"Danke, Mäuschen", sagte die Frau zu Sonja, als Thomas Richter die Tür öffnete.

Sonja und er tauschten unsichere Blicke aus. Ihr Blick war unsicher und wich dem seinen aus, während er souverän, eher gereizt wirkte. Hatte die Frau Sonja gerade Mäuschen genannt?

Er setzte ein falsches Lächeln auf und ging mit ausgestreckter Hand auf sie zu.

"Magdalena Czarnecka", sagte sie mit sicherem Ton.

Sie war unattraktiv. Das war das Erste, was Richter durch den Kopf ging. Er war nicht klein, doch sie war noch ein gutes Stück größer als er. An die 1,90 Meter, schätzte er. Ihre Gesichtszüge waren kantig, das Gesicht und die Figur schlank. Dabei aber nicht sportlich, sondern eher hager, beinahe krank. Konnte diese Frau lächeln? Ihr Gesicht war faltig. Doch Lachfalten konnte Richter nicht ausmachen. Sie wirkte wie Ende fünfzig und nicht wie Mitte vierzig, wie es aus ihrem Lebenslauf hervorging.

Magdalena Czarnecka nahm seine Hand. Ihr Händedruck war kräftig und trocken. Ein harter Brocken.

Thomas Richter rieb sich die Hand, als sie den Druck löste.

"Schön, Sie hier zu haben, Frau Kadanzki", sagte er und wurde harsch unterbrochen.

"Czarnecka", korrigierte sie ihn.

Er lachte verlegen. "Natürlich. Entschuldigen Sie, Frau Czarnecka."

Thomas Richter deutete ihr mit der Hand an, in sein Büro einzutreten. Während sie an ihm vorbeiging, schloss er den Knopf seines Designeranzugs. Extra schlank. So trug er sie immer, damit seine sportliche Figur zur Geltung kam. Ein deutlicher Qualitätsunterschied zu dem Baumwollanzug, den die Frau in seinem Büro trug.

Er wandte sich zur Seite, um ihr zu folgen. Dabei blickte er noch einmal über seine Schulter und fing den Blick seiner Sekretärin ein. Er lächelte. So, wie er es immer tat.

"Welcher Idiot...", sagte der Mann, als sich die Fahrstuhltür schloss.

Er stand vor den Etagenknöpfen und betrachtete sie eindringlich. Jeder der Knöpfe leuchtete. Das bedeutete zwei unnötige Stopps, in der ersten und zweiten Etage, ehe er die dritte und somit sein Büro erreichte. Seine Augen wanderten über die Wand zu einer Markierung des TÜV. Ein lauter Gong riss ihn aus den Gedanken. Erste Etage. Die Türen öffneten sich. Niemand stieg zu. Die erste Überprüfung hatte 1986 stattgefunden. Der Aufzug hatte also schon fast dreißig Jahre auf dem Buckel, was nicht gerade zu einer Verbesserung seines Wohlbefindens beitrug. Wieder ein Gong. Wieder öffnete sich die Tür und wieder stieg niemand zu. Neben der TÜV-Plakette, die die letzte Überprüfung im Februar dieses Jahres bescheinigte, klebte ein Aufkleber mit dem Emblem von Fortuna Düsseldorf. Er lächelte. Es war ein hämisches Lächeln, denn im Moment lief es nicht besonders für den Klub. Für ihn als Zugewanderten eher ein Grund zur Freude als zur Trauer. Wieder ein Gong, dann noch einer und noch einer. Das Licht im Aufzug erlosch, und zeitgleich setzte die Notbeleuchtung ein.

"Was zur Hölle!", schimpfte er und drückte den Notfall-knopf.

Sie hasste es. Sie hasste sein Lächeln. Sie hasste seinen Blick, der sie von oben bis unten musterte. Sie verabscheute seine Berührungen.

Anfangs kam es ihr zufällig vor, als sein Handrücken ihre Hüfte berührte. Sie maß der Situation keine Bedeutung zu, als er zunächst ihren Nacken streichelte und dann mit den Fingern ihren Rücken herabfuhr. Er war so nett gewesen, so charmant und zuvorkommend.

Ihre Augen wanderten zu ihrem Monitor. Was hatte sie geschrieben? Ihre Hände zitterten. Sie drückte die Entf-Taste und löschte das Geschriebene.

Sie hatte Angst vor ihm. Es war dieser Abend gewesen, der ihr Bild von ihm revidiert hatte. Die Nacht, in der aus einem harmlosen Treffen auf einen Drink mehr wurde, obwohl sie es nicht wollte. Und es hatte sich wiederholt. Immer und immer wieder. Mal stand er unangemeldet vor ihrer Tür. Mal bestellte er sie zu sich, und von Zeit zu Zeit geschah es hier im Büro. Er kannte keine Grenzen, und es tat weh. Physisch und psychisch.

Sie sollte ihn anzeigen, dachte sie und verwarf den Gedanken sogleich. Mit noch immer bebender Hand griff sie nach dem Foto ihrer Tochter, das vor ihr auf dem Schreibtisch stand.

"Nur für dich, mein Schatz", flüsterte sie und zwang sich zu einem Lächeln.

Warum tat sie es nicht einfach? Sie konnte das Büro verlassen. Jetzt. Konnte in den Aufzug steigen, ins

Erdgeschoss fahren und zu Protokoll geben, was er ihr angetan hatte. Sonja schob sich mit dem Fingernagel eine Strähne ihres blonden Haares aus dem Gesicht. Ihre Nägel waren gepflegt. Darauf achtete sie, wie auch auf ihre gesamte Erscheinung. Viele Frauen, die sie kannte, hatten nach der Geburt ihrer Kinder nicht mehr zu ihrer Form zurückgefunden. Sie war schlanker und sportlicher, als jemals zuvor. Zumba, Joggen, Körperpflege und ein Hang zur Mode machten sie zu dem, was sie war. Zu einem Opfer.

"Verdammte Scheiße!", rief der Mann, als er die Tür zu seinem Büro aufstieß. Sein Kollege sah von seiner Arbeit auf und blickte ihn mit großen Augen an. Der Mann schleuderte seinen Schlüssel auf den Schreibtisch. Dabei erwischte er ein Wasserglas, das er am Vortag hatte stehen lassen, und beförderte es zu Boden, wo es in seine Einzelteile zerbrach. Resigniert senkte er den Kopf und ließ die Schultern fallen.

"Geht's noch?", fragte der Kollege.

Ben Bischoff lehnte immer noch mit den Ellbogen auf seinem Schreibtisch und musterte den jungen Mann, der im Türrahmen stand. Seine Gesichtszüge waren glatt, beinahe jungenhaft.

"Wo ist dein Schal?", fragte er und konnte ein Grinsen nicht unterdrücken.

"Geh mir nicht auch noch auf den Sack, Ben. Ok?", antwortete der junge Mann harsch, während er sich auf seinen Stuhl fallen ließ und langsam damit begann, die Scherben einzusammeln. Der Schal war lange ein Thema zwischen den Männern gewesen. Ben war der Ansicht, er wirke zu weich für einen Polizisten. Er nannte es metrosexuell und meinte es nicht als Kompliment. Christian Klein hingegen war der Ansicht, dass sein Stil ein Teil seiner Persönlichkeit war und er ihn nicht aufgrund seiner Arbeit ändern müsse. So diskutierten sie und zogen sich auf, mehr im Spaß, als im Ernst.

Ben hob entschuldigend die Hände. "Mit dem falschen Fuß aufgestanden?"

Christian Klein wollte sich aufrichten und stieß mit dem Hinterkopf gegen die Platte seines Schreibtisches.

"Scheiße!", brüllte er und schlug mit der Faust auf die Tischplatte. In der anderen hielt er eine große Glasscherbe und deutete auf Ben.

"Willst du mal hören, wie mein Morgen war?", fragte er und fuchtelte dabei mit der Scherbe herum.

"Gerne, wenn du dafür das Ding weglegst. Sonst schneidest du dich noch", antwortete Ben immer noch breit grinsend. Er hatte die Beine übereinandergeschlagen und eine völlig entspannte Haltung eingenommen.

"Na gut", begann Klein. "Zuerst hatte ich einen Autounfall, und mein Dienstwagen ist Schrott. Dann bin ich zum ersten Mal seit Monaten mit dem Aufzug gefahren und steckengeblieben. Jetzt gerade habe ich mir wahrscheinlich eine Gehirnerschütterung zugezogen, und ach ja, gestern Abend hat mich meine Freundin verlassen."

Wieder schlug er auf den Tisch. Eine Strähne seines dunklen Haares fiel ihm ins Gesicht.

"Ups", antwortete Ben lediglich. Er verschränkte die Arme und dachte nach.

"Bist du arbeitsfähig?", fragte er schließlich.

"Klar", antwortete Klein leise, als er die Scherben in den Mülleimer warf.

"Willst du darüber reden?", hakte Ben nach.

"Im Moment nicht, danke", sagte Klein.

Ben nickte. Er stand auf und ging um den Tisch herum zu seinem Kollegen. Dann klopfte er ihm freundschaftlich auf die Schulter und begann schweigend die restlichen Glasscherben aufzusammeln.

"Heute kommt die neue Chefin", sagte Ben. Jetzt war es Klein, der nickte, ohne ein Wort zu sagen. "Wir sollten gucken, dass es hier halbwegs ordentlich ist."

Klein lächelte. "Und das von dir?"

Er deutete auf die andere Hälfte des Tisches. Dort türmten sich Papierberge. Auf der Fensterbank stand ein halbes Dutzend leerer Cola-Flaschen und diverse Kaffeetassen, die mittlerweile schon ein Eigenleben entwickelt haben dürften. Ben hielt inne und lugte über die Tischplatte zu seinem Platz.

"Ich habe auch nicht vor, noch Karriere zu machen. Du schon, Christian."

Vor ihr saß ein Mann, der etwa in ihrem Alter sein musste. Sie mochte ihn nicht. Seine Körpersprache missfiel ihr. Die Art, wie er sich in seinem Sessel räkelte, während sie auf einem Plastikstuhl Platz nehmen musste, empfand sie als erniedrigend. Der Anzug saß. Das musste sie zugeben. Vielleicht eine Maßanfertigung. Sein Erscheinungsbild passte eher zu ihrer Vorstellung eines Investmentbankers. Die dunklen, vor Gel triefenden Haare, das glattrasierte Gesicht, der Duft des teuren Parfüms, das er trug. Schmierig. Das war es, was ihr in den

Sinn kam, während sie Polizeipräsident Richter beobachtete.

"Wissen Sie, Frau Kaminski, ...", begann er.

"Czarnecka", korrigierte sie ihn erneut.

"Wie dem auch sei", sagte er und winkte die kleine Belanglosigkeit mit der Hand fort.

"Das ist respektlos", fiel sie ihm ins Wort.

Plötzlich schwieg er und sah sie mit geöffnetem Mund an, als habe es ihm die Sprache verschlagen. Magdalena Czarnecka saß aufrecht in ihrem Stuhl, als wäre sie an einer Stange fixiert worden. Sowohl ihr Blick als auch ihre Worte waren klar und durchdringend. Thomas Richter verdrehte lächelnd die Augen.

"Frau Cz-ar-ne-ck-a", sagte er stark betont. "Es liegt mir fern, Ihre Gefühle zu verletzen."

"Das können Sie auch nicht", entgegnete Czarnecka.

"Bitte?"

"Sie können meine Gefühle nicht verletzen. Hier geht es ausschließlich um unseren Job, den wir, davon gehe ich aus, beide so gut wie möglich erledigen möchten, oder?" Ihre Mundwinkel verzogen sich zu einem zaghaften Lächeln. Eins zu null. Thomas Richter stemmte seine Ellbogen auf den Glastisch vor sich und faltete die Hände.

"Natürlich", sagte er schließlich, "also lassen wir das ganze Drumherum beiseite und kommen zur Sache."

Sie nickte. "Das wäre mir recht."

"Gut.", fuhr er fort und lehnte sich wieder zurück, "Sie treten in große Fußstapfen."

Jetzt war sie es, die die Augen verdrehte. "Ich trete in Ihre Fußstapfen."

Richter nickte heftig. "Ganz genau."

Er fixierte sie und erwartete Widerspruch, der allerdings nicht kam. "Die Abteilung hatte in den vergangenen Jahren eine der höchsten Aufklärungsraten im gesamten Bundesgebiet", fügte er hinzu, als wolle er sich rechtfertigen.

"Das ist mir bekannt", bestätigte sie ihn.

"Ich erwarte natürlich, dass die Quote annähernd gehalten wird. Nach unserem Gespräch werde ich Sie den Kollegen vorstellen. Dabei gibt es die ein oder andere Besonderheit."

"Ben Bischoff", sagte sie, ohne eine Regung.

Richter nickte anerkennend. "Sie haben Ihre Hausaufgaben gemacht, Czarnecka. Sehr gut. Bischoff ist ein hervorragender Ermittler. Seine Methoden hingegen sind zweifelhaft."

"Wie meinen Sie das?", fragte sie, obwohl sie die Antwort hätte vorwegnehmen können.

"Er ist äußerst aggressiv, schert sich nicht um Regeln und Konventionen. Kurz gesagt, er belastet das Dezernat."

"Wie ist Ihre Erwartungshaltung, Herr Polizeipräsident?"

Die Anrede gefiel ihm. "Halten Sie ihn im Auge. Er hat mächtige Fürsprecher innerhalb der Landesregierung."

"Reden Sie bitte Klartext mit mir", bat sie.

"Nun gut", erklärte er und sah ihr tief in die Augen. "Ich will, dass er am Ende des Jahres nicht mehr in seinem Büro, sondern beim Arbeitsamt sitzt. Verstanden?"

Der Ton in seiner Stimme war hart und entschlossen. Sie nickte kurz. "Natürlich, Herr Polizeipräsident."

Ein Handy klingelte. Ben Bischoff sprang auf, umrundete den Schreibtisch und öffnete die oberste Schublade. Er schob die Dienstwaffe und die Packung Marlboro beiseite und betrachtete das Display des alten Nokia-Handys. Dann drückte er die rote Taste und schloss die Schublade.

"Alles klar?", fragte Christian Klein.

"Ja", sagte Ben zögerlich. "Meine Ex-Frau. Die brauche ich jetzt gerade nicht."

Klein beobachtete seinen Kollegen. Er sah die tiefen Furchen um seine Augen und die Mundwinkel. Trotz der in den letzten Wochen fast dauerhaft scheinenden Sonne war seine Haut blass. Er wirkte müde.

"Du siehst nicht gut aus, Ben."

"Lass mich in Ruhe, okay?", entgegnete dieser forsch.

Klein riss den Mund und die Augen auf und schlug die Hände flach auf den Tisch.

"Aber ich soll mich dir öffnen. Alles klar", sagte er trotzig.

"Bist du noch an dieser Sache dran?"

Ben nickte wortlos.

"Der Fall ist abgeschlossen, Ben", sagte er nun in wesentlich ernsterem Ton.

"Nein, ist er nicht", warf Ben ein. "Der Rosengarten-Killer war ein Auftragsmörder. Weder die Auftraggeber des Mordes an Ina Götte wurden gefunden noch ..."

Er sah zu Boden und schluckte.

"... noch die des Mordes an deiner Tochter", vervollständigte Klein den Satz.

Wieder nickte Ben.

"Lass die Toten ruhen, Ben", sagte Klein schließlich.

"Das kann ich nicht und das weißt du."

Jetzt war es Klein, der nickte.

Ben rang sich ein Lächeln ab. "Und dann gibt es da ja noch den Sonnenkönig."

Auch Klein lachte. "Guter Spitzname. Kannte ich noch nicht. Du kannst Thomas Richter nichts anhängen."

Das letzte Wort setzte er mit den Fingern in Anführungszeichen.

"Ich muss ihm auch nichts anhängen", sagte Ben und wiederholte die Geste. "Ich bin mir sicher, dass er Polizeipräsident Huber ermordet und Janina vor ihrem Tod vergewaltigt hat."

"Du glaubst, dass er die Beweise am Tatort getürkt hat?", fragte Klein.

"Was glaubst du?"

Klein überlegte. Sein Lachen war verflogen. Sein Blick war ernst. "Ich bin mir sicher, dass es so war."

"Dann sollten wir es beweisen", sagte Ben und erntete keinen Widerspruch.

Thomas Richter wollte die Tür öffnen, als er Magdalena Czarneckas Hand an seinem Arm spürte.

"Eine Sache noch, Herr Polizeipräsident", sagte sie ernst.

Richter ließ die Hand von der Türklinke ab und sah sie überrascht an.

"Ich bin seit dreißig Jahren im Polizeidienst tätig", erklärte sie mit fester Stimme. "Meine Personalakte ist tadellos. Ich habe diverse Auszeichnungen erhalten. Meine Aufklärungsquote ist die höchste im gesamten Bundesgebiet. Ich habe Erfahrungen beim Landes- und Bundeskriminalamt sowie bei der Auslandsaufklärung gesammelt. Damit gehöre ich zu den bestausgebildeten Frauen im Polizeidienst."

"Was wollen Sie mir damit sagen?", reagierte Richter völlig überfordert.

"Ich führe diese Abteilung so, wie ich es für richtig halte. Wenn einer meiner Mitarbeiter sich falsch verhält, muss er die Konsequenzen tragen. Eine Vorverurteilung wird es allerdings nicht geben. Und wenn Herr Bischoff ein so guter Ermittler ist, wie Sie es mir beschrieben haben und wie es seinem Ruf entspricht, werde ich nicht nur ein Auge zudrücken."

"Warum sollten Sie das tun? Es könnte Ihrer Karriere schaden", fragte Richter mit gespielter Fürsorge.

Magdalena Czarnecka überlegte einen Moment. "Zum einen, weil es der Sache dient, Herr Richter. Zum anderen, weil ich nicht um der Karriere willen wieder beim Morddezernat bin. Dann wäre ich in Berlin geblieben. Dass ich wieder hier bin, hat rein persönliche Gründe."

Richter starrte die neue Abteilungsleiterin des Morddezernats an, als könne er nicht glauben, was sie ihm gerade an den Kopf geworfen hatte.

"Wie verbleiben wir?", fragte er zögerlich und merkte sogleich, wie wenig souverän sich das gerade anhörte.

"Ich berichte Ihnen und Sie mischen sich nicht in meine Arbeit ein."

Sie lächelte zum ersten Mal, als sie die Tür öffnete und das Vorzimmer betrat.

"Wo fangen wir an?", fragte Klein, der am Fenster stand und auf die Straße hinuntersah. Eine Gruppe Studenten passierte das Gebäude und zog einen Bollerwagen hinter sich her.

"Gehen wohl zum Rhein", sagte Ben, der plötzlich neben ihm stand.

"Habe ich früher auch gerne gemacht. Eine Kiste Bier in einen Bollerwagen, die Füße ins kalte Wasser und den Tag genießen."

"Kann ich mir bei dir gar nicht vorstellen. Ich dachte immer, du wärst eher der Prosecco-Typ", lachte Ben.

Klein lachte nicht.

"Wo fangen wir an?", wiederholte er.

"Wir suchen seine Schwachstelle."

"Frauen", ergänzte Klein

Ben nickte zustimmend. "Seine neue Sekretärin. Sonja Irgendwas."

"Meinst du, er hat es bei ihr schon versucht?", fragte Klein.

"Da würde ich drauf wetten", antwortete Ben. "Ich habe darüber hinaus noch einen alten Kontakt bemüht, der uns hilfreich sein kann. Ich treffe ihn heute Abend."

"Wann und wo?", wollte Klein wissen.

Ben hielt kurz inne und betrachtete seinen Kollegen nachdenklich. "Du musst das nicht tun, Christian. Das ist eine heikle Geschichte und kann ganz schön nach hinten losgehen."

"Wann und wo?", wiederholte Klein.

Magdalena Czarnecka ging wortlos an der jungen blonden Frau vorbei hinaus in den Flur. Er hingegen lächelte und zwinkerte ihr vielsagend zu, als er an ihr vorüberging. Sie hasste ihn. Sonja Fischer verachtete ihn für alles, was er ihr angetan hatte und noch antun würde.

Polizeipräsident Richter hastete an seiner neuen Abteilungsleiterin vorbei und drückte den Knopf am Aufzug. Sie warteten einige Minuten, in denen sie lediglich Belanglosigkeiten austauschten. Richter drückte den Knopf noch einmal. Keine Reaktion. Mit der Hand wies er auf eine grüne Tür, ein paar Meter den Gang hinunter. Er öffnete sie zuvorkommend, als habe das Gespräch vorhin in seinem Büro nie stattgefunden. Czarnecka nahm es gleichgültig zur Kenntnis.

Sie verließen das Treppenhaus in der dritten Etage, gingen einige Meter den Flur hinunter. Ohne zu klopfen, öffnete Richter eine Tür und sah in zwei überraschte Gesichter.

"Meine Herren. Ich darf Ihnen Ihre neue Chefin vorstellen."

Sie ging bestimmt auf den Mann zu ihrer Linken zu und streckte ihm ihre knöcherne Hand entgegen.

"Magdalena Czarnecka", sagte sie.

"Ben Bischoff", antwortete er.

Ihre Augen blitzten auf. "Sehr erfreut, Herr Bischoff."

Ein weiterer Mann stürmte in das kleine Büro und drückte Klein einen Zettel in die Hand. Dabei quetschte er sich an Thomas Richter vorbei, der genervt das Gesicht verzog.

"Ich störe nur ungern die illustre Runde", sagte er. "Aber es gibt zu tun."

Kapitel 3

Wie ein Sandsturm flog die Wolke aus Abgasen die Straße entlang. Sergej trat intuitiv einen Schritt zurück, als der Motorlärm lauter wurde und schließlich jedes Wort verschluckte, das unter den Passanten getauscht wurde. Die Kolonne aus Motorrädern schob sich an dem blauen Fiat Punto vorbei und bewegte sich gemächlich auf Sergej zu. Es handelte sich ausschließlich um Harley-Davidson-Maschinen aller Kategorien. Die Fahrer wirkten wild, wie Outlaws, die nicht viel um die Regeln und Konventionen der Gesellschaft gaben und stattdessen ihren eigenen Zielen folgten. Sie orientierten sich nicht an geschriebenen Gesetzen, sondern an einem ganz eigenen Rechtsverständnis, das auf Ehre und Vertrauen beruhte. Sergej schluckte und suchte Schutz hinter dem Bauwagen, der am Straßenrand stand und ihm in den letzten Tagen den so herbeigesehnten Schatten gespendet hatte. Die beiden Frauen vor Georgios Eiscafé erhoben sich und griffen nach ihren Handtaschen. Ihre Haare wehten in dem herannahenden, warmen Wind. Sie wollten gehen, doch irgendetwas hielt sie davon ab, sich einfach umzudrehen und einen Schritt vor den anderen zu setzen. Der Fahrer des blauen Punto legte den ersten Gang ein und fuhr in die Straße ein, als die Kolonne aus etwa vierzig Motorrädern die Kreuzung passiert hatte. Aus seinem Versteck beobachtete Sergej das Treiben, als sein Blick an dem Tank der Harley-Davidson an der Spitze der Gruppe hängen blieb. Ein grüner Skorpion zierte das Metall.

Mike Brandt genoss den kühlenden Fahrtwind. Dennoch brannte die Sonne auf seinem Kopf. Er spürte, dass die Haare unter seinem Helm nass vom Schweiß waren, der langsam seine Wange herunterrann, dann aber direkt von dem Wind, der ihm entgegenschlug, getrocknet wurde. Es waren nicht viele Autos unterwegs. In einer Stunde, wenn der Berufsverkehr über die Stadt hereinbrach, würde es anders aussehen. Sie hatten die Zeit mit Bedacht gewählt. Er wechselte auf die linke Spur und überholte einen LKW. Dann beschleunigte er, bis er beinahe die Stoßstange des vor ihm fahrenden Opel Kombi berührte, um dann wieder nach rechts zu ziehen und den Vorgang zu wiederholen. Ein Adrenalinschub durchspülte seinen Körper. Er nahm alles wahr: seinen Herzschlag, seinen Atem, das Pochen seiner Halsschlagader. Alles wirkte so deutlich, so klar. Mike bremste abrupt ab. Er schob sich an zwei Fahrzeugen vorbei auf die Linksabbiegerspur. Dann passierte er die rote Ampel und beschleunigte erneut. Rechts vor links. Er ignorierte es. Das Hupen des Busses ging in dem dröhnenden Geräusch seines Motors unter. Mike lachte.

Stille. Wie auf Kommando verstummten die Motoren. Der Staub legte sich, bis er über ihren Köpfen immer dünner wurde und nur noch der stechende Geruch am Boden hängen blieb. Der Mann an der Spitze stieg ab. Er trug eine enganliegende Lederhose und eine passende Weste. Darunter nichts, außer seinen Tätowierungen, die erst auf den zweiten Blick als solche erkennbar waren, denn sie bedeckten den kompletten Oberkörper. "Pit! Speedy!", rief er im Befehlston.

Zwei Männer stiegen von ihren Maschinen ab und folgten ihrem Anführer mit einigem Abstand. Sie trugen Jeans und dunkle Sonnenbrillen. Allen Männern gemein waren die schwarzen Westen, auf deren Rückseite ein feuerspeiender Teufel prangte. "Dare Devils" stand in altdeutscher Schrift darüber.

Einer der Männer, Speedy, stoppte bei den beiden jungen Frauen, die inzwischen wieder an ihrem Tisch Platz genommen hatten und sich verunsichert ansahen. Vom Nebentisch nahm er einen weiteren Stuhl und setzte sich schwungvoll zu ihnen, ohne ein Wort zu verlieren. Er legte den Ellbogen auf den Tisch und den Kopf in seine Hand, als er ihnen zulächelte und den Blick auf seine Zahnlücke neben einem schwarz verfärbten Zahn freilegte.

Die Frauen lehnten sich angewidert zurück und drückten ihre Handtaschen fest vor die Brust. Ihr Herz pochte. "Ist das sein Ernst?", sagte der Mann an der Spitze und rüttelte an der verschlossenen Tür zu Georgios' Eiscafé. Er trat einen Schritt zur Seite. Ohne weitere Instruktionen trat der Mann namens Pit vor. Er zog den Tisch unter dem Ellbogen des Zahnlosen weg. Die Frauen reagierten blitzschnell, sprangen auf und hüpften einen Meter zurück. Speedy jedoch verlor das Gleichgewicht und fiel unsanft zu Boden. Pit hob den Tisch unter dem Gelächter der anderen Rocker hoch über den Kopf und warf ihn mit einem lauten Knall in das Schaufenster des Cafés. "Georgios, alter Freund", rief der Anführer der Gruppe mit einem Lächeln. "Was ist denn das für eine Begrüßung?"

Jesse schrak auf. Sie musste eingenickt sein. Ihre Hand griff intuitiv nach dem Smartphone auf dem Boden neben ihrem Bett. Keine Nachricht. Warum auch? Er war gerade einmal eine halbe Stunde weg. Dennoch war sie unruhig, irgendwie besorgt. Woher dieses Gefühl kam, wusste sie nicht. Weibliche Intuition, redete sie sich ein und ging zum Fenster. Seine Maschine war weg. Natürlich. Wo wollte er noch gleich hin? Auch das wusste sie nicht. Sie hätte ihn fragen sollen, redete sie sich ein. Dieses nicht weichen wollende Gefühl. Sie wählte seine Nummer. Die Mailbox. Er hatte sein Handy nie ausgeschaltet. Aus dem leichten Kribbeln im Bauch wurde ein Zittern. Sie fror, als sie sich wieder unter der Bettdecke verkroch. Und das bei über 30 Grad.

Georgios kauerte hinter dem Tresen seines Cafés. Neben ihm knieten in einigem Abstand zwei seiner Mitarbeiter. Einige Gäste, die den Raum nicht mehr rechtzeitig verlassen hatten, sahen dem Treiben ungläubig zu und suchten nach einem sicheren Ort. Auf Hilfe konnten sie dabei nicht hoffen.

"Georgios!", rief der Mann erneut, als er das Loch in der Scheibe mit gezielten Tritten vergrößerte.

Einer der Gäste trat an die Eis-Theke und lehnte sich hinüber. "Sie bringen uns alle in Gefahr! Bereiten Sie dem Treiben verdammt noch mal ein Ende!", sagte er.

Georgios jedoch überhörte seine Worte und starrte stattdessen schräg hinüber zum Eingang, wo er plötzlich ein hämmerndes Geräusch wahrnahm.

Sergej hatte nicht widersprochen, als zwei Männer seine Baustelle betraten und den Presslufthammer hinüber zum Eiscafé schleiften. Zwei weitere kamen unterstützend herbei. Sie lachten, als sie das Gerät immer wieder gegen die Jalousie warfen und beobachteten, wie diese nach und nach zersprang. Splitter aus Metall und Kunststoff flogen umher. Eine der jungen Frauen schrie auf, als sie von einer Scherbe am Arm getroffen wurde und sofort zu bluten begann. Ihre Freundin drückte ihr eine Serviette auf die klaffende Wunde. Speedy beobachtete sie noch immer. Wieder sprang seine Zahnlücke hervor, als er sich näherte.

Der Mann lief zu einem Tisch im Inneren des Cafés und griff nach der Hand seiner Frau. Er zog sie unsanft von ihrem Stuhl auf und schob sie vor sich her bis in die Damentoilette. Wo konnte er hin? Sie zwängten sich in eine der Kabinen und verschlossen die Tür. Still, ganz still harrten sie aus, als sie wieder die rauchige Stimme dieses Mannes hörten.
"Georgios, mein Freund! Entschuldige den Auftritt, aber die Tür war zu."
Dann hörten sie Schritte. Eine Person trat durch den Schutt und die Scherben, dann eine weitere und noch eine. Drei Männer.

Pit griff nach Speedys Arm und riss ihn mit sich ins Café. Die beiden jungen Frauen atmeten auf, als sie sahen, wie die beiden Männer, gefolgt von ihrem Anführer, im Haus verschwanden. Blut rann noch immer ihre Arme entlang, doch sie schienen es kaum zu spüren.

Der Raum war offensichtlich leer. Die Tische waren nicht mehr besetzt. Die Männer wussten, dass sich der ein oder andere Gast versteckt haben dürfte, doch das sollte sie im Moment nicht weiter interessieren. Pit umkurvte die Kasse und den Tresen. Die dort kauernden Mitarbeiter stieß er unsanft zur Seite und schob sich an ihnen vorbei zu dem winselnden Griechen. Zitternd richtete sich dieser auf und bewegte sich langsam um die Theke herum in den Raum, wobei er bei jedem Geräusch, jedem Luftzug zusammenschrak, als sei er dem Tode geweiht. Der Anführer der Gruppe, der mittlerweile an einem der Tische Platz genommen hatte, wies auf den gegenüberliegenden Stuhl. Speedy packte Georgios bei der Schulter und drückte ihn kraftvoll nieder. Stöhnend ließ sich der Grieche auf das harte Plastik fallen und rieb sich sogleich den Oberarm.

"Stinger, ich ...", sagte er hektisch, doch der Mann winkte ab.

"Georgios, wie fange ich an? Du bist im Rückstand", sagte Stinger.

Der Grieche nickte und wollte erklären, aber wieder hob Stinger warnend die Hand.

"Ich habe dir gesagt, dass wir dich beschützen. Zu einem, wie ich finde, sehr angemessenen Preis", führte er aus. "Aber weißt du was? Ich glaube, du bist uns untreu geworden, alter Freund."

Georgios lehnte sich vor. Er schwitzte.

"Was hätte ich denn machen sollen? Die Brigade stand plötzlich hier im Laden. Sie hatten Waffen dabei und haben mich gezwungen, sie zu bezahlen! Ich ..."

Weiter kam Georgios nicht. Stinger sprang mit einem Satz auf und warf ihn mitsamt seinem Stuhl zu Boden. Noch am Boden liegend spürte Georgios, wie der Mann sich neben ihn hockte und ihm das Knie in die Kehle drückte, während er ihm mit dem Ellbogen in den Magen schlug. Georgios schnappte panisch nach Luft. Nichts. Er spürte, wie der Druck in seinem Kopf stieg. "Du hättest mich anrufen müssen, Georgios! Sofort hättest du mich anrufen müssen!", schrie Stinger ihn an. Dann ließ er von ihm ab. Georgios drehte sich zur Seite und sog die Luft gierig ein. Stinger stand auf und beugte sich über ihn.

"Weißt du, was Stinger heißt, Georgios?", fragte er schließlich.

Georgios schüttelte den Kopf.

"Ein Stinger ist der Giftstachel des Skorpions", erklärte der Mann. "In der richtigen Dosis ist sein Stich tödlich. Wusstest du das?"

Wieder schüttelte Georgios den Kopf. Stinger nickte.

"Ich will den Namen. Wie heißt der Kerl, der sich in mein Geschäft einmischt?"

Georgios zögerte.

"Wie heißt er?", schrie Stinger erneut. Georgios spürte, wie Speicheltropfen sein Gesicht berieselten.

"Mike Brandt", antwortete er schließlich.

Der Gast in der Toilette wählte den Notruf. Er kauerte eng umschlungen mit seiner Frau auf dem Toilettensitz. Die Füße hielten sie in der Luft, um von außen unsichtbar zu sein. Er beschrieb dem Polizisten am anderen Ende der Leitung, was geschehen war, soweit er es den Geräuschen noch entnehmen konnte. Hilfe war auf dem Weg.

Mike Brandt bog ab, ließ den Motor aufheulen, bremste ab und gab erneut Gas. Er umfuhr im Slalom die langsameren Autos und scherte sich nicht um Ampeln oder Verkehrszeichen. Er hatte Vorfahrt, weil er sie sich nahm. Waghalsig schob er sich noch einmal vor einen schwarzen BMW und zog über drei Spuren hinweg hinüber in die nächste Straße. Aus dem Augenwinkel sah er eine alte Frau, die am Fenster stand und ihn beobachtete. Noch einmal bog er links ab und sah etwa einhundert Meter vor sich eine Gruppe aus etwa vierzig Motorrädern. Abrupt stoppte er seine Maschine. Er schaltete sie aus, nahm den Helm ab und strich sich über den kahl geschorenen Kopf. Die Rocker schienen ihn nicht zu bemerken. Noch nicht. Mike lächelte. Das Spiel begann.

Georgios taumelte vor die Tür seines Cafés, gefolgt von Speedy, der sogleich wieder Ausschau nach den jungen Frauen hielt. Sie waren verschwunden. Enttäuscht trat er dem Griechen in die Beine, was diesen unter dem Gejohle der übrigen Dare Devils ins Straucheln brachte. Stinger ging hinter ihnen. Seine Miene war finster und sogleich stoppte das Gelächter. Alle Augen richteten sich auf ihn. Nur Georgios blickte abwesend die Straße hinab. Stinger trat so nah an ihn heran, dass seine Nase beinahe seine Wange berührte.
"Was ist los mit dir?", fragte er harsch.
Georgios deutete mit dem Zeigefinger in die Richtung, der auch sein Blick folgte.

"Mike Brandt", flüsterte er.

Stinger kniff die Augen zusammen und sah gegen die tiefhängende Sonne die schemenhaften Umrisse eines Mannes, der auf einem Motorrad zu sitzen schien. Den Helm hatte er unter den Arm geklemmt. Mit dem anderen tat er etwas, das Stinger die Zornesröte ins Gesicht trieb. Er winkte.

Der Notruf wurde unmittelbar an einen Streifenwagen weitergeleitet. Die Polizisten sahen sich wortlos an und fuhren, ohne ihr Tempo zu erhöhen, zu der genannten Adresse. Der Verkehr wurde langsam dichter. Der Berufsverkehr nahte. Trotz der Dringlichkeit, die sie dem Anruf beigemessen hatten, stoppten sie an jeder roten Ampel. Wortlos. Einig. Ohne Widerspruch. Das Martinshorn blieb weiterhin stumm.

Hektisch sprangen die Dare Devils auf ihre Motorräder, starteten die Maschinen und wendeten sie aufwändig. Die Straße war durch die Baustelle schmal und so kamen sie sich ungeschickt in die Quere und mussten das ein ums andere Mal rangieren, um die richtige Richtung einschlagen zu können.

Mike Brandt beobachtete das Treiben lächelnd. Ruhig setzte er seinen Helm auf und drehte am Gashahn. Er sah zu, wie sich zwischen den Rockern eine Gasse bildete und drei Motorräder auf ihn zuschossen.

"Playtime", sagte er zu sich selbst.

Kapitel 4

"Können wir nicht näher ran?", fragte Ben Bischoff seinen Kollegen.

Christin Klein fluchte leise und funkelte Ben böse von der Seite an. "Die Blöße gebe ich mir nicht."

"Du spinnst doch", entgegnete Ben.

"Ich will nicht, dass sich die Kollegen das Maul zerreißen wegen meines kleinen Unfalls", erklärte Klein zögernd. Ben öffnete die Beifahrertüre und setzte seinen Fuß auf den staubigen Boden des Parkplatzes. Er ging einmal um den Wagen herum und betrachtete den Schaden mit einem süffisanten Lächeln. Dann legte er seinen Fuß auf die lädierte Stoßstange und begann langsam hin und her zu wippen, bis sie unter einem lauten Knall nachgab und auf die Asche krachte.

"Ben!", rief Klein, der in der Zwischenzeit ebenfalls ausgestiegen war und vor Wut in den Boden trat. Eine Staubwolke stieg auf und wehte ins Innere des Fahrzeugs, wo sie sich dankbar über den Sitz und die Armaturen legte. Klein schlug seinen Kopf resignierend auf das Autodach, wo er zunächst leicht, dann immer stärker mit der Stirn gegen das Blech donnerte.

"Weißt du, was ein alter Freund von mir in solchen Situationen immer sagte?", fragte Ben, der noch immer schmunzelte.

"Was?", fragte Klein hoffnungsvoll.

"Es gibt Tage, da regnet's."

Klein sah kurz auf. Er kniff die Augen verärgert zusammen und runzelte die Stirn, auf der sich bereits ein großer, runder Staubfleck abzeichnete.

"Es regnet nicht", sagte er schließlich, während Ben lediglich die Augen verdrehte.

Klein warf die Tür schwungvoll zu und verriegelte lustlos den Wagen mit einem Druck auf den Knopf der Fernbedienung in seiner Hand. Ben war bereits ein paar Schritte vorgegangen.

Die Männer überquerten den freiliegenden Parkplatz und erreichten eine von großen Linden gesäumte Allee, die ihnen wohltuenden Schatten spendete.

"Ein bisschen näher hättest du schon parken können", durchbrach Ben vorwurfsvoll den kurzen Moment der Stille. Das sehnlich erwartete Flatterband der Polizeiabsperrung war noch nicht in Sichtweite, und Schweißperlen bildeten sich auf seiner Stirn. Verdammte Hitze. Klein verließ den Fußweg und sprang auf die etwas tiefer gelegene Schotterstraße, um einen Blick um die nächste Kurve erhaschen zu können. Plötzlich spürte er einen Druck und dann einen kräftigen Zug an seinem Oberarm. Vor Schmerz biss er unweigerlich die Zähne zusammen. Im nächsten Moment verlor er das Gleichgewicht. Er taumelte und fiel schließlich unsanft auf den zwischen Weg und Fahrbahn liegenden Rasenstreifen. Umgeben von einer Staubwolke erkannte er in der sich langsam zu Boden legenden Asche das Heck eines Autos, das deutlich zu schnell an ihm vorbeiraste.

Klein sprang auf und holte aus, um dem Fahrer durch eine unerfreuliche Geste klarzumachen, was er von dessen Fahrstil hielt, als Ben ihm erneut in den Arm griff. "Das würde ich lassen", sagte er. "Das ist der Wagen der neuen Chefin."

Klein nickte widerwillig und rieb sich den Muskel. Erst jetzt bemerkte er das Loch in seinem Hemd, das sich von seinem Bauchnabel bis zu seiner linken Achsel zog.

Magdalena Czarnecka huschte ein Lächeln über das Gesicht, als sie die zwei Männer passierte. Doch sogleich gefror ihre Miene unter der überdimensionierten Sonnenbrille wieder. Sie umklammerte das Lenkrad mit ihren knochigen Fingern und fixierte die Polizeiabsperrung, die sich wenige hundert Meter vor ihr aufbaute. Die Zeiten, in denen sie mit Unbehagen oder gar Nervosität zu kämpfen hatte, bevor sie einen Tatort aufsuchte, waren lange vorbei. Wie in jedem anderen Job auch, entwickelte sich eine gewisse Routine, die sie zwar nicht mochte, die ihr aber half, all dies zu verarbeiten. Sie stellte den Wagen vor dem Flatterband ab und öffnete die Tür. Sogleich eilte ein uniformierter Beamter herbei und wies sie in ernstem Ton an, weiterzufahren.

"Morddezernat", sagte sie trocken und hielt ihm ihren Ausweis unter die Nase. Doch bevor sie die Absperrung passierte, hielt sie noch einmal inne. Die Sonne brannte auf ihrem schmalen Gesicht. Langsam sah sie sich zu allen Seiten um, die Hände tief in den Taschen ihres Anzugs vergraben.

"Spürst du das, Magda?", sagte sie zu sich selbst. Ihr Gesicht legte sich in noch tiefere Falten. Ein ungutes Gefühl machte sich in der Magengegend breit. Doch es war nicht der Tatort, der sie beunruhigte. Es war das doppelte Spiel, das sie spielte.

Der uniformierte Polizist hob das rote Absperrband an, als die beiden Männer den Tatort erreichten.

"Bischoff ... äh ...", er stockte, als er Kleins nackte Brust entdeckte. "... und Klein", wieder dieses Grinsen, "Warm heute, nicht?", sagte er und deutete dabei breit lächelnd auf den nackten Oberkörper des Kollegen.

Klein, der den Mann bereits passiert hatte, blieb plötzlich stehen und wandte sich dem Polizisten zu. Doch ehe er etwas sagen konnte, hatte sich Ben bereits zwischen die Männer geschoben und drückte seinen Partner nun sanft in die andere Richtung.

"Das musst du den Jungs jetzt einfach lassen", erklärte er. "Du siehst nun mal selten bescheuert aus."

Wieder blieb Klein stehen und sah Ben missmutig nach, während dieser achtlos voranging und einem weiteren Polizisten, der auf ihn zugelaufen kam, die Hand reichte.

"Was haben wir?", fragte Ben und merkte selbst, dass er sich anhörte wie ein Tatort-Kommissar.

"Vier Finger. Sie sind vom Wasser angespült worden."

Ben stoppte und schob die Sonnenbrille nach oben. Wenige Meter vor ihm floss der Rhein, ruhig und sanft, wie immer. Er trug wenig Wasser und so wirkte er bei weitem nicht so mächtig wie sonst, vor allem im Winter. Zu seiner Rechten erkannte er die Überreste der alten Befestigungsanlage. Zu seiner Linken, etwa einhundertfünfzig Meter entfernt, war der Fähranlegeplatz und nur kurz davor ein Ausflugscafé, dessen Terrasse gut gefüllt zu sein schien und auch bleiben würde, denn die Polizei ließ im Moment niemanden gehen. Der Polizist zeigte auf vier Stellen entlang des Flussufers.

"Dort, dort, da hinten und hier."

"Und der Rest?", fragte Ben irritiert.

"Welcher Rest?", entgegnete der Mann.

Ben verdrehte die Augen.

"Zu so Fingern gehört doch meistens noch mehr, oder?", rief Klein genervt, während er die Lücke zwischen sich und den Männern zu schließen begann.

"Haben wir nicht gefunden", antwortete der Polizist gleichgültig. Als Klein bei ihnen war, wich die Gleichgültigkeit einem amüsierten Lächeln.

"Wo ist Neumann?", fragte Ben, bevor sein Partner das Wort ergreifen konnte.

Wortlos deutete der Mann auf die Fähranlegestelle.

"Danke."

Die Ermittler folgten dem Weg und passierten unter den neugierigen Blicken der Passanten das Ausflugslokal. Am Anleger standen noch drei Autos und warteten darauf, endlich weiterzukommen, doch auch die Fährverbindung war vorerst unterbrochen. Auf dem Asphalt hatten die Kollegen der Spurensicherung bereits Beweismittel zusammengetragen. Ben konnte entlang des Ufers vier rote Markierungen erkennen, die auf den Fundort der Finger hindeuteten.

"Bischoff … und äh … Klein", sagte Neumann und streckte beiden die Hand entgegen. Neumann gehörte der Spurensicherung an. Er war ein Mann um die fünfzig mit einer insgesamt nicht sportlichen, aber normalen Figur. Sein Haar war mit der Zeit immer lichter geworden und schon lange nicht mehr so dunkel, wie es einmal war. Die schwarze Hornbrille saß ihm, wie immer, weit auf der Nasenspitze. Gelegentlich schob er sie mit dem Zeigefinger wieder nach oben, bevor sie herabzufallen drohte.

"Die neue Chefin ist auch schon da. Sie macht sich gerade dort drüben ein Bild von den Fundstellen."

Magdalena Czarnecka kniete fünfzig Meter weiter im hohen Gras und ließ ihren Blick in alle Richtungen schweifen.

"Wow", sagte Klein. "Die sieht aus wie dieser Typ von CSI Miami."

"Horatio?", fragte Ben.

Klein nickte.

"Sind sie das?", fragte Ben schließlich und deutete auf ein paar kleine Plastikbeutel in einer Kühlbox.

Jetzt war es Neumann, der nickte. Ben legte sie, einen nach dem anderen, auf den Asphalt. Er drehte die Beutel und betrachtete die Finger von allen Seiten.

"Sauberer Schnitt", stellte er fest.

"Scharfe Klinge", ergänzte Neumann.

"Weißt du schon was zu der Tatwaffe?"

Klein schüttelte den Kopf. "So schnell nicht. Dazu müssen die Dinger erstmal ins Labor."

Klein hatte sich mittlerweile neben Ben gekniet und rückte nun noch näher heran.

"Was ist das da?", er deutete auf eine Stelle knapp unterhalb des Fingernagels.

"Eine Tätowierung", erklärte Neumann. "Ein Knast-Tattoo wahrscheinlich. Auf jeden Fall nichts Professionelles."

"Hast du die Fingerabdrücke gecheckt? Wenn der Kerl

im Knast war, müssten wir sie doch haben, oder?", fragte Ben.

"Gecheckt ja. Aber leider Fehlanzeige … verrückt."

Ben runzelte die Stirn. Er presste die Lippen aufeinander und massierte sie mit Daumen und Zeigefinger. "Sind wir denn überhaupt sicher, dass der Kerl tot ist?"

"Woher wissen Sie denn, dass es ein Mann ist, Bischoff?", fragte eine Frauenstimme hinter ihnen.

Ben stand auf und drehte sich um.

"Keine Sorge. Sie haben natürlich Recht. Alles deutet auf Männerfinger hin, aber sonst tappen wir ziemlich im Dunkeln. Wir wissen ja noch nicht einmal, ob der denn überhaupt tot ist", fuhr sie fort.

"Haben wir die Krankenhäuser überprüft?", warf Ben ein.

Der uniformierte Polizist, der sie mit ein wenig Abstand die ganze Zeit beobachtet hatte, schüttelte mit dem Kopf. "Dann tun Sie es jetzt."

Ben richtete sich an Neumann. "Wie lange lagen die Finger im Wasser?"

"Etwa 4-6 Stunden."

"Gehört?", fragte Ben den Mann. Dieser nickte. "Worauf wartest du dann noch?"

"Wer leitet die Suche?", fragte nun Klein. Stille.

"Richtige Frage, Tarzan", sagte Czarnecka. "Wer hat das hier koordiniert?"

Wieder Stille. Schließlich deutete Neumann auf den Mann, der sich gerade entfernte. Czarnecka griff zum Telefon.

Ein Polizist in Springerstiefeln öffnete die Tür seines Transporters. Mit ein paar geübten Handgriffen entriegelte er das Schloss der Versandbox, und ein schwarzbrauner Schäferhund sprang heraus. Der Mann sah zu der Traube von etwa zehn Menschen, die sich unweit des Ufers befand und offensichtlich den Anweisungen der Frau im Hosenanzug lauschten.

"So! Ab jetzt gehen wir bitte koordiniert vor. Immerhin ermitteln wir hier in einem Fall von, mindestens, schwerer Körperverletzung, wenn nicht sogar Mord."

Magdalena Czarnecka hielt kurz inne und betrachtete die missmutigen Gesichter. Lediglich Ben Bischoff starrte teilnahmslos an ihr vorbei.

"Ich möchte, dass wir eine Reihe bilden und im Abstand von 10 Metern zueinander das Ufer von hier", sie zeigte an die Fähranlage, "bis dort hinten absuchen. Kescher und Stöcke stehen bereit. Die Taucher und Hunde werden jeden Moment hier sein. Sobald ...", sie stockte und versuchte, Ben Bischoffs Blick einzufangen, während sich dieser langsam von der Gruppe entfernte.

"Ich meine, wir warten jetzt noch, bis ...", wieder verlor sie den Faden. Ben schien ihre Worte nicht zu hören und schlenderte scheinbar gelangweilt zum Fähranleger.

"Also los geht's", sagte sie schließlich und folgte ihm in ebenso gemächlichem Tempo, wenngleich sie ihre Wut kaum verhehlen konnte.

Die Fähre stand noch immer bereit. Sie bot Platz für neun bis zehn Autos, schätzte Ben. Darüber hinaus waren einige Plätze für Fahrräder und Fußgänger vorgesehen. Der Fährmann lehnte an der Reling. Er trug eine blaue, von der Sonne gebleichte Baseballkappe und ein weißes, ärmelloses Hemd, welches seine spärliche Muskulatur zum Vorschein brachte. Ben winkte ihm freundschaftlich zu und stellte sich neben ihn.

"Hast du noch eine?", er deutete auf die Zigarette. Der Mann hielt ihm eine Packung hin, und Ben bediente sich. Wortlos kramte der Fährmann ein Feuerzeug aus der Tasche hervor und hielt es Ben mit brennender Flamme entgegen. Ben zog, bis der Stängel rot zu glühen begann.

"Langweiliger Tag, was?", zischte er mit der Fluppe zwischen den Lippen hervor.

"Ist mir egal", sagte der Fährmann, "Ich werde so oder so bezahlt."

Beide nickten. Ben blies den Rauch zwischen den Lippen hervor und drückte die Zigarette auf dem Metall der Reling aus. Dann brach er den Filter ab und steckte ihn in die Hosentasche.

"Wie verläuft hier die Strömung?", fragte Ben, ohne den Mann anzusehen.

"Obere oder untere?", erwiderte er und merkte sogleich, dass Ben keine Ahnung hatte, wovon er sprach. Er baute sich vor ihm auf und erklärte, indem er die Hände zur Hilfe nahm.

"Die Wassermassen fließen in unterschiedliche Richtungen. Die obere Strömung fließt in der Regel gerade. Das ist das, was du sehen kannst, wenn du den Fluss beobachtest. Dann gibt es aber noch die unsichtbare, die untere Strömung. Die ist tückisch. Wenn du ins Wasser springst und schwimmst, wirst du nach etwa zehn

Metern von der unteren Strömung erfasst. Die ist so stark, dass du kaum eine Chance hast, da rauszukommen. Der Rhein ist echt ein Arschloch." Er grinste und seine braunen Zähne kamen zum Vorschein.

"Wenn ich also etwas Leichtes ins Wasser werfe ...", fragte Ben nach.

"... wird es von der oberen Strömung getrieben", ergänzte der Mann.

"Und wenn ich schwere Sachen hineinwerfe ..."

"... von der unteren."

"Wie verläuft sie?"

Der Mann verzog das Gesicht. "Schwer zu sagen. In der Regel geht sie entlang dieser Steinwälle, wie dort. An deren Spitze treffen sie auf den Stein und bilden Wirbel. Wenn du da drinsteckst, hast du ein noch größeres Problem."

"Inwiefern?", wollte Ben wissen.

"Du kommst nicht mehr über Wasser", jetzt lachte der Mann laut. "Du hast gar keine ..."

Er konnte den Satz nicht zu Ende sprechen, denn Ben hatte die Fähre bereits eilig verlassen. Er lief an Magdalena Czarnecka vorbei, die dem Gespräch gelauscht hatte, direkt auf den Beamten zu, der ihn bei seiner Ankunft in Empfang genommen hatte.

"Ich will drei Leute mit Stangen und Keschern. Und zwar an diesen Steinwällen da vorne. Ich will, dass ..."

Der Mann winkte arrogant ab. "Ich habe andere Anweisungen."

Ben packte ihn am Kragen und zog ihn bis auf wenige Zentimeter an sein Gesicht heran.

"Ich sag dir gleich, was ..."

"Bischoff!", rief Magdalena Czarnecka bestimmt, "Lassen Sie ihn los!"

Ben ließ locker und der Mann lächelte überlegen.

"Und Sie machen, was er sagt!", ergänzte sie.

Beide Männer sahen sie überrascht an.

Wenige Minuten später balancierten drei uniformierte Polizisten auf den Spitzen der Steinwälle und stocherten im Wasser. Ben, Klein und ihre neue Chefin standen am Ufer und beobachteten das Treiben, als plötzlich einer der Beamten einen länglichen Gegenstand aus dem Wasser fischte und vorsichtig ans Ufer brachte.

"Legen Sie es hier drauf!", wies ihn Stephan Neumann von der Spurensicherung an und breitete eine Plastikdecke aus. Vorsichtig wendete er den Gegenstand.

"Ein Arm. Vier Finger fehlen. Nur der Daumen ist noch dran", sagte er schließlich in die Runde.

"Ach was", antwortete Klein und empfing direkt einen ermahnenden Blick seiner Vorgesetzten.

"Dreh ihn mal, Neumann. Was ist das da?", fragte Ben und wies auf einen blauen Strich.

"Ist ziemlich aufgequollen, aber sieht nach einem Tattoo aus."

"Können Sie es entziffern?", fragte Czarnecka, während Neumann mit einer Lupe über die Haut fuhr.

Schließlich nickte er. Abwechselnd blickte er zu Ben und dann zu Klein, ehe er sich Czarnecka zuwandte.

"Das ist altdeutsche Schrift", erklärte er kopfschüttelnd. "Es heißt Brigade."

Ein kalter Schauer jagte Ben über den Rücken.

Kapitel 5

Sie drückte die Taste mit dem Mond auf ihrer Tastatur. Eine großartige Erfindung, dachte sie und lächelte. Sie benutzte sie täglich. Der lästige Klick auf das Windows-Symbol, den Anmeldebutton und dann das ewige Warten auf das Herunterfahren des PCs, um sicherzugehen, dass alle Daten auch wirklich geschützt waren. All dies entfiel durch einen einfachen Druck auf die Mondtaste. Julia Bischoff-Vorthmann griff nach dem Aktenberg auf ihrem Schreibtisch und wuchtete ihn in den Schrank hinter ihrem Schreibtisch. Das Regalbrett knarrte unter der Last und Julia pustete sich eine Strähne ihres langen, blonden Haares aus dem Gesicht, während sie erleichtert aufatmete. Dann schloss sie den Schrank ab und steckte den Schlüssel in ihre Handtasche. Feierabend.

Er langweilte sich. Seit einer guten Stunde harrte er nun schon hier aus und nichts geschah. Im Radio liefen zum dritten Mal die Nachrichten und viel hatte sich in der Welt in dieser Zeit wahrlich nicht getan. Der Mann blickte in den Rückspiegel seines grünen Lieferwagens. Hatte er sie verpasst? Unwahrscheinlich. Das Fenster ihres Büros war noch immer geöffnet und normalerweise schloss sie es, bevor sie das Büro verließ. Sie war eine schöne Frau und das neue Kind stand ihr gut. Schade, dass es so enden musste.

Zweite Etage. Ihr Blick wanderte zur Armbanduhr an ihrem schlanken Handgelenk. Kurz nach sechs. Max war schon zu Hause. Das wusste sie und fühlte, wie die Anspannung von ihr abfiel. Normalerweise hätte sie ihn

71

jetzt noch von der Kinderbetreuung abholen müssen. Doch es waren Ferien. Also war er zu Hause, ebenso wie Fred. Fred. Kaum landeten ihre Gedanken bei ihm, war die Erleichterung wieder dahin. Es fiel ihr schwer zu beschreiben, doch im Moment lief es einfach nicht. Er war kein einfacher Mensch, auch vorher schon nicht. Doch seit Max da war, erkannte sie plötzlich Seiten an ihm, denen sie noch nie Beachtung geschenkt hatte und je mehr sie darüber nachdachte, die sie auch nicht mochte. Er war aggressiv, launisch und unglaublich unfair. Erste Etage. Sie schüttelte den Kopf und biss sich dabei auf die Lippen, als könne sie so ihre Gedanken steuern. Reden. Das war es, was sie tun mussten. Doch wie redete man mit einem Menschen, der lieber schwieg? Die Tür des Aufzugs öffnete sich.

Klick. Er schoss ein Foto, als sie das Gebäude verließ. Dann legte er die Nokia-Kamera auf den braunen Umschlag auf dem Beifahrersitz und beobachtete sie. Heute hatte sie einen erstklassigen Parkplatz, direkt vor dem Gebäude erwischt. Das machte es ihm einfach. Der Mann hob den Anschnallgurt ein Stück an und öffnete die dünne, grüne Arbeitsjacke ein wenig. Dann zog er die Pistole hervor und vergewisserte sich, dass sie geladen war. Routine.

Julia hielt inne. Sie drehte sich um und musterte die Menschen, die an ihr vorübergingen. Ein Grummeln machte sich in der Magengegend breit. Abfällig schüttelte sie den Kopf und öffnete die Türen ihres schwarzen Nissan Qashqai. "Rede dir nichts ein, Julia", sagte sie.

Klick. Er blätterte und betrachtete das Foto auf seiner Digitalkamera. Dann lachte er. Der Junge war gut getroffen, während er vom Klettergerüst auf den weichen Sandboden fiel. Fred Vorthmann saß auf der Bank in der Sonne und beobachtete, wie Max immer wieder versuchte, an einem Seil eine Rampe hinaufzuklettern. Der Junge war furchtbar ungeschickt, dachte er. Daran, ihm zu helfen, dachte er nicht. Er zoomte nah an sein Gesicht heran. Waren das Tränen? "Nochmal Max! Los", rief er. Klick. "Unsere schöne heile Welt!", sagte er zu sich selbst und verzog dabei die Mundwinkel.

Unruhig sah sie in den Rückspiegel. Da war es wieder, dieses Gefühl. War er es? Er trieb es zu weit. Sie hatte Fred gegenüber Ruhe bewahrt, hatte ihn in Schutz genommen, versprochen, mit ihm zu reden. Warum hatte sie es noch nicht getan? Sie hatte Angst. Jetzt, da sich dieses Gefühl wieder bemerkbar machte, gestand sie es sich ein. Ben war unberechenbar. Das hatte er allzu oft bewiesen. Er war gefährlich und wäre unter anderen Umständen mehr als einmal dafür zur Rechenschaft gezogen worden. Er war schon lange nicht mehr der Mensch, den sie einmal geliebt hatte. Ohne zu blinken, bog sie hastig in eine kleine Seitenstraße ein, um dann sofort wieder links einer weiteren Straße zu folgen. Den grünen Lieferwagen bemerkte sie nicht.

Max stand auf und lief missmutig zu Fred, der den Fotoapparat beiseitegelegt hatte.
"Fertig?", fragte er.
Max nickte. Ohne ein weiteres Wort stand Fred auf und

ging los. Der Junge sah ihm irritiert nach, ehe Fred sich noch einmal zu ihm umdrehte.

"Dann komm! Ab nach Hause! Julia ist auch gleich da."

Max schlich ihm nach. Er hatte die Schärfe in seiner Stimme sehr wohl zur Kenntnis genommen und musste schlucken. Noch einmal drehte er sich um und winkte seinem Freund, der hoch oben auf der Rutsche saß.

Klick. Klick. Klick. Der Mann in dem silbernen Audi betrachtete die Kamera. Dann griff er nach dem braunen Umschlag auf dem Beifahrersitz und zog die Fotos hervor, die er in den letzten Tagen von ihnen geschossen hatte. Er lächelte selbstzufrieden.

Sie drückte den Knopf der Fernbedienung und das Garagentor öffnete sich. Langsam. Dann fuhr sie hinein. Nach dem hellen, gleißenden Licht der Abendsonne kam es ihr vor, als würde sie in vollkommene Dunkelheit fahren. Wieder der Druck auf die Fernbedienung. Das Tor schloss sich. Langsam. Sie stieg aus dem Fahrzeug aus. Plötzlich ertönte ein lauter Knall. Das Tor stoppte wackelnd auf halbem Weg. Aus dem Augenwinkel nahm Julia einen Schatten wahr, der auf sie zuzukommen schien. Intuitiv schob sie ihre Schlüssel zwischen die Finger, um ihren Schlägen eine größere Schlagkraft zu verleihen. Ihr Herz pochte.

Kapitel 6

"Mensch, wo bleibst du?", raunte Klein, als Ben dem Taxifahrer müde ein paar Euro in die Hand drückte und
sich aus dem Auto quälte.

"Ich hatte noch etwas Privates zu erledigen", sagte Ben
ohne ein Wort der Entschuldigung. Seine Augen waren
glasig, sein Gesicht blass. Trotz der Hitze trug er einen
grünen Parka. Schweiß stand auf seiner Stirn und perlte
an seinem Hals herab in den Kragen des Polohemdes,
das er darunter trug.

"Die Sache mit Richter?", fragte Klein.

Ben schüttelte lediglich den Kopf und ging wortlos an
ihm vorüber.

Die Justizvollzugsanstalt Bochum lag unmittelbar vor
ihnen. Sie meldeten sich am Besuchereingang an und gaben ihre Pistolen ab. Waffen jeder Art waren, aus Angst
vor Übergriffen, auf dem Gelände verboten. Auch die
Wachen waren lediglich mit Schlagstöcken bewaffnet.
Die Männer wurden durch einen langen Gang in den Be-
suchertrakt geführt.

"Meinst du, er weiß was?", fragte Klein seinen Partner.

Ben sah ihn schief von der Seite an. "Ich bin mir sicher.
Schmitz war der Anführer der Brigade. Du und ich, wir
haben am eigenen Leib erlebt, welche Kontrolle er über
sein Gefolge hatte. Erinnerst du dich?"

Klein nickte. "Natürlich, sie haben mich durch die halbe
Stadt gejagt, mein Auto demoliert und die Wand meines
Hauses mit Hakenkreuzen beschmiert!"

"Dann lass mich die Liste erweitern. Mich haben sie
nachts überfallen, mir in meiner Wohnung aufgelauert

und mich in einer abbruchreifen Lagerhalle an einen Stuhl gekettet."

Für einen kurzen Moment herrschte Stille zwischen den Männern, während sie in Gedanken die Ereignisse Revue passieren ließen. Ben schloss die Augen und atmete tief.

"Glaubst du denn ernsthaft, dass er mit dir redet, Ben?", hakte Klein nach.

"Das kommt drauf an, wie ich es angehe."

"Wie meinst du das?"

Seine Schritte wurden langsamer. Schließlich blieb Ben stehen und schob die Hände tief in die Taschen seiner Jacke. "Eins habe ich aus der ganzen Sache gelernt, Christian. In der Brigade und für Schmitz spielt die Ehre eine ganz wichtige Rolle."

"Die Kerle haben keine Ehre", fuhr Klein dazwischen. Ben wischte die Worte mit einer abfälligen Handbewegung beiseite und ging langsam weiter. "Doch, haben sie. Nur nicht so, wie wir beide das verstehen. Als Schmitz mich damals entführt hat und ich in dieser Lagerhalle an den Stuhl gefesselt war ...", er zögerte. "Er hat mir wichtige Informationen geliefert, die uns letztendlich auf die Spur des Rosengarten-Killers geführt haben. Im Gegenzug war er fest davon überzeugt, dass ich ihn nicht belangen würde. Ehre, verstehst du?"

Klein nickte. "Eine Hand wäscht die andere. Aber du hast ihn verpfiffen und jetzt sitzt er hier."

Wieder stoppte Ben. Sein Ton war nun deutlich aggressiver. "Pass auf, Klein. Dieses ganze Ehren-Ding zieht sich durch die Hierarchie der Brigade. Seine Männer werden zu ihm stehen. Egal, ob er hier drin ist oder draußen. Er wird über alles, was passiert, informiert. Schmitz ist die Nummer eins bei den Nazis."

Klein zog die Augenbrauen zusammen und blaffte zurück. "Warum sollte er dir Informationen geben, Ben? Warum sollte er kooperieren?"

"Weil ich ihm verklickern werde, dass seine Jungs ihn verarschen!"

Paul Schmitz lächelte. Er hatte die Augen geschlossen und durch die mit Gittern versehenen Fenster strahlte die Sonne in seine Zelle und auf sein Gesicht. Er trug die typische blaue Hose, die alle Häftlinge trugen, und ein weißes T-Shirt. Die letzten Monate im Knast hatten seiner Form nicht gerade gutgetan. Zwar hatte er einige Kilos abgenommen, weil das Essen hier einfach unerträglich war, doch das Bein und der Rücken schmerzten ständig. Zum Teil eine Folge des Bewegungsmangels, zum Teil eine Folge seiner Verletzungen, die er nach dem Angriff der Rocker davongetragen hatte. Er atmete tief ein. Verdammte Knastluft. Zehn Jahre haben sie ihm aufgebrummt. Er schüttelte ungläubig den Kopf. Dieser Hurensohn. Er hatte ihm Informationen geliefert, ihn auf die richtige Spur geführt. Nicht aus Nächstenliebe. Aus Eigennutz, denn diese Rocker machten sein Geschäft kaputt. Sie nagten wie Ratten an seinem Markt. Und dieser verdammte Polizist hatte ihn ans Messer geliefert. Auf dem Gang hörte er Geräusche. Erst zaghaft, dann immer lauter. Ein Handgemenge. Schmitz stand auf und ging langsam zur Tür. Er humpelte noch immer. Er fuhr sich mit der Hand durch das lichte Haar. Nur noch ein paar Jahre hätte er gebraucht, dann wäre er mit allem durch gewesen, hätte ausgesorgt gehabt und den Rest seines Lebens unter der argentinischen Sonne verbringen können. Jetzt blieben ihm nur die durch Gitterstäbe durchbrochenen Sonnenstrahlen in der JVA Bochum. Ein Mann blickte in die Zelle hinein. Sein Kopf war kahlgeschoren. Um seinen Mund herum wuchs ein dichter Bart. Seine Augen waren dunkel, fast schwarz und sein Blick bedrohlich. "Bleiben Sie besser kurz drin, Boss", sagte der Mann.

Schmitz blieb stehen und stützte sich mit schmerzerfüllter Miene auf dem Waschbecken ab. "Die Araber?", fragte er kalt.

Der Mann in der Tür senkte kurz das Kinn. Schmitz seufzte. "Ich will, dass jetzt ein für alle Mal Ruhe herrscht. Statuiert ein Exempel."

Der Mann sah Schmitz zweifelnd an. "Macht einen von denen kalt", ergänzte Schmitz, während er sich erleichtert auf sein Bett fallen ließ. Verdammte Knastluft.

Der Beamte öffnete die Tür. Ben Bischoff und Christian Klein betraten den großen Raum, der aussah wie eine Kantine. Überall standen kleine Tische und Stühle. Der Besucherraum. Ben ließ sich auf einen der Stühle fallen. "Ich will nicht, dass außer uns hier noch jemand ist, verstanden?", forderte er. Der Beamte nickte unsicher. "Hast du ne Zigarette?", fragte Ben nun freundlicher. "Hier ist Rauchverbot."

"Das war nicht die Frage."

Der Mann, etwa Mitte dreißig mit einem blonden Seitenscheitel, zog eine Schachtel aus seiner Hemdtasche und hielt sie Ben hin. Ohne ein Wort nahm Ben eine Zigarette und klemmte sie sich zwischen die Mundwinkel. Dann deutete er dem Beamten zu gehen.

"Kein Feuer?", fragte dieser irritiert.

Ben schüttelte den Kopf und zeigte erneut auf die Tür. Er nahm die Zigarette aus dem Mund und betrachtete sie. Sein Blick war kalt.

"Alles klar, Ben?", fragte Klein.

Keine Antwort.

"Deine Hand zittert. Alles okay?", fragte er erneut. Fürsorglich legte er die Hand auf Bens Schulter, doch dieser schlug sie mit einer schnellen Bewegung beiseite. Dann stützte er die Ellenbogen auf den Tisch und legte den Kopf in die Hände. "Sorry, geht gleich wieder", sagte er und steckte die Zigarette in die Tasche. Gleichzeitig zog er eine Packung mit Tabletten hervor und warf eine davon in den Mund. Plötzlich ging der Alarm los.

Paul Schmitz hatte die Augen geschlossen und horchte. Er lächelte, nahm jedes Geräusch wahr und sog es auf. Schreie, ein dumpfes Hämmern. Ein Aufseher hatte ihn abgeholt. Besuch. Er hatte ihn aus der Zelle geführt und nun standen sie hinter den verschlossenen Gitterstäben und horchten, wie im Inneren des Traktes der Krieg ausbrach. Plötzlich ein Kreischen. Todesangst. Sein Lächeln wurde breiter. Dann wieder eines dieser Geräusche. Schmitz öffnete die Augen. Es war das Brechen von Knochen.

"Was ist los?", fragte Ben einen weiteren Aufseher und wollte sich an ihm vorbei durch die Tür schieben.

Der Mann hielt ihn zurück. "Sie bleiben hier."

Ben wollte ihn zur Seite schieben, doch er versperrte ihm den Weg. "Haben Sie mich verstanden?"

Ben schlug ihm in die Rippen. "Hey!", rief der Mann und griff nach Ben, ehe er die Faust spürte, die sein Nasenbein zertrümmerte.

Ben hörte Schritte, die mit einem Mal verstummten. "Ben Bischoff!", sagte Schmitz. Sein Lächeln gefror.

"Krieg ich auch eine?", fragte Schmitz, während er mit verschränkten Armen auf dem harten Holzstuhl saß. Ben Bischoff wog die Packung Zigaretten in der Hand und beobachtete den Mann, der ihm gegenüber Platz genommen hatte. Schließlich legte er die Schachtel auf den Tisch und schob sie mit einer kurzen Handbewegung herüber. Schmitz öffnete sie, nahm eine Zigarette heraus und legte sie zwischen die Lippen. "Feuer?", fragte er beiläufig.

Ben schüttelte den Kopf.

"Ist gar nicht mal so lange her, Schmitz", sagte er schließlich. "Wie lange? Sechs Monate? Sieben?"

Schmitz verzog die Mundwinkel und sah zur Decke, als überlege er ernsthaft.

"Was willst du, Bischoff?"

"Eher sechs, oder?"

Schmitz stand auf und wandte sich an die Wache, doch ehe er ein Wort sagen konnte, ergriff Ben erneut das Wort.

"Setz dich! Sofort", sagte er ruhig.

Schmitz setzte sich langsam und nahm dieselbe Position ein wie zuvor. Ein leichtes Lächeln lag auf seinem Gesicht.

"Vor etwa sechs Monaten waren die Rollen noch vertauscht. Erinnerst du dich?" Ben ließ die Zigarette zwischen seinen Fingern kreisen.

"Ich hätte dich abknallen lassen sollen", fauchte Schmitz.

"Lassen sollen", Ben nickte. "Das sagst du schon ganz richtig. Du hast nicht den Mumm für sowas."

"Bist du tatsächlich nur hier, um mich zu beleidigen, oder kommt noch mehr?" Schmitz wirkte genervt.

Ben schwieg. Schließlich stand Schmitz erneut auf und ging zur Tür. Ben saß ruhig auf seinem Stuhl.

"Vier Finger, ein Arm. Klingelt da was?"

Schmitz hielt inne. Dann drehte er sich um und lächelte Ben an. Ben fixierte seine Augen.

"Warum sollte ich dir dazu was sagen?", fragte Schmitz.

"Kein Interesse daran, dass der Mörder eines deiner Jungs erwischt wird?", entgegnete Ben.

Schmitz trat ein paar Schritte näher. "Kein Interesse daran, dass du dich nochmal in meine Geschäfte einmischst."

Jetzt war es Ben, der laut lachte. "Deine Geschäfte!"

Wieder trafen sich die Augen der Männer, ehe Ben den Blick abwandte und lächelnd den Kopf schüttelte. "Ich bin mir sicher, dass hier viele Informationen bei dir ankommen, aber alle anscheinend noch nicht."

Schmitz stand Ben nun unmittelbar gegenüber und lehnte sich auf die Lehne seines Stuhls. "Was willst du damit sagen, Bischoff?"

"Hier drinnen scheinst du noch eine große Nummer zu sein, Schmitz. Aber da draußen ..." Er legte eine theatralische Pause ein. Dann stand auch er auf. "Da draußen

sind es mittlerweile andere, die den Ton angeben."
Er zeigte auf den Stuhl und die Männer nahmen ruhig
Platz. "Kannst du mal Feuer besorgen?", rief Ben der Wache zu.

"Rauchverbot", sagte der uniformierte Mann.

Ben verdrehte die Augen. "Junge, lass uns allein. Verpiss
dich für fünf Minuten."

Der Mann überlegte. Dann zuckte er kurz mit den Schultern und verließ den Raum.

Ben fing Schmitz' Blick ein. Dann kramte er aus seiner
Hosentasche ein Feuerzeug hervor und zündete zuerst
seine, dann Schmitz' Zigarette an. Er nahm einen tiefen
Zug, löschte die Zigarette auf der Tischplatte und brach
den Filter ab. Schmitz blies den Rauch genüsslich durch
die Lippen. "Sag mir einen Namen", sagte er schließlich.

Ben schüttelte den Kopf. "Du zuerst."

Schmitz lachte auf. "Na gut. Es geht um Drogen."

Überrascht sah Ben auf, wenngleich die Antwort nicht
unerwartet kam.

"Diese Hurensöhne von den Dare Devils machen uns seit
Jahren das Leben schwer", fuhr Schmitz fort. "Sie haben
unseren Markt zu 80% unter Kontrolle."

"Wer ist der Tote?", fragte Ben.

Schmitz schüttelte den Kopf, während er erneut an der
Zigarette zog. "Das musst du selbst herausfinden. Von
mir wirst du nicht einen der Namen meiner Jungs zu hören bekommen."

Er dachte kurz nach, als wolle er seinen Standpunkt noch

einmal revidieren. "Die Devils haben den Jungen ermordet. Dort musst du suchen."

"Weißt du wer?", fragte Ben gleichgültig.

"Es gibt da einen Kerl, der sich Stinger nennt. Der ist noch recht frisch bei den Rockern und muss sich beweisen." Er zögerte. "Jetzt du, Ben. Wer hintergeht mich da draußen?"

Ben stand auf. Er zog die Mundwinkel nach unten und stemmte sich mit den Händen auf den Tisch. Ein tiefer Blick.

"Du verdammter Hurensohn", sagte Schmitz. "Du hast mich verarscht, oder?"

Die Tür ging mit Schwung auf und Klein stand im Raum. "Jetzt aber schnell, Ben. Der Kerl, dem du die Nase gebrochen hast, ist mit ein paar Jungs auf dem Weg hierher. Gleich fliegen wir raus."

Ben nickte. "Bin fertig hier."

Er ging zur Tür. Schmitz schlug mit beiden Fäusten auf den Tisch. "Nicht so schnell!", brüllte er. "Du musst etwas anderes für mich tun!"

Ben sah aus dem Türrahmen zu ihm herüber. Zorn stand Schmitz ins Gesicht geschrieben. Ben spürte ein unangenehmes Kribbeln. "Warum?"

"Weil ich dir dann sage, wer hinter dem Mord an deiner Tochter steckt."

Sechs Personen. Vier Justizvollzugsbeamte und zwei Polizisten. Die Lage in der JVA war mittlerweile wieder unter Kontrolle. Jetzt konnten sie sich um ihn kümmern. Einer der Männer hielt sich ein Tuch vor das noch immer blutende und zertrümmerte Nasenbein. Diese Sache wollte er noch regeln, ehe er ins Krankenhaus fuhr. Die Gruppe eilte den Gang hinunter. Eine Tür links, die zweite rechts und geradeaus. Dann waren sie da.

"Was willst du", sagte Ben ohne Umschweife.

"Der verarscht dich, Ben", unterbrach ihn Klein.

"Halt die Fresse, Kleiner."

Ben ging schnell auf Schmitz zu, der ihn mit einem breiten Lächeln ansah.

"Ich merke, wir kommen ins Geschäft."

Er warf seine Zigarette auf den Boden. "Ich will, dass die Dare Devils aus Düsseldorf verschwinden. Wie du das machst, ist mir egal, aber ich will meinen Markt zurück."

"Noch was?"

"Ich will, dass meine Jungs in Ruhe arbeiten können, da draußen."

"Ben!", schrie Klein. "Lass es!"

"Weiter!", sagte Ben ruhig. Schweiß lag auf seiner Stirn.

Schmitz schüttelte den Kopf. "Das war es eigentlich."

"Den Namen", forderte Ben.

"Erledige erst deine Aufgabe, Ben."

Ben griff Schmitz am Kragen und riss ihn nah an sich, bis er seinen feuchten Atem spüren konnte. Der Stuhl, auf dem Schmitz gerade noch gesessen hatte, fiel mit einem lauten Knall um. Dann Schritte. Schreie.

Ben Bischoff!", rief eine Stimme in seinem Rücken. "Begleiten Sie uns bitte. Gegen Sie wurde Anzeige wegen schwerer Körperverletzung erstattet."

"Sag mir den Namen, du Dreckssack", stotterte er.

"Nein, Ben", flüsterte Schmitz. "Erst du."

Kapitel 7

"Ihr habt mich zu Tode erschreckt!"

Julia Bischoff-Vorthmann sah entsetzt zu den beiden dunklen Silhouetten in der Garageneinfahrt hinüber. Einer der Schatten kam schnell näher und warf sich ihr in die Arme. "Tschuldigung!", rief Max fröhlich, während er sich fest an sie drückte. Julia streichelte ihm sanft über den Kopf und umarmte ihn gefühlvoll. Dann sah sie zu Fred, der noch immer gleichgültig in der Einfahrt stand. "Hallo, Fred", sagte sie kühl.

Er zuckte mit den Schultern und schlenderte langsam auf sie zu. "Bist spät dran."

"Tut mir leid. Ich habe im Moment echt den Tisch voll. Es kommen auch wieder andere Zeiten. Wo wart ihr?"

"Auf dem Spielplatz!", rief Max, wobei er das Spiel besonders betonte.

Julia beugte sich zu ihm hinunter. "Hat dir wohl gefallen, oder?"

Er nickte heftig. "Und dir, mein Schatz?", lachte sie, als sie sich Fred zuwandte.

"Geht so", sagte er, ohne zu lachen.

Sein Kopf pochte. Er versuchte die Augen zu öffnen, doch spürte er lediglich eine dickflüssige, klebrige Masse, die seine Augenlider zusammenhielt. Mühsam führte er die Hand zu seinem Gesicht, doch er hatte die Kontrolle über das Handgelenk verloren. Gebrochen. Er lag auf dem Bauch. Speichel lief aus seinem Mundwinkel. Dennoch verspürte er einen unglaublichen Durst. Schmerzverzerrt rieb er die Lippen übereinander und befeuchtete sie mit der Zunge. Ein eigenartiger Geschmack machte sich um seinen Gaumen herum breit. Blut.

Julia hatte die Teller sorgsam auf dem Esstisch platziert. Während sie für Fred und sich selbst ein feines Porzellangeschirr aufgetischt hatte, stand vor Max ein bunter Plastikteller mit Motiven seiner Lieblingsserie darauf. In die Mitte des Tisches legte sie einen Korb mit Brot und ein paar Dosen mit verschiedenen Belägen.
"Ihr könnt essen kommen!", rief sie fröhlich.
Max lief mit triefnassen Händen ins Wohnzimmer. "Trockne die Hände ab, Junge!", fauchte ihn Fred an, als er vom Sofa aufstand und zum Essbereich herüberging. Max schrak zusammen und trottete wieder zurück ins Badezimmer. Julia ging ein paar Schritte auf Fred zu. Als sie sicher war, dass Max sie nicht hörte, flüsterte sie ihm zu: "Was ist los, Schatz?"
Fred rieb sich mit dem Handrücken die Stirn, während er tief einatmete. Dann lächelte er gequält. "Nichts."
"Kein Bild, kein Ton, da bin ich schon!", sang Max, als er auf Socken zu seinem Stuhl flitzte.
Julia lächelte nachdenklich. "Ja dann", sagte sie nur.

Mühsam drehte er sich auf den Rücken. Der zweite Arm schmerzte, doch er funktionierte. Mit Daumen und Zeigefinger rieb sich der Mann die Augen. Er war überrascht worden. Als er seinen Dienst beendet hatte, freute er sich noch auf einen netten Nachmittag. Wie viel Uhr war es? Er hatte die Sonne genossen, als er mit seinem Cabrio nach Hause fuhr. Dieser Wind, der sein Haar durchwehte, er liebte ihn. Dann hatte er die Tür geöffnet, diesen Geruch wahrgenommen. Rauch, Qualm, eine Zigarette, dieser Mann.

"Verdammt nochmal, Max!", schrie Fred. Julia zuckte zusammen und sah ihn entsetzt an. "Junge! Iss ordentlich!" Zärtlich legte Julia ihre Hand auf Max' Schulter. "Ihm ist doch nur ein Stück Brot runtergefallen, Fred."
"Er isst wie ein Schwein! Wenn das nicht langsam aufhört, isst du draußen oder am besten gar nichts mehr!" Max' Mundwinkel senkten sich. Seine Lippen zitterten. "Das war doch keine Absicht", sagte er kleinlaut.

"Wir müssen reden", hatte der Mann gesagt. Er kannte ihn. Er kannte ihn nur zu gut. Seine Akte hätte er, zumindest in Passagen, auswendig zitieren können. Schließlich hatte er viel Zeit und Mühe darin investiert, eine schlüssige Krankengeschichte zu konstruieren.

"Was wollen Sie hier?"
"Habe ich das nicht eben gesagt? Um es noch etwas deutlicher zu machen ..." Der Mann war aufgestanden. Erst jetzt hatte er die Waffe in seiner Hand gesehen. "... Ich will Antworten. Ich will wissen, warum."
Er hatte gezittert. So wie er es jetzt auch tat. Hier auf dem kalten Fliesenboden, während sein Körper schmerzte und pochte.

Fred saß wieder auf dem Sofa und drückte wahllos die Knöpfe auf der Fernbedienung. Seine Augen wirkten müde. Gleichgültig. Kalt. Max hatte einen Stoffball in der Hand und warf ihn hoch, um ihn daraufhin wieder aufzufangen und sich wie ein Fußballtorwart auf den Boden zu werfen.

"Toll machst du das, Max!", rief ihm Julia zu, die ihn aus dem Türrahmen beobachtete. "Oder nicht, Schatz?"

Fred ballte seine Faust. "Doch toll, Max", zischte er.

"Ich weiß nicht, was Sie wollen."

"Das glaube ich dir nicht, Kleiber."Der Eindringling hob die Waffe. "Du hast die Krankenakte gefälscht."

"Was … ich. Nein!", er lachte verlegen. "Ich habe aus meiner medizinischen Sicht alles …"

Der Mann sprang auf ihn zu und schlug ihm den Kolben seiner Pistole gegen die Schläfe. Gleichzeitig griff er seinen Arm und drückte die Schulter aus dem Gelenk. Das Handgelenk verdrehte er so sehr, dass es laut knackte und unter dem Druck brach. Kleiber schrie auf vor Schmerz. Er kreischte. "Nein!"

Orientierungslos fiel er zu Boden. Ein harter, kalter Gegenstand bohrte sich in seinen Nacken.

"Ich drücke ab, du Arschloch! Rede! Warum?"

"Ich kann nicht", weinte Kleiber. "Die töten mich."

"ICH töte dich!", schrie ihm der Mann ins Ohr.

Fred schlug auf das Sofakissen und trat gleichzeitig eine Flasche Bier mit dem Fuß um, die vor ihm auf dem Wohnzimmertisch stand. "Verdammt! Gib Ruhe! Ich will diese Sendung sehen." Er sprang auf und packte Max am Kragen.

"Ich rede! Ich rede!", flüsterte Kleiber unter Todesangst. Der Mann zog ihn vom Boden und setzte ihn mit einem kräftigen Stoß auf einen der Sessel. Kleibers Blick fiel auf die Urkunde an der Wand. Diplom-Psychologe, stand darauf geschrieben. Daneben seine Doktorurkunde. Der andere setzte sich auf den Sessel ihm gegenüber und legte die Pistole auf der Armlehne ab. Auf dem kleinen Tisch neben ihm stand ein Aschenbecher. Darin lagen mehrere angebrannte Zigaretten. Allen fehlte der Filter.

"Fred!" Julia lief aus der Küche auf ihren Mann zu, der den Jungen noch immer am Kragen hielt. Sie packte Fred am Arm, doch er schüttelte sich kurz, sodass sie auf das weiche Sofa fiel. Dann griff er auch mit der zweiten Hand nach Max und hob ihn hoch, dass seine Füße den Boden nicht mehr berührten. "Fang an zu hören!", schrie er. Max weinte. Das T-Shirt riss und Max fiel unsanft auf den Boden. Fred packte ihn erneut am Arm und zog ihn hoch. Dann schlug er zu.

"Fangen wir vorne an?", fragte Ben Bischoff, als er sich eine weitere Zigarette anzündete. "Der Richter hat mich in deine Klinik eingewiesen. Und das aufgrund deines Gutachtens. Du hast mich vorher nicht einmal untersucht. Wie hast du das Gutachten erstellt?"
"Ich habe es erfunden. Ein paar Merkmale habe ich von anderen Patienten eingebaut und für Ihre Geschichte passend gemacht." Das Atmen fiel ihm schwer.
Ben nickte. "Warum gab es keine Berufung?"
"Das weiß ich nicht", sagte Kleiber ruhig.
Ben nahm die Waffe und lud sie durch. Schützend riss Kleiber die Hände vor sein Gesicht. "Ich weiß es nicht!", schrie er erneut.
"Du hattest Kontakt zu meinem Anwalt. Er ist

abgetaucht. Wo ist er?"

"Ich weiß es nicht", sagte Kleiber.

Ben legte die Waffe nieder. "Ich glaube dir. Ich war acht Jahre in der Klinik. Es wurden Folgegutachten erstellt. Die habt ihr auch gefälscht?"

Kleiber schüttelte den Kopf. "Nein, das war anders." Er legte eine Pause ein. Ben griff zur Waffe. Hektisch sprach Kleiber weiter. "Wir haben die Medikamentendosis erhöht. Damit waren Sie nicht mehr zurechnungsfähig. Wir mussten gar nichts mehr fälschen. Die Medikamente haben Sie krank gemacht."

"Vierfache Dosis", ergänzte Ben.

Kleiber sah verwundert auf. "Ja."

Stille. Ben dachte nach. Ein seltsames Rasseln war bei jedem von Kleibers Atemzügen zu hören.

"Was weißt du über den Mord an meiner Tochter?"

"Nichts", sagte Kleiber schnell.

Ben sprang auf. Er riss Kleiber vom Sessel und warf ihn zu Boden. Mit dem Fuß trat er ihm in die Rippen. Wieder knackte es. Dann setzte er sich auf den mittlerweile auf dem Bauch liegenden Mann und drückte ihm das Knie in den Nacken. "Wer steckt dahinter? Warum?", schrie er hysterisch. "Warum?"

Gleichzeitig packte er Kleiber an den Haaren und schlug dessen Kopf immer wieder auf den kalten Fliesenboden. "Warum?"

Julia weinte. Max lag zitternd in ihrem Arm. Fred saß benommen auf dem Sofa, den Kopf in beide Hände gelegt. Er rieb sich die Schläfe. "Max, es tut mir ..."

"Sei still!", rief Julia. "Sei einfach still." Nun flüsterte sie.

Die dadurch entstandene Ruhe wurde lediglich durch Max' Schluchzen durchbrochen. "Komm mit, Max", sagte sie schließlich.

Fred fixierte sie mit seinen roten Augen. "Wo wollt ihr hin?"

"Wir packen", antwortete Julia. "Hier halte ich es nicht mehr aus."

Jetzt lag er hier, auf dem kalten Fliesenboden, noch immer benommen. Die Augen waren geschwollen, mehrere Knochen gebrochen. Sein Kopf dröhnte. Ben Bischoff war weg. Mühsam richtete Kleiber sich auf und zog sich an dem kleinen Tisch nach oben. Ein unangenehmes Stechen machte sich in seiner Brust breit. Er sah an sich herab und entdeckte die kleine Anstecknadel, die in seiner Haut steckte. Er zog sie sorgsam heraus und schob sie in die Tasche seines Hemdes. Dann humpelte er zum Telefon, doch es war nicht die Nummer des Notrufs, die er wählte.

Kapitel 8

Vollkommene Stille. Die beiden Männer saßen im Auto und sprachen kein Wort. Ruhig glitt der zerbeulte Passat über die Autobahn in Richtung Düsseldorf. Ben Bischoff hatte den Kopf gegen die Scheibe gelehnt und genoss den kalten Zug aus der Lüftung der Klimaanlage. Mit der Hand schirmte er die Augen vor der brennenden Sonne ab.

"Du bist verrückt", sagte Klein plötzlich.

Ben sah auf und fixierte seinen Partner mit müden Augen.

"Ich meine, das war's", fügte Klein hinzu.

"Wie meinst du das?", wollte Ben wissen.

"Kein vernünftiger Mensch wird dich nach der Aktion weiter als Polizisten arbeiten lassen. Das kann nicht sein."

Er schüttelte langsam den Kopf, während er sich nervös auf seinen kleinen Finger biss. Ben zuckte lediglich mit den Schultern und legte sich erneut gegen die Scheibe.

"Ist dir das egal?", fragte Klein.

Ben verzog genervt den Mundwinkel, ohne seine Position zu verändern. "Was ist schon passiert?", murmelte er.

Klein sah ihn eindringlich an.

"Guck nach vorne. Sonst schrottest du den Wagen schon wieder", sagte Ben.

Klein trat in die Eisen und lenkte den Wagen auf den Standstreifen. Ben schrak auf, als er plötzlich in den Gurt gedrückt   wurde.

"Bist du bescheuert?", rief er fassungslos.

"Das frage ich dich, Ben!"

Wieder Stille, wieder Kopfschütteln.

"Du hast dir eine Menge Mist geleistet und, ganz ehrlich, ich weiß noch immer nicht, wie du das ohne Konsequenzen überstanden hast. Ist mir auch eigentlich egal. Aus der Nummer heute kommst du aber nicht mehr raus, Ben. Das war zu krass."

Ben sah zu Boden. "Der Kollege hat falsch reagiert", rechtfertigte er sich.

"Der Kollege hat seinen Job gemacht und du hast ihm die Nase zertrümmert."

"Blödsinn, ich", unterbrach Ben, doch Klein ließ ihn nicht ausreden.

"DU bist wie Rambo aufgetreten! Der Mann hat Anzeige gegen dich erstattet, Ben!"

"Das wird im Sande verlaufen", antwortete Ben gelassen. "Es gibt keine Zeugen."

"Doch", sagte Klein. "Gibt es."

Ben sah ihn schweigend an. Dann lachte er höhnisch. "Du wirst nicht reden, Klein."

"Wieso bist du dir da so sicher?"

"Weil du es im Grunde geil findest, wie ich die Dinge angehe."

Jetzt war es Klein, der lachte. "Spinnst du?"

"Nein. Das meine ich ernst. Du bist ein Spießer, Christian. Dein ganzes Leben hast du nach Regeln gelebt und ich glaube, das kotzt dich mittlerweile ganz schön an. Im Grunde sind wir uns gar nicht mal so unähnlich."

"Du bist verrückt."

"Es gibt nur einen wesentlichen Unterschied, du

Arschloch! Wenn ich einem eine reinhaue, vergräbst du die Hände in der Tasche und ballst sie zu Fäusten. Wenn ich explodiere, drohst du zu implodieren. Was ist wohl schlimmer?"

Klein merkte, wie sich die Wut in ihm zurückmeldete. "Wenn ich als Zeuge befragt werde, sage ich die Wahrheit, Ben.   "

Ben hob die Hand mit einer abfälligen Bewegung. "Ach Blödsinn. Tust du nicht. Fahr hier weiter geradeaus."

"Auf die A1? Wir müssen auf die A46."

"Fahr weiter und dann die nächste raus."

"Wuppertal?"

"Hier treffen wir meinen Kontakt in Sachen Richter", erklärte Ben.

"Und sagst du mir jetzt auch, wer das ist?", forderte Klein.

"Eine Journalistin. Svenja Calenberg."

Die junge Frau saß am offenen Fenster in ihrem Hotelzimmer und genoss die warme Sonne auf ihrem Gesicht. Ihr langes, blondes Haar hatte sie hinter die Ohren geschoben und die Finger vor dem durchtrainierten Bauch ineinander verschränkt. Sie öffnete die Augen und drehte sich, damit sie den kleinen Radiowecker sehen konnte, der auf dem Nachttisch neben ihrem Bett stand. Gleich war es so weit. Sie hatte ihn gebeten, sich hier zu treffen. Weit weg von zu Hause. Hier, wo sie unbeobachtet war, fühlte sie sich weniger dreckig, wenngleich es nicht ihre Schuld war. Das wusste sie intuitiv. Wieder schloss sie die Augen. Sie spürte bereits ein leichtes

Brennen auf der Stirn. Zeit, aus der Sonne zu gehen. Nur noch ein paar Minuten.

Klein stellte den Motor ab, als sie vor dem Hotel in einem Industriegebiet anhielten und gleichzeitig die verdreckte Fassade hinaufsahen.

"Warum hier?", fragte Klein irritiert.

"Weil Düsseldorf sauteuer ist", antwortete Ben.

Klein öffnete die Wagentür und wollte aussteigen, doch Ben hielt ihn sanft zurück.

"Warte kurz! Ich will, dass du weißt, worauf du dich einlässt", sagte er.

Klein ließ sich in den Sitz sinken und betrachtete Ben aufmerksam.

"Svenja Calenberg ist Journalistin. Sie war es, die dafür gesorgt hat, dass mein Fall … die acht Jahre, die ich in der Psychiatrie saß , … dass er neu aufgerollt wurde. Wegen ihr bin ich heute wieder frei."

"Genieß es, solange du es noch bist", sagte Klein sarkastisch, doch Ben sprach unbeirrt weiter.

"Du hast gerade gesagt, du wüsstest nach meinen ganzen Eskapaden nicht, warum ich noch im Dienst bin. Naja, das liegt auch an ihr."

Kleins Augen weiteten sich. Er hob die Augenbrauen und deutete Ben fortzufahren.

"Sie hat den Innenminister unter Druck gesetzt und er hat Richter davon abgehalten, mich zu feuern", sagte er knapp.

Klein wischte sich mit dem Handrücken den Schweiß von der Oberlippe. "Ich weiß nicht, ob ich das alles wirklich wissen will."

"Das ist noch nichts gegen das, was wir jetzt hier anzetteln, Klein. Deshalb sage ich dir das alles."

Ihre Augen trafen sich. "Du hast die Möglichkeit, hier zu warten. Wenn du aussteigst, hängst du mit drin. Dann gibt es kein Zurück mehr."

"Ist das legal?", fragte Klein trocken.

"Im Leben nicht", antwortete Ben.

Klein öffnete die Tür erneut und stieg aus. Rebell.

Nutte. Das war es, was ihr in den Sinn gekommen war, als sie dieses Zimmer gebucht hatte. Jetzt, da sie hier in Unterwäsche am Fenster saß, fiel ihr diese Bezeichnung erneut ein und irgendwie war sie passender denn je. Er hatte das Zimmer bezahlt und gleich, wenn er mit ihr fertig war, würde er wieder ein paar Euro für ein Taxi auf dem Tisch liegen lassen. Dreckige Nutte.

Sie hatte Angst vor ihm, denn er war unberechenbar. Mal war er nett und charmant, dann wieder aggressiv und brutal. Mehr als einmal hatte sie seine Schläge über sich ergehen lassen, hatte er sie bedrängt und sie sich bedrängen lassen. Was sollte sie auch tun? Wenn sie sich wehrte, tat es umso mehr weh, also ließ sie es. Nicht um ihretwillen. Das redete sie sich zumindest ein. Sie strich sich noch einmal die Haare zurück und genoss die Sonne, als es an der Tür klopfte.

Dreimal. Dann zweimal. Vier und sechs. "Was soll das?", fragte Klein.

"Klopfzeichen", antwortete Ben.

Klein lächelte süffisant. Dann hörten sie Schritte. Die Tür öffnete sich langsam und ein paar braune Augen sahen durch den Spalt, der sich auftat. Dann öffnete sich die Tür ganz und die junge Frau kam zum Vorschein. Klein musste unweigerlich lächeln. Seine Augen glänzten.

Wieder klopfte es, diesmal energischer. Sie atmete tief durch und ging zur Tür. Noch einmal überlegte sie, ob es das Richtige war, was sie tat. War es nicht, doch was waren die Alternativen? Er bekam seinen Willen. Notfalls mit Gewalt. Das hatte er bewiesen. Wenn sie sich wehrte? Gänsehaut machte sich auf ihrem halbnackten Körper breit. Dann würde sie sterben.

Wieder klopfte es. Sie löste die Sicherheitskette und drückte die Türklinke herunter. Vorsichtig lugte sie durch den sich auftuenden Türspalt. Er lächelte sie arrogant an, mit seinen unnatürlich weißen Zähnen und den zurückgegelten, dunklen Haaren.

"Sollen wir dann?", sagte Thomas Richter.

Svenja erwiderte sein Lächeln. Beide sahen sich tief in die Augen, unfähig, den Blick voneinander zu lösen.

"Hallo", sagte Ben und schob sich an ihr vorbei in das Hotelzimmer.

"Hallo", sagte auch sie, ohne ihn eines Blickes zu würdigen.

Klein lachte verlegen und ging Ben nach.

"Das ist mein Kollege Klein", erklärte Ben beiläufig, während er sich in den einzelnen Zimmern umsah und die Schränke inspizierte.

Sie streckte Klein die Hand entgegen. "Svenja Calenberg. Schön, Sie kennenzulernen, Herr Klein."

"Christian", sagte er, als er ihre Hand ergriff.

Wieder dieses Lächeln. "Svenja."

Ben verdrehte die Augen und warf sich auf das schmale Bett. Sogleich versank er in der durchgelegenen Matratze. "Ben", sagte er laut und klar und zog damit die Aufmerksamkeit der beiden auf sich.

"Entschuldige", sagte Svenja Calenberg schließlich und setzte sich auf einen Stuhl in der Ecke des Zimmers. Christian Klein lehnte sich lässig an die Wand und verschränkte die Arme, während er seinen Partner erwartungsvoll ansah.

"Also gut", lachte Svenja schließlich, als Ben keine Reaktion erkennen ließ. "Ich bin von Berlin aus hierhergekommen, weil du mir eine Story versprochen hast. Dann mal los."

Klein lachte unweigerlich mit und hörte abrupt wieder damit auf, als er bemerkte, wie bescheuert er sich gerade aufführte.

Ben richtete sich auf. "Gut", sagte er. "Ich liefere dir den Polizeipräsidenten von Düsseldorf."

Svenja zögerte einen Moment. "Wie meinst du das?"

"So wie ich es gesagt habe. Ich gebe dir eine Story, die deine Karriere mächtig ankurbeln wird." Er rutschte nach vorne auf die Bettkante, sodass er Svenja nun unmittelbar gegenübersaß.

"Svenja, du erinnerst dich an den Rosengarten-Killer?"

Pikiert verzog sie den Mund. "Natürlich."

"Okay. Wir konnten ihm vier Morde nachweisen. Den Mord an meiner Tochter, der Özkan Yücel, Ina Götte und ..." Er schluckte. "Janina Greuer."

"Fünf", unterbrach ihn Svenja. "Polizeipräsident Huber."

"Vier", korrigierte Ben und sah in ein erstauntes Gesicht.
"Ich glaube, dass der neue Polizeipräsident, Thomas
Richter, den Mord an Huber begangen hat."
"Wir glauben das", ergänzte Klein mit einem unnatürlichen Lächeln.
"Wir glauben das", wiederholte Ben genervt.
"Wie kommt ihr dazu?", fragte Svenja.
"Folgende Theorie. Thomas Richter war der zweite Mann
hinter Huber. Er wollte die Nummer eins sein, also engagierte er einen Killer, den Rosengarten-Killer. Der betritt
das Polizeipräsidium, um seinen Auftrag auszuführen.
Dort trifft er auf Janina Greuer und folgt ihr."
"Warum sollte er das getan haben?", unterbrach Svenja,
die gebannt der Erzählung lauschte.
Klein trat einen Schritt näher. "Wir glauben, dass Janina,
ohne es zu wissen, Zeugin des Mordes an Ina Götte war.
Der Killer hat sie am Tatort gesehen. Als er sie im Präsidium wieder traf, bekam er Panik und beschloss, sie aus
dem Weg zu räumen."
Ben nickte. "Der Plan Richters, Huber vom Rosengarten-
Killer ermorden zu lassen, war also gescheitert."
"Also nahm er es selbst in die Hand", ergänzte Svenja.
Abwechselnd sah sie zu Ben und dann wieder zu Klein.
Ben stand auf. "Er tötete Huber und ließ mit ein paar
Utensilien aus der Asservatenkammer alles auf den Killer hindeuten."
"Das passte perfekt ins Bild", sagte Svenja nachdenklich.
"Genau", erklärte Klein. "Aber die Beweise am Tatort waren nicht schlüssig. Er hat Fehler gemacht."
Ben unterbrach ihn. "Also beschloss er, der gleichzeitig

leitender Ermittler war, kurzerhand den Fall abzuschlie-
ßen und den Spuren nicht weiter zu folgen."

"Und alle stimmten ihm zu, spätestens als der Killer in
Hamburg starb."

Sie versuchte, Zustimmung in Bens Gesicht zu erkennen,
doch sein Blick war leer.

"Svenja", sagte er schließlich. "Der Mann ist ein Mörder
und Vergewaltiger."

Beim letzten Wort schrak sie auf.

"Er hat Janina Greuer vor ihrem Tod mehrfach vergewaltigt und misshandelt und wir sind uns sicher, dass sie
nicht sein einziges Opfer ist."

"Ist?", fragte sie entsetzt.

Klein setzte sich neben sie und legte seine Hand fürsorglich auf ihren Oberschenkel. "Seiner neuen Sekretärin
wird es genauso ergehen."

"Ich will mit ihr sprechen", sagte sie. "Sie kann ihn ans
Messer liefern."

Ben schüttelte nachdenklich den Kopf. "Er ist zu mächtig
geworden. Er wird sich rauswinden."

"Was schlagen Sie also vor, Ben?", fragte sie.

"Wir müssten ihn auf frischer Tat stellen", ergänzte Klein.

"Genau das", antwortete Ben. "Wir brauchen einen Lockvogel.

Die beiden Männer sahen Svenja eindringlich an, ehe
diese begriff, was das bedeutete. Sie sprang auf.
"Nein", sagte sie erschrocken.

Sie lag teilnahmslos auf dem Bett. Ihr Blick war leer. Das
Make-up war verlaufen. Ihre Tränen hatten eine Furche
von den Augen bis zum Kinn hinterlassen. Sie hatte

Durst. Noch immer spürte sie diesen Druck in den Wangen. Wieder musste sie würgen. Ihr Rücken brannte. Er hatte sie mit harten Schlägen traktiert. Erst mit der flachen Hand, dann mit der Faust. Sonja gab sich keine Mühe, ihre Tränen zu verbergen. Sie weinte. Doch das Schlimmste war, dass es noch nicht vorbei war. Morgen würde sie Thomas Richter wiedersehen. Sie würde lächeln, den Schein wahren. Vielleicht würde er sie dann in Ruhe lassen. Nur für einen Tag. Ihr Blick ging nach links. Auf dem Nachttisch lagen fünfzig Euro. Nutte, dachte sie. Dann verdrängte sie den Gedanken und konzentrierte sich auf ein anderes Gefühl: ihren unbändigen Hass.

Kapitel 9

Wieder dieses Pochen im Kopf. Dieser dumpfe Schmerz an der linken Schläfe, der ihm so oft zusetzte, der für den Moment gar nicht so schlimm erschien, aber auf Dauer zur Qual wurde. Wie ein Wassertropfen, der unaufhörlich auf dieselbe Stelle eines Körpers fiel und den Schmerz multiplizierte, bis er nicht mehr auszuhalten war. Dass es auszuhalten war, dafür sorgten die Tabletten, die er sich jetzt wieder in den Mund warf, während er an der Tankstelle auf seinen Kaffee wartete und dabei das Haus quer gegenüber, auf der anderen Seite der Straße, nicht aus den Augen ließ. Es war 6:50 Uhr und es war ruhig. Wie immer. Fred Vorthmann war bereits im Badezimmer gewesen, hatte im Stehen gepinkelt und sich die Zähne geputzt. Von Julia und Max war noch nichts zu sehen. Ungewöhnlich. Max war eigentlich ein Frühaufsteher und Julia stand in der Regel auch schon um 6:30 Uhr auf. Ben kratzte sich am Kopf und warf dem Kassierer 2,50 Euro auf den Tisch. Dann verließ er die Tankstelle, ging ein paar Meter die Straße hinunter und setzte sich in sein Auto. Er stellte den Becher in die Mittelkonsole, zog sein T-Shirt aus und warf es auf die Rückbank zu den anderen. Dann stülpte er sich ein frisches über den Kopf und trank einen kochend heißen Schluck dieser schwarzen Brühe. Fred Vorthmann erschien im Badezimmer. Er schloss das Fenster, das er zum Lüften geöffnet hatte. Dann wieder nichts. Nur wenige Augenblicke vergingen, ehe sich die Haustüre öffnete. Fred hielt inne und sah zu Ben hinüber, ehe er sich kopfschüttelnd abwandte und den Schlüssel ins Schloss steckte.

Ein kurzer Druck auf seine Fernbedienung und das Tor der Doppelgarage öffnete sich. Wo wollte er hin? Ben lehnte sich vor und beobachtete, wie er in seinen Ford Focus stieg. Etwas stimmte nicht. Wo war ihr Auto?

Julia öffnete die verquollenen Augen. Sie erschrak und tastete das Bett hektisch ab. Dann legte sie sich ruhig zurück. Er lag direkt neben ihr. Jetzt spürte sie seinen dunklen Schopf an ihrer Schulter. Trotz der Hitze war er tief in seine Decke eingekuschelt. Er schwitzte. Das fühlte sie. Sehen konnte sie es nicht, denn sie umgab vollkommene Dunkelheit. Wieder begann sie zu schluchzen.

Ben folgte ihm. Dabei war er sehr darauf bedacht, immer ein paar Autos zwischen ihnen zu halten, wenngleich er ahnen durfte, dass Ben ihn im Auge behielt.
"Was hast du mit ihr gemacht, du Arschloch?", flüsterte Ben zu sich selbst, während er unruhig mit den Fingern auf dem Lenkrad trommelte. Vor ihm erkannte er, dass Fred langsamer wurde und schließlich auf den Parkplatz eines Billigfitnesscenters abbog. Ben lachte nervös. Sein Blick ging zur Uhr, dann zu Freds Auto. "Was hast du mit ihr gemacht?"
Er griff zu seinem Handy und wählte ihre Nummer.

Klein öffnete die Tür zur dritten Etage. Den Aufzug nutzte er nicht mehr. Er hatte einen Pappbecher mit grünem Tee in der Hand und nippte vorsichtig, um sich den Mund nicht zu verbrennen. Ein ereignisreicher Tag lag hinter ihm und er war gespannt, wie diese Sache weitergehen würde. Bei dem Gedanken daran, bekam er ein ungutes Gefühl, welches sich vom Hals bis in die

Magengegend breit machte.

"Herr Klein?"

Er hatte keine zwei Schritte in den Flur getan, als die Stimme ertönte. Betont gelassen nahm er noch einen Schluck, während er sich langsam umdrehte.

"Chefin?", sagte er nüchtern.

"Ist Bischoff schon da?", fragte Magdalena Czarnecka ohne Umschweife.

Irritiert deutete er auf die Tür zum Treppenhaus, die er gerade erst verlassen hatte und lachte verlegen. "Keine Ahnung. Warum?"

Hätte er ihren ernsten Gesichtsausdruck vorher bereits zur Kenntnis genommen, hätte er gewusst, dass dies die unsinnigste Frage war, die er hätte stellen können. Sie trat einen Schritt auf ihn zu und lächelte kalt. "Herr Klein. Sie junger, aufstrebender Polizist. Sie waren doch gestern dabei, oder?"

Wieder trank er einen Schluck grünen Tee, dem er in diesem Moment beruhigende Wirkung zusprach. "Ja", sagte er.

Sie nickte. "Dann sollten wir uns doch auch mal unterhalten. Haben Sie einen Moment?"

Czarnecka deutete den Gang hinunter. Am Ende lag ihr Büro. Klein atmete tief ein und folgte ihr schließlich.

Die Tür flog auf. Ben ging zu seinem Tisch und warf sich in den unbequemen Bürostuhl. Dann legte er das Handy vor sich und tippte die Nummer auf dem Display in das Ziffernfeld seines Diensttelefons. Es klingelte. 20 Sekunden. So wie gerade. Er sah auf die Zeitanzeige. 36 Sekunden. Die Mailbox sprang an, er sprach nicht drauf.

"Guten Morgen", sagte Klein, der ihm gegenübersaß und mit geröteten Augen beobachtete.

"Morgen", sagte Ben ohne aufzusehen.

"Die Chefin will dich sehen."

Ben schob das Handy beiseite.

"Nicht jetzt", zischte er.

"Jetzt", sagte Klein mit Nachdruck.

Ben sah auf. Klein war ungewöhnlich blass. Er war angespannt, seine Äderchen an der Schläfe traten hervor. Ben stand auf und verließ wortlos den Raum.

Magdalena Czarnecka stand am Fenster und sah auf die Straße und den sich andeutenden Berufsverkehr, als sich die Tür zu ihrem Büro ohne Vorwarnung öffnete. Abrupt drehte sie sich um und sah Ben Bischoff, wie er, ohne sie eines Blickes zu würdigen, in der Sitzgruppe in der Ecke des Raumes Platz nahm. Sie ging gemächlich durch das Zimmer und schloss die Tür, wobei sie sich ein Lächeln nicht verkneifen konnte. Ben saß mit dem Rücken zu ihr, also konnte sie es sich leisten.

"Also?", sagte sie schließlich.

Keine Reaktion. Sie setzte sich auf den Sessel neben Ben und betrachtete sein Profil. Dann beugte sie sich vor.

"Also?", wiederholte sie.

Ben drehte seinen Kopf und sah ihr in die Augen. Sie schluckte, denn es waren nicht die Augen des Mannes, den sie gestern kennengelernt hatte. Sie glänzten eigenartig, waren stark gerötet. Sein Blick war kalt, leer, beinahe gespenstisch. Sie griff in die Innentasche ihres Blazers und zog einen Zettel heraus, den sie entfaltete und Ben auf den Schoß legte.

"Eine Anzeige, Herr Bischoff?", fragte sie.

Ben legte das Schriftstück zur Seite, ohne es zu lesen.

"Mag sein. Das ist meine Art zu arbeiten."

Er stand auf und ging zur Tür.

"Hinsetzen", sagte sie deutlich.

Ben hielt inne. Dann kehrte er um. Wieder lächelte sie. Diesmal sah er es.

"Sie haben einem Sicherheitsbeamten die Nase gebrochen. Darüber hinaus den Anweisungen der Kollegen nicht Folge geleistet, als es zu einem Übergriff der Gefangenen kam", sie zögerte. "Das reicht, um Sie zu suspendieren, Herr Bischoff."

Ben räusperte sich. "Warum tun Sie es dann nicht?"

Magdalena Czarnecka stand auf und ging wieder zum Fenster. Der Berufsverkehr war nun in vollem Gange.

"Weil ich Sie brauche, Ben."

Ben sah auf.

"Wissen Sie, als ich gestern hier anfing, zog mich der Polizeipräsident zur Seite und gab mir mit auf den Weg, dass er Sie loswerden will."

Sie legte eine Pause ein und beobachtete Bens Reaktion, die lediglich aus einem Schulterzucken bestand. "Ich glaube, dass er Gründe hat, dies zu tun, und ich möchte wissen, welche."

"Das weiß ich nicht", log Ben.

Sie lachte nun deutlich. "Oh doch, das wissen Sie. Spielen Sie mit offenen Karten. Ihr Kollege Klein hat es getan."

Ben fing ihren Blick ein und zog die Mundwinkel kaum merklich an. "Hat er nicht."

Sie trat ein paar Schritte auf ihn zu. Ihre Arme waren

106

hinter ihrem Rücken verschränkt. "Ach nein?"

"Nein, auf keinen Fall."

Wieder dieses Lachen. "Sie haben mich erwischt, Ben. Sie kennen Ihren Partner gut. Er hat kein Wort über den Vorfall gestern verloren und auch sonst nichts gesagt, was mir irgendwie nützlich sein könnte. Dafür habe ich mir zwanzig Minuten lang einen Vortrag über die Wirkung von grünem Tee bei verschiedenen Brühmethoden angehört."

Jetzt lachten beide. Sie nutzte die gelöste Atmosphäre, um sich wieder neben Ben in den Sessel fallen zu lassen. Dann griff sie nach dem Zettel, den sie ihm gegeben hatte und zerriss ihn. "Das hier habe ich geklärt, Ben. Ich möchte, dass Sie wissen, dass Sie hier in mir eine Freundin haben. Aber ich möchte auf dem Laufenden gehalten werden, was Sie treiben. In Ordnung?"

Ihre Stimme klang nun sanft, fast mütterlich. Bens Augenbrauen zogen sich zusammen. "Sind wir dann fertig?", fragte er.

Sie nickte und wies mit der Hand zur Tür. Als er sie öffnete, sah er noch einmal zurück.

"Danke", sagte er.

Sie wirkte nachdenklich. "Ich kann Sie nicht noch einmal schützen, Ben. Ich hoffe, das wissen Sie."

Er verließ den Raum.

"Und?", fragte Klein, der nervös von seinem Stuhl aufsprang.

"Alles gut", antwortete Ben kühl und griff erneut zum Telefon.

Klein sah ihn überrascht an. "Alles gut?"

Ben nickte. Es klingelte. Klein kam näher und stützte sich mit den Händen auf Bens Schreibtisch ab. Ben legte mit der einen Hand den Hörer auf und zog mit der anderen ruckartig an Kleins Handgelenk, woraufhin dieser unkontrolliert auf die Tischplatte klatschte. Das Telefon klingelte. Ben griff hektisch nach dem Hörer.

"Und die Anzeige?", unterbrach Klein erneut, während er sich den Schmerz aus der Schulter rieb.

Ben verdrehte die Augen. "Hat sie zerrissen. Bischoff?" Klein lächelte und ging zurück zu seinem Stuhl. "Sind gleich da", sagte Ben in den Hörer, als er bereits aufstand und seinem Partner deutete, ihm zu folgen. Schulterzucken. "Komm schon, Klein. Neumann will uns sehen.

"Geh schon mal vor. Ich muss noch den Bericht fertig machen", verneinte Klein.

"Welchen Bericht?"

"Die Chefin macht schon Druck. Sie will den Erstbericht zu unserem Fall zeitnah auf dem Tisch haben." Er wandte sich seinem Computer zu.

Ben wirkte genervt und wies noch einmal deutlich zur Tür. "Komm schon. Den Bericht mach ich. Das hier ist wichtiger."

"Ehrlich?", fragte Klein überrascht. "Klasse! Danke!" Sie verließen das Zimmer. Das Telefon klingelte erneut.

Magdalena Czarnecka zog ihre Lesebrille von der Nase und rieb sich die Augen. Es war nicht das erste Mal, dass sie in dieser Situation war, doch es war besonders, denn es sollte das letzte Mal sein. Sie kannte jedes Detail. Schule, Ausbildung, den kompletten beruflichen

Werdegang. Die Namen der Dozenten und der Kursteilnehmer, die sie möglichst kennen sollte, wenn sie einen von ihnen wider Erwarten traf. Sie hatte sich ein privates Umfeld konstruiert, welches keine Lücken aufwies, und das alles nur für dieses eine Ziel. Magdalena stand auf und ging quer durch das Büro, wo sie die Urkunden an der Wand betrachtete, die sie gestern Nachmittag den Hausmeister hatte anbringen lassen. Alles Bullshit, dachte sie und lachte innerlich. Sie öffnete den Schrank zu ihrer Rechten und zog eine Akte heraus. Das war ihr Auftrag. Er war ihr Auftrag und sie würde ihn zur Strecke bringen. Später. Es war noch zu früh. Sie schlug den Pappdeckel auf und blätterte ein paar Seiten weiter. Da stand er wieder, dieser Name, der für eine merkwürdige Spannung in ihrem Körper sorgte: Ben Bischoff.

In einem kargen, fensterlosen Raum stand Stefan Neumann mit einem Vergrößerungsglas vor einem grauen Untersuchungstisch. Fasziniert starrte er auf die vor ihm liegenden Körperteile. Ein Unterarm mit Hand und Daumen, sowie vier einzelne Finger. Allesamt waren mit Tätowierungen versehen. Er beugte seinen Oberkörper ein wenig näher an die Objekte heran, dann wieder etwas weg. Er drehte den Kopf ein wenig, bevor er einmal um den Tisch herum auf die andere Seite ging, um aus einer anderen Perspektive einen erneuten Blick zu wagen. Das wiederholte er. Immer und immer wieder. Sein Kopf war von einer weißen Haube bedeckt, wie sie Ärzte bei einer Operation zu tragen pflegen. Das darunter liegende Haar triefte vor Schweiß. Doch es war nicht die Hitze, die ihn hervorbrachte. Der Raum war auf unter zwanzig Grad heruntergekühlt. Es war die Erkenntnis, die ihn in Ekstase versetzte und diese Reaktion hervorrief. Neumann schrak zusammen, als sich die Türe mit einem lauten Knall öffnete. "Verdammt! Muss das immer wieder sein!", rief er und warf dabei Ben Bischoff einen finsteren Blick zu.

"Du hast uns doch angerufen, also tu' nicht so überrascht", entgegnete dieser.

"Was gibt's denn, Neumann?", fragte Klein in einem wesentlich freundlicheren Ton.

Neumann lächelte verschwörerisch. Dann schüttelte er langsam den Kopf, als könne er es noch immer nicht glauben. Er streckte die mit Gummihandschuhen bedeckten Hände über dem Tisch aus und ließ sie langsam darüber kreisen. "Das hier, die Herren, das hier gibt es."

Ben sah zunächst zu Klein, der mit den Schultern zuckte, dann wieder zu Neumann. "Bist du bescheuert?" Neumanns Lächeln verschwand schlagartig. "Sie sind echt ein Arschloch, Bischoff. Wissen Sie das eigentlich?" Klein stellte sich beschwichtigend zwischen die Streithähne. "Können wir uns bitte darauf einigen, dass wir den Fall hier lösen, ohne uns die Köpfe einzuschlagen?" Neumann lachte auf. "Ohne die Köpfe einzuschlagen? Geht das mit dem?" Er deutete auf Ben, der ein paar Schritte vorgetreten war und nun nicht mehr Neumann, sondern den Leichenteilen auf dem Tisch Beachtung schenkte. Er blickte auf. "Also? Was gibt's, Neumann?"

"Das hier", sagte er nach kurzem Zögern.

Mit einem Wattebausch strich er die Umrisse der Tätowierungen nach. Zunächst die altdeutschen Buchstaben auf dem Unterarm, die das Wort Brigade darstellten. Danach wandte er sich den Fingern zu und wühlte die Watte wie einen Pinsel mit theatralischer Bewegung darüber.

"Knast-Tattoos", warf Klein ein und schob sich an Ben vorbei, um einen besseren Blick auf den Arm zu erhalten.

"Ja", stimmte Ben ihm zu. "Die hier auf den Fingern sind stümperhaft gemacht. Das haben die Jungs in irgendeiner Zelle für 'ne Schachtel Kippen selbst gestochen. Ist typisch."

Neumann verdrehte die Augen. "Ach was, ehrlich?" Ben und Klein sahen ihn gleichzeitig mit stechenden Blicken an. Er schmunzelte hingegen und ging erneut um den Tisch herum auf dieselbe Seite wie seine Kollegen. "Sehen Sie hier. Die Linien."

"Kräftig", sagte Klein.

Neumann nickte. "Sehr kräftig. Das Tattoo ist nicht älter als zwei Tage."

"Wo ist die Rötung?", flüsterte Ben.

"Was?", fragte Klein irritiert.

"Er hat recht, Klein. Bischoff hat die richtige Frage gestellt. Bei einer Tätowierung wird die Haut verletzt. Nach zwei Tagen müssten noch Verletzungen zu erkennen sein. Blutergüsse. Sind aber nicht."

"Und was heißt das?", wollte Klein wissen.

"Wann ist der Kerl gestorben?", fragte Ben, ohne die Antwort auf die zuvor gestellte Frage abzuwarten.

"Wieder die richtige Frage." Neumanns Blick war nun belehrend. "Mindestens 48 Stunden."

Klein hielt sich die Hand vor den Mund und drehte sich

ungläubig im Kreis. Neumann lächelte selbstzufrieden. Ben richtete sich auf. "Die Tätowierung ist post mortem gestochen worden, nach Eintritt des Todes."

Ein lautes Piepen durchbrach die kurzzeitig eingetretene Stille.

"Was ist das?", fragte Klein.

Neumann drehte sich herum und hastete zu seinem Computer. Ben beobachtete ihn und sah, wie die letzte Farbe sein ohnehin schon blasses Gesicht verließ. "Alles ok, Neumann?"

Er schüttelte den Kopf und riss die Tür zum Gang auf. Ben und Klein folgten.

"Was ist los?", fragte Ben erneut.

"Ich habe die Abdrücke der Finger durch die Datenbank geschickt und gerade das Ergebnis bekommen."

Seine Schritte wurden schneller. So schnell, dass Ben kaum folgen konnte. Neumann stieß eine weitere Feuerschutztür auf und steckte schließlich eine kleine Plastikkarte in ein Lesegerät, das sich an der Wand befand. Sogleich öffnete sich eine weitere Tür. Ben und Klein blieben am Eingang stehen. Die Leichenhalle.

"Sprichst du mit uns, Neumann?", forderte Ben ihn auf.

"Ich habe einen Treffer, Bischoff. Einen Treffer!" Hektisch überflog er die Schilder an den Schubfächern. "Wir kennen die Leiche!"

"Was?" Ben trat näher.

"Wir kennen ihn."

"Ich verstehe dich nicht, Neumann!"

Neumann blieb vor einem Fach stehen und atmete tief durch. Dann öffnete er es. "Er war schon mal hier",

112

flüsterte Neumann nun.

Ben konnte die Augen nicht von der nun vor ihm stehenden Liege lassen, denn sie war leer.

Kapitel 10

Die Harley Davidson knatterte die Landstraße entlang. Die Sonne war gerade erst untergegangen und das Restlicht verlieh der Landschaft eine goldgelbe Farbe. Romantisch. So wäre es sicher unter anderen Umständen gewesen und an einem anderen Ort. Der Fahrer öffnete per Knopfdruck den Auspuff. Das Knattern wurde lauter. So laut, dass bei einem am Straßenrand parkenden Auto die Alarmanlage losging. Das Geheule verfolgte den Fahrer noch ein paar hundert Meter, doch es hatte Mühe, den Sound der Maschine zu durchdringen. Der Mann lächelte. Er nahm eine Hand vom Lenker und strich sanft über das Bild des grünen Skorpions, das sein Motorrad zierte. Dann wurde er langsamer. Er bog in einen kleinen Feldweg ein und folgte ihm zwei Kilometer, ehe er vor einem alten Fachwerkhaus zum Stehen kam. Er parkte die Maschine zwischen den anderen Motorrädern, die den Parkplatz zustellten. Ein paar düster wirkende Männer standen mit Zigaretten in der Hand vor dem Gebäude und genossen ihr Bier. Jetzt galten ihre Blicke dem Besucher.

"Alter! Geiler Sound!", rief einer der Männer, während er seine Sonnenbrille abnahm und näherkam, um sich die Fat Boy näher anzusehen.

"Finger weg", sagte der Fahrer kühl, als er seinen Helm auf den Lenker legte.

"Willst du ...", der Mann sprach nicht weiter, als er den grünen Skorpion entdeckte.

Der Fahrer trat näher, bis er den fauligen Atem seines Gegenübers riechen konnte. Dann grinste er breit und tätschelte ihm ohne ein Wort die Wange. Er schob sich an ihm vorbei und betrat das Haus.

Eine Wolke aus Zigarettenqualm schlug ihm entgegen. Er kannte den Geruch, hatte sich daran gewöhnt, auch wenn er selbst nicht rauchte, was ganz und gar nicht dem Klischee entsprach, das er bediente. Über der Tür war ein großes Emblem angebracht, in dessen Mittelpunkt die Zahl "44" stand. Die "4" stand für den vierten Buchstaben im Alphabet. Die "44" für ein doppeltes D. Die Dare Devils.

Vor ihm lag das Vereinsheim der Rocker. Schon als er die Zuwegung erreicht hatte, hatte er die Kameras gesehen, die das Haus und die Gegend in einem Radius von zweihundert Metern überwachten. Die technische Ausstattung dieses Anwesens war hoch und passte gar nicht zu dem, was er nun zu sehen bekam.

Das Interieur erinnerte ihn an die alte Kneipe, in der er in seiner Jugend so viel Zeit verbracht hatte. Alte Tische, die stark wackelten und lediglich mit Hilfe von Bierdeckeln eine gewisse Stabilität erlangten. Hätte er das Mobiliar auf dem Sperrmüll gefunden, hätte er es wohl stehen lassen, wenngleich es zu den Gestalten, die sich um die Tische angeordnet hatten, zweifellos passte. Zu seiner Rechten lag eine lange Bar, die einem Italo-Western hätte entsprungen sein können.

Zwei Männer sprangen lachend auf. "Stinger!", riefen sie, traten auf ihn zu und schlugen ihm anerkennend auf die Schulter. "Du hast es durchgezogen!"

Stinger sah an den Männern vorbei. Vierzig Rocker, vielleicht fünfzig. Die meisten ignorierten ihn. Andere lächelten ihm zu und nickten anerkennend. Wieder andere sahen ihn mit ihren stechenden Augen an und ließen keinen Zweifel daran, dass ihnen seine Anwesenheit zuwider war. "Wo ist er, Speedy?", fragte Stinger einen der beiden Männer, die auf ihn zukamen.

Speedys Lächeln war versteinert. Ratlos sah er zu Pit, der nun ebenfalls neben ihm stand. Dieser warf den Zigarettenstummel, den er zuvor noch zwischen den Lippen hatte, auf den Boden und schüttelte den Kopf. "Was ist das denn für eine Begrüßung, Stinger?"

Stinger schob sich an den Männern vorbei und ließ seinen Blick durch den Raum schweifen, ehe er entdeckte, wonach er suchte. Langsam ging er auf einen runden Tisch zu, an dem vier Personen saßen. Einer der Männer hatte ein südländisches Aussehen. Er wirkte von der Statur her so gar nicht wie ein Rocker. Während die Männer um ihn herum ihre dicken, biergetränkten Bäuche vor sich hertrugen und den halben Tag damit verbrachten, mit kernigen Gewichten das Volumen ihrer Oberarme zu erhöhen, war sein Körper eher zierlich. Sein Gesicht war es nicht. Die Haut wirkte zäh wie Leder. Tiefe Furchen gruben sich hindurch, ohne dass Stinger hätte sagen können, ob es sich um Falten oder Narben handelte. Die Augen waren leuchtend grün. Hellwach. Gefährlich. Der Mann deutete den drei Rockern, den Tisch zu verlassen, und wies mit der Hand auf einen Stuhl. Stinger nahm seinen Blick auf, schob den Stuhl zur Seite und setzte sich auf einen anderen. Der Mann lachte und nippte an seinem Bier.

"Selbstbewusst bist du, Stinger", sagte er schließlich.

Stinger hingegen zuckte lediglich mit den Schultern. "Da ist nichts falsch dran. Ich habe zwei Dinge gelernt, Antonio. Ich mache mich nicht kleiner, als ich bin." Er hielt inne.

"Und?" Antonio hob neugierig die Augenbrauen.

"Und ich habe niemals Angst."

Wieder nippte Antonio an seinem Glas. "Also? Berichte."

"Was willst du hören?"

"Details", Antonio wurde ungeduldig.

"Der Junge hat uns echt verarscht", sagte Stinger.

"Das ist nicht, was ich ...", fiel ihm Antonio ins Wort, doch Stinger redete unbeirrt weiter.

"Doch er hat seine Lektion erhalten."

"Ich habe keine Lust, dir alles aus der Nase zu ziehen, Stinger. Erzähl jetzt oder unser Deal ist tot."

Stinger lächelte. "Wir waren bei unserem Freund Georgios. Da tauchte dieser Typ auf seiner Maschine plötzlich auf." Wieder lachte er amüsiert. "Der Sack hat sich vor uns gestellt und uns zugewunken. Dafür habe ich ihm den Zeigefinger abgeschnitten."

"Er gehörte zur Brigade?"

Stinger nickte. "Dafür hat er den Mittelfinger verloren. Der Ringfinger musste dran glauben, weil er sich in unser Geschäft eingemischt hat." Er legte eine theatralische Pause ein. Die Blicke aller Männer im Raum waren auf ihn gerichtet. "Der kleine Finger war dafür, dass ich ihn durch die halbe Stadt jagen musste."

Antonio nahm sein Smartphone aus der Weste und schaltete es ein. Er legte es auf den Tisch und drehte es so, dass Stinger das Display erkennen konnte. Vor ihm lag ein Medienbericht über die Funde am Rhein.

"Und der Arm?", fragte Antonio mit seiner rauchig sanften Stimme.

Stinger lehnte sich vor und sah ihm tief in die Augen. "Das war was Persönliches."

"Wo ist Mike Brandt jetzt?", fragte Antonio, während er sich zurück in seinen Stuhl fallen ließ.

"In einem kleinen Waldstück zwischen Düsseldorf und Duisburg etwa einen Meter tief unter der Erde."

Antonio nickte anerkennend. "Du hast deinen Teil erfüllt."

"Dann bist du wohl jetzt dran", fügte Stinger hinzu.

Nachdenklich drehte Antonio sein Bierglas und betrachtete die gelbliche Pfütze, die sich an dessen Boden abgesetzt hatte. "Ehre", sagte er. "Ehre und Vertrauen sind alles für uns Devils. Ich vertraue dir und will, dass du ab sofort in meinem engsten Kreis agierst. Das habe ich dir versprochen und ich halte es."

Abrupt hob er den Zeigefinger und sah Stinger an. "Ich erwarte von dir absolute Solidarität. Du wirst von mir mit wichtigen Aufgaben betraut."

"Ich bin bereit."

"Gut. Ich will eine Einigung mit den Bandoleros. Du weißt, dass Nordrhein-Westfalen unter uns Devils und den Bandoleros aufgeteilt ist. Wir haben immer wieder Überschneidungen und es kommt ständig zu Reibereien, obwohl wir doch eigentlich dasselbe wollen."

"Und was wäre das?"

Antonio lächelte. "Freiheit, Selbstbestimmung, Anarchie? Such dir was aus. In Duisburg kommen wir uns auf jeden Fall ständig beim Drogenhandel in die Quere."

"Was soll ich tun?"

"Ich will, dass du mit unseren Brüdern eine Regelung findest, damit es nicht irgendwann zu einem offenen Kampf zwischen uns kommt. Wir machen uns gegenseitig unser Geschäft kaputt. Das ist sinnlos. Finde eine Lösung, Stinger."

Wortlos stand Stinger auf, drehte sich um und ging zur Tür.

"Männer!", hörte er Antonio rufen. "Stinger ist ab sofort meine Nummer zwei."

Kapitel 11

Die letzten Sonnenstrahlen des Tages durchbrachen die Fenster des Büros in der fünften Etage des Polizeipräsidiums. Thomas Richter saß an seinem Schreibtisch und las in einer Akte, die ausgebreitet vor ihm lag. Von Zeit zu Zeit öffnete er die Kappe seines Füllfederhalters und machte sich ein paar Notizen, die er dann fein säuberlich faltete und in einen Umschlag steckte, den er wiederum in seiner Aktentasche versenkte. Es klopfte an der Tür. Richter sah auf und beobachtete, wie sich die Tür einen Spalt öffnete und Sonja unsicher hereinlugte. Er lächelte kalt.

"Herr Polizeipräsident, ich würde dann jetzt nach Hause gehen."

Er lehnte sich zurück und ließ seine Zunge um seinen Füllfederhalter kreisen. Eine unangenehme Angewohnheit, die ihn seit seiner Kindheit begleitete. Sonja schluckte, als sie merkte, dass er offensichtlich andere Absichten verfolgte.

"Bitte!", flehte sie, wobei sie das Wort fast verschluckte.

"Meine Tochter! Ich möchte sie heute sehen."

Thomas Richter stand auf und ging zu ihr herüber. Erst streichelte er ihre Wange, ihren Hals, dann griff er ihren Zopf und riss den Kopf unsanft nach hinten.

"Du gehst, wenn ich es dir sage!", zischte er.

Das Telefon klingelte, doch sein Blick hielt Sonja fest, deren Augen feucht wurden. Schließlich ließ er ab und ging zu seinem Telefon. "Geh", sagte er knapp, als er den

Hörer abnahm. "Richter."

"Herr Polizeipräsident Richter?", fragte die weibliche Stimme am anderen Ende der Leitung.

"Natürlich. Mit wem spreche ich?", sagte er genervt.

"Svenja Calenberg. Berliner Morgenpost", sagte sie.

Er ließ sich in den Sessel fallen und atmete tief ein. Svenja Calenberg. Die Frau, die Ben Bischoff durch ihre Recherchen aus der Psychiatrie geholt hatte. Die Frau, die dafür verantwortlich war, dass Bischoffs Suspendierung, die Richter persönlich angeordnet hatte, vom Innenminister aufgehoben wurde. Wie er sie hasste, wenngleich er sie noch nie kennengelernt hatte.

"Sie wissen, wer ich bin?", fragte Svenja, als Richter nicht antwortete.

"Was wollen Sie?", fragte er schließlich.

"Sie wissen es also", sagte sie voller Ironie. "Ich möchte Sie um ein Interview bitten, Herr Richter."

Er lachte. "Um ein Interview? Frau Calenberg, bei allem Respekt, aber zum einen würde ich es bevorzugen, wenn Sie mich so anreden würden, wie es sich gehört, nämlich mit Herr Polizeipräsident Richter, und zum anderen sind Sie mir im Winter ganz schön in die Parade gefahren. Ich gebe Ihnen garantiert kein Interview. Frau Calenberg, ich denke, es ist besser, wenn ..."

Sie unterbrach ihn forsch. "Ist das nicht immer auch vom Thema abhängig?", fragte sie vieldeutig.

Er schwieg eine Sekunde. "Wie meinen Sie das? Werden Sie konkret."

"Gut, Herr Polizeipräsident", sie betonte die Anrede bewusst übertrieben. "Ich möchte mit Ihnen über die

Missstände in Ihrem Zuständigkeitsbereich sprechen."

"Konkreter", sagte er, während er ihren Namen in die Suchmaschine auf seinem Bildschirm tippte.

"Vergewaltigung durch Führungskräfte, Zusammenarbeit mit einer rechtsextremen Vereinigung, Mord an Ihrem Vorgänger. Konkret genug?"

Er gab sich Mühe zu lächeln, obwohl sie ihn nicht sah. "Sind das Vorwürfe, die Sie anbringen möchten oder worum geht es Ihnen? Ich finde das Eis, auf dem Sie stehen, ist etwas dünn, ich habe nicht vor ... ähm ..."

Er folgte dem Link zur Berliner Morgenpost und auf dem Bildschirm erschien ein Foto von Svenja Calenberg. Ihr langes, rötlich schimmerndes Haar fiel sanft auf ihre Schultern. Sie lächelte zuckersüß. Ihr schmaler Hals ließ gleichzeitig auf einen trainierten Körper hindeuten. Das könnte interessant werden. Er leckte sich die Lippen. "... ähm ... wie, ja. Wir sollten das persönlich besprechen."

Jetzt war sie es, die zögerte. "Gut, wann passt es Ihnen?"

Er schlug seinen Kalender auf und fuhr mit dem Finger das Papier entlang. "Mittwoch?"

Der Tag war komplett frei. "Aber erst gegen 21 Uhr", sagte er dennoch. "Ich gehe davon aus, dass Sie im Hotel wohnen werden. Wollen wir uns dann bei mir zu Hause treffen?"

Er spürte das Zittern in ihrer Stimme, ihre Unsicherheit. Das Selbstbewusstsein, mit dem sie ihm gerade noch begegnet war, war verflogen. "Ein öffentlicher Ort wäre mir lieber", sagte sie leise.

Er lachte auf. "Sie haben doch nicht etwa Angst vor mir, Svenja?"

"Sollte ich das?", fragte sie.

"Natürlich nicht." Er musste sich keine Mühe mehr geben zu lächeln. "Aber wie Sie möchten. Kennen Sie das französische Restaurant am Hauptbahnhof? Ist Ihnen das lieber?"

"Ja, ist es, aber ich kenne es nicht", sagte Svenja erleichtert.

"Gut, meine Assistentin mailt Ihnen morgen die Adresse."

Als er den Hörer auflegte, spürte er die Erektion unter seinem Schreibtisch. Runde eins war eröffnet.

Sie war zu Hause. In dem kleinen Dorf in der Nähe der Nordsee. Sie öffnete die Tür und spürte, wie die Sonne ihre Haut wärmte. Eine angenehme Wärme. Eine leichte Brise durchflog ihr Haar und wirbelte um ihren langen Hals. "Guten Morgen!", rief der Mann auf der anderen Straßenseite, der gerade sein Haus verlassen hatte, um die Zeitung aus dem Briefkasten zu holen. Sie winkte zurück und sah sich um. Sechs Häuser zählte sie in der Straße. Alle mit einem wunderschönen Vorgarten versehen. Bunte Blumen zierten die Beete und Fensterbänke. An der Hauswand lehnte ihr altes Hollandrad. Sie setzte sich auf den bequemen Sattel und radelte los, nach Harlesiel, zur Fähre und dann auf die Insel. Die Seeluft genießen, das Leben leben.

Plötzlich nahm sie ein schrilles Klingeln wahr. Sie ignorierte es und trat fester in die Pedale. Dann wurde das Klingeln lauter. Sie sah sich um, doch konnte nichts erkennen. Wieder dieses Geräusch. Magdalena Czarnecka öffnete die Augen. Sie griff nach ihrem Smartphone, das neben ihr auf dem Nachttisch lag. 0:32 Uhr. Hatte sie den Wecker falsch gestellt? Wieder das Klingeln. Das Telefon. Um diese Zeit? Sie sprang auf und lief in den Flur, wobei sie etwas benommen den Kleiderschrank mit der Schulter touchierte und ins Straucheln geriet.

"Ja", sagte sie in den Hörer.

"Entschuldigen Sie bitte die Störung, Chefin, hier ist Neumann."

"Was?" Sie rieb sich die Stirn und versuchte, den Namen einzuordnen.

"Stephan Neumann, Polizei?", erklärte er irritiert. Sie schaltete das Licht ein und ging ins Wohnzimmer. Dann warf sie sich auf das durchgesessene Sofa. Unter ihr quietschten die Federn. Genervt rutschte sie zur Seite. Das war es, worauf sie sich am meisten freute, wenn das alles hier vorbei war. Ihre eigene Wohnung und ihre eigenen Möbel. Nicht diese vollmöblierten Absteigen.

"Neumann, ich hoffe, es ist wichtig."

"Ist es. Ich befürchte, wir brauchen Sie hier."

"Warum um alles in der Welt?", fauchte sie.

"Nochmal Entschuldigung, aber wir haben die Leiche identifiziert. Die aus dem Rhein."

"Hat das denn nicht Zeit bis morgen?"

"Naja, nein. Wichtig ist nicht, wer es ist, sondern woher er kommt."

Sie biss sich vor Ärger auf die Lippe. "Also woher?"

"Aus unserer Leichenhalle."

Mit einem Mal war sie hellwach. "Geben Sie mir eine halbe Stunde", sagte sie.

Magdalena Czarnecka betrat den Besprechungsraum und warf zwei Pizzakartons auf den großen Konferenztisch in der Mitte des Raumes.

"Lassen Sie sich davon nicht täuschen. Ich bin stocksauer."

Die drei Männer sahen betreten zu Boden.

"Los! Greifen Sie zu!", forderte Magdalena, als jegliche weitere Reaktion ausblieb. "Bericht", sagte sie schließlich knapp.

Ben und Klein lehnten sich zurück und sahen Neumann an, der sich sichtlich unwohl fühlte.

"Naja, ich weiß nicht wie, aber offensichtlich hat jemand ..."

Weiter kam er nicht.

"Wer?", unterbrach ihn Magdalena Czarnecka.

"Woher soll er das wissen?", trat ihm Ben unterstützend zur Seite.

Magdalena sah ihn durchdringend an. "Entschuldigung. Sie haben Recht. Die Müdigkeit ..."

Ben nickte ihr anerkennend zu.

"Also, jemand hat die Leiche gestohlen", fuhr Neumann schließlich fort.

"Wessen Leiche war das?", fragte Magdalena.

Klein räusperte sich. Gleichzeitig schob er eine Akte zu seiner Chefin herüber.

"Mark Meister."

Ben lachte. Alle starrten ihn an. "Tschuldigung, aber das hört sich an wie Mickey Mouse."

Schmunzelnd deutete Magdalena Klein fortzufahren, doch der hatte offensichtlich den Faden verloren.

"Todesursache?", half sie ihm. Magdalena zog sich einen Pizzakarton heran und nahm ein Stück heraus.

"Sekundentod", sagte Klein. Kauend sah sie zu Neumann herüber.

"Herzversagen", sagte er. "Natürliche Ursache."

Sie nickte. "Wie alt war er? Größe? Gewicht?"

Klein deutete auf die Akte. Sie verstand. "Ok, Anfang dreißig. Weiter?"

Neumann warf einen Stapel Fotos vor sie auf den Tisch, die die obduzierten Leichenteile zeigten.

"Die Tätowierungen wurden ihm erst nach dem Tod zugefügt."

Schlagartig hörte sie auf zu kauen.

"Warum?"

Sie merkte, wie dilettantisch diese Frage klang. Ben stand auf. "Erst diese Maulwurf-Geschichte, dann das. Oder es hängt zusammen."

Magdalena nickte zustimmend. Ben sah sie überrascht an. Sie bemerkte seine Reaktion, atmete hastig ein und sah zu der Tür, die sich in ihrem Rücken öffnete.

"Guten Abend", sagte Thomas Richter in die Runde und gab jedem der Anwesenden die Hand. Ben ignorierte ihn. Richter trug noch immer seinen schwarzen Nadelstreifenanzug. Offensichtlich war er noch im Büro gewesen, als ihn Magdalenas Anruf erreicht hatte.

"Bitte, fahren Sie fort", sagte er und fuchtelte wie ein Dirigent mit seinen Händen umher. Magdalena rieb sich nervös den Hals. "Maulwurf", sagte sie schließlich. "Wir waren beim Maulwurf. Würden Sie mich informieren, Ben? Was hat es damit auf sich?"

Ben schwieg einen Moment und beobachtete, wie sich Schweißperlen auf ihrer Stirn bildeten. Dann stand er auf und ging zum Fenster hinüber. Die Straße unter ihm war leer.

"Bei den Ermittlungen zu den Rosengarten-Morden stellten wir fest, dass Paul Schmitz, der Anführer der Brigade, immer über den Stand unserer Ermittlungen informiert war. Er muss also einen Kontakt im Präsidium gehabt haben."

"Was haben die Ermittlungen ergeben?", fragte Magdalena schockiert.

Ben zuckte mit den Schultern und deutete auf Richter, der sich in seinem Stuhl nach vorne beugte und die Hände vor sich auf dem Tisch faltete.

"Also, wir haben nicht die Notwendigkeit ...", sagte er und wurde von einem genervten Ben Bischoff unterbrochen.

"Es gab keine Ermittlungen."

Richter rückte seine Krawatte zurecht.

"Warum nicht?", fragte Magdalena überrascht in dessen Richtung.

Ben wiederholte ihren Satz mit gerunzelter Stirn. "Ja, warum eigentlich nicht?"

Klein beobachtete das Schauspiel belustigt.

"Wir mussten Schwerpunkte setzen", rechtfertigte sich Richter.

Ben schüttelte verständnislos den Kopf.

"Vielleicht sollten wir den Schwerpunkt nochmal überdenken", murmelte Magdalena. "Fahren Sie fort, Ben?"

Ben nickte. "Klar, nun wurde auch noch eine Leiche aus

der Autopsie gestohlen, mit einem Tattoo der Brigade versehen und eben zerschnibbelt."

"Ein Zusammenhang?", fragte Klein.

Ben und Magdalena nickten einhellig. "So sehe ich das", sagte Ben schließlich. Auch Richter nickte.

"Wer könnte der Maulwurf sein? Vermutungen?", fragte Magdalena.

"Er", sagte Ben trocken und deutete auf Richter.

Dieser sprang sofort auf, wobei sich eine Locke seiner gelgetränkten Haare löste und in die Stirn fiel. "Sind Sie verrückt, Bischoff? Was glauben Sie denn, wer ich bin?"

Ben ging langsam auf ihn zu. "Das WER spare ich mir, Richter. Und WAS ... ein Mörder? Ein Vergewaltiger? Warum also nicht auch ein Maulwurf?"

"Ben!", rief Klein ermahnend. Ben verstand. Er drehte sich um und ging erneut zum Fenster. Ein kleines Licht. Vielleicht ein Fahrrad.

"Meine Herren, ich kenne Ihre Akten und die Anwesenden schließe ich aus. Ich habe absolutes Vertrauen zu Ihnen allen", sagte Magdalena.

Richter nahm merklich erregt wieder Platz. Ben rührte sich nicht. Zu schnell für ein Fahrrad. Ein Mofa.

"Ich schlage vor, dass wir die Ermittlergruppe auf diesen Kreis beschränken. Ich will, dass keine Information nach außen dringt."

Stille.

"Gut", sagte sie schließlich. "Wie gehen wir vor?"

Ben zog das Handy aus der Tasche und schrieb eine SMS. Alles gut?

"Wir treten den Dare Devils in den Arsch", raunte er.

"Warum den Devils?", fragte Richter. "Ich sehe da keinen Zusammenhang."

"… was jetzt weniger überraschend ist", warf Klein ein und erntete überraschte Blicke, als auch er bemerkte, dass er diesen Gedanken gerade laut ausgesprochen hatte. Ben starrte auf sein Handy.

"Wir sollten zuerst mit der Brigade beginnen", sagte Richter und durchbohrte Klein dabei mit seinen Blicken.

"Wir haben mit Schmitz gesprochen. Er gab uns den Tipp mit den Devils", erklärte Ben knapp.

"Und woher wissen Sie, dass er uns nicht anlügt? Warum sollte er uns die Wahrheit sagen?", widersprach Richter.

Ben überlegte. "Wissen wir nicht, aber es ist das Einzige, was wir im Moment haben."

Richter wollte erneut widersprechen, doch Magdalena kam ihm zuvor.

"So machen wir es. Klein und Bischoff kümmern sich darum. Morgen. Heute schlafen wir uns erstmal aus."

Bens Telefon vibrierte. Alles ok. Melde mich morgen. Julia.

Klein, Neumann und Ben verließen den Raum. Magdalena wollte ihnen folgen, doch spürte sie plötzlich einen Widerstand.

"Frau Czarnecka", sagte Richter. "Lassen Sie uns noch kurz sprechen bitte."

Sie drehte sich zu ihm um und sah irritiert auf seine Hand, die ihren Oberarm umklammerte. Dann griff sie sein Handgelenk, woraufhin sich die Umklammerung augenblicklich löste. Richter schrie kurz auf.

"Verdammt! Was soll das?", fragte er verärgert.

"Fassen Sie mich nie wieder so an, Herr Polizeipräsident. Worüber möchten Sie sprechen?"

Richter starrte sie irritiert an. "Ich will mit Ihnen nochmal über Bischoff sprechen."

"Was gibt es da zu bereden?"

"Wie macht er sich? Auffälligkeiten?"

Sie zögerte einen Moment. "Nein", sagte sie mit fester Stimme.

"Das hier gerade war eine Frechheit. Dafür kann ich ihn rausschmeißen", sagte er noch immer vor Wut kochend.

Sie schüttelte abfällig den Kopf. "Können Sie nicht, Richter. Das wissen Sie genauso gut wie ich."

Sie drehte sich zur Tür und verließ den Raum.

"Kümmern Sie sich darum, sonst nehme ich die Sache in die Hand", rief er ihr nach, während er noch immer sein Handgelenk rieb.

Kapitel 12

Er stand an dem großen Panoramafenster und blickte auf die Lichter der Stadt. Die Lichter seiner Stadt. Er kannte sie wie seine Westentasche. Von den kleinen Gassen, die er als Student so liebte, über die breite Einkaufsstraße, bis an die Ufer des Flusses, immer im Schatten der Wolkenkratzer.

Als junger Mann hatte er hier hochgesehen, davon geträumt, einmal ein Büro in einem dieser Türme zu besitzen, die Autos wie Spielzeuge und die Menschen wie Ameisen von oben herab zu betrachten. Heute wünschte er sich nichts mehr, als sie alle zu zerquetschen. Er schlug mit der Hand gegen die Scheibe. Blanke Wut machte sich in ihm breit. Dann wieder Ruhe. Mit Ruhe, mit Gelassenheit würde er das Problem in den Griff bekommen. Ein Problem, das er schon beinahe vergessen hatte, bis es nach Jahren plötzlich wieder auf ihn zugerollt kam. Damals hatte er es geregelt. Zum zweiten Mal. Nun sollte es endgültig aus der Welt geschafft werden.

Der Mann drehte sich um. Erhaben leuchtete der massige Schreibtisch aus der Kolonialzeit unter dem Licht der modernen Schreibtischlampe. Schemenhaft fiel etwas Licht auf die monströse Replik des Monets. Er lachte. Replik. Das Original lag wohlverpackt im Keller des Gebäudes, hinter Mauern, die denen von Fort Knox in nichts nachstehen dürften. Auf der gläsernen Anrichte an der gegenüberliegenden Wand hatte er ordentlich die Bilderrahmen aufgereiht, die Fotos von ihm mit den Entscheidern dieses Landes darstellten. Die Kanzlerin, der Präsident, Schauspieler und Musiker. Sie alle lachten in die Kamera. Sie spielten eine Rolle, so wie auch er es tat. Seit nunmehr zehn Jahren lächelte er jedes Problem öffentlich weg. Er pflegte sein Image, das er sich so hart erarbeitet hatte. Jetzt galt es einmal mehr, diese Fassade zu wahren. Er ging zu seinem Schreibtisch und griff zu seinem Telefon, legte den Hörer aber sogleich wieder auf. Er schmunzelte, während er die Schublade öffnete und ein altes Mobiltelefon hervorzog. Einen Knochen. Er öffnete es und legte eine neue SIM-Karte ein. Ruhig betrachtete er das Display, bis es zur Eingabe freigegeben war. Dann wählte er erneut.

"Ja?", meldete sich eine verschlafene Stimme.

"Ich glaube, unser Problem ist größer als gedacht", sagte er kalt.

Kapitel 13

Ben reckte sich und gähnte herzhaft, während er beobachtete, wie der Drucker das Papier einzog und Stück für Stück wieder ausspuckte.

"Guten Morgen!", sagte Christian Klein, der plötzlich im Türrahmen stand, überrascht. "Was machst du denn schon hier?"

Ben rieb sich die Tränen der Müdigkeit aus den Augen. "Ich war gar nicht weg."

Klein warf sein Halstuch über den Stuhl und sah seinen Kollegen verwundert an. "Wo hast du denn geschlafen?"

Ben schüttelte den Kopf.

"Gar nicht?", hakte Klein nach.

"Ich komme mit wenig Schlaf aus. Weißt du doch", sagte Ben.

Er stand auf und zog das Papier aus dem Drucker. "Hier."

Klein nahm ein paar der Blätter entgegen und betrachtete sie intensiv. "Was ist das?"

"Mein Bericht", erklärte Ben.

Klein sah zur Uhr, dann nickte er anerkennend. "Ganz schön schnell. Respekt."

Er überflog die ersten Zeilen, als er bemerkte, dass Ben den Raum verließ.

"Wo willst du hin?", fragte er.

Ben drehte sich um. "Ich hole mir jetzt erstmal einen Kaffee, dann bringe ich die Berichte zur Chefin, zu Richter und ins Archiv. "

"Und dann?"

Ben lächelte. "Dann machen wir einen Betriebsausflug zu

den Devils."

Klein beugte sich unter den Tisch und schaltete den Computer ein. Dann las er weiter.

Der Junge schrak auf. Um ihn herum war es dunkel. In seiner Nase machte sich ein modriger Geruch breit. Feuchtes Holz. Die Hände glitten auf die Pritsche links und rechts neben ihm. Nass. Er kniff die Augen zusammen und versuchte, seine Augen an die Dunkelheit zu gewöhnen. Wo war Mama?

"Nein, nein, nein, mein Herr Bischoff!", rief die dunkelhaarige Frau mit dem weißen Kittel, während Ben mit der Faust den Kaffeeautomaten drangsalierte.

"Das Scheißding geht wieder nicht!", entgegnete er und gab der Maschine einen weiteren Stoß.

Die Frau, die aus Bens Blickwinkel nicht größer als eine Parkuhr war, gab Ben einen Klaps mit dem Küchentuch und schob ihn unter Einsatz ihres gesamten Körpergewichtes zur Seite.

"Nein!", rief sie erneut. "Das geht nicht, mein Herr Bischoff! Wie trinken Sie Kaffee? Schwarz?"

Ben wich einen Schritt zurück und sah sich in der Kantine um. Sie war leer, was um diese Zeit nicht weiter verwunderlich war. Sein Blick blieb an einem Tisch haften. Dem Tisch, an dem er damals mit Janina gesessen hatte. Janina.

Wieder spürte er einen Schlag mit dem Tuch, diesmal ins Gesicht. "Ey! Schwarz?"

Er riss der Frau, Romina, den Lappen aus der Hand und stopfte ihn in die Mülltonne zu seiner Rechten.

"Tss", sagte sie nur und stemmte kopfschüttelnd die Hände in die Hüfte. Dann lachte sie resignierend. "Schwarz!", bestätigte sie sich selbst. "Ich mache." Sie griff zu einer Kanne, die sie hinter dem Tresen bereitgestellt hatte. Ben nahm den Becher entgegen und trank einen kräftigen Schluck des brühend heißen Kaffees. "Gut", sagte er.

Seine Mutter war nicht da. Er war alleine. Erst jetzt fiel es ihm wieder ein, da er die Grenze von Traum zu Wirklichkeit wieder verließ und zurück in der Realität landete. Unweigerlich begann seine Unterlippe zu zittern. Er bemühte sich, seine Tränen zu unterdrücken, denn er schämte sich dafür, sollte er doch Stärke zeigen. So hatte er es ihm gesagt. Er. Fred.

"Morgen, Rainer!", sagte Ben, während er seinen Becher mit einem Knall auf dem Tresen abstellte.
Rainer wies ihn an, einen Moment zu warten, und tippte ungelenk etwas in sein Smartphone.
"So ein Mistding!", fluchte er. "Ich hätte mir niemals diese teure Scheiße kaufen sollen! Drückst du auf ein Symbol, öffnet sich plötzlich ein ganz anderes. Will ich meine Mutter anrufen, lande ich beim Wetterdienst!"
Der Becher hatte einen feuchten Ring auf dem Eichenholz hinterlassen. "Vielleicht liegt das auch an deinen dicken Wurstfingern", flüsterte Ben in seinen Kaffee.
Rainers Blick wandte sich von dem Display ab. Über seine verbogene Brille hinweg sah er zu Ben. Als dieser nicht reagierte, verzog er lediglich den Mundwinkel und drückte erneut mit dem Daumen auf das Telefon. "Ach,

Scheiße!", rief er schließlich aus und warf das Gerät vor sich auf den Tisch. Dann stand er auf und ging zu Ben. Rainer Dauber war einen ganzen Kopf kleiner als er. Auf seinem Hinterkopf hatte sich bereits ein kleiner, kahler Kranz gebildet, der nun rot, verbrannt von der Sonne, durch das blonde Haar hindurchschimmerte. Er wirkte wie auf direktem Weg in den Ruhestand, war aber tatsächlich erst Mitte vierzig. Dauber trug ein graues, viel zu großes Baumwollhemd und eine dunkelblaue Hose, die an seinem Knöchel endete.

"Was willst du, Bischoff?", fragte er schließlich. Er hasste diesen Kerl, Ben Bischoff, so wie er die ganze Welt hasste, die an ihm vorbeiflog, während er hier unten zwischen verstaubten Aktenbergen hockte.

"Warum so unwirsch?", entgegnete Ben mit gespielter Freundlichkeit. "Ich bringe dir nur was."

Ben legte die Zettel mit seinem Bericht auf den Tresen und drehte sich, um zu gehen.

"Fallnummer?", rief ihn Dauber zurück.

Ben sah ihn fragend an. "Da oben musst du noch die Fallnummer draufschreiben."

Ben kam näher und sah auf das Papier. "Hast du einen Stift?", fragte er.

Dauber nickte und nahm einen Kugelschreiber aus seiner Hemdtasche.

"Dann schreib mit. SCHIEB SIE DIR IN DEN ARSCH." Dahinter schrieb Ben eine Telefonnummer.

"Was soll das, Bischoff?", fragte Dauber.

"Besorg mir die Verbindungsdaten der letzten Woche zu dieser Nummer", sagte er knapp.

"Nach der Aktion? Warum sollte ich?"
Ben trat einen Schritt näher und sah ihm tief in die Augen. "Weil du weißt, was sonst passiert."
Dauber schluckte.

Wo war er? Langsam setzte er einen Fuß aus dem Bett, dann den anderen. Der Boden war kalt. Rau. Holz. Er tastete sich an seinem Bett entlang. Da spürte er mit der Hand etwas Rundes. Ein Griff, eine Tür. Er öffnete sie und ging zügig weiter. Plötzlich ein Schlag, ein lautes Geräusch. Schreiend fiel er zu Boden. Von der Seite wurde er mit einem Mal geblendet. Ein gleißend helles Licht nahm ihm die Sicht. Er schob die Unterarme vor die Augen, wollte sie schützen. Dann eine Berührung.

Ben stockte. Dieses Gefühl. Hunger? Ein eigenartiges Kribbeln durchfloss seinen Bauch und erreichte die Arme. Es war nicht unangenehm und doch verstörend. Sein Kopf. Schwindel. Er rieb sich über die Stirn. Kalter Schweiß. Ben lehnte sich an die Wand des Flures und ließ sich langsam herabgleiten. Er schloss die Augen, kam zur Ruhe, atmete. Er atmete tief und langsam. Dieses Gefühl.

"Alles in Ordnung, mein Junge", sagte Julia und strich Max zärtlich über das Haar.
Er lag vor der offenen Tür eines Kleiderschrankes und wimmerte, weinte. "Du bist ganz nassgeschwitzt", sagte Julia. "Komm, wir kuscheln uns nochmal ins Bett." Sie nahm ihn auf den Arm und trug ihn auf das weiße Landhausbett. Als sie ihn hinlegen wollte, hielt sie inne. "Das ist ja ganz nass. Hast du so sehr geschwitzt?"

Max nickte.

"Hast du schlecht geträumt?" Wieder nickte er und begann erneut zu weinen.

Sie setzte sich und nahm ihn auf den Schoß. Dann streichelte sie ihm zärtlich über die Wange.

"Es ist schwer, ich weiß", flüsterte sie und verdrückte sich ihrerseits die Tränen.

Ihr Blick fiel durch die geöffnete Tür ins Wohnzimmer und aus dem Sprossenfenster heraus auf die grüne Wiese vor dem Haus. Draußen lief der Hund aufgeregt umher. Er bellte.

Die Tür öffnete sich, und Ben kam herein. Klein nahm keine Notiz von ihm. Er hatte den Bericht beiseitegelegt und betrachtete seinen Bildschirm.

"Runde erledigt?", fragte er beiläufig.

Ben sagte nichts. Er stellte sich hinter seinen Kollegen und sah ihm über die Schulter. Die Buchstaben verschwammen.

"Was liest du da?", fragte er.

"Ich informiere mich noch etwas über die Dare Devils."

"Und?"

Klein lehnte sich zurück. "Nicht viel. Es ist unheimlich schwer, den Jungs etwas anzuhängen. Das sind echte Profis, Ben", erklärte er. "Hinzu kommt, dass wir von vielen gar nicht ihre tatsächliche Identität kennen. Die schmücken sich mit so tollen Namen wie Spider oder Moskito."

"Du willst mir doch nicht erzählen, dass die noch nie auffällig geworden sind?", fragte Ben.

Klein drehte sich um und sah Ben streng an. "Doch, sicher! Aber versuch mal die Namen, die wir aufgenommen haben, mit den Spitznamen, die sich die Devils geben, übereinzubekommen. Und bei ihren Verbrechen reden die sich nun mal nicht mit den richtigen Namen an. Das macht viele Zeugenaussagen unbrauchbar."
Ben nickte zustimmend. "Wissen wir, wer der Anführer ist?"
"Ha!", lachte Klein. "Wir wissen so gut wie nichts! Keine Hierarchien, nichts!
Ben kniff die Augen zusammen. "Sorry, was?", sagte er irritiert. Sein Mund war trocken.
"Ben? Alles okay?", fragte Klein besorgt.
Ben nickte. "Klar. Keine V-Leute?"
"Nein, die Devils suchen sich ihre Mitglieder sehr genau aus. Sie werden komplett durchleuchtet. Ihre Clubräume sind besser gesichert als das Präsidium, Abhören unmöglich."
"Dann los", sagte Ben und befeuchtete die Lippen mit der Zunge.
"Und wo fangen wir an?", fragte Klein.
"Wir fahren erstmal zu ihrem Clubhaus."
Ein Brummen.

Julia Bischoff-Vorthmann saß an einem alten Küchentisch. Vor ihr stand ein Essbrettchen mit einem Marmeladenbrot, daneben ein heißer Earl-Grey-Tee. Max hockte auf dem Boden und blätterte in einem Buch, das auf seinem Schoß lag. Sie hielt das Handy ans Ohr und biss herzhaft in das Brot, wenngleich sie eigentlich gar keinen Appetit hatte. Zu sehr hatte sie das alles mitgenommen.

Freizeichen. Wieder sah sie zu Max. Sie hatte seine Schwellung gestern direkt gekühlt. Die halbe Nacht hatte sie an seinem Bett gesessen und ihm einen feuchten, kühlen Lappen auf die Wange gelegt, wo sich heute bereits ein blauer Fleck breitmachte. Noch immer wartete sie darauf, dass er abnahm. Es klingelte erneut.

So hatte sie ihn noch nie erlebt. Er hatte die Fassung verloren, die Kontrolle, und das auf eine Art und Weise, die sie ihm nicht verzeihen konnte. Sie würde nicht zu ihm zurückkehren. Während sie sich diesen Satz in Gedanken immer wieder vorsprach, merkte sie, wie sich ein Kloß in ihrem Hals bildete.

"Ben Bischoff?", meldete er sich.

Sie atmete tief, bemüht, den Kloß zu besiegen.

"Hallo?", fragte er.

"Ich bin es, Ben. Julia."

Sie glaubte, seine Erleichterung zu hören.

"Geht es dir gut?", fragte er.

Sie schüttelte den Kopf. "Ja, alles gut."

"Wo bist du? Ich habe zig Mal probiert, dich zu erreichen", sagte er vorwurfsvoll.

Sie lachte hämisch. "Ich habe mich von Fred getrennt, Ben."

Stille.

"Ben?"

"Ja, ich bin noch dran", sagte er. "Warum?"

Sie schluckte. "Es passte einfach nicht mehr."

"Warum?", fragte er erneut mit Nachdruck.

"Ben, das ... können wir uns sehen? Ich weiß nicht, mit wem ich sonst reden soll."

Tränen liefen über ihr Gesicht.

"Klar. Ich muss gleich nochmal dienstlich weg, danach kann ich zu dir kommen, liegt auf dem Weg."

Wieder lachte sie unwirklich. "Nein, ich bin nicht in Düsseldorf. Ich bin mit Max nach Hattingen gefahren."

Ben wirkte irritiert. "Ins Haus deiner Eltern?"

Julia nickte, als könne Ben sie sehen. "Ich musste einfach raus. Sie sind im Urlaub. Kannst du kommen?"

Ben zögerte. "Ja, sicher", sagte er schließlich. "Ich rufe dich an, wenn ich losfahre, okay?"

Wieder nickte sie. Draußen bellte der Hund.

Er legte den Hörer beiseite und griff nach der Kamera, die neben ihm auf dem Boden lag. Mit der Hand schob er die Brombeerbüsche beiseite, die ihm die Sicht versperrten. Selbst durch die dicken Lederhandschuhe spürte er ihre Stacheln. Er war richtig. Sein Instinkt hatte ihn nicht getäuscht. Sein Jagdinstinkt.

Durch das Fenster konnte er den Schopf des Jungen erkennen, das zerzauste Haar.

Sein Blick wanderte nach rechts zu ihr. Speichel rann an seinen Mundwinkeln herab. Klick.

Kapitel 14

Mit einem Mal war er hellwach. "Ich fahre", sagte er, und seinem Kollegen war klar, dass er keinen Widerspruch dulden würde.

"Bist du sicher?", fragte er dennoch.

Ben hielt lediglich die Hand auf und wartete, bis Klein schließlich zögerlich die Autoschlüssel hineinlegte. Er strahlte plötzlich über das ganze Gesicht. Klein runzelte die Stirn. "Alles in Ordnung, Ben?"

Ben breitete die Arme aus und legte den Kopf in den Nacken. "Spürst du die Sonne, Christian?"

"Ben?"

"Spürst du sie? Ein wundervoller Tag!"

Die letzten Worte rief Ben hinaus.

Sonja Fischer schloss die Tür zu ihrer Wohnung und schob den Schlüssel ins Schloss. Sie drehte ihn zweimal herum und drückte die Türklinke, um zu prüfen, ob sie tatsächlich verschlossen war. Dann ließ sie den Schlüsselbund in ihre Handtasche fallen, wo er zwischen Taschentüchern und OBs versank. Sie warf sich die Träger über die Schultern und ging zwei Etagen tiefer zum Ausgang.

Als sie die Haustür öffnete, spürte sie augenblicklich die Wand aus Hitze und stickiger Luft, die ihr entgegenschlug, während die dicken Wände des Siebziger-Jahre-Baus ihr im Haus eine angenehme Kühle bescherten. Sonja sah zur Uhr: 8:32 Uhr. Zu spät. Innerlich zitterte sie und fürchtete die Konsequenzen. Sollte sie anrufen? Nein, das wollte sie nicht, denn es würde nichts ändern.

Ein Bus fuhr vorbei und wirbelte eine Wolke aus Sand und Dreck auf, die langsam zu ihr herüberwehte. Sie hielt sich das seidene Halstuch vor die Nase und verließ mit gesenktem Kopf das Haus. Gestern hatte sie in der Straße keinen Parkplatz gefunden, und auch in den Seitenstraßen war sie nicht erfolgreich gewesen. Also musste sie heute ein Stück gehen, bis sie zu ihrem Auto gelangte.

Hinter ihr hörte sie, wie sich eine Autotür öffnete und unmittelbar wieder schloss. Schnelle Schritte folgten ihr.

Christian Klein drehte den Lautstärkeregler des Autoradios um eine halbe Umdrehung zurück, während Ben weiter unbehelligt auf dem Lenkrad trommelte und laut die Klänge von Elton Johns *Crocodile Rock* nachzuahmen versuchte.

"Ben?"

Er reagierte nicht.

"Ben!", rief Klein erneut und schlug dabei mit der Handfläche auf den Ausschalter des Radios.

Ben trat hart auf die Bremse, sodass Klein nach vorne gedrückt wurde und spürte, wie sich der Gurt in seine Schulter schnitt. Der Wagen hinter ihnen hupte.

"Du kannst nicht einfach mitten auf der Straße stehen bleiben!", sagte Klein und bemühte sich, seine Stimme unter Kontrolle zu halten. "Fahr weiter!"

Ben lehnte sich zurück und lächelte ihn an. Seine Augen strahlten. "Wo ist eigentlich dein Problem, Chrissi? Ich bin super drauf! Lass uns die Musik wieder anmachen."

Zwei weitere Autos stimmten in das Hupkonzert ein. Klein drehte sich nervös um. "Alles gut bei dir, Ben? Soll ich fahren?"

Ben lachte laut, dass ihm die Tränen kamen. "Klar. Ich mache das Radio nicht mehr so laut, wenn es dich stört, okay?"

Dann drehte er sich um und winkte dem Fahrer hinter ihnen freundlich zu. "I remember when rock was young", sagte er und trat das Gaspedal durch.

"Frau Fischer!", rief eine Stimme hinter ihr. Hatte sie richtig gehört? "Frau Fischer!", rief die Frau hinter ihr erneut. Sie drehte sich um. Die Frau, die ihr nachlief, war hübsch. Sie hatte lange, rötlich schimmernde Haare. In ihrem Gesicht meinte sie auf die Entfernung ein paar Sommersprossen erkennen zu können. Sie verlangsamte ihren Schritt und blieb schließlich stehen.

"Meinen Sie mich?", fragte sie die nun unmittelbar vor ihr stehende Frau. Diese schien außer Atem.

"Ich glaube schon", sagte sie. "Sie sind doch Sonja Fischer, oder?"

Sonja nickte und lächelte dabei unsicher. "Ja. Darf ich fragen, wer Sie sind?"

Die sympathische Frau lachte erleichtert auf. "Entschuldigung, Sie waren ganz schön schnell. Ich muss erst mal etwas Luft holen", erklärte sie. "Mein Name ist Svenja Calenberg. Könnten wir uns kurz unterhalten?"

Der Wagen passierte das Ortsausgangsschild, und Ben beschleunigte auf die zulässige Höchstgeschwindigkeit von siebzig Kilometern pro Stunde. Christian Klein hatte den Kopf an die Scheibe gelehnt und blickte hinaus auf die vorbeiziehenden Felder.

"Haben wir eine Taktik?", fragte er schließlich.

Ben zuckte mit den Schultern. "Hatten wir die jemals?"

"Das ist kein Karnevalsverein, Ben. Das sind echt harte Jungs. Wir sollten uns schon vorher überlegen, was wir mit denen vorhaben. Denk mal an die Sache mit der Brigade damals. Das war nicht witzig. Das brauche ich nicht nochmal."

Ben sah konzentriert auf die Straße und überlegte, dann gähnte er. "Vielleicht hast du recht", sagte er kaum verständlich. "Was schlägst du vor?"

Klein richtete sich ein wenig auf. "Wir wissen nichts über die Dare Devils. Wir müssen erstmal herausfinden ..."

Plötzlich riss Ben das Lenkrad herum. Der Wagen schleuderte von links nach rechts und wieder zurück in den Gegenverkehr. Ben drehte verzweifelt das Lenkrad, wich einer Linde aus, die wie viele andere die Straße säumte. Kleins Kopf schlug immer wieder gegen die Scheibe, als der Wagen über den Rasenstreifen und den Fahrradweg in dem Kornfeld am Straßenrand zum Stehen kam.

Klein fühlte seinen Kopf, sein Gesicht. Er war unverletzt. Sein Blick fiel auf Ben. Schweiß stand auf dessen Stirn. Seine Pupillen waren geweitet. Er starrte apathisch aus der Frontscheibe, über die Motorhaube hinweg, auf die vor ihm liegenden Pflanzen.

"Ben!", rief Klein seinen Kollegen an. "Was war das? Was ist passiert?"

Ben wandte seinen Kopf langsam zu Klein. Sein Gesicht war aschfahl. "Da war ein Reh", stammelte er.

Klein schwieg einen Moment. Dann schüttelte er

langsam den Kopf, ohne die Augen von Ben zu lassen. "Ben?", sagte er. "Da war kein Reh."

"Und was kann ich für Sie tun? Woher kennen Sie mich?", fragte Sonja irritiert.

Svenja reichte ihr ihre Karte. "Ich arbeite bei der *Berliner Morgenpost*, Frau Fischer. Sie werden meinen Namen vielleicht in anderem Zusammenhang schon mal gehört haben?", stellte sie fragend fest.

Sonja schüttelte den Kopf. "Nein. Ich muss jetzt aber zur Arbeit. Wenn Sie mich also ..."

"Das ist kein Problem. Macht es Ihnen etwas aus, wenn ich Sie ein Stück begleite?", fragte Svenja.

"Nein", sagte Sonja, noch immer verunsichert. Doch die Frau wirkte nicht gefährlich. Ganz im Gegenteil.

"Schön! Danke!", freute sich Svenja. "Ich habe damals den Artikel über Ben Bischoff geschrieben. Ich dachte, dass Ihnen mein Name deshalb etwas sagen würde. Aber ist schon okay so." Sie lachte.

"Oh, ich kann Ihnen zu Herrn Bischoff nicht viel sagen. Wir kennen uns wirklich nur flüchtig."

Svenja winkte ab. "Nein, nein, darum geht es mir diesmal nicht."

Sonja blieb stehen und sah Svenja tief in die Augen. "Ich verstehe noch immer nicht, was Sie möchten, Frau Calenberg. Aber das da ist mein Auto und, wie gesagt, ich muss zur Arbeit."

Svenja nickte zustimmend. "Es geht um Thomas Richter." Plötzlich spürte Sonja einen Stich in ihrer Brust. "Ich habe einen Hinweis erhalten, dass der Polizeipräsident Ihre Vorgängerin vergewaltigt haben soll."

Sonja kramte hektisch in ihrer Handtasche. "Ich weiß nicht, was das alles soll."

"Sicher nicht, Sonja?", hakte Svenja nach. "Hat er sich auch an Ihnen vergangen?"

Sonja hielt den Schlüssel in der Hand. Beim Versuch, ihn mit zitternder Hand in das Schloss des alten Fiat Punto zu schieben, fiel er zu Boden.

"Sonja!"

Svenja packte sie am Arm. Die Augen der Frauen trafen sich.

"Ihr Chef ist ein Vergewaltiger und Mörder, und Sie sind meine einzige Chance, ihn zu überführen."

Sonja konnte den Blick nicht halten. Mit einem Mal passte der Schlüssel.

"Sie wissen es, Sonja! Sie wissen es!", rief Svenja, als vor ihr die Autotür zugeschlagen wurde.

Sonja schüttelte den Kopf. Sie konnte nicht. Sie hatte Angst.

Klein, der mittlerweile auf dem Fahrersitz saß, bog in die schmale Straße ein. Vor ihnen lag ein kleiner Wald. Er steuerte den Wagen an dessen Rand und sah zu seinem Kollegen herüber, der sich mit geschlossenen Augen die Schläfen massierte. Klein schaltete den Motor aus.

"Wie geht's dir?"

Ben öffnete die Augen und blinzelte. "Meine Augen brennen, und mein Kopf platzt gleich."

"Hast du eine Aspirin?", fragte Klein.

Ben schüttelte den Kopf.

"Sollen wir abbrechen?"

Wieder Kopfschütteln. "Wird schon. Für die Devils reicht

es."

Klein verzog die Mundwinkel und startete den Motor.

"Warte!", rief Ben, als das Auto langsam vorwärts zu rollen begann. Klein stoppte abrupt.

"Da vorne!", sagte Ben und zeigte auf eine Vogelscheuche, die das Kornfeld um etwa einen Meter überragte. Klein kniff die Augen zusammen. "Eine Kamera?" Ben nickte. "Dort hinten auch", erklärte er. "Oben an dem Verkehrsschild."

Klein kratzte sich am Hinterkopf. "Dann sind die ja wohl auf uns vorbereitet."

"Sieht so aus", sagte Ben. Das Dröhnen in seinem Kopf wurde lauter, bis er erkannte, dass es einen anderen Ursprung hatte.

"Du bist zu spät, Sonja", sagte Thomas Richter.

Sonja stand in der Tür und stockte, als sie die Stimme ihres Vorgesetzten hörte. Er saß an ihrem Schreibtisch und hatte die Arme hinter dem Kopf verschränkt.

"Ich dachte, ich hätte Gleitzeit, Herr Polizeipräsident", versuchte sie sich zu rechtfertigen.

Er lachte lediglich. "Sonja, du hast zuallererst Kernarbeitszeiten. Und die beginnen nicht erst um neun Uhr. Du weißt, dass das Konsequenzen hat, oder?"

Sie hatte es befürchtet. "Wie meinen Sie das?", fragte sie dennoch.

Thomas Richter stand auf und ging langsam auf sie zu. Sanft griff er sie am Handgelenk und zog sie ins Zimmer. Die Tür fiel ins Schloss. Plötzlich eine ruckartige Bewegung. Er packte sie an der Kehle und drückte sie gegen die Wand. Sie rang nach Luft. "Du weißt ganz genau, wie ich das meine!", zischte er. Während er das sagte, spürte sie, wie sich Tropfen seines Speichels auf ihr Gesicht legten. Ihr wurde heiß. Sie schwitzte. Luft.

Er löste den Griff und legte seine Hand in ihren Nacken. Wieder packte er sie hart. Dann riss er sie von der Wand herüber zum Schreibtisch. Ihre Handtasche fiel zu Boden und der Inhalt verteilte sich vor ihnen. Er holte aus, sie zu schlagen, da fiel sein Blick auf einen kleinen Gegenstand zu seiner Rechten.

"Was ist das?", fragte er gereizt.

Thomas Richter ließ von ihr ab und beugte sich zu Boden. Er nahm das rechteckige Papier auf und studierte es sorgfältig. "Svenja Calenberg?", fragte er. "Du hast mit der Presse geredet? Worüber?"

Sie zitterte. "Nein … ich", versuchte sie zu erklären, doch schon stand er wieder vor ihr. Zärtlich streichelte er ihr über die Wange. "Worüber, Sonja?", fragte er erneut. "Ich habe nicht ...", erklärte sie erneut. Dann schlug er zu. Er schrie. "Worüber?"

Sonja hielt sich die Wange. "Sie stand vor meiner Tür."

"Wann?"

"Heute Morgen." Sonja weinte.

"Was wollte sie?"

"Sie wollte Informationen über Sie", stammelte Sonja. "… über Sie, Herr Polizeipräsident! Herr Polizeipräsident!", rief er und schlug erneut zu.

"Welche Informationen?"

Sonja atmete hektisch. "Sie wollte wissen, ob Sie mich vergewaltigt haben."

Es wurde ruhig. Thomas Richter ging ein paar Schritte

zurück und ließ sich in einen Besucherstuhl fallen. Er fuhr sich mit der Hand durchs Haar und rieb sich nachdenklich die Stirn.

"Was hast du ihr gesagt, Sonja?"

Sie sah ihn flehend an. "Nichts, gar nichts. Ich habe mich geweigert, mit ihr zu sprechen."

Er nickte. "Ich glaube dir, Sonja", sagte er schließlich. "Das hast du gut gemacht."

Wieder sah er auf die Visitenkarte in seiner Hand. Svenja Calenberg.

Zwei Harley-Davidson-Motorräder standen quer auf der Straße. Die Fahrer lehnten lässig an ihren Maschinen und beobachteten das herannahende Fahrzeug.

"Halt direkt hier an", sagte Ben, als sie etwa zwanzig Meter vor der Straßensperre waren. Klein verstand nicht, doch er stoppte den Wagen.

Die Männer sahen sich fragend an und tauschten ein paar Worte aus. Dann standen sie auf und gingen auf das Auto der Polizisten zu, jeder zu einer Seite. Als sie den Wagen erreicht hatten, deuteten sie Ben und Klein an, die Fenster herunterzulassen.

Die beiden entsprachen dem Klischee. Der eine trug ein Kopftuch und einen Spitzbart. Seine kräftigen Unterarme waren jeweils mit dem Tattoo einer Ratte verziert. Ben musste unweigerlich lächeln. Der zweite Mann war wesentlich schmaler, beinahe dürr. Auch er war mit Tätowierungen übersät, die offensichtlich an den Handgelenken begannen und bis in den Nacken reichten. Beide trugen die typische Lederkutte der Dare Devils, eine einfache Weste, verziert mit den Symbolen ihrer

Gemeinschaft.

"Guten Tag", sagte Klein ruhig.

Der Mann an seiner Seite des Fahrzeugs lächelte falsch, wobei eine immense Zahnlücke sichtbar wurde. "Guten Tag", sagte auch er. "Wo soll's denn hingehen?"

Ben hielt eine Straßenkarte in der Hand, die er zuvor schnell aus dem Handschuhfach gezogen hatte. "Wir suchen die Hochdahler Straße", sagte er und zeigte auf einen Punkt auf der Karte.

Beide Männer sahen sich über das Autodach hinweg an und begannen schallend zu lachen. "Jungs, da seid ihr so was von falsch. Den Weg hier zurück, am Ende rechts und sicher sechs oder sieben Kilometer zurück. Da fragt ihr dann nochmal."

Ben knüllte die Karte zusammen und warf sie Klein entgegen, der seinen Partner irritiert anblickte. "Ich habe es dir gesagt! Wie oft? Dreimal? Viermal?"

Ben öffnete die Tür und stieg aus. "Ich fahre jetzt! Raus mit dir!"

Klein rutschte perplex auf den Beifahrersitz. Das Gelächter der Männer wurde lauter.

"Anschnallen", sagte Ben trocken, als er die Fahrertür wieder schloss.

"Was hast du vor?", fragte Klein besorgt.

In diesem Moment wurde er in seinen Sitz gedrückt. Ben trat aufs Gas und touchierte beide Motorräder vor ihnen, sodass diese umfielen und meterweit über den Asphalt rutschten. Durch die geöffneten Fenster vernahmen sie noch die wütenden Schreie der beiden Devils.

Das Telefon klingelte, und Antonio nahm die Nachricht ohne Regung zur Kenntnis. Er rief ein paar Männer zu seinem Tisch und erhob sich langsam. Dann deutete er auf einen Mann am Nachbartisch. "Stinger!", rief er. Stinger stellte sein Bierglas beiseite und sah seinen Chef erwartungsvoll an. "Wir bekommen Besuch. Empfangt sie mit allen Ehren."

Stinger grinste breit. "Verstanden", sagte er.

Unterdessen entfernte ein anderer Mann eine Diele aus dem Boden und hob ein paar Metallstangen aus dem Loch.

"Ich habe kein gutes Gefühl, Ben. Gar kein gutes Gefühl", sagte Klein. Er hatte den Kopf in beide Hände gelegt. "Bei solchen Jungs bringt es nichts, wenn du mit deinem Ausweis wedelst, Klein. Die müssen merken, dass du ein harter Hund bist."

"Und die da vorne? Auch harte Hunde?", fragte Klein und deutete auf das Dutzend Männer, die vor dem alten Fachwerkhaus mitten im Wald standen .

"Kann sein", antwortete Ben, der plötzlich einen stechenden Schmerz im Kopf spürte und das Lenkrad ein Stück herumriss. Mühsam fing er den Wagen ab.

"Alles okay?", fragte Klein.

Ben nickte. Er parkte das Auto ein wenig abseits. Die beiden Polizisten waren nun nur noch durch ihre Motorräder von den Dare Devils getrennt.

"Was haben die in der Hand, Ben?"

"Keine Ahnung, ich sehe gerade irgendwie nicht so gut." Ben rieb sich die Augen.

"Okay, Ben. Das ist jetzt echt kritisch. Ich probiere es auf meine Art, ja?"

Ben schwieg, was Klein als Zustimmung deutete. Klein öffnete die Tür und stieg aus. Sogleich zog er seinen Dienstausweis hervor und hielt ihn für jeden gut sichtbar in die Luft.

"Polizei, die Herren!", rief er. "Allgemeine Kontrolle. Ganz ruhig bleiben."

Die Devils sahen irritiert zu, wie er an ihren Maschinen vorbeischlenderte und einen kurzen Blick in jeden Auspuff warf. Dann stand er unmittelbar vor Stinger, der die Gruppe anführte. Ben hatte das Auto mittlerweile verlassen und lehnte angestrengt auf der Motorhaube, noch immer nicht in der Lage, deutlich zu erkennen, was vor ihm passierte.

Klein schüttelte belehrend den Kopf. "Da haben Sie ein echtes Problem", sagte er direkt an Stinger gerichtet. "Ich bin gespannt", antwortete dieser und legte sein Stemmeisen lässig auf die Schulter.

Klein deutete auf den Parkplatz voller Harley-Davidson-Motorräder. "Ihr habt die Klappen am Auspuff geöffnet", lachte er ungläubig. "Bei jeder Maschine! Damit dürftet ihr die zulässige Maximallautstärke überschreiten. Das macht dann pro Kopf 150 Euro und drei Punkte in Flensburg."

Ben schüttelte den Kopf und schwankte langsam an den Maschinen vorbei.

"Bist du bescheuert, Bulle?", fragte Stinger. "Bist du wirklich so bescheuert, hier aufzutauchen und uns mit so einem Mist zu kommen, nachdem du zwei unserer Maschinen bereits geschrottet hast?"

Ben blieb stehen und lehnte sich auf eines der Motorräder. Schwindel überkam ihn.

"Hey!", rief ein Mann aus dem Hintergrund. "Finger weg!"

Er schoss vor und konnte nur noch beobachten, wie Ben sich übergab und seinen Mageninhalt auf dem hochwertigen Ledersitz verteilte.

"Alter!", rief der Besitzer der Maschine entsetzt. Er holte aus und wollte Ben einen Schlag verpassen, doch dieser reagierte blitzschnell. Er griff den Arm des Angreifenden und verdrehte ihn, sodass dieser vor Schmerz aufschrie. Dann gab er ihm einen mächtigen Schlag mit der Handkante zwischen Brust und Schulter, woraufhin der Mann augenblicklich kollabierte.

Zwei weitere Männer eilten herbei, um ihm zu helfen. Ben zog augenblicklich seine Pistole und richtete sie auf Stinger, der ebenfalls auf ihn zulief. Plötzlich war es still. Alle verharrten regungslos. Nur Klein wich ein wenig zurück, um die Devils auf Distanz halten zu können. Auch er hatte seine Waffe gezogen und richtete sie auf die Meute.

"Klasse, was man so auf der Polizeischule lernt, Klein", sagte Ben spöttisch. Noch immer rann Magensäure aus seinem Mundwinkel. "Und jetzt, du Arschloch", sagte er zu Stinger, "bringst du uns zu deinem Boss. Wir haben ein paar Sachen zu besprechen."

Antonio trank einen Schluck Wasser. Im Gegensatz zu vielen seiner Brüder mied er Alkohol während des Tages. Er wusste genau, dass die Polizei einen Rocker auf einer Harley nur zu gerne herausfischte, um ihn wegen irgendwelcher Belanglosigkeiten für ein paar Minuten oder Stunden aus dem Verkehr zu ziehen. Er durfte ihnen keinen Grund geben, ihn zu verhaften – das gefährdete ihr Geschäft.

Das Rauchen konnte er sich nicht verkneifen. Antonio war ein Genussmensch, und er liebte es, wie das Nikotin sich langsam in seinem Mund ausbreitete und schließlich Hals und Lunge in Beschlag nahm. Er mochte den Geschmack, den es in seinem Mund hinterließ, den Geschmack der Freiheit. Das Gefühl, tun und lassen zu können, was er wollte, ohne sich an Regeln und Konventionen halten zu müssen. Für ihn existierten sie nicht.

Wieder spürte er diese wohlige Wärme in seinem Brustkorb. Seine Männer waren gerade da draußen und regelten die Angelegenheit mit den beiden lebensmüden Männern in seinem Sinne. Was waren das für Idioten, dachte er sich. Polizisten? Im Leben nicht – sie waren zu unbedarft. Mafia oder vielleicht aus der rechten Szene? Unwahrscheinlich. Die Mafia wäre mit einem anderen Fahrzeug gekommen, nicht mit einem zerbeulten Passat. Rechtsradikale? Es war immer noch ein Passat, außerdem passten sie optisch nicht ins Bild. Die einzige nennenswerte Konkurrenz machte ihnen die Brigade, und die waren an ihrem Erscheinungsbild ohne jeden Zweifel zu erkennen. Wer waren die zwei also? Er lachte. Einfach nur Idioten.

Die Tür flog auf, und seine Männer betraten, einer nach dem anderen, das Vereinsheim. Antonio lehnte sich zurück und versuchte, an ihren Gesichtern abzulesen, was da draußen passiert war. Doch keiner seiner Männer wagte es, ihm in die Augen zu blicken. Sie sahen zur Wand, auf den Boden, taten unbeteiligt und nahmen wortlos an den Tischen Platz.

Antonio breitete die Arme fragend aus. "Was waren das draußen für Vögel? Sind die weg? Gibt mir mal jemand einen Bericht?"

"Klar", sagte eine selbstbewusste Stimme, deren Besitzer er noch nicht erkennen konnte.

Ben schob Stinger mit der Pistole am Hinterkopf vor sich her. Klein folgte ihnen, die Waffe immer auf die Horde an den Tischen gerichtet.

Ein Tritt von hinten in die Beine, und Stinger geriet ins Straucheln. Er rutschte einen Meter und blieb vor seinem Anführer liegen.

Ben richtete seine Waffe nun direkt auf Antonio. "Was ist das nur für ein Haufen? Zwölf Mann, und keiner ist in der Lage, einen kotzenden Mann zu überwältigen?", sagte Ben mit einem Hauch von Häme in der Stimme.

"Bevor ich dich und deinen Freund erledige, sei doch so nett und sag mir, wer ihr seid", antwortete Antonio kalt.

Ben lud die Waffe durch. Dann gab er Klein ein kurzes Zeichen. "Jetzt du, Christian."

Klein verdrehte die Augen und hob seinen Dienstausweis in die Luft. "Polizei."

Antonio lachte laut auf und schlug immer wieder vor Ekstase auf den Tisch. "Also, das hätte ich nun wirklich nicht vermutet."

Plötzlich verstummte das Lachen. "Ihr seid so was von tot."

Ben trat näher an den Tisch und setzte sich auf einen der Stühle. "Gutes Stichwort", sagte er. "Vor zwei Tagen wurden Leichenteile an den Rhein gespült. Davon gehört?"

Wieder dieses wohlige Gefühl in der Lunge. "Gelesen." Ben nickte. Plötzlich löste sich ein Schuss. Antonio stürzte mit einem lauten Schrei vom Stuhl und hielt sich den Fuß, der sofort stark zu bluten begann.

"Verdammt! Scheiße! Was soll das?"

Die übrigen Devils sprangen auf, wollten ihrem Chef zur Hilfe eilen, doch Klein richtete seine Pistole abwechselnd auf die Männer, bis sie erneut zurückwichen. "Ben! Bist du verrückt?", schrie er, doch Ben ignorierte ihn. Stattdessen ging Ben langsam um den Tisch herum und richtete den Lauf der Waffe auf das Knie des am Boden liegenden Mannes. "Gelesen?"

"Ruf einen Krankenwagen, du Sack!"

Ben schüttelte den Kopf. "Was ist mit den Leichenteilen?"

"Ich weiß nichts darüber! Wie kommst du darauf?", wimmerte der Mann.

"Hat mir ein Vögelchen zugezwitschert. Rede!"

"Ben!", rief Klein erneut, doch Ben nahm bereits den Schatten wahr, der sich von hinten näherte.

Blitzschnell warf er sich auf den Rücken und drückte seine Beine in die Luft, sodass der Angreifer direkt gegen den Brustkorb getroffen wurde, zu Boden fiel und nach Luft rang. Ben sah die Tätowierung auf seinen Unterarmen. Ein Skorpion. Ben stand auf und drückte ihm sein Knie zwischen die Schulterblätter. Er flüsterte: "Mein Name ist Ben Bischoff. Ich mache dir das Leben zur Hölle, wenn du so was noch mal versuchst, du

Arschloch." "Ben!", rief Klein erneut. "Wir gehen!"

"Ich bin noch nicht fertig mit dem da", sagte Ben und deutete auf Antonio. Dieser war ohnmächtig.

"Nein! Wir sind fertig! Komm sofort hier raus, oder ich lasse dich allein hier!"

Ben sah seinen Partner überrascht an. Ohne Deckung war es Selbstmord. Er wollte etwas erwidern, doch besann sich, denn in diesem Moment überkam ihn erneut eine unglaubliche Übelkeit. Er merkte, wie die Magensäure emporstieg. Ben und Klein liefen aus dem Haus, wo sie sich in einem mächtigen Schwall entlud.

Kapitel 15

Klein hielt den zerbeulten VW Passat vor Bens Wohnung an.

"Was machen wir hier?", fragte Ben.

"Du meldest dich krank", antwortete Klein, ohne ihn eines Blickes zu würdigen.

Ben grinste breit. "Nein, das mache ich garantiert nicht. Ich muss einen Mord aufklären."

"Du bist dienstunfähig und unberechenbar. Ich arbeite in diesem Zustand nicht mehr mit dir zusammen. Ich muss mir überlegen, wie ich mit der Situation heute umgehe, und bis ich so weit bin, bist du krank."

"Wir beide wissen, dass ...", begann Ben.

"... dass ich die Sache nicht melde?", vervollständigte Klein den Satz. Ben nickte selbstsicher. Klein sah zu Boden.

"Doch, Ben. Du bringst mich mit deinen Aktionen in Gefahr. Die Sache damals mit der Brigade war schon heftig, aber heute das ... ich weiß nicht, was das sollte. Unsere Ermittlungen sind für den Arsch."

"Wir haben sie unter Druck gesetzt", rechtfertigte sich Ben.

"Du hast sie wütend gemacht", sagte Klein kopfschüttelnd.

"Wütende Menschen machen Fehler, Klein!"

Ben wurde lauter.

"Genau, Ben! Wütende Menschen machen Fehler am laufenden Band! Wie viel Wut steckt in dir?"

Stille.

"Steig jetzt aus."

Klein sah Ben nun entschlossen in die Augen. Ben hielt die Ruhe einen Moment aus. Dann verließ er ohne ein weiteres Wort das Auto.

Stinger saß auf den kargen Holzsitzen im Gang des Marien-Hospitals und blätterte in einer Autozeitschrift. "Entschuldigung?", sagte eine hübsche junge Frau in einem blauen Anzug, der sie als Krankenschwester auswies. "Der Arzt war gerade bei Ihrem Freund. Sie können jetzt rein."

"Muss er hierbleiben?", fragte er.

"Vielleicht eine Nacht, damit wir sicherstellen können, dass sich nichts entzündet", erklärte sie.

"Danke." Stinger versuchte ein Lächeln. Sie lächelte nicht. Er öffnete die Tür und sah Antonio, der mit verbundenem Fuß in einem dieser typischen Krankenhausbetten lag, angestrengt vor sich hinstarrte und offenbar seine Gedanken zu ordnen versuchte.

"Wer hat das verbockt?", fragte Antonio.

Stinger kam näher. "Ich", sagte er mit fester Stimme. "Es war mein Fehler. Ich habe sie unterschätzt."

Antonio nickte zustimmend. "Du hast Eier, Stinger. Das haben längst nicht alle von den Jungs."

"Ich mache es wieder gut", sagte Stinger.

"Wie?" Antonio wurde neugierig.

"Als Erstes kläre ich die Sache mit den Bandoleros. Ich will uns vereinen."

Er legte eine theatralische Pause ein. "Unter deiner Führung."

"Gut. Es macht keinen Sinn, dass wir uns gegenseitig bekämpfen. Wir haben einen starken Feind."

"Die Brigade", ergänzte Stinger.

"Richtig. Sie werden immer stärker, obwohl Schmitz im Gefängnis ist. Ich will sie vernichten, bevor sie uns ernsthaft gefährlich werden können."

"Das schaffen wir. Ich fahre noch heute hin, Chef."

"Aber das ist noch nicht alles, oder?", fragte Antonio und erwartete einen Vorschlag zum Umgang mit den Männern, die ihn hierher befördert hatten.

"Nein, ist es nicht", antwortete Stinger.

Plötzlich packte er Antonio. Mit einer Hand drückte er hart gegen seine Wangen, sodass sich der Mund öffnete. Mit der anderen schob er ihm eine Kapsel hinein. Antonio wehrte sich, doch er war zu überrascht. Er spürte, wie sein Körper erkaltete. Die Lunge, die Kehle, der Mund.

Ben kniete vor der Toilettenschüssel und übergab sich erneut. Sein Magen hatte laut zu knurren begonnen, als er in seiner Wohnung angekommen war. Also hatte er sich eine Dosensuppe zubereitet und ein Glas Wasser getrunken. Doch schon nach wenigen Löffeln überkam ihn erneut diese Übelkeit. Er zitterte am ganzen Körper. So gut, wie er sich heute Morgen gefühlt hatte, so schlecht ging es ihm jetzt. Er war nicht in der Lage zu essen, zu trinken und erst recht nicht, seine Tabletten zu nehmen – und das war das eigentliche Problem. Die Medizin regelte seine Emotionen, brachte sie ins Gleichgewicht. Ärger, Wut und negative Gedanken wurden schwächer – ebenso wie Freude und Glück. Doch jetzt hatte er seine Aggressionen nicht im Griff. Die Welt um ihn herum schien wie hinter einem Nebel verborgen. Geräusche drangen nur gedämpft, wie durch Kopfhörer, zu ihm durch. Er stand völlig neben sich. Sein Handy vibrierte in seiner Hosentasche.

Christian Klein warf die Tür zu seinem Büro krachend zu. Voller Wut ging er von einer Seite des Raumes zur anderen. Dann schnappte er sich die Kaffeetasse, die auf Bens Schreibtisch stand, und schleuderte sie mit voller Wucht gegen die Wand. Ein Schrei erfüllte den Raum.

"Hilfe!", rief ein Mann im Gang des Krankenhauses. Eine Krankenschwester eilte herbei und schob sich an ihm vorbei in das Zimmer. Nach nur wenigen Momenten kehrte sie zurück und stoppte einen Mann in weißem Kittel, der, aufmerksam geworden durch die Schreie, aus einem der Nachbarzimmer trat.

"Herzstillstand", erklärte sie.

Der Arzt reagierte blitzschnell. Er öffnete einen der Schränke im Flur, zog einen Defibrillator heraus und folgte der Schwester.

Stinger lachte innerlich. Keine Chance. Das Gift konnte durch einen Defibrillator nicht gestoppt werden. Es wirkte sofort. Rettung wäre nur möglich gewesen, wenn die richtige Diagnose gestellt worden wäre – aber diese hier würde auf Kreislaufkollaps hinauslaufen. Das Beste daran war, dass alles so schlüssig wirkte: Der Mann war angeschossen worden, sein Kreislauf kollabierte, und es würde keinen Anlass für eine Autopsie geben. Und selbst wenn es dazu käme, würde sich das Gift in dem toten Körper bis dahin längst abgebaut haben. Es war perfekt. Er war perfekt. Und jetzt war er die Nummer eins.

Ben brauchte einen Moment, um sich zu sammeln. Dann zog er das Telefon hervor und öffnete die SMS, die er gerade erhalten hatte. Julia. Verdammt, er hatte sie vergessen.

Wann kommst du?

Ben überlegte. Er atmete tief ein und wieder aus. "Reiß dich zusammen, Bischoff", sagte er zu sich selbst. Dann begann er zu tippen: *Bin auf dem Weg.*

"Alles okay bei Ihnen?", fragte Magdalena Czarnecka, als sie die Tür zu Kleins Büro öffnete und irritiert die Scherben auf dem Boden betrachtete.

Klein fuhr sich mit der Hand durch sein Haar. "Ehrlich gesagt, nein", sagte er.

Magdalena trat ein und schloss die Tür. Dann setzte sie sich auf Bens Stuhl und deutete Klein ebenfalls an, Platz zu nehmen.

"Was ist passiert?", fragte sie fast mütterlich.

Klein sah abwesend aus dem Fenster. Er suchte nach Worten, um zu erklären, was heute geschehen war. Doch noch mehr haderte er mit sich selbst. Welche Verantwortung hatte er gegenüber Ben? Und welche gegenüber seinen Kollegen?

Betroffen ließ er seinen Blick über die Cola-Flaschen schweifen, die Ben auf der Fensterbank gehortet hatte. Dann sah er Magdalena mit festem Blick an.

"Es geht um Bischoff. Er ist eine Gefahr – für die Ermittlungen und das Dezernat."

Kapitel 16

Der Jeep Grand Cherokee steuerte die schmale Landstraße entlang. In den Kurven neigte er sich unruhig nach
innen oder außen und drückte den Fahrer gegen die
Scheibe. Es war nicht etwa eines dieser neumodischen
Modelle, die über die Straße glitten und fast 200 km/h auf
der Autobahn erreichten – es war der Ursprung. Wenig
Elektronik, viel Mechanik. Gewöhnungsbedürftig auf
der Straße, aber dafür unschlagbar, wenn es mal abseits
der Wege ging. Nur leider tat es das kaum – eigentlich
nie.

Ben Bischoff hatte dieses Auto auch nicht aus Nostalgie
gekauft, sondern einfach wegen des niedrigen Preises.
Niedrig, nicht etwa günstig, denn die Farbe des Autos
war ein wenig gefragtes Lila. Die Beifahrertür war
zerbeult und ließ sich nur noch durch einen Tritt von innen öffnen. Seltsamerweise sprang sie manchmal ganz
von selbst auf, wenn er das Fenster herunterkurbelte. Der
TÜV war eigentlich schon lange abgelaufen. Ben hatte
seine Kontakte spielen lassen und die neue Plakette ohne
eine erneute Hauptuntersuchung erhalten. Sonst wäre
mit Sicherheit festgestellt worden, dass die Bremsen
klemmten und bei höheren Geschwindigkeiten ein oh-
renbetäubendes Quietschgeräusch verursachten. Man
hätte wohl auch bemerkt, dass die Servolenkung nur
noch gelegentlich funktionierte, und es wäre ganz bestimmt nicht verborgen geblieben, dass sich der Benzin-
verbrauch schon deutlich jenseits der angegebenen 20-
Liter-Marke bewegte.

Ben drehte mit Kraft das Lenkrad nach rechts in die

Kurve. Der Wagen wurde ein Stück nach außen getragen, als seine Arme zu zittern begannen. Er fühlte sich schwach. Jegliche Farbe war aus seinem Gesicht gewichen. Ein eigenartiges Kribbeln hatte ihn die ganze Fahrt über in der Magengegend begleitet, was er diesmal allerdings nicht als Übelkeit deuten wollte. Vielmehr war es ein Drang, wie Hunger oder Durst, den er nicht zuzuordnen vermochte.

Auf dem Beifahrersitz lag die Schachtel mit den Antidepressiva, die er täglich einnehmen musste. Die Medikation war gehörig durcheinandergeraten, das wusste er. Was er nicht wusste, war, wie viel von dem Wirkstoff sein Körper nun tatsächlich aufgenommen hatte. Die volle Ladung? Weniger? Oder gar nichts? Er kannte die Folgen, die aus einer Unterversorgung entstehen konnten. Dann kämpften seine Gefühle um die Vormacht in Körper und Geist, und meistens, nahezu immer, gewann die dunkle Seite in ihm. Der Dämon.

Ben riss das Lenkrad scharf nach links. Halb auf der Straße stand, direkt hinter einer Kurve, ein grüner Lieferwagen. Ben drückte fluchend die Hand auf die Hupe. „Was machst du mit deiner Scheißkarre da, du Idiot!"

Der Mann nahm ein Hupen wahr und blickte auf, um zu sehen, was um ihn herum geschah. Ein zerbeulter, hässlicher Geländewagen schlingerte die Straße entlang. Er schmunzelte. „Da passen drei Lastwagen nebeneinander durch!", raunte er kopfschüttelnd.

Dann wandte er den Blick wieder dem Notebook zu, das vor ihm auf dem Schoß stand. Schach. Er liebte es, um sich die Zeit zu vertreiben, doch er hasste es zu verlieren.

So wie jetzt. Mit verärgerter Miene drückte er auf das X in der oberen Ecke des Bildschirms. Ein weiteres Programm erschien auf dem Monitor. Er blätterte ein paar Fotos durch und nickte zufrieden. Dann ein weiterer Klick. Die Westseite. In Ordnung. Der Zoom funktionierte, ebenso auf der Nord- und der Ostseite des Hauses. Die Südseite hatte er von hier aus im Blick.

Der Mann griff nach den Kopfhörern neben ihm und setzte sie auf. Ein Dreh an dem kleinen Knopf und ein paar geschulte Handgriffe mit dem Richtmikrofon später hatte er ein Signal.

„Max? Kommst du essen?", hörte er Julia sagen.

Ben zog den zerknüllten Zettel aus seiner Hosentasche und versuchte gleichzeitig, seine Notizen und die Straße im Auge zu behalten. Ein Hupen. Ben zog den Wagen gerade rechtzeitig aus dem Gegenverkehr. Zwar war er schon mehrfach hier gewesen, doch das war Jahre her. Acht, vielleicht auch neun, überlegte Ben. Damals hatte noch ihre Großmutter hier gewohnt. Sie war mittlerweile tot, und ihre Eltern hatten sich entschieden, nach allem, was geschehen war – nach dem Mord an ihrer Enkelin, seiner Tochter – Düsseldorf den Rücken zu kehren und hierher zu ziehen.

Julia hätte mit ihnen gehen können, gehen sollen, dachte Ben. Dann wäre es vielleicht anders gekommen. Vielleicht wäre sie nicht Fred begegnet. Dann hätte sie sich nicht von ihm abgewandt. Sie wäre es gewesen, die ihm Halt hätte geben können, als er aus der Psychiatrie entlassen wurde. Es wäre einfach anders gewesen. Einfach ganz anders.

„Max!", rief Julia. „Nun komm schon! Das Essen wird doch ganz kalt!"

„Hab keinen Hunger!", rief eine hohe Jungenstimme, die noch weit vom Stimmbruch entfernt war.

Julia trocknete sich die Hände ab und lugte aus der Küche ins Wohnzimmer, wo Max vor dem Sofa kniete und kleine Autos die Lehnen hinauf und wieder herabfahren ließ. Er hatte seinen Kopf auf den Arm abgelegt und machte ein verbittertes Gesicht.

Julia trat näher und setzte sich neben ihn. Sanft streichelte sie ihm über den Kopf und die Wange. Er zuckte zusammen.

„Tut mir leid", flüsterte sie.

Er sah sie kurz aus dem Augenwinkel an und nickte. Julia legte den Kopf zur Seite und betrachtete seine blau und grünlich schimmernde Wange.

„Es tut mir alles so furchtbar leid, Max."

Sie kämpfte mit den Tränen. Dann horchte sie auf. Das Geräusch von knarrendem Kies. Sie sah aus dem Fenster. Ben hatte sein Auto vor dem Haus geparkt und öffnete gerade die Fahrertür. Wo war der Hund?

Ben sprang aus dem Auto und spürte, wie seine Knie nachgaben. Es fiel ihm schwer, sich auf den Beinen zu halten. Sein Rachen brannte. Er hatte Durst. Von seinen Lippen löste sich Haut und hinterließ eine gerötete Wunde.

Max öffnete die Tür und lief auf Ben zu. Einen Moment lang wirkte es, als wolle er ihm in die Arme springen, doch kurz bevor er ihn erreichte, stoppte er und blieb wie versteinert stehen.

Ben schleppte sich an dem Jungen vorbei und streichelte ihm freundschaftlich über den Kopf, doch mehr als ein „Hey" brachte er nicht hervor.

Erst auf den zweiten Blick bemerkte Ben den Fleck in Max' Gesicht. Er beugte sich zu dem Jungen herunter und drehte dessen Kopf hin und her, um die Wunde von allen Seiten zu betrachten.

„Hallo, Ben", sagte Julia, die im Türrahmen lehnte und die beiden beobachtete.

Ben sah sie besorgt an, und auch aus ihrem Blick ließ sich Sorge erkennen, als sie seine blasse Haut und die Ringe unter seinen Augen betrachtete. Er ging ein paar Schritte auf sie zu, ehe er etwa einen Meter vor ihr Halt machte, als sei er unsicher, wie er sie begrüßen sollte. Er sagte nichts.

„Alles okay bei dir, Ben?", fragte Julia.

„Du hast angerufen. Was ist bei dir los?", entgegnete Ben trocken.

Julia sah zu Boden. „Lass uns gleich drinnen darüber sprechen, ja? Du bist total blass. Geht es dir gut?"

Ben nickte. „Nur der Magen."

Julia trat einen Schritt zur Seite und deutete Ben, einzutreten. „Geht ihr schon mal rein. Ich schaue noch eben nach dem Hund."

Ben war irritiert. „Welcher Hund?"

„Tessy. Die Nachbarin hat sie gestern rübergebracht, weil sie mit ihrem Mann ins Krankenhaus musste. Ich habe gesagt, dass ich auf sie aufpasse."

Ben fragte nicht weiter nach und ging an ihr vorbei, durch den Flur in den gemütlichen Wohnbereich. Max folgte ihm.

„Also?", fragte Ben.

Max ignorierte ihn und schaltete den Fernseher ein. Direkt sprang der Kinderkanal an, und kleine asiatische Comicfiguren flogen über den Bildschirm.

„Max?", startete Ben einen neuen Versuch, doch er überhörte ihn erneut.

Ben ging an ihm vorbei und zog den Stecker aus der Steckdose. „Hey!", rief Max mit düsterer Miene.

Ben lächelte ihn notdürftig an, während er das Ende des Kabels noch immer in Händen hielt. „Du kannst ja doch sprechen."

Max stand auf und ging in den nebenliegenden Essbereich, wo er sich ein paar Stifte und ein Blatt Papier zurechtgelegt hatte.

„Wo kommt der blaue Fleck her, Max?", rief Ben ihm nach.

„Bin gefallen", nuschelte Max.

Ben nickte. „Wo?"

Max zögerte. „Draußen, auf einen Stein." Dabei deutete er auf ein Fenster.

Ben sah hinaus. „Tessy!", rief Julia.

„Muss ein großer Stein gewesen sein, oder?"

„Ja", sagte Max knapp.

Ben ging an den Tisch und setzte sich ihm gegenüber. „Das ist komisch", erklärte er. Max sah erschrocken auf.

„Ich kann da draußen gar keine großen Steine sehen. Hast du dich mit jemandem geprügelt?"

Max starrte Ben an. Dann nickte er.

„Mit wem?", hakte Ben nach.

Plötzlich ein lauter Knall. Ben sprang intuitiv auf und zog seine Waffe aus dem Halfter, das er um den Unterschenkel gewickelt hatte. Max schrak auf.

„Ups", rief Julia aus dem Flur. „Die Tür muss wohl auch mal wieder eingestellt werden."

Schnell ließ Ben die Pistole wieder verschwinden und legte, an Max gerichtet, verschwörerisch den Zeigefinger auf die Lippen.

„Ich weiß nicht, wo sie ist!", sagte Julia weiter. „Vielleicht ist sie nach Hause oder Martel ist schon wieder aus dem Krankenhaus zurück."

Sie setzte sich zu Ben und Max. „Lässt du uns einen Moment alleine, Max?"

„Aber was soll ich denn machen?", fragte er gelangweilt.

„Geh doch einen Moment nach draußen und spiel im Garten, okay?"

Max schlich davon.

„Und pass auf die Steine auf!", rief ihm Ben nach.

Nur ein Rauschen. Das Signal war eben noch ganz klar gewesen, doch plötzlich hörte er die Worte nur noch bruchstückhaft, dann nur noch dieses elende Rauschen. Der hässliche Jeep hatte gerade vor dem Haus gehalten, und ein Mann war ausgestiegen. Er hatte ihn von hier oben nicht direkt erkannt, doch als er die Bänder noch einmal vor- und zurücklaufen ließ, wurde ihm klar, wer es war: der Joker.

Vielleicht hatte er in der Aufregung einen falschen Knopf gedrückt oder versehentlich etwas an den Einstellungen verändert. Auf jeden Fall musste er den Fehler schnell beheben, denn die Informationen, die er drohte zu verpassen, könnten immens wichtig sein. Wieder sah er zum Haus hinüber. Der Junge kam durch die Tür. Er musste näher ran. Schnell sprang er auf, öffnete die Schiebetür des Lieferwagens, schob mit dem Fuß den Kadaver des toten Hundes hinaus und lief geduckt zu den Büschen, die den Garten umrahmten.

„Mit wem hat er sich geprügelt?", fragte Ben.

Julia sah ihn erschrocken an. „Mit … mit so einem Jungen aus der Nachbarschaft."

Ben nickte. „Wie heißt er?"

„Keine Ahnung. Ben, ich …"

„Keine Ahnung", wiederholte er. „Warum bin ich hier, Julia?"

Sie sah zu Boden und suchte nach den richtigen Worten. „Mir geht es im Moment nicht so gut, Ben."

„Mir auch nicht. Hab ich um Hilfe geschrien?", sagte er forsch.

Sie sah ihn verärgert an. „Nein, Ben, das hast du nicht. Vielleicht hättest du es aber tun sollen! Was soll das jetzt?"

Ben schloss die Augen und atmete tief ein. „Tut mir leid", sagte er ehrlich betroffen. „Ich bin nicht hier, um dich irgendwie anzugreifen. Ich habe mir nach deinem Anruf wirklich Sorgen gemacht. Also, was ist los?"

Auch Julia atmete schwer. Ihre Lippen zitterten. „Ich habe mich von Fred getrennt. Das sagte ich dir doch schon am Telefon. Hörst du nicht zu?"

Da war es wieder. Ein Signal, dann Stimmen, klar und deutlich. Er hatte das Mikrofon direkt auf eines der

171

Fenster gerichtet. Dahinter konnte er durch die Äste und Blätter hindurch die Gesichter der Frau und eines Mannes erkennen. Ben Bischoff. Der Hauptgewinn.

Der Junge war aus seinem Sichtfeld verschwunden. Gut, denn er war ein Risiko, wenn er ihn entdeckte. Wieder ein Rauschen. Nein, ein Rascheln. Äste. Ein dumpfes Geräusch. Er spürte einen leichten Schlag gegen seinen Oberschenkel. Ein Fußball.

Ben nickte, ohne eine weitere Gefühlsregung zu zeigen. „Warum?", fragte er teilnahmslos. Seine Augen blitzten. Julia sah zur Lampe über ihr. „Es passte einfach nicht mehr. Wir haben uns auseinandergelebt."

„Wann?", fragte Ben.

„Vor zwei Tagen. Ich bin dann abends direkt hierher", erklärte sie.

Ben dachte nach. „Wann ist das mit Max passiert?"

Julia zuckte zusammen. „Was denn?"

„Der blaue Fleck", sagte Ben mit stechendem Blick.

Sie überlegte. „Ich weiß zwar nicht, wie du jetzt wieder auf das Thema kommst, aber so vor einer Woche."

„Bullshit", fuhr Ben auf.

„Ben?", fragte Julia verunsichert.

Er schob den Stuhl beiseite und ging in der Küche auf und ab, wie ein Tiger, der seine Beute in die Enge treiben wollte, bevor er sie erlegte.

„Das ist medizinisch nicht möglich, Julia. Nach einer Woche wäre die Färbung des Flecks bereits gelblich, ähnlich einem Carotinüberschuss. Der Fleck in Max' Gesicht ist knallblau mit einem leicht grünlichen Schimmer."

Er stemmte seine Hände auf den Tisch und sah Julia nun

direkt an. „Und weißt du, nach wie vielen Tagen ein Fleck so aussieht?"

Sie schüttelte den Kopf.

„Nach zwei", sagte er.

Äste zerbrachen. Schritte. Der Junge. Der Mann zog ein Tuch aus der Tasche und beträufelte es eilig mit einer Flüssigkeit, die er ebenfalls aus seiner Jacke gefischt hatte. Damit hatte er sich bereits die kläffende Töle vom Hals geschafft. Wieder hörte er, wie Äste zerbarsten. Er konnte den Schopf des Jungen sehen, sein volles schwarzes Haar. Sein Herz pochte. Er machte sich bereit. Plötzlich ein Schrei, gefolgt von einem jämmerlichen Weinen. „Julia!", rief Max mit tränenerstickter Stimme. „Ich hab mich an einer Brombeere gestochen!"

Julia sprang auf und lief zur Tür. Max kam auf sie zu. „Er war es, Julia, oder?"

„Nicht jetzt, Ben. Gleich."

„Nein, jetzt. War er es?", fragte Ben erneut.

Max war nun fast bei ihr. „Lass uns bitte gleich sprechen, Ben."

„Julia, nein! Hat Fred ihn geschlagen?"

Max fiel in ihre Arme und schmiegte schluchzend seinen Kopf an ihre Schulter. Sie weinte mit ihm.

Es war bereits dunkel, als Ben in sein Auto stieg und losfuhr. Noch immer brodelte es in ihm. Er hatte nach ihrem Anruf geahnt, dass so etwas vorgefallen war. Er hatte gespürt, dass etwas nicht stimmte, ohne es wirklich greifen zu können. Und er verstand bis jetzt noch nicht, warum Julia ihn zwar angerufen hatte, um ihr Halt zu geben,

173

ihm aber verschweigen wollte, was tatsächlich geschehen war.

„Ich wusste nicht, wen ich anrufen sollte", hatte sie ihm gesagt.

Sein Handy klingelte. „Ja?", meldete er sich.

„Ich habe die Nummer, die Verbindungsdaten, die du wolltest", sagte die Stimme am anderen Ende der Leitung.

Ben fuhr hart in die Kurve. Der grüne Lieferwagen war verschwunden. „Kannst du sie mir auf meinen Mail-Account schicken?", fragte Ben.

„Schon erledigt."

Ben legte auf, ohne ein weiteres Wort zu verlieren. Wen hätte sie anrufen sollen? „Hattest du Angst, dass ich ihm etwas antun würde?", hatte er gefragt, und sie hatte geschwiegen. Oder war es gar ihr Wunsch gewesen? Ben rieb sich den Speichel von den Mundrändern. Sein Kopf schmerzte höllisch. „Ich brauche Halt, Ben, und keinen Racheengel", hatte sie ihm hysterisch nachgerufen, als er das Haus verließ. Und sie hatte Recht. Doch es war nicht sie, um die es ging, sondern Max.

Kapitel 17

Wie in einem schlechten Krimi, dachte er, als er die Einfahrt zu dem stillgelegten Fabrikgelände passierte und über die marode Straße fuhr. Das Licht der Lampe durchschnitt die Dunkelheit. Ein Gewitter lag in der Luft, und die schwüle Wärme stieg ihm trotz des Fahrtwinds in die Nase.

Am Straßenrand konnte er schemenhaft das wuchernde Unkraut erkennen, das sich über die gesamte Anlage ausgebreitet hatte, seit sie vor Jahren stillgelegt worden war. Seither hatte sich niemand mehr dafür interessiert. Für Investoren war das Risiko zu hoch, da undefinierbare Altlasten und Chemikalien im Boden lagen und das Gebiet für die Wohnbebauung uninteressant machten. Eine Nutzung durch Industrie oder Handel war ebenso ausgeschlossen. Für die Zwecke der Bandoleros hingegen war das Areal perfekt. Es hatte nur eine Zufahrt, die Zäune waren in gutem Zustand und mit Kameras bestückt. Den Strom stahlen sie einfach von den öffentlichen Versorgern. Niemand hinderte sie daran. Sie bewegten sich in einem rechtsfreien Raum, in dem pure Anarchie herrschte.

Stinger hielt vor dem alten Verwaltungsgebäude an. Er war nicht überrascht, nur drei Maschinen auf dem Parkplatz zu sehen, denn die Nacht war sowohl für die Dare Devils als auch für die Bandoleros die Hauptarbeitszeit. Das Landhaus seiner Gruppe dürfte um diese Zeit ebenfalls nur spärlich besucht sein.

Die Dare Devils und die Bandoleros. Zwei verfeindete Gruppen, obwohl sie im Kern, im Geiste dieselbe

175

Einstellung hatten, eigentlich Brüder sein sollten. Doch die Realität war eine andere.

Beide buhlten um einen nicht uninteressanten Markt: die Metropolregion Düsseldorf. Dabei ging es nicht nur darum, ein paar Straßenzüge in der Landeshauptstadt zu kontrollieren. Es ging um lukrative Geschäfte entlang des Rheins, bis an die Grenzen des Ruhrgebiets und des Bergischen Landes. Ein Einzugsgebiet von mehr als sechs Millionen Menschen, ein Mega-Markt. Ein Geschäft, bei dem es um Unmengen von Geld ging.

In der Öffentlichkeit war es wichtig, ein anderes Bild zu vermitteln. Die Außendarstellung sollte die Devils nicht als das zeigen, was sie wirklich waren, nämlich Schwerkriminelle, sondern als Opfer eines verkorksten Staates, der die Menschen überwachte, kontrollierte und betrog. Dazu drehte sich das Marketingrad der Devils unaufhörlich. Streitereien wie zwischen diesen beiden Gruppen brachten alles ins Wanken, was sie so mühsam zu verbergen versuchten.

Die Situation war heikel. Die Gruppe um Antonio hatte mit viel Mühe und Konsequenz die Oberhand in der Region gewonnen. Sie hatten die Nazis und ihr verdummtes Gefolge aus dem kompletten Schutzgeldsektor vertrieben. Sie kontrollierten die Drogengeschäfte, und ein Großteil der Prostituierten wurde von ihnen "geschützt", wie sie es nannten – teilweise auch selbst aus Osteuropa importiert.

Dann kamen die Bandoleros, ein ursprünglich eher kleiner Zusammenschluss, der das Bergische Land und das Städtedreieck um Wuppertal, Remscheid und Solingen kontrollierte. Doch sie leisteten sich Fehler, führten wahre Kriege mit ansässigen Gangs, was zur Folge hatte, dass sie kurzerhand verboten wurden. Jetzt gruppierten sie sich neu, ein paar Kilometer weiter in Duisburg, und wuchsen rasant. Zu rasant, denn das sonst so intensive Aufnahmeverfahren neuer Mitglieder, die Überprüfung der Loyalität und Integrität eines jeden Einzelnen, wurde ausgesetzt. Antonio musste reagieren und forcierte seinerseits den Zulauf bei den Devils – eine Art Wettrüsten. Stinger lächelte. Vor einem Jahr noch wäre sein rasanter Aufstieg in der Organisation unmöglich gewesen.

Antonio war, als er noch lebte, ein weitsichtiger Mann gewesen. Er wollte den Markt nicht teilen, sondern die Rocker vereinen, um zu einer gesunden Struktur zurückzukehren. Jetzt lag es an Stinger.

Er stellte sein Motorrad ab und hängte den Helm an den Lenker. Seiner Waffen hatte er sich schon vorher entledigt – sie würden ihn ohnehin durchsuchen. Kein Grund, ein Risiko einzugehen. Dann trat er zum Eingang, öffnete die Tür und sah in zwei erstaunte Gesichter. Einer der drei Männer jedoch lächelte und pustete den Rauch seiner fetten Zigarre in den Raum.

"Mutig", sagte er und klopfte die Asche ab.

Stinger trat näher. "Auch wenn du mich nicht kennst, kennst du sicher meinen Ruf. Das dürfte dich also nicht überraschen, Igor."

Igor nickte zufrieden und legte die Zigarre ab. "Abschieds-Drink?", fragte er und deutete gleichzeitig einem der anderen Männer, etwas herbeizuholen.

"Ich habe noch nicht vor zu gehen", antwortete Stinger,

der noch immer mitten im Raum stand.

"Das kann man sich manchmal nicht aussuchen, Stinger. Aber setz dich erst mal. Ich bin sehr gespannt."

Stinger setzte sich und nahm eine Flasche kaltes Bier entgegen. "Danke", sagte er und sah sich in dem kargen Raum um, der lediglich aus ein paar alten Stühlen, Tischen und einem Kühlschrank bestand. "Nett hier."

Igor schlug auf den Tisch. "Verarsch mich nicht! Was willst du hier?"

Sein Lächeln war nun verschwunden. Die beiden anderen Männer zogen ihre Waffen hervor und richteten sie auf Stinger, der wenig überrascht die Hände hob. Er hätte genauso reagiert.

"Durchsucht ihn", befahl Igor, doch sie fanden nichts. "Du überraschst mich einmal mehr", sagte Igor schließlich.

Stinger trank einen Schluck. "Warum? Weil ich nicht so bescheuert bin, hier mit einem Waffenarsenal aufzutauchen?"

Igor schüttelte den Kopf. "Nein, eigentlich bist es auch nicht du, der mich überrascht, sondern dein Chef."

"Antonio? Warum?"

"Weil er nicht die Eier hat, selbst hier aufzutauchen."

Stinger lächelte kalt. "Er ist verhindert."

Wieder Kopfschütteln. "Nein, das glaube ich nicht."

Er starrte Stinger nun durchdringend aus seinen leeren Augen an. Dessen Flasche war mittlerweile leer. Stinger wischte sich den Mund ab und stellte die Flasche auf dem Tisch ab. "Du hast einen guten Riecher", sagte er. "Er weiß nicht, dass ich hier bin."

Jetzt war Igor ehrlich überrascht. Er deutete Stinger weiterzureden.

"Ich habe Antonio und den Dare Devils viel zu verdanken, Igor. Ich bin aber auch kein Idiot. Mir ist klar, dass sich die Verhältnisse gerade gewaltig zu deinen Gunsten verschieben, und ich habe nicht vor, weiter auf der Seite der Schwachen zu stehen."

"Gute Erkenntnis, aber leider nicht glaubwürdig."

Ein Fingerzeig, und die beiden Männer griffen Stinger unter den Armen. Dieser reagierte blitzschnell: Er trat dem einen zwischen die Beine, der andere bekam seinen Hinterkopf gegen das Nasenbein, das sofort zerbrach. Dann setzte sich Stinger ruhig hin und begann, mit der Flasche auf dem Tisch zu spielen.

"Antonio hat bei den Devils keinen Rückhalt mehr. Ich liefere ihn dir aus. Ich versetze dich in die Lage, vor all seinen Leuten ein Exempel an ihm zu statuieren und die Devils mit den Bandoleros zu vereinen."

Igor wirkte nachdenklich. "Du bist eine Heuschrecke, Stinger. Du springst weiter und bist nicht loyal."

Stinger stand auf. "Nicht interessiert?", fragte er.

Igor sah zu Boden. "Kommt darauf an."

"Worauf?"

"Auf den Preis."

Die Augen der Männer trafen sich.

"Ich will deine Nummer zwei werden."

Igor nickte. "Das ist alles?"

"Nein", sagte Stinger. "Ich will auch zwei Millionen in bar."

Jetzt lächelte Igor.

Kapitel 18

Das Fenster stand auf Kippe, so wie jeden Abend. Die Jalousien hatte Fred schon heruntergelassen, als es noch hell war. Es war eine Angewohnheit, die Julia immer an ihm gehasst hatte. Er mochte es einfach nicht, dieses Gefühl, beobachtet zu werden, wenngleich es dafür eigentlich keinen Anlass gab. Das Grundstück war von den umliegenden Häusern nicht einsehbar, zumindest nicht das Erdgeschoss.

Die Ereignisse der vergangenen Tage hatten an ihm gezehrt. Er fühlte sich missverstanden. Er war der Meinung, dass Julia die Situation falsch einschätzte, überbewertete. Natürlich wusste auch er, dass es nicht richtig war, dass es nicht hätte passieren dürfen. Aber die Koffer zu packen und zu verschwinden? Ohne ein Wort?

Nun war sie weg, und er kam langsam zur Ruhe. Die Flasche Wein, die er geleert hatte, sorgte für eine angenehme Schwere in seinem Kopf, die sich in die Augenlider übertrug. Er war müde.

Tempo achtzig. Ben drückte das Gaspedal voll durch und beschleunigte auf 150 km/h. Mehr gab sein Jeep nicht her. Es kribbelte. Die Unruhe übertrug sich in die Hände, die unkontrolliert zu zittern begannen, und in die Lippen, die seltsam juckten.

Fred hatte Max geschlagen, und Ben fühlte sich schuldig, denn er hatte ihn falsch eingeschätzt. Damals, als er Julia bat, sich um Max zu kümmern und ihn bei sich aufzunehmen. Er hatte nie einen Hehl daraus gemacht, dass er Fred nicht mochte. Beide waren mehr als einmal aneinandergeraten, hatten sich geschlagen. Ben hatte zugeschlagen, Fred hatte es hingenommen. Doch Fred war Pädagoge, und so war Ben damals fest davon überzeugt gewesen, dass er der Richtige sei, um Max gemeinsam mit Julia zu erziehen. Ein Fehler, ein verhängnisvoller Fehler. Ben wusste aus dem Polizeidienst nur zu gut, wie Kinder ein solches Erlebnis verarbeiteten – oder eben nicht.

Es war kein Kribbeln mehr, es brodelte. Dann dieser Anruf. Der Wagen schlingerte, als Ben ihn auf 160 km/h drückte. Die Reifen drohten die Bodenhaftung zu verlieren.

Fred betrachtete den Becher auf dem Rand des Waschbeckens. Die Zahnbürsten hatte sie dagelassen, alles andere hingegen hektisch in Tüten und Taschen gestopft und in den Kofferraum ihres Wagens geworfen. Ihre Hälfte des Kleiderschranks war, bis auf ein paar Abendkleider, die sie ohnehin nie trug, leer.

Er wanderte weiter in Max' Zimmer. Es sah eigentlich aus wie immer: unordentlich. Auf dem Boden lagen ein paar Kleidungsstücke und Spielzeuge, in ihre Einzelteile zerlegt, herum. Er öffnete den Schrank. Leer. Sie hatte keinen Grund, zurückzukehren – zumindest nicht bald. Fred schluckte schwer. Dann schrak er zusammen. Ein Geräusch. Zerbrochenes Glas.

Dann dieser Anruf. Rainer Dauber hatte gute Arbeit geleistet, ohne dumme Fragen zu stellen. Ben hatte sich Dr. Kleiber, den Leiter der Klinik, in der er acht Jahre gefangen war, vorgenommen. Doch er hatte keine wertvollen

Informationen erhalten, obwohl er sicher war, dass der Mann Dreck am Stecken hatte. Ebenso war er überzeugt, dass Kleiber nur das Hornissennest war, in das er stoßen musste, um sie alle aufzuschrecken. Und so war es.

Unmittelbar nachdem Ben ihn verlassen hatte, hatte Kleiber einen Anruf getätigt. Ben hatte die Nummer anhand der Verbindungsdaten herausgefunden und einer Anwaltskanzlei an der Düsseldorfer Kö zuordnen können. Ben war ihnen auf der Spur. Er saß den Männern, die einst den Mord an seiner Tochter in Auftrag gegeben hatten, im Nacken, ohne zu wissen, wer sie waren und warum sie es taten. Doch er kam ihnen näher.

Sein Anwalt, Boris Topalow. Er könnte der Schlüssel sein. Doch er war abgetaucht. Keine Meldeadresse, keine zugelassenen Fahrzeuge, keine bekannten Bankdaten. Es war, als hätte er niemals existiert. Sein Büro war leergeräumt. Die Nachbarn und der Vermieter konnten keine Angaben machen. Eine Nacht- und Nebelaktion.

Nun diese Nummer. Eine Anwaltskanzlei auf der Kö. Es war unwahrscheinlich, dass er Topalow hier treffen würde, vor allem um diese Zeit. Doch es war das nächste Hornissennest, in das er stechen konnte. Und er würde stechen. Später. Er stoppte den Wagen.

Fred schlich die Treppe hinunter. Das Licht hatte er gelöscht. Er wollte kein leichtes Ziel sein, falls es Einbrecher waren. Die Holztreppe knarrte unter jedem Schritt, so sehr Fred sich auch bemühte, es zu vermeiden. Noch ein Schritt, dann Stille. Nur sein schwerer Atem war zu hören und das Pochen seines Herzens.

Woher war das Geräusch gekommen? Es war ein

dumpfer Aufprall gewesen, bevor das Glas zerbrach. Also nicht die Küche, dort lagen Fliesen. Teppich. Das Wohnzimmer. Fred schob die Tür einen Spalt auf, als er plötzlich eine Bewegung wahrnahm. Er schrie auf, drückte sich an die Wand – und entspannte sich sogleich. "Minka!", rief er der Katze entgegen, die sich an seine Beine schmiegte. "Du Mistvieh! Du hast mich zu Tode erschreckt."
Erleichtert schaltete er das Licht ein, ehe das Blut in seinen Adern gefror.

Svenja Calenberg lief unruhig in ihrem Hotelzimmer auf und ab. Sie hatte ein ungutes Gefühl, und ihr Chefredakteur hatte ihr beigebracht, auf ihren Bauch zu hören. "Tu es nicht", flüsterte sie immer wieder. "Steig in den Zug und fahr nach Hause."
Doch dann dachte sie wieder an Richter, an die Frauen, die er vergewaltigt hatte. Sie dachte an Ben und an Polizeipräsident Huber, den Thomas Richter ermordet haben sollte. Sie dachte über Recht und Unrecht nach, über ihre Rolle in diesem Spiel.
Ihre Gedanken hingen auch an ihrer Karriere. Wie alles angefangen hatte, vor einem Jahr auf ihrem Balkon, als sie sich über eine unüberschaubare Zahl von Akten hermachte und den Fall Ben Bischoff herausfischte. Was alles passiert war seither. Ein fester Job, ein gutes Gehalt, eine Eigentumswohnung und die Chance auf den nächsten Push in ihrer Karriere.
"Ergreife jede Chance, deren Risiken vertretbar sind."

Das war der zweite Rat ihres Chefs. Doch wie groß war die Chance? Und wie hoch das Risiko?

"Schön, dich zu sehen, Freddy", sagte der Mann auf dem Sofa. Seine Augen funkelten.

Die Jalousien waren aufgestemmt, das Glas der Scheiben mit einem Stein eingeschlagen worden – alles andere als fachmännisch. Doch was zählte es?

Fred schlich in das Zimmer und suchte nach einer brauchbaren Waffe.

"Ach, Fred. Ich sehe doch, was du vorhast", sagte der Einbrecher. "Setz dich lieber."

Der Mann griff in seinen Schoß, und erst jetzt bemerkte Fred die Waffe, die dort lag.

"Was willst du hier?", fragte er.

Der Mann hob seine Waffe und löste das Magazin. Dann sprang er auf und stürzte sich auf den völlig überrumpelten Fred. Immer wieder schlug er mit der Faust auf den am Boden Liegenden ein, der sich verzweifelt mit den Händen zu schützen versuchte. Dann ließ er ab.

Fred wand sich vor Schmerzen. Er riskierte einen Blick. Aus den Augen des Mannes sprach der Wahnsinn.

"Ben, bitte, was willst du von mir?", fragte Fred.

Ben Bischoff kam schnellen Schrittes näher und trat ihm in die Rippen, dass er nach Luft zu lechzen begann. Dann kniete er sich neben ihn und schrie ihm ins Ohr:

"Ich will, dass du das Gleiche erleidest wie der Junge, Fred. Ich will, dass du die Schmerzen spürst, die er gespürt hat. Ich will, dass du leidest, dich an diesen Abend zurückerinnerst, bis ans Ende."

Wieder ein Schlag, dann ein Tritt. Fred versuchte, sich

aufzurichten, doch seine Beine waren nicht in der Lage, das Körpergewicht zu tragen.

"Wirst du mich töten?", fragte er schließlich.

Ben schüttelte den Kopf. "Nein, du wirst Angst haben. Jeden Tag deines Lebens, denn ich komme wieder. Irgendwann. Und wenn du Julia oder Max noch einmal anpackst, geschieht es schneller, als du es dir vorstellen kannst. Und dann, Fred, ja, dann werde ich dich töten."

Ein Telefon klingelte. Ben Bischoff schloss die Wagentür und griff nach dem Handy, das auf dem Beifahrersitz lag. Seine Hände waren geschwollen. Blut klebte an seinen Fingern und in seinem Gesicht. Es war nicht sein Blut.

"Bischoff?", meldete er sich mit heiserer Stimme. Er schwitzte.

"Julia Calenberg hier. Entschuldige die späte Störung."

"Was willst du?", fragte er forsch.

Sie zögerte irritiert. "Sorry, ich, ähm, ich wollte, also ich treffe mich morgen Abend mit Richter."

"Das weiß ich."

"Ich weiß, dass du das weißt, aber können wir bitte noch mal alles durchsprechen? Ich habe da echt ein ungutes Gefühl", erklärte sie.

"Ich bin da", sagte er.

"Geht es vielleicht ein bisschen ausführlicher? Schließlich treffe ich mich morgen mit einem Mörder."

Stille. Ben rieb sich die Stirn und wischte sich den Schweiß aus den Augen.

"Entschuldige, du hast Recht", sagte er schließlich. "Wann trefft ihr euch?"

185

"Ben?", fragte sie nun deutlich verärgert.

"Ich weiß, um acht", korrigierte er sich. "Du verlässt um halb acht dein Hotel. Auf dem Parkplatz wird ein violetter Jeep stehen. Das ist mein Wagen. Ich schalte das Licht ein, damit du weißt, dass ich es bin."

"Okay", flüsterte sie.

Er fuhr fort. "Von da an folge ich dir auf Schritt und Tritt. Ich bin dein Schatten. Dir wird nichts geschehen."

"Gut. Das beruhigt mich. Was ist mit deinem Kollegen? Christian?"

"Ist ein Arschloch und nicht dabei. Du bist bei mir in guten Händen."

Ben drückte den roten Schalter seines Telefons und riss die Tür auf. Luft. Kreislauf. Übelkeit.

Jonathan Yeboah sah in das Schaufenster. Seine schwarze Haut spiegelte sich darin, und sein Blick blieb an dem leicht nach links verrutschten Krawattenknoten hängen. Er richtete ihn fachmännisch aus und betrachtete die Auslage: Juwelen, Armbänder, Uhren. Sie alle waren teuer und vor allem nicht echt, denn es war viel zu heikel, die teuren Originalstücke lediglich geschützt durch ein Zentimeter dickes Glas vor der Allgemeinheit zur Schau zu stellen. Die echten Schmuckstücke befanden sich gut verschlossen in einem Tresor im Keller des Gebäudes. Den Code kannte selbst Jonathan nicht, und er interessierte ihn auch nicht, denn er war zufrieden. Seine Frau und er hatten sich eine kleine Eigentumswohnung gekauft. Nicht groß, aber gemütlich. Sie hatten sich eine Familie aufgebaut, und seine drei Kinder waren sein ganzer Stolz. Wozu also Juwelen? Das Gehalt reichte für all das, was er zum Leben brauchte, und noch dazu durfte er diese sündhaft teuren Anzüge tragen. Er fühlte mit der Hand den feinen Stoff und fuhr über eine kleine Wölbung oberhalb des ersten Rippenbogens. Der Elektroschocker. Die einzige Waffe, die er bei sich führen durfte, denn schließlich war er kein Polizist. Er spürte ein unangenehmes Gefühl auf der kahlen Stirn.

Warmer Regen prasselte auf die Windschutzscheibe des Jeep Grand Cherokee. Durch die Tropfen, die sich vor ihm sammelten und die Sicht erschwerten, beobachtete Ben Bischoff das Gebäude.

Um diese Zeit war es nicht schwierig, auf der Königsallee – oder Kö, wie sie die Düsseldorfer nannten – einen Parkplatz in einer der wenigen Parkbuchten zu finden. Nicht an einem Dienstagabend.

Am Wochenende sah die Sache anders aus. In den Seitenstraßen waren einige bekannte und durchaus elitäre Diskotheken angesiedelt, die Ben noch nie von innen gesehen hatte und wohl auch nie sehen würde. Darüber hinaus war die Düsseldorfer Altstadt nur wenige Minuten fußläufig entfernt, und so waren die Straßenzüge von Freitag bis Sonntag durchgehend belebt.

Am Tage stellten sich hier die Reichen und Schönen zur Schau, ob beim Shoppen bei Louis Vuitton oder Tommy Hilfiger oder auch nur bei einem kurzen Spaziergang. Die Fahrzeuge, die dann anstatt des leicht rostenden Jeeps in diesen Parkbuchten standen, würden für den Preis von Bens Fahrzeug wohl nicht einmal einen Vorderreifen bekommen.

Ben interessierte das wenig. Sein Blick war auf das

Gebäude auf der anderen Seite des Kanals fixiert, wo ein dunkelhäutiger Mann sich gerade einen Regentropfen von der kahlen Stirn wischte.

Jonathan zog ein Taschentuch aus der Brusttasche seines Jacketts. Dabei fiel das silberne kleine Schild zu Boden, das mit einem Magneten ans Revers geheftet war. Er wischte sich erneut über den Kopf und sah zum dunklen Nachthimmel, wo er schemenhaft die Ränder der aufziehenden Wolken erahnen konnte. Es blitzte. Jonathan zählte: Eins, zwei – der Donner setzte ein. Das Gewitter war also fast über ihm. Er ging ein paar Meter weiter zu einer glänzend lackierten Tür, die er mit dem schweren Schlüssel aus seiner Hosentasche öffnete. Als der Regen immer stärker auf ihn herabprasselte, hüpfte er in den Hauseingang und zog kräftig an der Tür. Er merkte nicht, dass der Eingang blockiert war.

Ben ging zügig weiter. Schmerzverzerrt wedelte er mit der Hand, die er sich soeben in der schweren Tür eingeklemmt hatte. Über die Schulter blickte er noch einmal zurück. Es hatte dennoch funktioniert. Der Zigarettenanzünder, den er aus seinem Auto mitgenommen hatte, hatte sich perfekt zwischen Tür und Zarge gesetzt. Die Tür stand kaum merklich offen, doch der Mann machte ihm Sorgen. Das Gebäude war das richtige. Nach dem Klingelschild und der Werbung in den Fenstern zu urteilen, befand sich die Anwaltskanzlei in der zweiten Etage. In der ersten vermutete Ben die Büroräume des Juweliers. Genau dieser erschwerte ihm den Zugang immens, denn mit einem nachtaktiven Sicherheitsdienst hatte er nicht gerechnet. Da fiel sein Blick auf einen schimmernden Gegenstand am Boden.

Piotr verabschiedete sich lachend und betrat den Flur. Dann hielt er inne. Etwas stimmte nicht. Er ging näher an die Tür heran und sah den dazwischen liegenden Zigarettenanzünder. Als er sie öffnete, um den Anzünder zu entfernen, spürte er plötzlich einen schnellen, harten Zug an seiner Jacke.

Ein kurzer, harter Schlag gegen die Halsschlagader genügte, um den jungen Mann bewegungsunfähig zu machen. Ben hatte den Bewusstlosen zu einer gegenüberliegenden Bank gezerrt und mit seinen Handschellen an der Rückenlehne gefesselt. Dann sah er zur Tür. Sie war zu, der Anzünder lag davor. "Verdammt", murmelte er.

Jonathan lachte laut, kaum fähig, den Blick vom Fernseher abzuwenden. Die Serie war einfach der Kracher. Sein Deutsch war nicht gut genug, um alles zu verstehen, doch allein die Mimik und Gestik der Schauspieler trieben ihm die Freudentränen in die Augen. "Ekel Alfred", sagte er zu seinem Kollegen, der ähnlich amüsiert neben ihm saß, als es an der Tür klingelte. Jonathan sah noch immer grinsend auf den Monitor der Sicherheitskamera. Dort stand ein Mann in schwarzem Anzug. Der Kopf des Mannes war seltsam geneigt, sodass sein Gesicht nicht zu erkennen war. Dann sah er das glänzende Metallschild an seinem Revers. "Ah! Piotr hat wieder was vergessen!", sagte er zu seinem Kollegen.
Dieser starrte gebannt auf den Fernseher, ohne zu antworten.

Der dunkelhäutige Mann, den Ben gerade noch beobachtet hatte, öffnete die Tür. Er sah erst erschrocken in Bens Gesicht, dann auf das Namensschild, das seinen Anzug zierte. "Scheiße", murmelte er noch, bevor er einen Schlag von einem Elektroschocker bekam und zu Boden sackte. Ben fing den Mann auf und fixierte seine Füße und Hände mit Kabelbindern, die er am Gürtel des anderen Sicherheitsmannes gefunden hatte. Dann zog er ihn mit unterdrücktem Stöhnen auf die gegenüberliegende Damentoilette. Der Mann wog sicher einhundert Kilo.

"Zweite Etage", murmelte Ben und lief auf Zehenspitzen das edle Treppenhaus hinauf.

Dem Sicherheitsmann fielen vor Lachen ein paar Pistazien aus dem Mund. Er sah auf den Monitor der Sicherheitskamera und entdeckte nichts Besonderes.

"Ihr faulen Hunde", sagte er kopfschüttelnd. "Dreht wohl wieder 'ne Runde um den Block, eine rauchen. Dreckspack."

Das Schloss zur Kanzlei zu öffnen, war kein Problem. Das hatte Ben schon während seiner Zeit bei der Drogenfahndung gelernt, als es darum ging, nicht mit einem Rammbock, sondern leise und mit größter Vorsicht eine Wohnung zu betreten.

Jetzt stand er im Vorzimmer und dachte nach. Sein Blick fiel auf den wunderschön geschnittenen Tresen aus Mahagoni. Dahinter befanden sich zwei Empfangsplätze. Ben nahm eine der darauf ausliegenden Visitenkarten in die Hand. "970", sagte er.

Dann ging er zügig um den Tresen herum und legte den Ausdruck mit den Verbindungsdaten Dr. Kleibers neben eines der Telefone. "5630", sagte er weiter.

Er nahm den Hörer ab und drückte nacheinander die vorbelegten Wahlknöpfe. Es klingelte leise in einem der Büros.

"5634". Der nächste Knopf. "5631".

Ben legte den Hörer auf den Schreibtisch und folgte dem Klingelgeräusch, bis er in einem großen Büro stand. Die Einrichtung war eher klassisch: schwere, alte Möbel, an der Wand ein großes Regal mit diversen Büchern und Gesetzestexten. Ohne Frage, hier spielte Status eine große Rolle.

Ben verglich noch einmal die Nummer auf seinem Ausdruck. Kein Zweifel, dieses Telefon dort drüben auf dem Schreibtisch hatte Kleiber angewählt.

Der Abspann lief, und der Sicherheitsmann klatschte anerkennend Beifall, als säße er im Publikum und hätte gerade ein ansehnliches Theaterstück bestaunt. Dann atmete er tief ein, stand auf und zog sich die viel zu große Hose seines Anzugs hoch.

"Dreckspack", sagte er erneut, öffnete die Tür und ging hinaus in den Flur.

Ben saß auf dem dunkelbraunen Ledersessel und wühlte bedacht in den Schubladen. Keine Notizen, keine Anhaltspunkte, kein Hinweis auf Boris Topalow. Es musste eine Verbindung geben, da war er sich sicher. Der Computer. Eine Adressdatenbank? E-Mails. Er drückte den Einschaltknopf und beobachtete den Monitor, der langsam zum Leben erwachte. Dann fiel sein Blick auf ein Foto: ein alter Mann mit zwei kleinen Kindern. Er sah sich um. Ein alter Mann. Der Großvater. Computer? Ben stand auf und ging die Regale ab. Ein paar Bilder, ein Schachbrett.

"Bingo", sagte er schließlich zu sich selbst. "Eine Adressrolle."

Er nahm die Rolle mit zum Schreibtisch und blätterte die etwa zweihundert Karteikarten sorgfältig durch. Wieder kein Hinweis auf Boris Topalow. "Wäre auch zu einfach gewesen", murmelte Ben. Dann blätterte er erneut zurück. "Wladimir Kramnik? Warum hast du die Adresse des Schachweltmeisters von 2007 in deiner Kartei?"

Sein Herzschlag beschleunigte sich. Mit weit aufgerissenen Augen hielt er die Karte in der Hand. "Wladimir Kramnik folgte auf Wesselin Topalow als Weltmeister! Du Sau hast deinen Namen geändert!"

Ben steckte die Karte ein und ging zu dem Regal mit dem Schachbrett. Mit Daumen und Zeigefinger griff er nach dem schwarzen König und legte ihn nieder. "Schachmatt", sagte er.

Der Sicherheitsmann hörte ein Geräusch, einen dumpfen Schlag. Dann Stille. Wieder dieses Geräusch. Er ging ihm nach. Die Damentoilette. Er öffnete die Tür und schaltete das Licht ein. Der Mann zuckte zusammen, als er Jonathan Yeboah sah, der mit Kabelbindern an das Waschbecken gefesselt war. Schnell lief er zu ihm herüber und nahm die Krawatte aus seinem Mund, die Ben ihm hineingestopft hatte.

"Einbrecher!", rief Jonathan atemlos.

Die Männer liefen in die Sicherheitszentrale und betätigten den Alarm. Dann nahmen sie zwei Schlagstöcke zur Hand und öffneten die Tür zum Juweliergeschäft. Nichts. Keine Spur eines Eindringlings. Sie hörten eine Tür ins Schloss fallen und eilten zurück in den Flur. Piotr stand in Unterwäsche vor ihnen und deutete hilflos auf den Ausgang. "Er ist weg", sagte er.

Kapitel 19

Svenja betrachtete sich im Spiegel. Ihr rotes Haar fiel sanft auf das weiße Top, das sie für diesen Abend ausgewählt hatte. Dazu trug sie eine schwarze Hose. Schlicht, nicht auffällig, nicht sexy. Sie schminkte sich dezent, wie eine Businessfrau. Svenja griff nach dem Kajal. Mit zitternder Hand führte sie ihn an den Wimpern entlang und musste immer wieder absetzen, um sich selbst zur Ruhe zu ermahnen. Sie hatte Angst. Gestern Abend hatte sie Ben Bischoff angerufen. Er hatte ihr versichert, dass er sie beschützen würde, doch seine Stimme klang eigenartig. Als er sie vor ein paar Tagen getroffen und ihr von seinem Plan erzählt hatte, war sie froh gewesen, dass noch ein weiterer Polizist mit im Boot war. Dass dieser nun doch nicht mehr da war, um über sie zu wachen, beunruhigte sie umso mehr.

Doch es war wieder dieses Abwägen. Karriere machte man nur mit Mut, redete sie sich ein und war entschlossen, die Sache durchzuziehen und alles dafür zu tun, Thomas Richter zu überführen.

Svenja ging zum Fenster und zog den Vorhang zur Seite. Auf der gegenüberliegenden Straßenseite stand ein zerbeulter Jeep. Sie atmete hörbar auf. "Los geht's. Du schaffst das", sprach sie sich Mut zu.

Ben Bischoff zündete sich eine Zigarette an. Einen Moment lang fühlte er sich besser, als der Rauch seine Lunge erreichte, aber dann übermannte ihn wieder diese unglaubliche Übelkeit. Sein Kreislauf spielte noch immer verrückt, und sein T-Shirt war getränkt von seinem

Schweiß. Bens Mund war trocken. Er spürte noch immer den Geschmack von Magensäure auf der Zunge.

Ben hatte beide Fenster heruntergelassen, blies den Rauch hinaus und beobachtete, wie die Wolke zum Himmel stieg, langsam dünner wurde und sich schließlich auflöste.

Er versuchte, die Zigarette auf dem Lenkrad auszudrücken, doch sie rutschte ihm aus der Hand in den Fußraum des Fahrzeugs. Hektisch tastete Ben den Boden ab und packte fluchend in die glühende Asche, ehe er den Filter der Zigarette abbrach und achtlos auf den Beifahrersitz warf.

Er sah auf die Uhr. 19:30. Es war wieder Zeit für eine Tablette, doch er konnte sie ohnehin nicht bei sich behalten. Ben rieb sich das Gesicht und den Hals. Die kleinen Speckfalten waren verschwunden. Er hatte abgenommen. Deutlich, und das in nur zwei Tagen. Ben schaute zu Svenjas Fenster hinauf. Der Vorhang wackelte. Gleich ging es los.

Magdalena Czarnecka sah in Gedanken versunken auf ihren Monitor. Er war aus. Sie verharrte hier bereits seit zwanzig Minuten, bemüht, ihre Gedanken zu ordnen, die wie ein Schwarm Mücken um sie herumkreisten. Sie hatte einen Job zu erledigen. Dieser genoss höchste Priorität, dessen war sie sich bewusst, doch das kleine Gebilde, das sie sich ausgedacht hatte, um zum Ziel zu gelangen, drohte gerade zusammenzubrechen. Sie wurde das Gefühl nicht los, dass gerade etwas mächtig aus der Bahn geraten war und ihren Auftrag massiv gefährdete. Magdalena öffnete die Schreibtischschublade und nahm den Autoschlüssel heraus. Sie musste einen freien Kopf bekommen. Joggen gehen, sich auspowern, anstatt Ideen zu erzwingen. Aber da war dieses Gefühl.

Ben Bischoff war krank. Offiziell. Er war arbeitsunfähig. Definitiv. Er war nicht mehr tragbar.

Svenja ging durch die sich automatisch öffnende Glastür des Hotels und sah noch einmal flüchtig zu Ben herüber. "Du schaffst das", sagte sie sich immer wieder.

Sie öffnete die Tür ihres Mietwagens, einem roten Citroën C1, und griff in ihre Handtasche. Das Aufnahmegerät war da, ebenso ihr Notizblock, den sie wahrscheinlich ohnehin nicht brauchen würde, und ihr Smartphone. Sie schaltete es ein und aktivierte den GPS-Empfang, wie Ben es ihr gesagt hatte. Sie verstand, warum, aber er würde wissen, was er tat. Dann startete sie den Motor.

Magdalena verschloss die Tür zu ihrem Büro und betrat das Treppenhaus. Hinter ihr schlug die Tür zu, und sie ging nachdenklich Stufe für Stufe nach unten. Von weiter oben hörte sie schnelle Schritte, die zügig näherkamen.
"Frau Czarnecka!", rief Thomas Richter. "Was macht der Fall?"

Magdalena blieb stehen und sah sich um, während Thomas Richter an ihr vorbeilief.

"Interessiert es Sie wirklich? Oder ist das eine Pflichtfrage?", rief sie ihm nach.

Richter blieb stehen und sah sie arrogant lächelnd an.
"Letzteres", sagte er. "Um ehrlich zu sein, ich bin ziemlich in Eile. Lassen Sie uns die Unterhaltung doch morgen früh in meinem Büro weiterführen. Ich bin sehr

gespannt, wie sich Ihre Aufklärungsquote hier in Düsseldorf entwickelt."

Magdalena wollte ihm noch etwas nachrufen, unterdrückte ihren Gedanken aber sofort. Das Gefühl. Der Auftrag.

Ein kurzes Hupen. Ben war mit dem Kopf auf das Lenkrad geschlagen und sah nun mit verschwommenem Blick, wie ein roter Kleinwagen an ihm vorbeiraste. "Scheiße!", nuschelte er und startete den Motor.

Ben drückte aufs Gas, um Anschluss zu halten. Er rutschte von der Kupplung. "Reiß dich zusammen, Mann!", brüllte er.

Ein Reh! War es ein Reh? Der Schatten bewegte sich vom Straßenrand zu ihm herüber. Er wich aus und fuhr in den Gegenverkehr. Wieder Hupen, quietschende Reifen, ein Schlag. Der Jeep kam ins Schlingern.

Plötzlich sah er wieder klar, doch der Atem – wo war die Luft? Ben wollte das Fenster herunterlassen. Panisch suchte er die Kurbel. Nichts. Er sah hinaus. Das Fenster war schon offen. Warum bekam er keine Luft? Rot. Das Licht verschwamm. Welche Ampel stand auf Rot? Er konnte nicht mehr unterscheiden, verlor das Gefühl für Raum und Distanz. Dann wieder Ruhe. Klarheit. Druck. Druck baute sich in seinem Kopf auf. Die Augen, das Sichtfeld flackerte. Wieso sah er so schlecht? Das Reh.

Thomas Richter betrat das Restaurant. Sein Anzug, seine Krawatte und seine Frisur saßen perfekt. Er hatte ein modisches Einstecktuch in die Jacketttasche gesteckt, was seinen Stil komplettierte, wie er fand.

Der Kellner trat sogleich auf ihn zu und reichte ihm vertrauensvoll die Hand. "Herr Richter!", sagte er mit gespielter Höflichkeit. "Schön, Sie zu sehen! Sie waren schon lange nicht mehr bei uns!"

Richter lächelte zurück. "René, mein Lieber! Ich war sehr beschäftigt, wie Sie sich sicher denken können. Das Böse duldet eben manchmal keine Pause, selbst dann nicht, wenn ich sie in einem so hervorragenden Restaurant wie dem Ihren verbringen darf."

René fasste sich gerührt ans Herz. "Herr Richter, Sie werden sehen, wir bereiten Ihnen einen wundervollen Abend. Ich gehe davon aus, dass Sie in Begleitung sind?" Er zwinkerte Richter verschwörerisch zu.

"Sie kennen mich zu gut, René", nickte dieser. "Meine Begleitung wird bald hier sein."

Der Kellner klatschte in die Hände. "Sehr schön! Möchten Sie noch einen Drink an der Bar einnehmen, bis die Dame hier ist?"

"Sehr gerne, René."

Richter klopfte dem Mann freundschaftlich auf die Schulter. Sein Lächeln gefror. "Arschloch", murmelte er, als er außer Hörweite war.

Svenja sah in den Rückspiegel. Der Jeep war nicht zu sehen. Das beruhigte sie, denn neben allen anderen Ängsten, die sie heute mit sich trug, war es ihre größte Sorge gewesen, dass Ben entdeckt werden und ihren Plan in Gefahr bringen könnte. Das hätte auch sie zusätzlich gefährdet. Ihr Blick fiel auf die Uhr in der Mitte des Armaturenbretts. 19:47. Das Navigationsgerät verriet ihr, dass sie noch etwa vier Minuten bis zu diesem

Nobelschuppen brauchte, den Thomas Richter ausge-
sucht hatte. Google hatte ihr verraten, dass zwei Straßen
weiter ein bewachtes Parkhaus war, das sie ansteuern
wollte. Nach ihrer Berechnung sollten noch etwa fünf
Minuten für den Fußweg verbleiben, um Richter pünkt-
lich zu treffen. Fünf Minuten entlang der großen, gut be-
leuchteten Hauptstraße. Den Weg hatte sie wohlüberlegt
ausgewählt. Es gab keine Möglichkeit, sie zu überraschen. Wieder der Blick in den Rückspiegel. Nichts. Der
Seitenspiegel. Auch nichts. Sie atmete auf. Der Mann war
gut, und so zerstreuten sich ihre Befürchtungen.

Ein Rettungswagen schoss an Magdalena vorbei. Sie
lenkte ihren PKW vom Seitenstreifen zurück auf die
Straße. Ihr Bauch grummelte, doch es war nicht der Hunger, der sie quälte. Magdalena sah ihren Auftrag massiv
gefährdet. Gleichzeitig spürte sie, dass sie eine Entscheidung treffen musste. Ganz oder gar nicht. In ihrer Zeit
im Präsidium war es ihr nicht gelungen, ausreichende
Anhaltspunkte zu sammeln. Sie hatte versagt. Alles, was
sie in Händen hielt, waren leere Gerüchte, die nicht einmal einer Widerlegung bedurften, da sie nicht bewiesen
werden konnten. Was blieb, waren die Stimmen im Hintergrund, die Ungereimtheiten, die zur Seite gekehrt
worden waren, weil die Dinge einfach zu gut zusammen-
passten. Sie hatte sich bislang nur auf Fakten gestützt,
hatte in ihrem Büro die Aktenberge gewälzt, nach Ver-
bindungen gesucht und nichts gefunden. Vielleicht war
es jetzt an der Zeit, auch persönlich in Erscheinung zu
treten, die Dinge ins Rollen zu bringen – auch auf die Gefahr hin, dass sie es war, die überrollt würde. Magdalena

griff zum Telefon und blätterte in ihrem Adressverzeichnis. Ben Bischoff. Es war an der Zeit.

Ruhe. Ben spürte, wie sich eine angenehme Wärme über sein Gesicht legte. Sonne, dachte er, oder ein Kaminfeuer. Er atmete tief ein. Die Unruhe war fort. Sein Blick war klar. Er sah sich um. Luftballons stiegen in die Luft, rote, mit Helium gefüllte Ballons, und unter ihnen, auf der Erde, jauchzende Kinder.

Er sah Max, wie er mit ausgebreiteten Armen über den Rasen lief, einem kleinen Mädchen hinterher. Sie spielten Fangen. Zwischen seinen Beinen tollte ein Hund, der schwanzwedelnd immer wieder an ihm hochsprang. Ben lächelte selig.

Eine junge Frau setzte sich neben ihn. Auch sie sah glücklich aus.

"Schön, wie sie miteinander spielen, oder?" fragte sie.

Ben sah sie an. "Ja, Max wirkt ausgelassen. Er ist glücklich bei dir, Julia."

Sie nickte. "Ich bin auch sehr glücklich. Er und die Kleine kommen wirklich großartig miteinander zurecht."

"Die Kleine?" fragte Ben irritiert.

Die Frau nickte erneut und deutete auf die spielenden Kinder.

"Schade, dass er nicht bleiben kann", sagte sie, und in ihren Augen machte sich Wehmut breit.

"Nicht bleiben? Warum?"

Ben sah die junge Frau verständnislos an. Die Wärme auf seinem Gesicht wurde zu einer unangenehmen Hitze.

"Er ist noch nicht so weit, Ben", erklärte sie. "Und du?"

Ben erschrak. "Julia?" fragte er.

Sie lachte. "Nein, Ben. Nicht Julia."

Ben sprang auf und wich einen Schritt zurück. Eine Wolke schob sich vor die Sonne. Janina. Seine Atmung wurde schnell und hastig. Sein Brustkorb schnürte sich zu.

Die Kinder lachten noch immer. Janina stand auf und winkte sie herbei. Das Mädchen drehte sich um. Es war Bens Tochter. Er stolperte, geriet ins Straucheln und fiel. Das Mädchen kam immer näher. "Anja!", rief er erschrocken.

Sie beugte sich über ihn, als sie von einer Metallstange im Gesicht getroffen wurde. Ben schrie. Er erkannte die Umrisse eines Mannes, wollte einschreiten. Das Mädchen fiel, und der Mann schlug unaufhörlich weiter zu, bis sie sich nicht mehr rührte.

Dann wandte er sich ab, ging langsam auf Janina zu. "Nein!" rief Ben.

Verzweifelt versuchte er, sich zu erheben, doch eine unsichtbare Kraft hielt ihn am Boden. Diese Hitze.

Janina lächelte noch immer. Sie schob mit der Hand ihr langes Haar beiseite und legte den Hals frei. Der Mann stellte sich hinter sie und legte ihr einen Draht um den Hals. Als auch sie leblos zusammensackte, zog er eine Pistole aus der Tasche und hielt sie lachend an seine Schläfe.

Ein Schuss, wie eine Explosion. Eine wahnsinnige Hitze. Ein Blitz.

Leise Klaviermusik spielte im Hintergrund, als Svenja Calenberg das Restaurant betrat. *You must remember this, a kiss is still a kiss.* Unbewusst summte sie mit, um sich gleich darauf wieder ihrer Situation bewusst zu werden. Schnell tippte sie eine SMS in ihr Handy, als sich ihr ein breit grinsender Kellner in den Weg stellte.

"Bonsoir, Madame", sagte er.

"Hallo", entgegnete sie schüchtern.

Er musterte sie von oben bis unten und nickte anerkennend.

"Ah, ich glaube, ich weiß, mit wem Sie verabredet sind!" Unsicher zupfte sie an ihrem Ohrring. "Woher?", fragte sie.

"Nennen Sie es Intuition."

Er deutete auf einen gutaussehenden Mann an der Bar. Der Mann trug einen schwarzen, schmal geschnittenen Anzug und eine dunkle Krawatte. Sein Gesicht war kantig, männlich. Sein Lächeln war falsch.

"Herr Richter zog es vor, an der Bar auf Sie zu warten. Möchten Sie noch einen Drink nehmen, bevor ich Sie zu Ihrem Tisch geleite?", fragte der Kellner.

"Nein", antwortete Svenja nun fest. "Das möchte ich nicht. Bringen Sie mich zum Tisch."

Thomas Richter hatte sie bemerkt und stand mittlerweile unmittelbar neben ihr. Er griff sanft nach ihrer Hand, doch sie zog sie verschreckt zurück.

"Entschuldigen Sie, Frau Calenberg. Ich wollte Ihnen keinesfalls zu nahe kommen", erklärte er sich.

"Dann lassen Sie es", sagte sie kalt. Sie zitterte. Er bemerkte es. Wieder berührte seine Hand die ihre. Dann wandte er sich dem Kellner zu.

"René? Der gleiche Tisch wie immer?"

"Ja, Herr Richter. Natürlich. Ich bringe Sie ..."

Richter winkte ab. "Sehr zuvorkommend, René, aber würde es Ihnen etwas ausmachen, wenn wir den Weg heute allein antreten würden?"

Beide Männer lachten übertrieben.

"Oh nein!", rief René gönnerhaft. "Ich denke, Sie kennen den Weg!"

"Für wahr, René, für wahr."

Richter deutete Svenja, ihm zu folgen. Er führte sie an einen Tisch am Fenster, mit Blick auf die Straße. Sie atmete auf. Hier würde Ben sie gut beobachten können.

"Bitte", sagte Richter und zog den Stuhl ein Stück zurück, sodass Svenja Platz nehmen konnte, dann setzte er sich ihr gegenüber.

"Sie sehen angespannt aus, Frau Calenberg. Alles in Ordnung?"

Sie nickte. Wieder stand René neben ihnen und reichte ihnen die Karte.

"Danke", sagte Richter. "Bringen Sie uns doch bitte eine Flasche Ihres Hausweins, René."

Der Kellner nickte und huschte davon.

"Herr Richter, wirklich, ich ...", wollte Svenja widersprechen, doch Richter unterbrach sie.

"Frau Calenberg!", sagte er. "Ich weiß, wir verfolgen heute unterschiedliche Ziele."

"Und die wären?", fragte sie.

Er überlegte kurz. "Nun, ich denke, Sie werden aus Ihrer Tasche gleich einen Block mit ein paar ziemlich heiklen Fragen an mich herausziehen, oder?"

Sie sah ihn regungslos an.

"Nun, mein Ziel ist es, Ihnen heute Rede und Antwort zu

stehen und zu beweisen, dass an all den Gerüchten, die da wohl kursieren, nichts dran ist", sagte er. "Ich gehe noch weiter: Ich beweise Ihnen, dass ich ein echt netter Kerl bin, mit dem man gut einen Abend im besten Restaurant der Stadt verbringen kann."

René brachte den Wein und hielt Richter das Etikett entgegen. Er nickte. Dann goss er ihm einen kleinen Schluck in ein Glas. Richter kostete kurz und nickte erneut. René setzte an, auch Svenja ein Glas einzuschenken, doch sie schüttelte den Kopf.

"Für mich nicht, danke", sagte sie knapp. "Vielleicht sollten wir direkt starten, Herr Richter."

Er sah sie irritiert an. "Sollen wir nicht erst mal etwas zu essen ...?"

Sie schüttelte energisch den Kopf. "Nein, Herr Richter, ich möchte gerne meine Fragen mit Ihnen klären."

Er legte die Karte zur Seite. "Dann mal los."

Svenja hob ihre Handtasche auf den Schoß und nahm einen Block heraus.

"Es werden Vorwürfe laut, Herr Richter, dass Sie Frau Janina Greuer, Ihre ehemalige Sekretärin, vergewaltigt haben sollen. Wie stehen Sie dazu?"

Er lachte schockiert auf. "Sie fangen ja sehr direkt an. Nun gut, lassen Sie mich auch direkt antworten. Frau Greuer war eine erstklassige Mitarbeiterin, und wir hatten ein sehr enges, rein dienstliches Verhältnis. Woher stammt Ihre Quelle?"

"Unwichtig. Frau Greuer wurde ermordet", sagte Svenja.

Richter nickte. "Ja, vom Rosengarten-Killer. Oder wollen Sie das bestreiten?"

"Nein", schüttelte Svenja den Kopf, "keineswegs. Bei der Obduktion wurde allerdings festgestellt, dass Frau Greuer kurz vor ihrem Tod massive Verletzungen im Vaginalbereich zugefügt wurden."

"Vermutlich vom Killer", warf Richter ein.

"Ihre Vagina wurde nicht auf Spermien untersucht. Warum nicht?", fragte Svenja.

"Der Fall war klar", antwortete Richter.

"Gerade sagten Sie aber 'vermutlich vom Killer'. War der Fall nun klar oder nicht?"

Richter lehnte sich zurück. "Die Beweise waren ausreichend. Nächste Frage."

Svenjas Miene war versteinert. Richter lehnte sich vor und goss ihr ein Glas Wasser ein, während sie sich Notizen machte.

"In Ihrer Abteilung gibt es einen Maulwurf, einen Mitarbeiter der rechten Szene", stellte sie fest.

"Und das bin wohl jetzt auch ich?", fragte Richter lachend.

Sie zuckte mit den Schultern.

"Nun gut", begann er. "Spielen wir weiter, Frau Calenberg. Es gibt keine Beweise, dass dieser Maulwurf wirklich existiert, und bis ich diese nicht gesehen habe, bevorzuge ich es, meine Mitarbeiter damit zu betrauen, Leben zu retten und Morde aufzuklären."

"Auf die Gefahr hin, dass die Täter Sie ausspionieren? Da fühle ich mich als Bürgerin wirklich gut beschützt", warf Svenja   ein.

"Sarkasmus ist in einem Interview sicherlich nicht angebracht, Frau Calenberg."

Wieder stand René am Tisch. "Haben Sie gewählt?"
Richter lächelte ihn freundlich an. "Ich denke, wir belassen es heute bei ein paar Drinks, René."
Der Kellner lächelte unsicher. "Bon", sagte er schließlich und ging.
"Reicht Ihnen die Antwort?", fragte Richter schroff.
"Die Frage ist, ob sie Ihnen reicht, Herr Richter", entgegnete Svenja. "Kommen wir zum Tod des Polizeipräsidenten."
"Ich bin der Polizeipräsident", sagte Richter arrogant.
"Sie wissen, was ich meine, Herr Richter. Polizeipräsident Huber wurde ebenfalls ermordet ..."
"Ebenfalls vom Rosengarten-Killer", erklärte Richter.
"Ja?", sagte Svenja. "Ist das so? Meine Quelle gibt an, dass die Beweise unschlüssig seien, der Mord von der üblichen Vorgehensweise des Killers abweicht."
Richter schüttelte den Kopf und hob dann resignierend die Hände.
"Sie geben mir keine Chance, Frau Calenberg", sagte er.
"Sie geben mir nicht den Hauch einer Chance, mich zu erklären. Im Verlaufe des Gesprächs wird aber sehr deutlich klar, dass Sie offensichtlich mit unvollständigen Informationen gefüttert wurden. Ich mache Ihnen einen Vorschlag: Sie erhalten von mir vollständige Akteneinsicht. Dann können Sie sich selbst davon überzeugen, dass Ihre Quelle Ihnen einen Bären aufgebunden hat. Was halten Sie davon?"
Richter machte eine einladende Geste. Dabei stieß er sein Weinglas um, und der edle Tropfen ergoss sich quer über den Tisch auf Svenjas Bluse und Hose. Sie sprang

erschrocken auf, er ebenso.

"Verdammt!", rief er. "Entschuldigen Sie vielmals!" Er reichte ihr eine Serviette.

"Entschuldigen Sie mich bitte kurz", sagte sie genervt und ging in Richtung Damentoilette.

Thomas Richter warf sich in seinen Stuhl und sah der jungen Frau nach, bis sie hinter der Tür der Damentoilette verschwunden war. Er lächelte. Dann zog er eine kleine Ampulle aus der Tasche seines Jacketts. Er öffnete sie und goss die Flüssigkeit in Svenjas Wasserglas.

Laute Stimmen schallten in den Innenraum des Jeep Grand Cherokee. Die Achse des Fahrzeugs war offensichtlich gebrochen, die robuste Motorhaube zusammengequetscht wie eine Ziehharmonika. Der Airbag hatte ausgelöst.

Ben Bischoff öffnete die Augen. Er spürte, wie Blut seine Stirn und seine Wange herablief. Wärme. Er sah aus dem Fenster. Stimmen. Zwei Männer versuchten, die Tür zu öffnen, doch sie schien zu klemmen. Er sah in den Innenspiegel. Blitze. Ben sah die Blaulichter der Feuerwehr und Rettungskräfte, die den Unfallort erreichten. Wieder zuckte er zusammen. Ein Schatten. Dann auf der anderen Seite. Er schloss die Augen, fühlte in seinen Körper. Das rechte Bein kribbelte, war eingeschlafen. Er versuchte, sich zu bewegen, doch etwas hielt ihn davon ab. Direkt vor ihm wieder ein Schatten. Ein Umriss. Sein Herz raste. Dann ein seltsames Knarren. Eine Berührung.

"Mein Name ist Tobias Münch, ich bin Sanitäter, und ich werde Ihnen helfen", sagte der Mann. "Wir werden die Tür nun mit der Rettungsschere öffnen. Bitte rücken Sie,

207

soweit es geht, zur Seite."

Ben zuckte zusammen. Was war das für ein Geschöpf?
Er spürte einen Ruck. Die Tür löste sich aus der Veranke-
rung. Plötzlich zitterte er. Panik stieg in ihm auf. Er versuchte, den Anschnallgurt zu lösen, doch es gelang nicht.
Verzweifelt riss er am Gurt.

"Beruhigen Sie sich!"

Tobias Münch beugte sich in das Fahrzeug und drückte
Bens Schultern fest gegen den Sitz, bis er zur Ruhe kam.
Seine Augen waren weit aufgerissen.

"Nehmen Sie es weg! Weg!", schrie Ben.

Münch drehte sich zu seinen Kollegen. "Er muss sofort in
ein Krankenhaus!"

"Nochmals Entschuldigung, Frau Calenberg", sagte Richter und stand auf, um ihren Stuhl erneut zurückzuzie-
hen, doch sie winkte ab.

"Ich habe über Ihr Angebot nachgedacht, Herr Richter."

"Welches Angebot?", tat er überrascht.

"Ich möchte mir ein eigenes Bild von den Fällen machen.
Das gebietet mir die journalistische Sorgfaltspflicht."

Richter nickte. "Alles andere wäre ein Karrierekiller", ergänzte Richter.

An ihrem Blick erkannte er, dass er ins Schwarze getroffen hatte.

"Wann kann ich die Akten einsehen?", fragte sie.

Er überlegte kurz. "Von mir aus gleich morgen."

Svenja nickte und stand auf, doch Richter deutete ihr zu
warten.

"Frau Calenberg, wissen Sie, ich danke Ihnen dafür.
Wirklich. Ich merke, dass Ihnen an der Wahrheit gelegen

ist. Und ich denke, darauf darf doch nun wirklich noch angestoßen werden, oder?", sagte Richter. "Auf die Wahrheit?"

Er erhob sein Glas. Svenja setzte sich und griff nach dem ihren. Sie trank einen Schluck, dann wurde es dunkel um sie.

Kapitel 20

Christian Klein wälzte sich von einer Seite des Bettes zur anderen. Er war es nicht gewohnt, so viel Platz zu haben. Bislang hatten zwei Personen die 180 cm breite Matratze ausgefüllt, nun war er allein. Sie war fort, und das brachte ihn Nacht für Nacht um den Schlaf.

Um ihn herum erinnerte alles an sie. Die Kleider, die sie nicht mochte, hatte sie einfach im Schrank hängen lassen. In ihrem kleinen, weißen Nachttisch lagen noch ein paar Taschentücher und ihre Schlafbrille, über die er sich immer lustig gemacht hatte. Das Kissen roch nach ihrem Parfum. Es war schwer, sie zu vergessen.

Wieder drehte sich Klein und lag nun beinahe quer im Bett. Er richtete sich auf und sah auf die Uhr. 21:19 Uhr. Er konnte sich nicht daran erinnern, wann er zuletzt so früh im Bett gewesen war, doch ihm fehlte jeglicher Antrieb, und die Stunden vor dem Fernseher zu vertrödeln, war einfach nicht sein Ding.

Klein richtete sich in seinem Bett erneut auf und schloss die Augen. Was passierte da gerade in seinem Leben? Die Trennung von seiner Freundin hatte das gesamte Gebilde ins Wanken gebracht, seine Pläne über den Haufen geworfen. Er hatte für ein Haus gespart – das hatte sich erstmal erledigt. Er hatte über Kinder nachgedacht, doch jetzt fehlte ihm dazu die Frau. Er hatte einen klaren Karriereplan entwickelt und sukzessive verfolgt. Das Korsett, das er sich geschaffen hatte, wurde mit der Zeit immer enger, bis es ihm die Luft abschnürte und er nur noch den Drang nach Freiheit verspürte.

Die Karriere. Ein Erfolg, der eigentlich keiner war, wie er

sich bewusst zu machen versuchte. Der Beruf, dem er alles untergeordnet hatte, raubte ihm seine Zeit, minimierte die Freizeit und machte es fast unmöglich, den Kontakt zu seinen Freunden aufrechtzuerhalten. Er spürte, wie sie sich immer mehr auseinanderlebten, und längst teilten sie nicht mehr ihre verborgenen Geheimnisse miteinander, sondern lediglich Belanglosigkeiten. Wollte er das? Wohin würde ihn dieser Weg führen? Christian Klein würde ihn gehen. Seine Beurteilungen waren gut. Führungsnachwuchs wurde händeringend gesucht, die Perspektiven waren erstklassig. Und danach? Was, wenn all das irgendwann einmal endete? Wer würde sich an ihn erinnern? Gelegentliche Treffen mit ehemaligen Kollegen, eine Einladung zur Weihnachtsfeier, aber was würde bleiben? Neben all seinen Problemen war es diese Frage, die ihm das Hirn zermarterte und dieses Kribbeln im Bauch verursachte, das ihn nicht zur Ruhe kommen ließ. Er steckte in einer Sinnkrise.

Wieder sah er zur Uhr. 21:21 Uhr. Zu früh zum Schlafen. Christian Klein stand auf und ging in die kleine Einbauküche seines Zwei-Zimmer-Apartments. Er legte ein Pad in die Senseo-Maschine und brühte sich einen Kaffee. Gleich darauf bemerkte er, wie verrückt das war, wo er doch eigentlich den Schlaf suchte. Sein Blick blieb an der Pinnwand haften. Eine Mobilfunknummer sprang ihm ins Auge: Ben Bischoff. Warum er diese Telefonnummer dort aufgehängt hatte, wusste er selbst nicht mehr genau. Er hatte sich immer vorgenommen, sie in seinem Handy abzuspeichern und den Zettel zu entsorgen, doch er hing noch immer dort. Klein riss ihn ab und warf ihn in den Mülleimer unter der Spüle.

Thomas Richter genoss den kühlen Weißwein, den er sich soeben eingegossen hatte. Er setzte sich auf sein Ledersofa und schaltete den Fernseher ein. Dann löste er den Knoten seiner Krawatte und öffnete die beiden obersten Knöpfe seines Hemdes. Er liebte es, wie der Wein die Speiseröhre hinunterglitt und ein leicht brennendes Gefühl hinterließ. Was für ein Abend. Er hatte nicht erwartet, dass Svenja Calenberg so mutig, so forsch sein würde, doch insgeheim hatte er es gemocht. Es hatte ihn erregt.

Sie war keine dieser Sekretärinnen-Schlampen, mit denen er sich sonst abgab. Diese dummen Blondchen, die gar nicht bemerkten, was mit ihnen geschah, ehe es zu spät war. Richter fuhr sich zufrieden durchs Haar. Svenja Calenberg war gebildet. Sie hatte ein kriminalistisches Gespür und Kontakte, um ihn ins Wanken zu bringen. Also musste er sie beseitigen. Es war klug von ihr gewesen, einen öffentlichen Ort für das Treffen zu wählen, doch es war ziemlich dumm, ihr Getränk unbeaufsichtigt stehen zu lassen. Er hatte in aller Ruhe einen Drink anrichten können. Stilles Wasser aus Frankreich mit einem Schuss Benzodiazepine, K.O.-Tropfen. Zuerst hatte sie sich über etwas Schwindel beklagt. Dann lachte sie unkontrolliert, als sei sie betrunken. Er hatte sie gebeten, ihn nach Hause zu begleiten, und sie war ihm willenlos gefolgt. Nun lag sie da, zwei Zimmer weiter, mit Panzerband an sein Bett fixiert. Sie schlief und ahnte nicht, was bald mit ihr geschehen würde.

Er hielt kurz inne, drehte sich um und öffnete den Mülleimer. Dann holte er den zerknüllten Zettel hervor, zog
ihn glatt und heftete ihn zurück an die Pinnwand. Ben
Bischoff, dieses Arschloch, das ihn noch nie für voll genommen hatte, das mit seinen Alleingängen alles erschwerte und versaute, das völlig unzurechnungsfähig
und durchgeknallt war. Ben Bischoff, der Mensch, der
ihm im Moment näher stand als seine Freunde.
Klein griff zum Telefon und wählte die Nummer. Er
hatte Ben in einem besorgniserregenden Zustand zu
Hause abgesetzt und sein schlechtes Gewissen nagte an
ihm, wenngleich er die Entscheidung nach wie vor für
richtig hielt. Er ließ eine Minute klingeln und legte dann
auf. Ben hatte keine Mailbox, das wusste er. Ben hatte
kein Privatleben. Wo sollte er sein, wenn nicht zu Hause?
Klein ging zurück ins Schlafzimmer und zog sich schnell
eine Jeans und ein Hemd über. Dann verließ er die Wohnung. Irgendetwas trieb ihn an, nach dem Rechten zu sehen, nach Ben.

Langsam öffnete Svenja Calenberg die Augen. Ihre Stirn
juckte. Sie versuchte sich zu kratzen, doch irgendetwas
hielt ihre Hand fest, sodass sie sie nicht bewegen konnte.
Gerade eben war sie noch auf der Toilette gewesen. War
sie kollabiert? Es war dunkel. Wo war sie? Ihr Kopf –
diese Schmerzen. Sie versuchte sich aufzurichten. Unmöglich. Sie war gefesselt. Sie wollte schreien, doch das
Klebeband auf ihren Lippen verschluckte ihre Worte.

„Wie geht es ihm?"
Schichtwechsel. Die junge Krankenschwester übergab

ihrer Kollegin den Berichtsbogen. „Er ist stabil. Wir haben ihn ruhiggestellt und führen ihm über den Tropf Flüssigkeit zu. Er ist völlig dehydriert."

„Und die Tests?", fragte die andere.

„Die Ergebnisse stehen noch aus. Er hat Schwellungen am Handgelenk vom Aufschlag, aber gebrochen ist nichts. Die Bänder scheinen nur überdehnt. Der arme Mann stand völlig neben sich, als er hier ankam."

„Habt ihr die Angehörigen erreichen können?"

„Nein, in seiner Geldbörse war kein Hinweis auf einen Kontakt. Wir versuchen über die Polizei etwas herauszufinden."

"Wie ist sein Name?"

"Ben Bischoff."

0:1. Wieder eines dieser verdammten, unnötigen Freundschaftsspiele gegen vermeintlich schwache Gegner, das mächtig in die Hose geht. So würde die Mannschaft nie einen Titel gewinnen, Goldene Generation hin oder her. Thomas Richter schaltete kopfschüttelnd den Fernseher aus. Dann schenkte er sich noch einmal nach und leerte das Glas in einem Zug. Eine angenehme Schwere legte sich über seinen Körper. Gemeinsam mit der kindlichen Aufregung, die er verspürte, ein wunderbares Gefühl. Er knöpfte sein Hemd vollständig auf und legte es auf der Couch ab. Sein Oberkörper war trainiert, die Muskulatur ausgeprägt.

Er stand auf und sah sich in der Wohnung um. Dann tat er ein paar Schritte in die modern eingerichtete

Designerküche. Er öffnete eine der Schubladen und holte drei große Messer heraus. Dann lächelte er.

„Ben!", rief Klein und sah dabei an dem Mehrfamilienhaus hinauf. „Hörst du mich?"

Ein Fenster öffnete sich. „Halt die Klappe! Weißt du, wie spät es ist?"

22:12 Uhr. Christian Klein hob entschuldigend die Arme und trat erneut in den Hauseingang. Er klingelte. Wieder. So, wie er es in den letzten fünfzehn Minuten im Sekundentakt getan hatte, ohne auch nur einen Hinweis zu erhaschen, ob sich jemand in der Wohnung befand. Aber wo sonst könnte er sein? Keine Kontakte, keine Anlaufstelle. Wo sollte er also hin? Er trat zurück und rief noch einmal. Nur Sekunden später öffnete sich die Haustür und ein Mann mit einem Baseballschläger in der Hand trat hinaus.

„Jetzt pass mal auf, du Hanswurst ..."

„Polizei!", rief er hektisch und kramte seinen Ausweis aus der Tasche.

Der Mann ließ den Schläger sinken und betrachtete das Stück Plastik in der ausgestreckten Hand.

„Was willst du? Willst du rein? Dann sag das doch einfach!", sagte er schließlich.

Klein nickte und schob sich an dem Mann vorbei in den Hausflur.

„Was ist denn passiert?", hakte der Mann nach .

„Hast du irgendwas mitbekommen? Von der Wohnung im Dachgeschoss?"

„Ach, von dem Irren", lachte der Mann. „Nee. Hat er was angestellt?"

Klein schüttelte den Kopf. „Ich muss ihn sprechen, aber er öffnet nicht", sagte er und ging zügig die Treppe hinauf.

„Aber jetzt mal leise! Ich muss morgen arbeiten!" Klein nickte. Dann klingelte sein Handy.

Panik stieg in ihr auf. Sie zerrte an ihren Armen und Beinen, doch schnell bemerkte sie, dass der Kampf vergeblich war. Sie war bewegungsunfähig, gefesselt. Wo war sie? Was war passiert? So sehr sie sich auch bemühte, konnte sie sich nicht erinnern. Plötzlich ein Licht. Zu ihrer Rechten öffnete sich eine Tür. Sie erkannte einen Umriss, einen Schatten. Dann spürte sie einen Luftzug über ihren Körper gleiten. Wieder Panik. Sie war nackt.

Hier ist der überarbeitete Text mit korrekter Rechtschreibung und Grammatik, ohne Namen einzusetzen oder zu ersetzen:

Klein lief durch die sich langsam öffnende Schiebetür. "Ich wusste nicht, wen ich sonst anrufen sollte", hatte der Kollege am Telefon zu ihm gesagt. "Ihre Vorgesetzte konnte ich nicht erreichen, und da dachte ich, ich versuche es bei Ihnen. Es geht um Ihren Partner. Das Krankenhaus hat gerade hier angerufen, um seine Angehörigen ausfindig zu machen. Er hatte einen Unfall."
Er war sofort ins Auto gestiegen und losgefahren. Nähere Informationen hatte er nicht, und es graute ihm vor dem, was ihn erwartete. Die Dame am Empfang hatte ihm die Stationsnummer gesagt. Der lange, karge Gang wirkte verlassen. Am Ende sah er eine junge Krankenschwester, die ein Tablett mit Teetassen in die Küche

trug.

"Ben Bischoff. Wo finde ich ihn?", rief er ihr zu.

Atemlos kam er vor der Frau zum Stehen.

"Um diese Zeit nirgendwo. Kommen Sie morgen wieder", antwortete sie schroff.

Schweiß lief ihm über die Wange. "Polizei. Bringen Sie mich zu ihm."

Die Krankenschwester verzog den Mundwinkel und wies auf eine der Zimmertüren. Klein öffnete sie.

"Ich will den behandelnden Arzt sprechen. Jetzt!"

„Ruhig", flüsterte eine Stimme.

Sie konnte den feuchten Atem spüren und dann die Zunge in ihrem Ohr. Sie wollte schreien, doch sie konnte nicht.

"Es bringt doch nichts", sagte er leise. "Ist es in Ordnung, wenn wir das 'Sie' einfach beiseitelassen?"

Ein grelles Licht. Svenja kniff die Augen zusammen, ehe ihr Blick wieder klarer wurde. Nun erkannte sie ihn deutlich. Im kargen Licht der Nachttischlampe ging er auf und ab wie ein wildes Tier, das seine Beute belauerte. Er schien nervös, aufgeregt.

"Ich habe lange überlegt, wie ich mit dir umgehe, weißt du das?", sagte er. "Ich war wirklich einen Moment lang unsicher. Zuerst dachte ich, ich würde mir einfach deine Vorwürfe anhören und sie dann irgendwie widerlegen. Du kannst dir denken, dass ich die Mittel dazu habe, oder?"

Sie starrte ihn mit aufgerissenen Augen an. Angst. "Aber irgendwie hatte ich das Gefühl, dass das nicht reichen würde. Und warum?", fragte er und hielt inne.

217

Ein harter Schlag mit dem Handrücken traf ihr Gesicht. Sie war benommen.

"Antworte!", schrie er. "Warum?"

Er ging zur Tür, dann zurück zu ihr. Sanft strich er ihr Haar aus dem Gesicht, ehe seine Hand ihre Brüste streichelte.

"Entschuldige", lachte er. "Du kannst ja gar nicht reden." Mit einem Ruck zog er ihr das Klebeband vom Mund.

"Hilfe!", schrie sie so laut sie konnte. "Hilfe!" Thomas Richter setzte sich auf einen Stuhl in der Ecke des Zimmers und beobachtete sie.

Sein Gesicht war blass. Ein Tropf beförderte eine durchsichtige Flüssigkeit in seine Adern, als sich die Tür zu seinem Zimmer öffnete.

"Hochstätter. Ich bin der behandelnde Arzt", sagte der Mann in dem weißen Kittel und streckte Klein die Hand entgegen.

"Klein. Kriminalpolizei", sagte er und zeigte seinen Ausweis erneut. "Wie steht es um ihn?"

Der Arzt tätigte ein paar Eingaben auf dem Tablet, das er in der Hand hielt, und verzog den Mundwinkel. "Auch wenn es wie eine Floskel klingt: Den Umständen entsprechend gut."

"Was ist passiert?", hakte Klein nach.

"Er hatte einen Autounfall. Sein Wagen dürfte einen Totalschaden davongetragen haben. Das vermute ich zumindest, wenn ich mir ausmale, welche Wucht die Aufschläge gehabt haben müssen, die sein Körper hingenommen hat."

Der Blick war besorgt. "Welche Verletzungen hat er

denn?"

"Überraschenderweise ist nichts gebrochen. Er hat ein paar Prellungen und Verstauchungen, aber nichts, was nicht in den kommenden Wochen verheilen würde. Während des Entzugs wird er dazu ausreichend Zeit haben", erklärte der Arzt.

"Entzug?", fragte Klein irritiert.

Der Arzt sah ihn überrascht an. "Entschuldigen Sie, ich dachte, Sie wären informiert. Für den Unfall verantwortlich war eine Überreaktion auf gewisse Substanzen."

"Ich verstehe Sie nicht." Ungeduld machte sich breit.

"Wir haben Rückstände einer illegalen Substanz in seinem Blut gefunden. Er hat eine Überdosis eingenommen."

Ihre Stimme wurde heiser, bis ihre Tränen sie schließlich erstickten. Er saß noch immer in seinem Stuhl und massierte sich.

„Habe ich erwähnt, dass dieses Haus wirklich gut isoliert ist?", sagte er.

Er stand auf und setzte sich zu ihr auf die Bettkante. Sie nahm etwas Glitzerndes wahr. Ein Messer. Sie atmete schnell.

„Ich war übrigens noch nicht fertig mit meinen Ausführungen", erklärte er und führte ihr langsam die Klinge an die Kehle.

Klein durchwühlte Bens Taschen. Keine Drogen, doch es ergab Sinn. Er zog das Handy hervor.

„Was bewirken die Drogen?", fragte er den Arzt, obwohl ihm die Antwort bekannt war.

„Halluzinationen, Aggressionen, Stimmungsschwankungen, bis hin zu körperlichen Symptomen wie Übelkeit, Erbrechen oder Kreislaufkollaps."

„Passt", stimmte er zu. „Wo wollte er hin?", murmelte er.

„Das weiß ich nicht", antwortete der Arzt.

Klein sah auf. „Entschuldigung. Die Frage war eher an mich gerichtet. Ich frage mich, wo er um diese Zeit noch hinwollte."

Er aktivierte das Telefon. Eine SMS. Er öffnete sie. „Scheiße!", rief er und stürmte an dem Arzt vorbei aus dem Zimmer.

Die Klinge wanderte das Brustbein herunter und umkreiste die Brustwarzen. Sie kniff die Augen zusammen. Sie wollte, dass es endet.

„Eine Sache hat mich rasend gemacht", sagte Richter und sie konnte die Wut in seiner Stimme hören. „Warum hast du dich an meine Sekretärin gewandt? Was sollte das?"

„Es tut mir leid", stammelte sie.

Er drückte die Klinge in ihre Haut, bis Blut hervortrat. Sie schrie auf.

„Damit hast du der Sache eine neue Dimension gegeben", sagte er nun sanft. „Aber lass uns das Gute an der ganzen Sache sehen."

„Was?", fragte Svenja leise.

„Hättest du es nicht getan, wärst du wahrscheinlich heute nicht hier."

Unter dem Hupen der Autos rannte er über die Straße und stieß die Tür des Restaurants auf. Ein kleiner Mann kam mit breitem Grinsen auf ihn zu.

„Guten Abend, der Herr!"

Er musste sich sammeln. „Danke, dass du da bist. Falls du mich doch verloren hast. Ich bin hier." Das stand in der SMS, die er vor ein paar Minuten gelesen hatte. Ben hatte es verbockt. Wieder war er auf eigene Faust vorgegangen und hatte seinen Plan erbarmungslos durchgezogen. Und nun ging es um Leben und Tod.

„Thomas Richter. War er hier?", fragte er hastig.

René zwinkerte ihm zu. „Sind Sie ein Freund? Wir sind sehr diskret, wissen Sie?"

Klein packte ihn am Kragen und drückte ihn gegen die Wand. „Ich bin von der Polizei und wenn Sie mir nicht antworten, wird heute eine junge Frau ermordet werden", sagte er mit bebender Stimme. „Also, war er hier?"

René sammelte sich und richtete seine Krawatte, als der Griff gelockert wurde. „Ja, er war hier."

„Alleine?", fragte Klein.

„In Begleitung einer jungen Dame, sehr hübsch ..."

Klein schlug beinahe panisch gegen die Wand. „Wann sind sie gegangen?"

„Gegen acht. Sie waren nicht lange hier."

Wieder ein Schlag gegen die Wand. „Scheiße!", murmelte er verzweifelt zu sich selbst. „Wo hat er sie hingebracht?"

„Ich weiß, wo er hinwollte", sagte René vorsichtig.

Eine blutige Spur zog sich über ihren Bauch hinab und erreichte den Bauchnabel.

„Du weißt, dass ich dich töten muss, oder?", sagte Richter melancholisch. Svenja sagte nichts.

„Aber vorher werden wir noch etwas Spaß miteinander

haben."

„Darf ich Sie noch etwas fragen?", fragte sie nun sanft.
Er sah sie erstaunt an. „Natürlich."

„Was ist dran an den Vorwürfen? Wenn ich ohnehin sterben muss, möchte ich die Antworten kennen, für die ich
all das hier erleiden muss."

Er dachte nach. „Also gut", sagte er schließlich. „Was ich
mit den Sekretärinnen gemacht habe, wirst du dir denken können." Er lachte und berührte unsanft ihre
Scheide. Sie zuckte zusammen. „Und die Sache mit dem
anderen Fall, mit Huber ... ist auch wahr."

Langsam führte er seinen Finger weiter. Sie zuckte erneut zusammen.

„Er hatte es auf mich abgesehen", sagte er entschuldigend. „Er wollte meine Karriere zerstören. Ich konnte
nicht anders."

„Wie haben Sie es gemacht?", fragte sie zitternd.

Er zuckte mit der Schulter. „Ich habe einfach ein paar Beweise aus der Asserkammer am Tatort verstreut.
Das reichte aus, um den Verdacht umzulenken und möglichst wenige Fragen aufkommen zu lassen."

Sie nickte. „Und wie wollen Sie erklären, dass in Ihrer
Wohnung eine Leiche gefunden wird? Meine?"

Er stand auf und zog am Bettlaken. „Kunststoff", erklärte
er. „Es werden keine Blutreste bleiben, und außerdem
wird hier ohnehin niemand suchen."

„Es gibt Zeugen, die uns gesehen haben", warf sie ein.
Er lachte. „Dein Problem ist, dass du von den K.O.-Trop-
fen eine mächtige Gedächtnislücke hast", sagte er. „Man
hat dich gemeinsam in ein Taxi gesetzt und in ein Hotel

fahren lassen. Das werden sowohl der Zeuge als auch der Taxifahrer bezeugen. Erst dort habe ich dich wieder abgeholt und dafür gibt es keine Zeugen."

Drei Streifenwagen erreichten mit Blaulicht und Martinshorn das Hotel. Klein kam zeitgleich an, sprang aus dem Wagen und stürmte in die Lobby. Plötzlich blieb er stehen und sah sich um.

"Das passt nicht", flüsterte er, dann rief er es laut aus: "Es passt nicht! Das ist nicht ihre verdammte Preisklasse!"

Panisch lief er zur Rezeption.

"Svenja Calenberg! Ist sie Gast bei Ihnen?"

Der Rezeptionist sah ihn unsicher an und tippte die Daten in den Computer.

„Machen Sie schneller, Mann!", schrie Klein, während er sich immer wieder mit der Hand durchs Gesicht fuhr.

Der Mann schüttelte den Kopf. "Nein, tut mir leid."

"Seit wann haben Sie heute Dienst?", fragte Klein scharf.

"Seit acht."

Klein öffnete auf seinem Smartphone eine Nachrichtenseite und zeigte ein Foto.

„Diese Frau – haben Sie sie hier gesehen?"

Der Mann betrachtete das Foto und schüttelte erneut den Kopf. „Nein, bedaure."

Klein drehte sich um und warf sein Telefon mit voller Wucht gegen die Wand. „Scheiße! Verdammte Scheiße, Bischoff!"

Er griff nach einer Rolle Panzerband, um ihr den Mund zu verschließen.

"Du Mistkerl!", fauchte Svenja.

Thomas Richter lächelte sie an und legte das Band zur Seite.

"Jetzt wird es doch interessant. Darauf stehe ich", sagte er und öffnete den Knopf seiner Hose.

"Du bist ein mieser Vergewaltiger und Mörder." Er atmete tief ein und schlug zu. Sie schloss die Augen und ließ die Schläge über sich ergehen. Er legte sich über sie und leckte mit der Zunge die Tränen von ihrer Wange. Dann stoppte er. Sie begann laut zu lachen.

„Du Versager! Du kriegst keinen hoch!"

Sie lachte lauter. "Vielleicht wäre dir ein kleiner Junge lieber, anstatt mir!"

Dann spuckte sie ihm ins Gesicht. Richter fuhr zurück und entfernte sich einige Schritte vom Bett. Er nahm einen Gegenstand vom Regal an der Wand.

„Miststück", flüsterte er.

Als er näherkam, erkannte sie das große Messer. Er warf sich auf sie. Er drückte ihr mit der linken Hand die Kehle zu, sodass sie nach Luft rang, doch ihre Augen hafteten an der blitzenden Klinge. Er holte mit der anderen Hand aus. Das Messer sauste auf ihren Brustkorb zu. Plötzlich ein Knall.

Er starrte ihr in die Augen. Stille. Eine Sekunde kam ihr vor wie eine Ewigkeit. Gespenstisch. Dann sackte er leblos zusammen.

Sie schrie um Hilfe, in Panik, als plötzlich eine knochige Hand sanft über ihr Haar strich. Sie weinte. Der Arm – sie konnte den Arm bewegen. Die Beine waren frei. Sie rollte sich zusammen. Sie zitterte. Die Hand rieb ihr wärmend über den Rücken.

„Sie sind in Sicherheit", sagte Magdalena Czarnecka mit beruhigender Stimme. „Ihnen wird nichts geschehen."

Kapitel 21

Magdalena Czarnecka schloss die Tür und schob sich an ihren Kollegen vorbei in den viel zu vollen Besprechungsraum des Polizeipräsidiums. Aus dem anfänglichen Gemurmel war schlagartig Stille geworden, als sie den Raum betreten hatte. Ihr Blick war streng, ihre Augen waren klein. Die Nacht war kurz gewesen.

"Guten Morgen", sagte sie mit belegter Stimme.

Magdalena drehte sich zur Wand und befestigte mit einem Magneten ein paar Fotos an der Tafel.

"Sie alle sind sicherlich daran interessiert zu erfahren, was vergangene Nacht geschehen ist, und Sie haben natürlich auch das Recht dazu. Wie ich mitbekommen habe, brodelt bereits die Gerüchteküche. Da es durchaus sein kann, dass der eine oder andere von Ihnen von der Presse angesprochen wird, möchte ich Ihnen so schnell wie möglich alle Informationen weitergeben. Entschuldigen Sie daher bitte den frühen Überfall direkt zu Dienstbeginn."

Magdalena sah in die Runde. Christian Klein lehnte an der Heizung und blickte teilnahmslos hinaus.

"Diese Besprechung findet in allen Einheiten zeitgleich statt. Gehen Sie daher bitte davon aus, dass alle Kollegen im Hause über dieselben Informationen verfügen wie Sie. Dass nichts nach außen dringt und Sie Anfragen der Presse bitte an unseren Pressesprecher verweisen, versteht sich sicherlich von selbst", sagte Magdalena.

"Polizeipräsident Thomas Richter betrat gestern Abend das Restaurant Petit Paris. Dort traf er sich mit einer Journalistin, Frau Svenja Calenberg. Nach kurzer Zeit verließen beide das Restaurant. Der Kellner sagte aus, dass man sie in ein Taxi zu ihrem Hotel setzte. Sie kam auch in einem Hotel an, in dem sie jedoch kein Zimmer gebucht hatte. Wie sich nach einem ersten Schnelltest herausstellte, wurde Frau Calenberg mit einer Art K.-o.-Tropfen gefügig gemacht, die ihr Richter offensichtlich ins Glas gekippt hat."

Zwei Männer flüsterten miteinander.

"Haben die Herren etwas hinzuzufügen?", fragte Magdalena.

Einer der beiden räusperte sich.

"Sprechen wir von Beweisen oder Vermutungen?" Magdalena deutete auf die Fotos an der Tafel.

"Auf diesen Fotos sehen Sie Frau Calenberg. Richter hat sie offensichtlich vor dem Hotel wieder in seinen Wagen gezogen und zu sich nach Hause gebracht. Sie sehen auf diesem Bild Schnittwunden von der Kehle bis zum Intimbereich. Die Färbung der Handgelenke resultiert aus einer stundenlangen Fixierung mit Panzerband. Gleiches gilt für die Fußgelenke."

Sie trat ein Stück in den Raum.

"Als ich die Wohnung betrat, lag Thomas Richter mit nacktem Oberkörper und geöffneter Hose auf dem Opfer. Als ihn meine Kugel traf, hatte er ein Messer in der Hand und setzte an, es Frau Calenberg ins Herz zu stechen. Wie viel sind diese Beweise für Sie wert?" Sie starrte den Mann, der die Frage gestellt hatte, an und wartete auf eine Reaktion. Als er betroffen zu Boden sah, nickte sie zufrieden.

"Herrn Richter wird zudem Vergewaltigung in

mindestens zwei weiteren Fällen zur Last gelegt. Der Mord an Polizeipräsident Huber wird neu aufgerollt. Eine Verbindung zu Richter kann im Moment nicht ausgeschlossen werden. Alles Weitere werden die Ermittlungen zeigen."

Klein sah noch immer aus dem Fenster. Magdalena setzte sich auf einen der Tische.

"Es wurde natürlich noch keine Entscheidung darüber getroffen, wie es konkret weitergeht und wer die Leitung der Behörde übernehmen wird. Bis dahin sind alle Abteilungen angehalten, autonom zu operieren. Es wird einen täglichen Austausch zwischen den Leitern geben, um das Führungsvakuum zu schließen."

Wieder sah sie in die Runde.

"Wenn keine Fragen mehr sind, sollte das fürs Erste reichen. Ich werde Sie informieren, wenn wir mehr wissen. Mir ist bewusst, dass die Situation auch für Sie nicht einfach ist, aber ich bitte Sie einfach, mir zu vertrauen und nach besten Möglichkeiten Ihre Arbeit auszuführen. Sie alle machen großartige Arbeit, und ich darf Ihnen, auch im Namen des Innenministers, dafür einen großen Dank aussprechen."

Sie klatschte in die Hände.

"Also, lassen Sie uns an die Arbeit gehen, die Köpfe freibekommen."

Die Polizisten standen auf und verließen langsam, ohne große Worte, den Raum. Magdalena nahm die Bilder von der Tafel und atmete tief durch. Als sie sich umdrehte und auf die leeren Stühle sah, bemerkte sie Christian Klein, der noch immer am Fenster stand.

"Sie sehen müde aus, Herr Klein", sagte sie ehrlich besorgt.

Er wandte den Blick vom Fenster ab und sah ihr in die Augen.

"Woher wussten Sie es?"

"Ein Gefühl", antwortete sie.

"Ein Gefühl, also…" Klein schien mit der Antwort unzufrieden. "Wissen Sie, als ich hier anfing, mit der Ausbildung und auch noch im Kommissariat, da glaubte ich ehrlich daran, in einem tollen Land zu leben, in einem Rechtsstaat. Aber was ich hier erlebe…"

Er zögerte. "Früher war es einfach. Wir waren gut, und wer böse war, stand auch relativ schnell fest. Was aber, wenn ich nicht mehr unterscheiden kann, wer gut und wer böse ist? Was, wenn ich nicht erkenne, wenn ich betrogen und hintergangen werde?"

"Haben Sie es denn wirklich nicht erkannt?", warf Magdalena ein. "Waren Sie etwa nicht eingeweiht in Bischoffs Plan, Frau Calenberg als Lockvogel zu missbrauchen? War Ihnen nicht klar, dass Richter nicht zu den Guten gehörte?"

Einen kurzen Moment schwiegen beide, dann stand Klein auf und ging zur Tafel.

"Doch, das wusste ich. Aber warum hat er es getan? Weil der Rechtsstaat nicht mehr funktionierte, weil es keine Möglichkeit gab, Richter mit normaler Polizeiarbeit zur Strecke zu bringen. Es war richtig, diesen Weg zu gehen."

"Warum hat es dann so geendet?", fragte sie. "Sie brauchen mir darauf nicht zu antworten, denn eigentlich kennen wir beide die Antwort doch. Es war nicht Ihre

Schuld. Sie haben alles getan."

"Wie geht es mit ihm weiter?", fragte Klein schließlich. "Bischoff?"

Er erkannte ihre Zerrissenheit.

"Ben Bischoff ist auch ein Opfer dieses Systems. Er hat es verdient, jeden Rückhalt zu bekommen, den man sich vorstellen kann, damit er psychisch und physisch wieder gesund wird. Aber er hat sicher andere Probleme als den Polizeidienst."

"Sie meinen die Drogen?", hakte Klein nach.

"Ihr Kollege hat mehr als einmal Glück gehabt, dass sein – und darüber dürften wir uns einig sein – Fehlverhalten nicht geahndet wurde und er immer gedeckt wurde."

"Sie liefern ihn ans Messer?" Klein wurde lauter.

"Haben wir nicht gerade noch über Recht und Unrecht gesprochen?", sagte sie ruhig. "Es wird kein Verfahren gegen ihn geben, aber im Polizeidienst ist er nicht mehr tragbar. Er wird suspendiert werden."

Klein nickte und seltsamerweise fühlte er sich ein Stück weit erleichtert.

"Und Sie? Wie stehen Sie zum Rechtsstaat?", fragte er provokant.

Magdalena sah zu Boden.

"Ich verteidige ihn mit allem, was ich habe."

Klein ging auf sie zu, bis sie nah beieinanderstanden, und sah ihr tief in die Augen.

"Woher wussten Sie es?", fragte er erneut.

Wieder spürte sie diese innere Zerrissenheit. Unruhig wich sie zurück. Schließlich drehte sie sich um und ging zur Tür des Besprechungsraums. Sie schloss sie und wies

Klein an, auf einem der Stühle Platz zu nehmen.

"Ich vertraue Ihnen, Herr Klein", begann sie. "Und ich will mit offenen Karten spielen."

Er sah sie erwartungsvoll an, ohne etwas zu sagen.

"Im vergangenen Jahr stellten wir Unregelmäßigkeiten in dieser Abteilung fest."

"Wer ist 'wir'?", unterbrach Klein, doch sie redete unbeeindruckt weiter.

"Uns ist nicht verborgen geblieben, dass offensichtlich Interna an die rechte Szene weitergereicht wurden. Es ging nicht nur um die Informationen in Bezug auf den Rosengarten-Killer. Die Sache erstreckte sich auf viele Bereiche, speziell den Drogenhandel. War eine Razzia anberaumt, fanden wir gesäuberte Räume vor. Planten wir Festnahmen, waren die Vögel längst ausgeflogen, als wir dort ankamen."

"Ich verstehe nicht…"

"Sie werden verstehen", entgegnete sie. "Als im vergangenen Jahr Herr Huber ermordet wurde und Thomas Richter seinen Posten einnahm, sahen wir die Möglichkeit, einen Ermittler zu installieren. Mich."

Klein öffnete unweigerlich den Mund vor Überraschung.

"Anhand der Personalakten und Funktionsprofile konnten wir den Kreis der Verdächtigen stark einschränken. Ganz oben auf der Liste: Thomas Richter."

"Wer ist 'wir'?", fragte Klein erneut.

"Und tatsächlich war es gestern Abend ein Gefühl, dass Richter der Maulwurf ist und sich etwas tun würde. Nur was – das war mir natürlich nicht klar. Ich habe ihn gestern Abend also beobachtet."

Klein wurde lauter.

"Wer ist 'wir', Frau Czarnecka?"

Magdalena sah ihn nun direkt mit stechenden Augen an.

"Mein Name ist nicht Czarnecka, und ich arbeite für den Verfassungsschutz."

Das kalte Wasser tat gut auf seiner Haut. Trotz der Müdigkeit hatte er das Gefühl, sein Gesicht würde glühen, würde explodieren. Christian Klein wusste nicht mehr, woran er glauben sollte. In der letzten Nacht hatte er gekämpft. Es war ein Kampf um Leben und Tod – nicht um sein eigenes, sondern um das von Svenja Calenberg. Christian Klein war überzeugt gewesen, dass er ihn verloren hatte, bis er den Anruf von Magdalena erhalten hatte.

Die Information hatte er zur Kenntnis genommen. Regungslos. Wortkarg. Erst, als er den Hörer aufgelegt hatte, brach es aus ihm heraus. Die Anspannung fiel von ihm ab, ein Gefühl der Erleichterung, das nur allzu schnell von der Erkenntnis verdrängt wurde, dass er versagt hatte.

Wieder kippte er sich einen Schwall kühles Wasser ins Gesicht. Hinter ihm öffnete sich die Tür. Er sah auf und erkannte Magdalena Czarnecka, die im Eingang der Herrentoilette stand und ihn besorgt ansah.

"Geht es Ihnen gut, Herr Klein?"

"Natürlich", sagte er und schüttelte dabei den Kopf. Sie kam hinein und lehnte sich neben ihn an das Waschbecken.

"Wie geht es Sonja Fischer?", fragte er schließlich. Magdalena verzog die Mundwinkel.

"Nicht gut. Ich habe sie heute Morgen im Büro abgefangen. Unser Gespräch war sehr vertraulich, deshalb kann ich Ihnen nicht viel dazu sagen. Ich habe sie bis auf Weiteres vom Dienst freigestellt. Sie braucht Zeit."

Klein nickte verständnisvoll.

"Wird sie aussagen?"

"Ja, das wird sie", antwortete Magdalena.

"Das ist gut", bestätigte Klein.

Beide standen nun vor dem großen Spiegel der Herrentoilette und betrachteten ihre müden Gesichter.

"Ich kann das nicht mehr", platzte es aus Klein heraus.

Magdalena sah zu Boden.

"Ich halte das alles nicht mehr aus. Diese Lügen, die Intrigen. Ich muss einfach mal raus, mich sammeln."

"Herr Klein, ich verstehe das vollkommen. Nicht nur das, ich sehe es Ihnen auch an. Und glauben Sie mir, nur zu gerne würde ich Ihnen sagen, dass auch Sie sich ein wenig Zeit nehmen sollen, aber das kann ich nicht", erklärte sie betroffen. "Wir haben wichtige Fälle, die aufgeklärt werden müssen, und dazu brauche ich Sie, Klein."

"Wie lange soll das noch gut gehen?", fragte er enttäuscht.

"Ich bitte Sie noch um ein letztes Stück Kraft, Herr Klein. Helfen Sie mir zu klären, was es mit den Leichenteilen im Rhein auf sich hat. Dann sprechen wir über alles Weitere, und wir werden eine Lösung finden. Das verspreche ich Ihnen."

Klein nickte und rang sich ein leichtes Lächeln ab. Sie streichelte ihm über den Unterarm und ging. Er trocknete sich das Gesicht ab und folgte ihr.

Kapitel 22

Sie legte den Hörer auf und atmete schnell. Alles um sich herum sah sie wie durch einen Nebel, einen Dunst, der sich vom Boden erhob und sich nach und nach im ganzen Zimmer ausbreitete.

"Julia! Ich habe Durst!", rief Max, der aus dem Garten in die Küche gelaufen kam, fordernd.

"Ich wusste nicht, wen ich anrufen sollte, Frau Bischoff-Vorthmann", hatte Christian Klein gesagt. "Ich habe keinen Hinweis gefunden, dass Ben noch irgendwelche anderen Angehörigen hat."

"Nein, es war richtig, mich anzurufen. Danke", hatte sie ihm geantwortet.

Dann zog der Dunst auf.

"Julia!", forderte Max nun harsch, doch sie nahm ihn und seine Worte nur am Rande wahr.

Ben im Krankenhaus, nach einem Autounfall, wegen einer Überdosis.

"J-U-L-I-A!", buchstabierte Max.

Sie lächelte gequält, nahm ein Glas aus dem Schrank, füllte es mit Wasser und reichte es dem Jungen. Er trank hastig.

Eine Überdosis. Schloss sich damit ein Kreis? Immer wieder hatte er sie angerufen und ihr waghalsige Theorien aufgetischt, die Vergangenheit immer wieder hervorgekramt und in tiefen, alten Wunden gebohrt. Für sie war nur eines wichtig: Anja war tot. Ihre Tochter lebte nicht mehr, und es war Zeit, dieses Kapitel ihres Lebens zu verarbeiten – denn abschließen würde sie es niemals. Sie war schon einmal an diesem Punkt gewesen, im vergangenen Winter. Fred und sie lebten in einer zufriedenen Beziehung. Sie stürzte sich in ihre Arbeit und versuchte sich einzureden, dass das, was sie tat, einen Sinn und irgendeinen Wert für die Gesellschaft mit sich brachte. Immerhin sicherte sie den Wohlstand der Menschen – oder einen Teil – oder ein wenig – oder vielleicht auch nicht?

Dann brach es plötzlich über sie herein, als er vor ihrer Tür stand – mitten in der Nacht – und ihr erklärte, dass der Mörder ihrer Tochter wieder zugeschlagen hätte. Stand er schon damals unter Drogeneinfluss? Er war nicht zurechnungsfähig, und doch wusste sie, dass er ihr nichts tun würde. Und auch, wenn sie ihn damals verteufelt hatte und ihm nicht glauben konnte, was er ihr sagte, Ben Bischoff hatte Recht behalten – und die alten Wunden waren wieder da, die Narben gebrochen. Und jetzt? War die Situation nicht ähnlich?

"Wie sieht's aus?"

"Keine Veränderung. Alle Werte sind nach wie vor stabil", antwortete der junge Arzt.

"Dann sollten wir ihn langsam zurückholen."

Der Oberarzt betrachtete die Patientenakte, die ihm zuvor auf sein Tablet gespielt worden war.

"Reduzieren Sie die Dosis um ein Drittel. Ich will erstmal sehen, wie er darauf reagiert. Wenn alles unauffällig bleibt, reduzieren wir sukzessive weiter. Dann ist er heute Nachmittag wieder da."

Der Assistenzarzt drehte an den Einstellungen des Tropfs und ging.

Einblick in ihre Akten wollte er haben, und sie hatte es ihm verwehrt. Er war besessen. Besessen davon, dass etwas Großes im Gange war, das er noch nicht durchschaute. Sie hatte abgelehnt. Natürlich war sie hochqualifiziert und durchaus in der Lage, den Entscheidern bei den Banken gehörig auf die Füße zu treten, doch wenn man all dies außer Acht ließ, war sie auch nur eine Beamtin mit mittlerem Einkommen, die weit davon entfernt war, die Finanzwelt zu revolutionieren.

"Warum kriege ich nur Wasser?", quengelte Max.

Julia schüttelte sich. "Entschuldige, was?"

"Ich kriege doch sonst immer Apfelsaft! Warum gibst du mir nur Wasser?"

Ina Götte. Der Name schoss ihr immer wieder durch den Kopf und wirbelte dabei ihren Magen durcheinander. Wenn an alledem nichts dran war, warum musste ihre Kollegin dann sterben? Warum wurde sie vom gleichen Mörder getötet wie einst ihre Tochter? Ein Zufall?

"Was ist passiert?", rief der Oberarzt, als er durch die offene Tür ins Zimmer lief.

"Die Vitalwerte ließen plötzlich nach!", erklärte der junge Assistenzarzt, der die völlig aufgelöste Krankenschwester zur Seite geschoben hatte und die Einstellungen der Geräte überprüfte. Plötzlich ertönte ein langer Pfeifton. Der Oberarzt trat ans Bett des Patienten und riss ihm die Schläuche aus der Nase.

"Reanimieren!", wies er an.

Der Kollege begann sofort mit einer Herzmassage.

Julia sah sich noch einmal um, bevor sie ins Auto einstieg und die Tür schloss. Der Hund war noch immer nicht aufgetaucht.

"Wohin fahren wir?", fragte Max.

"Ich bringe dich zu Leonie", antwortete sie. "Ist das okay?"

"Ja!", rief Max enthusiastisch. "Da können wir spielen!"

Julia lachte gequält.

"Ich setze dich nur dort ab, ja?"

Max sah sie fragend an. "Und was machst du?"

"Ich habe noch einen Termin in der Stadt. Heute Abend hole ich dich wieder."

Wie damals. Die gleichen Gespräche hatte sie mit ihrer Tochter geführt. Sie hatte das Muttersein geliebt. Im Nachhinein war ihr bewusst, dass sie vieles hätte anders machen können – vielleicht sogar müssen. Hatte sie Anja wirklich alles gegeben? Oder hätte sie ihr mehr Liebe schenken können? Diese Frage hatte sie gequält, aus dem Schlaf gerissen und verfolgt, bis sie mit sich im Reinen war. Es war nicht ihre Liebe, die Anja gefehlt hatte. Es war ihre Zeit.

Sie hatte sich darauf eingelassen, auf die Mär der Vereinbarkeit von Familie und Beruf, mit der immer wieder auf den Wahlplakaten geworben wurde. *Du kannst alles haben* war die Botschaft. Karriere, Familie, Freizeit – alles kein Problem. Die Realität war eine andere.

Mit dem Acht-Stunden-Job war es nicht getan. Immer wieder musste sie Überstunden machen. Gleitzeit, freie Zeiteinteilung? Kaum möglich. Und Anja? Sie schlief meist, wenn Julia nach Hause kam, wurde von

Tagesmüttern oder den Großeltern betreut, und manchmal hatte Julia das Gefühl, sich zu entfremden.

Dann waren da wieder diese Momente – die Zweisamkeit an den Wochenenden und die Urlaube, in denen sie zueinander fanden. An der Liebe fehlte es nicht.

"Wann holst du mich ab?", unterbrach Max ihren Gedanken.

Julia sah in den Rückspiegel und lächelte ihn mühsam an.

"Noch vor dem Abendessen. Versprochen."

Sie hoffte nur, dass Anja es gespürt hatte – ihre Liebe.

Das Telefon klingelte. Der Blick der jungen Frau war starr auf den Monitor vor ihr gerichtet. Sie scrollte das Bild ein wenig nach unten und bestätigte die Speicherung der Datei, bevor sie den Hörer abnahm.

Die Stimme am anderen Ende der Leitung war klar und eindringlich. Die Frau nickte kurz und rieb sich die Schläfe, während sie nach und nach realisierte, dass die Dateien auf ihrem Monitor zur Nebensache wurden – denn es sah nicht gut aus.

Sie legte den Hörer auf und lehnte sich in ihrem Stuhl zurück. Abwesend sah sie in den Raum und auf den leeren Schreibtisch ihr gegenüber. Dann öffnete sie die Schublade ihres Schreibtisches und nahm die Schlüssel ihres neuen Opel Astra G heraus. Mit der anderen Hand wählte sie die Nummer ihres Mannes. Keine Verbindung.

Eilig nahm sie ihre Jacke und verließ das Büro. Der Schock saß ihr in den Gliedern.

Julia ging durch das Eingangsportal des Krankenhauses und stoppte am Empfang. Ein junger Mann saß hinter dem hohen Tresen und füllte ein paar Formulare aus. "Ja, bitte?", fragte er, als er sie bemerkte.

Julia sah sich um. Es hatte sich nur wenig verändert. Es war grüner. Pflanzen standen in allen Ecken und markierten den traurigen Versuch, die Räume ansprechender zu gestalten. Damals war alles kahl, dafür aber frisch renoviert.

"Ben?", hatte sie gesagt. "Ich glaube, meine Fruchtblase ist geplatzt.   "

Es war fünf Uhr morgens, und er lag noch schlaftrunken in ihrem Ehebett. Doch mit einem Mal war er hellwach. "Was?", sagte er nur, sprang auf und öffnete seinen Schrank, wo er sich für diesen Moment seine Kleidung bereitgelegt hatte. Innerhalb von fünf Minuten war er angezogen, und sie und ihre Taschen waren im Auto auf dem Weg zum Krankenhaus.

"Entschuldigung?", der junge Mann hinter dem Schalter sah sie fragend an.

Nur sechs Stunden später hatten sie sie in den Armen gehalten. So winzig, so klein, so zart. Er hatte gezittert, als er sie zum ersten Mal in den Armen hielt, hatte Angst, sie fallen zu lassen oder sie vor lauter Liebe zu zerdrücken. Julia hatte einfach nur zugesehen, und mit jeder Minute wuchsen ihre Gefühle für dieses kleine Geschöpf in seinen Armen. Anja.

"Kann ich Ihnen helfen?"

Der Mann stand nun und lehnte sich ein Stück über den Tresen.

"Ähm, ja", stammelte Julia. "Ben Bischoff. Ich brauche bitte seine Zimmernummer."

Der Mann setzte sich wieder an seinen Computer und gab den Namen in das Programm ein. Dann schüttelte er entschuldigend den Kopf.

"Sorry, aber ich kann Ihnen die Nummer nicht geben."

Julia sah ihn fassungslos an. "Warum nicht?"

"Es sei denn, Sie können sich als Angehörige legitimieren."

"Ich bin seine Frau", sagte Julia.

"Das wundert mich doch sehr", merkte der Mann nun leicht verärgert an. "Nach meinen Unterlagen ist Herr Bischoff ledig."

Julia verdrehte die Augen. "Ex-Frau. Warum kann ich nicht zu ihm?"

"Nur enge Verwandte dürfen zu ihm auf die Intensivstation."

Julia beugte sich vor. Intensivstation.

"Jetzt hören Sie mal! Unsere gemeinsame Tochter wurde ermordet, mein Mann verbrachte acht Jahre in einer psychiatrischen Anstalt, mein jetziger Mann schlägt unser Kind, und mein Ex liegt mit einer Überdosis hier in der Klinik. Nennen Sie mir einen Grund, warum ich mich von Ihnen aufhalten lassen sollte!"

Der junge Mann schluckte.

"Aber nur mit Arzt", sagte er schließlich.

Die Tür stand einen Spalt offen. Der Mann im dunklen Anzug lugte zunächst vorsichtig hinein und klopfte erneut an das Holz des Türrahmens.

"Hallo?"

Dann öffnete er die Tür ganz. Er sah sich noch einmal auf dem Flur um und verschwand in dem kleinen Zimmer. Vorsichtig öffnete er die oberste Schublade des Schreibtisches. Kein Schlüssel. Sonst lag er immer hier.

Er drehte sich um. Keine Jacke. Wo war sie?

Die zweite Schublade. Briefumschläge, ein Locher, Büromaterial. Kein Schlüssel. Er ging zu der großen Schrankwand und drehte an dem Türknauf. Sie war zu, ebenso wie alle anderen.

Er nahm einen Brieföffner aus der zweiten Schublade und schob ihn in das Schloss, um gleich darauf zu bemerken, dass das eine ziemlich blöde Idee war und er bei weitem nicht in der Lage war, ein Schrankschloss – sei es auch noch so einfach konstruiert – ohne Schlüssel zu öffnen.

Er warf den Brieföffner frustriert auf den Schreibtisch und erwischte die Maus, die ein paar Zentimeter zur Seite sprang. Er schüttelte zunächst verärgert den Kopf, als sich plötzlich ein Lächeln in seinem Gesicht breitmachte. Der Monitor sprang an. Sie hatte sich nicht vom System abgemeldet.

"Frau Bischoff-Vorthmann, ich weiß, dass die Situation für Sie völlig unbefriedigend sein muss, aber das, was wir hier gerade machen, geht schon über alles Erlaubte weit hinaus", sagte der Mann im weißen Kittel. Julia sah ihn hilfesuchend an.

"Das weiß ich doch", gab sie zu. "Aber er hat keine Verwandten. Ich bin die Einzige, die etwas für ihn tun kann. Und bitte, ich bin Ihnen wirklich dankbar für das, was Sie tun. Ich verspreche Ihnen, dass Sie mir vertrauen können."

"Das hoffe ich", sagte der Arzt zerknirscht. "Ich glaube es Ihnen auch, und deshalb lasse ich Sie ja auch zu ihm. Aber erwarten Sie bitte nicht von mir, dass ich meine ärztliche Schweigepflicht breche und Ihnen Patienteninformationen weitergebe. Das geht einfach nicht."

Julia nickte.

"Ich baue auf Ihre Vernunft. Wenn ich etwas tun kann, was ihm hilft, dann möchte ich, dass Sie es mir sagen."

Der Arzt zögerte.

"Wenn ich es vertreten kann, werde ich es tun. Aber ich riskiere nicht meinen Job dafür."

Julia lächelte.

"Das erwarte ich auch nicht."

Er öffnete eine blaue Tür und deutete ihr, einzutreten. "Hier ist es."

Julia ging voran und blieb im Zimmer stehen. Der Arzt folgte ihr und griff überrascht zum Telefon. Das Zimmer war leer. So wie damals.

"Es tut mir sehr leid, Frau Bischoff", sagte der grauhaarige Mann. "Wir konnten nichts für ihn tun."

Julia rang nach Fassung.

"Das war doch eine Routine-OP, oder?"

Der Arzt nickte.

"Auch bei Routine-Operationen geschieht schon mal Unvorhergesehenes."

Julia rutschte auf ihrem Stuhl ein Stück nach vorne.

"Das ist alles? Das ist Ihre Begründung? Dass etwas Unvorhergesehenes passiert ist?"

"Frau Bischoff, ich…"

"Nein!", fuhr sie dazwischen. "Mein Schwiegervater war gesund. Sie haben seine Schulter operiert, nicht sein Herz! Und jetzt ist er tot! Erklären Sie mir, wie das passieren konnte."

Tränen kullerten ihre Wangen hinunter. Der Arzt suchte nach den richtigen Worten.

"Es war nicht unsere Schuld. Wenn Sie vor Gericht…"

"Vor Gericht?", fragte Julia fassungslos. "Ist das Ihr einziger Gedanke? Dass ich Sie verklagen könnte?"

Beschämt sah der Mann zu Boden.

"Irgendwo haben Sie sicher auch so etwas wie ein Gewissen, und ich bin mir sicher, dass dieser Tag an Ihnen nagen wird. Und wissen Sie was? Ich gönne es Ihnen."

Julia stand auf und verließ den Raum.

Auf den Stühlen im Flur saß zusammengesunken eine alte Frau. Sie hielt ein Taschentuch in der Hand und verdeckte mit der anderen ihre verheulten Augen. Ein kleines Mädchen saß neben ihr und kuschelte sich sanft an sie heran.

Julia ging auf das Mädchen zu und streichelte ihr zärtlich über den Kopf.

"Ach, Anja", seufzte sie und drückte sie fest an sich.

"Es ist etwas Unvorhergesehenes passiert, Frau Bischoff-Vorthmann", sagte der junge Arzt und sah sie zerknirscht an. Die Stimmen der Vergangenheit machten sich in Julias Ohr breit.

"Wir haben Ihren Ex-Mann verlegt."

Julia sah ihn an und wartete auf eine Erklärung, doch er zögerte.

"Und was heißt das?", fragte sie schließlich.

Er überlegte.

"Das werde ich Ihnen wohl sagen dürfen. Wir haben ihn auf die Normalstation verlegt. Eine Betreuung auf der Intensivstation war nicht mehr erforderlich."

Julia atmete auf. Sie spürte so etwas wie Glück in ihrer Brust.

Ihr Namensschild klemmte noch am Monitor. Julia Bischoff. Der Mann im Anzug trat einen Schritt näher. Der Bildschirm flackerte. Er drehte ihn ein Stück zur Seite und drückte das Kabel fester in den Anschluss. Der Stuhl knarrte kaum hörbar, als er sich hineinfallen ließ und die Tabelle betrachtete, die sich ihm zur Ansicht bot. Dann griff er in die Innentasche seines Jacketts und nahm eine Zigarette heraus, ohne sie anzuzünden. Er ließ sie zwischen den Lippen kreisen, nahm sie wieder aus dem Mund und brach den Filter ab – als er plötzlich erstarrte. Er rollte den Stuhl ein paar Zentimeter näher an den Schreibtisch heran und lehnte sich vor, um besser sehen zu können. Die Zahlen stimmten – und genau das war das Problem. Er sah zum Kalender an der Wand. Noch einen Monat würde er benötigen, vielleicht zwei. Er musste handeln. Es war der 7. Mai 2003.

"Lassen Sie uns kurz allein?", fragte Julia den Arzt, ohne ihren Blick von Ben abzuwenden.

Der junge Mann nickte.

"Natürlich. Reden Sie ruhig mit ihm. Auch wenn es nicht so scheint – vielleicht kann er Sie hören."

Er zuckte mit den Schultern. "Das kann alles nur helfen."

Julia betrachtete die Schläuche, die aus seiner Nase und

den Adern hervortraten. Sie konnte ihre Gefühle nur schwer einordnen – war es doch eine Mischung aus Wehmut und Mitleid, die sie empfand. Wehmut, weil sie einen wichtigen Teil ihres Lebens verloren hatte und ihn nie wirklich loslassen konnte. Mitleid, weil sie es dennoch geschafft hatte, ihr Leben fortzuführen. Er nicht. Sie setzte sich auf den Hocker neben dem Bett und strich ihm sanft über das Haar. Es war nass – er schwitzte. "Er wird bald wieder aufwachen, aber dann geht der schwierige Teil erst los", hatte der Arzt ihr im Flur noch erklärt. "Er wird den Entzug zu spüren bekommen. Wir empfehlen einen Klinikaufenthalt, aber anordnen können wir ihn nicht. Das sollten Sie vielleicht mal mit ihm besprechen, wenn Sie einen Zugang zu ihm finden." Sie hatte nichts dazu gesagt, aber sie wusste, dass er in seinem Zustand für Ratschläge unempfänglich war – hatte sie es in den letzten Monaten doch allzu oft zu spüren bekommen.

"Ach, Ben", seufzte sie. "Wieso musste das alles so kommen?"

Tränen rollten ihr Gesicht hinab und tropften auf seins, als sie ihm einen zärtlichen Kuss auf die Wange gab. Seine Wimpern zuckten kurz, und einen Moment lang glaubte sie, er würde die Augen öffnen, doch dann kehrte wieder Ruhe ein. Sein Atem verflachte, und sie spürte erneut die Distanz, die ihr das Herz zuschnürte – hier und im Alltag.

Julia stand auf und öffnete den kleinen Schrank auf der anderen Seite des Zimmers. Eine Jeans, frisch gewaschen, ein T-Shirt und eine Geldbörse. Mehr nicht. Alles, was er bei sich trug.

Sie sah hastig zu Ben und öffnete das Portemonnaie. Ein bisschen Bargeld, nicht einmal eine Kredit- oder Konto-karte und ein Schlüssel. Der Schlüssel zu seiner Woh-nung.

24. April 2004. Julia saß wie in Trance an ihrem Schreib-tisch. Dann stand sie auf, nahm den Locher in die Hand und warf ihn gegen die Wand.

Die Tür öffnete sich, und ein Mann im schwarzen Anzug sah herein.

"Alles in Ordnung, Frau Bischoff?", fragte er.

Entsetzt sah sie sich um. Ihr Blick war glasig.

"Sie ist tot."

Der Mann trat ein. In der Hand ließ er den Filter einer Zigarette kreisen.

"Ihre Mutter?", fragte er überrascht.

Sie schüttelte den Kopf.

"Mein Kind."

Der Mann hielt inne. Beide sahen sich tief in die Augen, ehe Julia in sich zusammensank und den Kopf weinend in den Händen vergrub. Er kniete sich zu ihr und nahm sie fest in den Arm.

Der Schlüssel passte. Sie öffnete die Tür zu Bens Woh-nung, und ein beißender Geruch trat ihr entgegen, so-dass sie sich ein Stück ihres Halstuchs vor die Nase hielt.

Es sah schlimmer aus, als sie es jemals vermutet hatte. Auf dem Boden des Wohnzimmers türmte sich dreckige Wäsche. Er schien die Nächte auf der Couch zu verbringen, denn sie war stark durchgesessen. Das Schlafzimmer hingegen war fast unberührt – für seine Verhältnisse penibel rein.

Sie öffnete den Kleiderschrank. Bis auf ein paar Hemden war er leer. Den Rest, so vermutete Julia, fand sie auf dem Stapel im Wohnzimmer.

Sie folgte dem Geruch bis in die Küche. Die kleine Küchenzeile war mit einer eigenartigen Masse verklebt – Honig oder einer anderen klebrigen Substanz. Im Spülbecken türmte sich das dreckige Geschirr. Im Kühlschrank vergammelten eine Packung Salami und ein paar Scheiben Käse.

"Oh Gott, Ben", flüsterte sie. "Wie haust du denn hier?" Sie schloss die Tür zur Küche in der Hoffnung, den Geruch aussperren zu können. Vergeblich.

Auf dem Wohnzimmertisch quoll ein Aschenbecher über. Daneben lagen ordentlich aufgereiht die Filter einiger Zigaretten. Unter dem Aschenbecher lag ein Stapel Papier.

Julia zog die Blätter hervor. Auf der ersten Seite unleserliches Gekritzel – Pfeile in verschiedenen Farben, die er immer wieder durchgestrichen und neu gezeichnet hatte.

Sie blätterte weiter. Thomas Richter stand dort geschrieben, mit dem Datum des Todes ihrer Tochter versehen. Darunter ein Fragezeichen.

"Wer war der zweite Mann?", las Julia laut vor.

247

Hastig blätterte sie weiter, bis sie ihren Namen entdeckte. Er stand in der Mitte des Blattes. Um ihn herum hatte Ben einen unförmigen Kreis gezogen.

Der Name Ina Götte tauchte neben ihrem Namen auf. Ein weiteres Opfer des Rosengarten-Killers. Beide Namen waren durch einen Strich verbunden.

Freds Name zweigte ebenfalls ab, war allerdings durchgestrichen. Was sollte das bedeuten? Ihre Eltern – durchgestrichen.

Sein Psychologe Kleiber – eingekreist, ebenso wie der Anwalt Topalow, beide ohne jegliche Verbindung. Julia folgte den Strichen, die von ihrem Namen abzweigten. Roman Will, ihr damaliger Chef – eingekreist, mit einer Verbindung zu Ina Götte.

Kapitel 23

Das Wasser nahm eine eigentümlich trübe Farbe an, als er das weiße Pulver hineinkippte, um gegen seinen stechenden Kopfschmerz anzukämpfen. Christian Klein saß erschöpft an seinem Schreibtisch und beobachtete, wie sich die einzelnen Partikel des Aspirinpulvers zuerst im Wasser verteilten und dann langsam am Glasboden absetzten. Er nahm einen Kugelschreiber aus der Schublade und rührte mehrmals kräftig um, ehe er die Flüssigkeit herunterkippte.

Noch immer haderte er mit sich selbst. Er gab sich die Schuld für das, was geschehen war, und scheute seither die Konfrontation mit ihr. Wie würde Svenja Calenberg reagieren? Er war bei ihrem Treffen mit Ben dabei gewesen, hatte den Vorschlag unterstützt und ihr garantiert, dass ihr nichts geschehen würde. Und jetzt? Nun lag sie im Krankenhaus mit Schnittwunden und Prellungen und konnte froh sein, mit dem Leben davongekommen zu sein. Diese Wunden würden verheilen, ihre Erinnerungen nicht.

Klein starrte abwechselnd das Telefon und den kleinen Zettel in seiner Hand an. Die Chefin hatte ihm ihre Telefonnummer zugesteckt und ihn gebeten, Kontakt zu ihr aufzunehmen. Nicht um zu ermitteln, sondern um sein Gewissen zu erleichtern.

Er nahm den Hörer ab und begann zu wählen. Als er bei der letzten Zahl angekommen war, knallte er den Hörer wieder auf und sprang mit einem Satz zum Fenster. Verdammt, warum war das so schwer?

Er spürte, wie der innere Druck zunahm. Nicht erst seit

gestern oder diesem Moment – er spürte es schon lange. Es war Zeit, eine Entscheidung zu treffen. Er schrak auf, als ein schriller Ton die Stille durchtrennte. Das Telefon. „Ja?", meldete er sich.

„Ähm, wer ist denn da?", fragte die müde Stimme am anderen Ende der Leitung. „Ich hatte Ihre Telefonnummer in meinem Display."

Kein Zurück. „Frau Calenberg? Hier ist Christian Klein." Stille. „Von der Polizei", ergänzte er.

„Ich weiß doch, wer Sie sind. Können wir nicht erstmal das Sie weglassen?"

Überrascht setzte er sich in den Stuhl. Ein leichtes Lächeln huschte über sein Gesicht. „Ja, klar. Wie geht es Ihnen – oder dir?"

Sie lachte höhnisch. „Ist die Frage ernst gemeint?"

Klein zögerte. „Sorry, ich…"

„Ich bin froh, am Leben zu sein", sagte sie weiter, und Klein meinte, Erleichterung in ihrer Stimme zu hören. „Das bin ich auch", sagte er. „Es tut mir unendlich leid, Svenja."

„Du hast keine Schuld. Ben hat mir gesagt, dass du nicht mehr dabei bist. Ich wusste, worauf ich mich einlasse." Wieder war er überrascht und erleichtert zugleich. „Das ist total verrückt", sagte er schließlich.

„Was?"

„Ich stottere mir hier am Telefon einen ab und weiß wirklich nicht, was ich sagen soll."

Sie lachte. „Bei einem Kaffee soll es einfacher sein. Das Koffein hat eine unheimlich befreiende Wirkung."

„Die Kaffeemaschine im Büro ist kaputt."

Nun lachte sie herzlich. „Deshalb sollten wir den Kaffee vielleicht auch bei mir trinken. Ich muss noch ein paar Tage im Krankenhaus bleiben und könnte ab und zu mal Gesellschaft gebrauchen. Ich kenne ja niemanden hier." Endlich verstand Klein. Vor Scham hielt er sich die Hand vor die Augen. „Dann komm ich später vorbei? Gegen fünf?"

„Ich freu' mich", sagte sie sanft.

„Ich mich auch", antwortete Klein und legte den Hörer auf. Er hatte eine Entscheidung getroffen.

Jesse öffnete die Haustür und sah sich unsicher zu allen Seiten um. Dann betrat sie den Flur, verschloss die Tür und lief die Treppen hinunter. Ihr Auto parkte direkt vor dem Haus. Sie sprang in den klapprigen VW Polo und verriegelte den Wagen. Erst jetzt atmete sie durch – mit dem Gefühl, in Sicherheit zu sein oder zumindest auf dem Weg dorthin.

Die Straßen waren überraschend leer. Der Berufsverkehr fiel offenbar wegen der begonnenen Schulferien aus. Es konnte ihr nur recht sein.

Wenige hundert Meter später stellte sie ihren Wagen ab, so nah wie möglich, auch wenn sie dadurch ein Knöllchen riskierte, und ging schnellen Schrittes in das alte Gebäude auf der anderen Straßenseite. Ein ungutes Gefühl beschlich sie.

Paul Schmitz lag auf seiner Pritsche. Die Hände hatte er hinter dem Kopf gefaltet, und ein Hauch von Sonne fiel auf sein Gesicht. Zufrieden blinzelte er in das Licht und spürte in sich hinein. Ein Gefühl wie Schmetterlinge im

Bauch. Und tatsächlich war es so etwas wie Liebe, die er fühlte. Liebe zu seiner Idee, seinen Plänen – Liebe zu sich. Er schloss die Augen und malte sich aus, wie es sein möge, wenn er den Knast verließ, und doch stockte er immer wieder bei diesem Gedanken, verbot sich, ihn zu Ende zu träumen. Ein Schritt nach dem anderen, ermahnte er sich. Und nicht den zweiten vor dem ersten. Doch einer Sache war er sich sicher: Es lief, und es war nicht mehr aufzuhalten.

Christian Klein sah aus dem Fenster. Mit einem Mal fühlte er sich frei und unbeschwert. Die trüben Gedanken waren nicht fort, aber doch für den Moment beiseitegewischt. Ihre Stimme klang süß und herzlich, keine Spur von Gram oder Schuldzuweisungen. Er versuchte, sich ihr Bild vor Augen zu führen: ihre rotschimmernden Haare, ihre helle, weiche Haut, ihr Lächeln.
Wieder klingelte das Telefon. „Klein", meldete er sich.
„Ja, hier Knippig", sagte die Stimme am anderen Ende der Leitung.
Eine unangenehme Stille machte sich breit. „Ja?", fragte Klein schließlich. „Kann ich irgendwas für Sie tun, Herr Knippig?"
„Ich bin mir nicht sicher."
Klein zuckte genervt mit den Schultern und war versucht, den Hörer einfach wieder aufzulegen und weiter aus dem Fenster zu starren.
„Ich rufe von der Polizeiwache Duisburg-Marxloh an. Also, ich bin hier Polizist."
„Glückwunsch", sagte Klein sarkastisch. „Das war sicher ein hartes Stück Arbeit."

Knippig lachte. „Also, es ging eigentlich …"

„Warum rufen Sie an, Knippig?", unterbrach Klein.

„Also, wir … also, ich habe das Rundschreiben zu den Leichenteilen gelesen, die Sie im Rhein gefunden haben."

Klein horchte auf und rutschte ein Stück näher an den Schreibtisch heran. „Ja? Und?"

„Hier sitzt gerade so eine Frau bei uns. Die hat ihren Freund als vermisst gemeldet."

„Wen, und was hat das mit dem Fall zu tun?"
Klein wurde ungeduldig.

„Na, auf dem Formular, bei 'besondere Merkmale', hat sie die Tattoos ihres Freundes beschrieben."

Klein spürte, wie sich Gänsehaut auf seinen Armen bildete.

„Und die sehen wohl genauso aus wie die auf Ihren Leichenteilen."

Ungläubig schüttelte Klein den Kopf. „Wie heißt der Vermisste?"

„Mike Brandt", antwortete Knippig.

Magdalena Czarnecka warf die Wagentür zu und startete den Motor. „Das ist unmöglich."

„Wem sagen Sie das?", antwortete Klein, der neben ihr auf dem Beifahrersitz saß.

„Neumann hat doch gesagt, dass die Leichenteile von dem Toten aus unserer Leichenhalle stammen …"

„… und der war eindeutig identifiziert", führte Klein den Satz fort. „Und zwar nicht als Mike Brandt!"

„Hat Neumann seine Ergebnisse nochmal überprüft?", fragte Magdalena.

„Das macht er immer mindestens zweimal, um Fehler zu

vermeiden. Das können wir ausschließen."

Magdalena bog nach rechts ab und folgte den Schildern in Richtung Autobahn. „Das ist einer der skurrilsten Fälle, die ich jemals erlebt habe", sagte sie kopfschüttelnd. „Wir finden Leichenteile, die nach dem Tod mit Tätowierungen versehen wurden. Dann stellt sich heraus, dass die Teile von einer Leiche stammen, die aus dem Revier entwendet wurde, und nun meldet sich eine Frau in Duisburg, die ihren Freund vermisst, der rein zufällig die gleichen Tattoos hat."

„Wir sind uns einig, dass es solche Zufälle nicht gibt, oder?", fragte Klein.

Magdalena sah ihn ernst an. „Natürlich."

Jesse saß zitternd in dem dunklen Raum. Draußen war es heiß, und so hatte sie lediglich ein dünnes Top und einen kurzen Rock angezogen, doch die Klimaanlage sorgte für kühle achtzehn Grad – zu kalt für ein dünnes Top und einen Rock.

Man hatte sie in dieses Zimmer gesetzt. Lediglich ein karger Tisch und drei Stühle standen hier. Erleuchtet wurde der Raum durch kalte Neonröhren, und was sich hinter der verspiegelten Wand verbarg, konnte sie sich denken.

„Haha!", rief Knippig und trank einen Schluck aus seiner Cola-Flasche. „Heißes Gerät, oder?"

Er lachte laut und schlug sich dabei mit der flachen Hand auf den dicken Bauch. Sein Kollege, ein dünner Mann Mitte vierzig, nickte zustimmend. „Auf so Tattoos stehe ich voll."

„Ich auch!", sagte Knippig bestätigend.

Die Tür hinter den beiden Männern öffnete sich, und ein junger Mann und eine hagere Frau traten ein.

„Czarnecka und Klein von der Mordkommission. Ist sie das?"

„Ja", sagte der dünne Polizist, ohne seine Augen von Jesse abzuwenden.

Knippig hingegen sprang auf und hielt Klein zwei handgeschriebene Zettel entgegen.

„Ihr Protokoll?"

Knippig nickte erwartungsvoll. Klein sah kurz drüber und gab es ihm zurück. „Kann ich nicht lesen. Tippen Sie es ab, bitte."

Knippigs Blick gefror.

„Wir möchten jetzt mit ihr sprechen", sagte Magdalena und deutete auf die Frau auf der anderen Seite des Spiegels.

Wieder nickte Knippig und wies ihnen den Weg in den Verhörraum. Dann wandte er sich an seinen Kollegen. „Hier!", sagte er schroff. „Tipp du es ab."

Wieder verlor er sich in seinen Gedanken. Die Geschäfte würden laufen. Über ihn. Nicht über die Dare Devils, nicht über die Ausländer – nur über ihn. Es ging um Hunderttausende, wenn nicht Millionen. Ein Jahr, vielleicht auch zwei, selbst wenn es drei wären. Bald würde er genug Geld eingenommen haben, um den ganzen Mist hinter sich zu lassen. Er würde das Geld transferieren, gestückelt, und seine Männer von der Brigade würden ihm dabei helfen. Und dann, eines Morgens, wäre er weg. Nicht mehr da. Einfach so. In Argentinien. Paul Schmitz atmete tief ein. Zug um Zug, Schritt für Schritt.

„Guten Tag", sagte Magdalena und streckte der jungen Frau ihr gegenüber die Hand entgegen. „Mein Name ist Magdalena Czarnecka von der Mordkommission in Düsseldorf. Das ist mein Kollege Christian Klein."

Die Frau lächelte gequält. „Nennen Sie mich einfach Jesse", antwortete sie.

„Nehmen Sie doch bitte wieder Platz", bat Magdalena und deutete auf den harten Holzstuhl in dem spärlich ausgeleuchteten Raum.

„Ein schönes Zimmer hat man Ihnen hier zugewiesen", sagte Klein und sah dabei vorwurfsvoll zu der verspiegelten Wand. „Hat man mit Ihnen gesprochen? Ihnen erklärt, was los ist?"

Jesse zitterte. „Nein, ich wurde direkt hierhin gebracht." Magdalena sah auf. „Seit wann sitzen Sie denn schon hier?"

„Drei Stunden."

Nun sah auch Magdalena Czarnecka in den Spiegel. „Dann sind wir wohl erstmal am Zug. Möchten Sie etwas trinken oder brauchen Sie einen Pullover? Sie zittern."

Jesse schüttelte den Kopf. Ihr Haar fiel sanft auf ihre Schultern. „Ich möchte einfach nur wissen, was hier los ist."

Klein lehnte sich vor. „Ich verspreche Ihnen, dass wir Ihnen alles gleich erklären werden, Jesse", sagte er eindringlich. „Aber damit wir das alles richtig einordnen können, wäre es hilfreich, wenn Sie uns erstmal erzählen würden, warum Sie heute zur Polizei gekommen sind."

Sie sah ihn mit glasigen Augen an. „Das habe ich Ihren Kollegen doch schon alles gesagt."

Magdalena griff ihre Hand und drückte sie sanft. „Jesse, Sie haben die Polizisten hier erlebt, oder?", sagte sie lächelnd. „Das sind Blindflieger."

Ein dumpfes Geräusch durchbrach den kurzen Moment der Stille, wie ein Gegenstand, der von der anderen Seite gegen die Wand flog. Magdalena sah zu Klein herüber und lächelte breit.

Jesse zog ihre Hand weg und verschränkte die Arme. Dann nickte sie. „Also gut. Ich kam her, weil mein Freund seit einigen Tagen verschwunden ist."

Klein zog einen Notizblock hervor. „Seit wann genau?"

„Samstag."

„Der Name Ihres Freundes?"

Jesse sah zu Boden. „Mike Brandt."

„Hatten Sie Streit, als Sie sich zuletzt gesehen haben?", fragte Klein weiter.

„Nein, Sex."

Erschrocken sah er auf. Jesse schaute ihn durchdringend an. „Hören Sie, bei Mike und mir war alles in Ordnung. Er musste arbeiten und ist mit seinem Motorrad von meiner Wohnung losgefahren. Danach habe ich nichts mehr von ihm gehört."

Tränen sammelten sich in ihren Augen. Magdalena strich ihr erneut über die Hand. „Entschuldigen Sie, dass ich Sie so anstarre, Jesse, aber Ihre Tätowierung auf dem Schulterblatt – ist das ein Reichsadler?"

Sie sah beschämt zur Seite. Magdalena nickte und zog ein paar Fotos aus ihrer Handtasche hervor. „Ich möchte, dass Sie sich diese Bilder ansehen. Sie haben die Tätowierungen Ihres Freundes beschrieben. Auf den Fotos sehen

Sie einen abgetrennten Arm und Finger."

Jesse rang nach Luft.

„Diese sind nicht von Ihrem Freund", beruhigte sie Magdalena. „Schauen Sie bitte, ob die Tattoos mit denen Ihres Freundes identisch sind."

Sie legte ihr die Bilder aufgereiht auf den Tisch.

„Es sind die gleichen", bestätigte sie und schob die Fotos schnell wieder zusammen.

Klein lehnte sich zurück und dachte nach. Er schrieb ein paar Worte auf einen Zettel und schob ihn Magdalena herüber. Sie nickte zustimmend.

„Jesse", sagte er schließlich. „Sie wissen, dass die Darstellung des Reichsadlers seit dem Zweiten Weltkrieg verboten ist, oder?" Er log.

Jesse sah ihn überrascht an. Seine Stimme klang nun hart.

„In Verbindung mit der Darstellung Ihres Freundes müssen wir natürlich davon ausgehen, dass Sie in der rechtsradikalen Szene aktiv sind. Das werden wir zur Anzeige bringen."

Magdalena berührte ihn leicht mit der Hand und wandte sich an Jesse. „Ich glaube, mein Kollege schießt gerade etwas über das Ziel hinaus, Jesse." Sie lächelte. „Aber wir sollten schon noch etwas mehr Tiefe in Ihre Aussage bringen."

„Blödsinn!", rief Klein und stand auf. „Sehen Sie sich die Frau an. Wahrscheinlich hängt sie in der ganzen Sache mit drin."

Auch Magdalena stand auf. „Klein!", sagte sie bestimmt.

„Ich weiß auch, dass alles gegen sie spricht, aber lassen wir sie doch erstmal reden!"

Klein schlug auf den Tisch. „Scheiße!"

„Gehen Sie sich doch mal einen Kaffee holen, Klein. Ich mache das hier schon."

Klein funkelte Jesse böse an. Dann verließ er den Raum. Er lächelte.

Die Tür öffnete sich, und Klein stand mit einem Becher Kaffee hinter den beiden Polizisten, die vor dem Spiegel saßen, als würden sie einer Fernsehsendung folgen. „Gut gemacht!", sagte der Dicke anerkennend.

Klein schüttelte verständnislos den Kopf. „Sehen Sie einfach zu, was jetzt passiert."

Jesse zitterte am ganzen Körper. „Meinte er das ernst? Ich habe doch nichts getan! Mein Freund ist verschwunden, und ich will ihn einfach wieder zurück!"

Magdalena griff nun beide Hände und streichelte mit dem Daumen sanft ihren Handrücken. „Wissen Sie, Rechtsradikalismus ist ein ziemliches Reizthema bei uns. Wie sind Sie denn da reingeraten?"

Jesse fasste sich an die Schläfe. „Ach, das war einfach so aufregend", begann sie. „Eine Freundin und ich waren auf einem Konzert, und da sind wir das erste Mal mit einigen Jungs aus der Szene in Kontakt gekommen."

„Auch mit Mike Brandt?"

Jesse nickte. „Ja, aber das war erst etwas später. Die waren alle so kräftig und strahlten so eine Aura aus."

„Faszinierend, oder?", lächelte Magdalena.

Jesse lächelte zurück. „Das war ein großes Abenteuer."

„Mit allem, was dazugehört? Also auch Drogen?"

Mit einem Mal schrak Jesse zurück. Magdalena

verdrehte die Augen. „Vergessen Sie die Frage, Jesse. Ich will Sie nirgendwo reinreiten. Ein großes Abenteuer … und dann verliebten Sie sich in Mike."

„Verlieben …", sagte Jesse abfällig. „Verliebt war ich nicht. Ich wollte weiter in diese Welt eintauchen, in der man sich unverletzlich fühlt und sich außerhalb des Systems bewegt."

„Jetzt verwirren Sie mich, Jesse. Sie liebten ihn nicht, und trotzdem sitzen Sie hier?"

„Mit Mike lief es einfach. Es war so unkompliziert. Und jetzt merke ich, dass ich ihn vermisse." Die letzten Worte wurden von ihren Tränen erstickt.

Magdalena stand auf und ging um den Tisch herum. Sie legte Jesse freundschaftlich die Hand auf die Schulter. „Sie sagten, er musste arbeiten. Was arbeitete er?" Jesse presste die Lippen zusammen. „Ich kann Ihnen das nicht sagen, wirklich nicht."

Magdalena sah zum Spiegel.

Christian Klein stellte seinen Kaffee ab und klopfte dem Dicken auf die Schulter. „Wach bleiben. Es geht weiter", sagte er lachend und verließ den Raum.

Mit einem lauten Knall öffnete sich die Tür zum Verhörraum. „Hat sie endlich ausgepackt?", rief Klein.

Magdalena und Jesse schraken auf. „Nein, wir …", begann Magdalena und wurde jäh unterbrochen.

„Soll ich dir mal sagen, was dir blüht, Süße?", sagte Klein und baute sich hinter Jesse auf. Dann trat er einen Schritt näher und beugte sich zu ihr hinunter. Mit der Hand schob er zärtlich ihr Haar zur Seite und flüsterte: „Ich krieg dich erstmal wegen der Mitgliedschaft in einer terroristischen Vereinigung dran. Und dann krame ich weiter. Drogen? Bestimmt, oder?"

Er strich ihr über die Wange. Sie zuckte zurück. „Prostitution?"

Magdalena stand mit verschränkten Armen in der Ecke des Raumes und beobachtete ihren Kollegen.

„Das sind mindestens zehn Jahre Knast."

Jesse legte ihren Kopf in die Hände. „Ich kann Ihnen nicht mehr sagen. Die killen mich."

Klein richtete sich auf und sah zum Spiegel. „Keine Chance, Männer. Buchtet sie ein."

Dann ging er zur Tür. Magdalena strich Jesse noch einmal über den Rücken und folgte ihm.

„Warten Sie!", rief Jesse plötzlich.

Magdalena drehte sich um und setzte sich ihr erneut gegenüber. Auffordernd nickte sie ihr zu.

„Er war nah dran, am Führungszirkel der Brigade."

„Wie nah?", fragte Magdalena.

Jesse zögerte. „Letzte Chance, Jesse."

„Ganz nah. Er bekam seine Aufträge direkt von ihrem Anführer. Paul Schmitz."

Stau. Christian Klein hatte das Fenster heruntergelassen, als sich eine schwarze Abgaswolke von einem vorbeifahrenden Lkw in das Fahrzeuginnere legte.

„Verrückt", sagte er nur.

„Mike Brandt bekommt einen Auftrag von Schmitz", fasste Magdalena zusammen. „Er verschwindet. Nur wenige Tage später wird eine Leiche aus dem Revier entwendet und mit denselben Tattoos versehen wie Brandt.

Dann schneidet sie jemand auseinander und wirft sie in den Rhein."

Klein sah weiter starr auf den vor ihnen liegenden Verkehr. „Und Schmitz erzählt uns, dass die Devils ihre Hände im Spiel haben."

„Da erkenne ich im Moment gar keine Verbindung", gab Magdalena zu.

„Also? Nochmal zu Schmitz?", fragte Klein schließlich.

„Auch wenn ich nicht glaube, dass uns das weiterbringt, aber ich habe keine andere Idee. Also, nochmal zu Schmitz", antwortete sie.

Kapitel 24

Die Wolken hingen tief. In der Ferne türmten sie sich wie dunkle Festungen auf und verhießen nichts Gutes. Vielleicht ein Wärmegewitter, dachte Sergej, als er auf seiner Schaufel lehnte und beobachtete, wie sich die Bäume zunächst leicht und dann immer stärker dem Wind ergaben, der die Wolkentürme unaufhörlich nähertrieb. Sergej zog eine kleine Uhr aus der Hosentasche und lächelte. Kurz vor Feierabend. In etwa dreißig Minuten würde er in der Straßenbahn sitzen und nach Hause zu seiner Frau und seinen Kindern fahren. Sie würde ein leckeres Essen vorbereitet haben, und er konnte es sich gutgehen lassen, denn nicht nur der Feierabend, auch der Urlaub stand vor der Tür.

Donnergrollen. Sergej sah wieder zum Himmel. Erst kam der Blitz, dann der Donner. Die Sekunden dazwischen würden ihm verraten, wie weit das Gewitter noch entfernt war. Vielleicht konnte er ja früher aufhören. Wieder ein Donner – aber kein Blitz.

Er schloss die Augen und fühlte sein Herz, das ihm bis zur Stirn zu schlagen schien. Das Geräusch wurde klarer.

„Nicht schon wieder", murmelte er.

Sergej legte die Schaufel beiseite und ging, denn er wusste, was geschah.

Hannelore Bruns sah aus ihrem Fenster. Verfluchte Politiker, dachte sie und beobachtete das Treiben auf der Straße. Wie sie dort entlangstolzierten, in ihren viel zu kurzen Röcken und Hosen. Wie sie die Ideale mit Füßen traten, die dieses Land zu dem gemacht hatten, was es war. Wie sie Fleiß und Demut beiseiteschoben und im Überfluss lebten – und das auch noch auf Kosten anderer.

Die Rentenerhöhung fiel mau aus. Die Mieten stiegen rasant. Ein Taxi konnte sie sich nicht mehr leisten, selbst wenn sie nur die zwei Kilometer vom Supermarkt zu ihrer Wohnung überbrücken musste. Verdammte Verschwendergeneration.

Sie sah wieder hinunter und war versucht, einfach zu spucken – auf ihre hocherhobenen Köpfe. Doch mit einem Mal stand das Leben still.

Die Passanten blieben stehen und wichen zur Seite, als der Lärm immer lauter wurde, bis er ihre Ohren gänzlich betäubte. Wie ein Schwarm Bienen, dessen Summen immer lauter wurde, näherten sich die Dare Devils – bereit, um zuzustechen.

Ein kleines Mädchen stand fasziniert am Straßenrand und zählte eifrig die an ihr vorbeidonnernden Motorräder, während ihre Mutter ihren Oberarm umklammerte. „Was kommt nach 123, Mama?", fragte sie schließlich, doch ihre Mutter antwortete nicht und zog sie weiter in die entgegengesetzte Richtung.

In der ersten Reihe fuhr eine schwarze Fat Boy mit einer eigentümlichen Markierung – einem grünen Skorpion. Stinger führte die Dare Devils an und genoss es, den Wind von vorne und die Kraft hinter sich zu spüren. Die unbändige Kraft, die er entfacht hatte und die ihm bedingungslos folgen sollte, wenn dieser Tag vorüber war. Pit und Speedy fuhren etwas versetzt neben ihm. Sie alle trugen ein schwarzes Tuch um den Oberarm – sie trauerten um Antonio.

Stinger hatte es ihnen erklärt: „Unvorhersehbar" hatte er es genannt. Eine Folge der Polizeigewalt, die ihnen entgegenschlug. Dazu eine mangelhafte Betreuung durch Ärzte, die mit Vorurteilen behaftet waren und Antonio nicht die beste Versorgung hatten zuteilwerden lassen. „Willkür" hatte er es genannt und einen Angriff auf die Freiheit eines jeden Einzelnen.

Er hatte beobachtet, wie sie seine Worte aufnahmen, wie ihre Wut mit jedem Satz stieg und wie sich diese Aggression, diese Kraft freisetzte, die sich nun hinter ihm versammelt hatte – um Antonio zu gedenken und Stärke zu demonstrieren.

Ihr Zeichen war deutlich: Wir sind stärker als jemals zuvor. Tötet ihr einen, kommen viele andere. Tötet ihr viele, kommen mehr. Stinger lachte sie innerlich aus.

Sie hatten ihre Stadt verlassen. Es reichte ihnen nicht, ihre Stärke nur in Düsseldorf zu demonstrieren, wo sie ohnehin das Ruder fest in der Hand hielten. Sie hatten die Grenze überschritten – dorthin, wo der Markt am härtesten umkämpft war. Dorthin, wo die Dare Devils auf die Bandoleros trafen. Wo die Nazis ihren Teil vom Kuchen am stärksten verteidigten. Dort, wo Hass und Gewalt auf fruchtbaren Boden fielen – im Herzen von Duisburg.

Ein junger Mann stand am Straßenrand und beobachtete, wie die Dare Devils an ihm vorbeizogen. Trotz der warmen Temperaturen trug er eine Mütze, um seinen geschorenen Kopf zu verbergen. Seine kräftigen Arme und Tätowierungen hatte er mit einem Hemd bedeckt. Er nickte zufrieden – das Spiel lief weiter.

Mike Brandt spürte eine Vibration in seiner Hosentasche. Er zog das Smartphone hervor und nahm den Anruf an.

„Berichte", sagte eine vertraute Stimme am anderen Ende der Leitung.

Mike lächelte kalt. „Alles läuft nach Plan, Boss. Er fährt ganz vorne und wird bald bereit sein, das Finale zu spielen. Es gibt keinen Weg zurück."

Die Sonne sank bereits gen Horizont und tauchte den Himmel in ein rotes Licht, als die Dare Devils ihr Clubhaus in Düsseldorf erreichten. Sie hatten ein Zeichen gesetzt, und nun galt es, die nächsten Schritte zu planen.

Stinger setzte sich auf den Tresen. Die übrigen Männer drängten sich in den Raum. Er war schon oft hier gewesen und kannte sie alle, doch er hatte sie noch niemals alle gemeinsam erlebt. Ein Hochgefühl stieg in ihm auf – ein Gefühl, das er seit seiner Jugend nicht mehr gespürt hatte. Gleichzeitig ermahnte er sich, wachsam zu bleiben und nicht abzuheben angesichts dieser Chance. „Männer!", rief er und blickte in die Runde.

Das Gemurmel nahm ab. Nur in den hinteren Reihen waren noch vereinzelt Stimmen zu hören, die durch deutliche Worte und leichte Schläge gegen die Schultern verstummten.

Stinger setzte erneut an: „Männer! Das ist kein guter Tag für die Dare Devils."

Er legte eine Pause ein und beobachtete, wie die Devils vereinzelt nickten. „Wir haben einen großen Anführer verloren."

Zustimmende Zwischenrufe flogen durch den Raum. Stinger hob die Hand, um Ruhe zu signalisieren.

„Antonio hat uns groß gemacht. Wir alle wissen, wo die Dare Devils noch vor fünf Jahren standen. Wir waren ein Haufen romantischer Anarchos, die ihr Geld vom Amt kassierten und sich jeden Monat aufs Neue überlegen mussten, wo sie das Geld für die Miete herbekommen, wie sie das Benzin für ihre Maschinen bezahlen und wie sie an Geschenke für ihre Süßen kommen!"

Lautes Gelächter erschall, und die Devils jubelten.

„Jetzt seht euch um", fuhr Stinger leise fort, um die Aufmerksamkeit zurückzugewinnen. „Jeder von euch kann berichten, wie sich sein Leben verändert hat. Wir haben eine Gemeinschaft gefunden, die uns stützt. Wir leben frei in einem Staat, der über uns bestimmen will, der uns kontrolliert und klein hält. Ein Staat, der es nicht duldet, wenn Menschen danach streben, frei und unabhängig zu sein. Aber genau das sind wir! Frei!"

Seine Stimme wurde mit jedem Wort lauter. Einige Devils klatschten euphorisch.

„Das alles haben wir ihm zu verdanken, und das wisst ihr. Es ist jetzt unsere Aufgabe, sein Erbe zu bewahren!"

Immer mehr Devils stimmten in den Applaus ein. Stinger ermahnte sie erneut zur Ruhe.

„Männer, ich habe an seinem Bett gesessen, als er starb, und ich möchte euch nicht verheimlichen, was er mir gesagt hat."

„Was ist mit den Hurensöhnen, die ihm das angetan haben? Den beiden Bullen?", rief Pit dazwischen.

„Du hast Recht, Pit. Wir werden ein Zeichen setzen. Wir

werden ihnen zeigen, was passiert, wenn man sich mit den Dare Devils anlegt. Aber zuerst sollten wir Antonios letzten Wunsch respektieren."

Pit sah beschämt zu Boden. Stinger nickte zufrieden. „Für Antonio war alles klar. Wir sind im Krieg. Im Krieg mit den Nazis und im Krieg mit denen, die eigentlich unsere Brüder sein sollten. Und dieser Krieg muss beendet werden!"

Der Raum bebte vor Zustimmung. „Antonios letzter Wille war es, dass wir diesen Kampf aufnehmen und unter meiner Führung den Nazis in den Arsch treten!"

„Wir vernichten sie!", rief ein anderer Mann, während ein weiterer ihm auf die Schulter klopfte. Dann plötzlich Stille – Stinger hatte sich aufgerichtet und war in die Mitte des Raumes getreten, um jedem von ihnen in die Augen blicken zu können.

„Wir vernichten sie", fuhr er fort, „aber zuerst kümmern wir uns um die, die uns verraten haben. Die, die unsere Ideale bespuckt haben und meinen, die besseren Rocker zu sein."

Stingers Adern schwollen an, sein Kopf war hochrot. Er schrie: „Wir werden sie aus Duisburg und Düsseldorf und wo auch immer vertreiben – jeden Einzelnen! Und wenn wir sie töten müssen, dann tun wir das! Keiner dieser Bandolero-Arschlöcher wird jemals wieder einen Fuß auf das Gebiet der Dare Devils setzen!"

Dort oben wohnte sie. Das Licht brannte noch. Konnte er klingeln? Nein, konnte er nicht. Er spürte, wie es ihn zu ihr hinzog, doch die Anweisung war klar. „Halt dich bedeckt, bis es vorbei ist, Mike", hatte der Boss gesagt. Und dem Boss widersprach man nicht.

Vollmond. Stinger stand am Sprossenfenster und beobachtete die unnatürlich orange leuchtende Kugel am Himmel. Ein alter Mann fegte den knarrenden Holzboden.

Alle Tische waren leer, nur an einem vereinte Stinger den Führungszirkel der Dare Devils. Die Männer scherzten und lachten, erzählten sich Geschichten und Erlebnisse mit Antonio und tranken mehr als einmal auf sein Wohl. Stinger nippte an seiner Cola. Als für einen kurzen Moment Ruhe herrschte, ergriff er das Wort.

„Seid ihr bereit, mir zu folgen?", fragte er unumwunden. Pit und Speedy nickten. Ein weiterer Mann sah ihn lediglich teilnahmslos an.

„Was ist mit dir, Pedro?", fragte Stinger, und eine angespannte Stille legte sich über den Raum.

Pedro rieb sich die Stirn. „Ich weiß nicht, Stinger", lallte er angetrunken. „Versteh das nicht falsch, aber von uns allen bist du am kürzesten dabei. Warum hat er dich ausgewählt?"

Speedy sprang auf und packte den Mann am Kragen. „Stellst du den letzten Wunsch eines Toten in Frage, du Penner?"

Pit, der ebenfalls aufgestanden war, versuchte, seinen Freund zu beruhigen.

„Setzt euch hin!", schritt Stinger harsch ein. „Ihr besoffenes Pack! Jetzt hört mir zu!"

Er sah jedem Einzelnen tief in die Augen. „Ich verstehe dich, Pedro", erklärte er und blickte in überraschte

269

Gesichter. „Aber habe ich nicht alles getan, was ihr von mir verlangt habt, um meine Loyalität zu beweisen?" Pedro wich seinem Blick aus. „Habe ich nicht den Nazi getötet und unsere Position in Duisburg gestärkt?" Die anderen Männer nickten zustimmend. „Welche Prüfung musstest du bestehen, um zu deiner Position zu kommen, Pedro?"

Speedy blieb nur auf seinem Stuhl, weil Pit ihn zurückhielt. „Ja, Mann! Wie loyal bist du?"

Pedro schüttelte zunächst abfällig den Kopf, bis er bemerkte, dass die Blicke nun auf ihn gerichtet waren. Er dachte nach. Dann hob er seine Bierflasche an und hielt sie Stinger entgegen. Dieser lächelte selbstgefällig und stieß mit ihm an.

Er verzehrte sich nach ihr, vielleicht war es sogar so etwas wie Liebe, das er spürte. Umso mehr zerriss es ihn, denn er hatte eine Nachricht erhalten: Sie hatte ihn betrogen. Sie hatte ihn und die ganze Brigade hintergangen – in dem Moment, als sie die Polizeistation betrat. Und das, obwohl allen klar war, dass die Anweisungen des Bosses nicht zu hinterfragen waren. Und diese Anweisungen waren klar: keine Fragen. Jetzt galt es, ein Exempel an ihr zu statuieren.

Mike Brandt griff in seine Hosentasche und zog die Pistole hervor. Er sah in das Magazin. Geladen. Dann entfernte er die Munition und warf sie in einen Busch am Rande der Straße. Sie hatte keine Geheimnisse verraten. Sie hatte auch das Projekt nicht gefährdet. Wie auch – sie wusste ja nichts davon. Und ja, er liebte sie, also traf er seine eigene Entscheidung.

„Wie stellen wir es an?", fragte Pit nachdenklich.

Stinger lachte. „Das haben wir schon."

Er sah in fragende Augen.

„Ich habe alte Kontakte genutzt. Die Bandoleros begehren gegen ihren Anführer auf. Die meisten von ihnen wollen ihn stürzen und sich mir anschließen."

„Uns", warf Pedro ein.

„Mir", sagte Stinger mit Nachdruck. „Wir werden uns vereinen und ihn erledigen – vor allen seinen Leuten."

„Und die unterstützen das?", fragte Pedro.

„Langsam gehst du mir auf den Sack, Pedro", sagte Stinger.

„Warum erledigen die ihn nicht selbst?", hakte Pedro unnachgiebig nach.

„Weil ich eure Position bei den neuen Devils stärken will! Einer von euch wird ihn erledigen!"

Pit und Speedy sahen sich unsicher an.

„Wer?"

Stinger stand auf und hielt seine Flasche zum Anstoßen in die Mitte des Tisches. „Pedro. Er wird meine Nummer zwei."

Pedro stand auf und nickte Stinger anerkennend zu. Nummer zwei.

Kapitel 25

„Willst du den Knopf drücken?", fragte Julia sichtlich angespannt.

Max biss sich lächelnd auf die Lippe und nickte. „Welchen denn?"

„Die neun."

Max drückte den Knopf und beobachtete, wie das Licht
über dem Aufzug von Zahl zu Zahl wanderte, ehe es
über dem „E" zum Stillstand kam. Die Tür schob sich
langsam auf. Zwei Männer in dunklen Anzügen traten
hinaus und grüßten freundlich. Julia grüßte zurück.
Max beobachtete noch immer das Licht über dem Aufzug.

„Komm jetzt!", raunte Julia ihm zu und zog den Jungen
hinein.

Vor dem Gebäude der Deutschen Bundesbank in Düsseldorf stand ein grüner Lieferwagen. Es war derselbe Wagen wie immer, nur hatte er diesmal die Aufschriften an
der Fahrzeugseite ausgetauscht. Bernds Brötchen Bäcke-
rei stand nun dort zu lesen, und darunter in bunten
Buchstaben das Angebot eines Lieferservices.

Der Mann am Steuer hatte das Fenster heruntergekurbelt
und sich eine Zigarette angesteckt. Nun sah er zum Eingang und im Wechsel immer wieder zur Uhr. 120 Sekunden Vorsprung wollte er ihr geben. Das sollte reichen,
um ihr unbemerkt zu folgen – wenn es überhaupt nötig
war, denn eigentlich war ihm klar, wohin sie wollte.

Er sah die Gebäudefront hinauf zu dem Fenster, das er schon so oft beobachtet hatte. Wie es sich öffnete und wieder schloss, ohne genau zu wissen, was dahinter passierte. Doch genau das galt es herauszufinden. Nur auf seinen Kontakt wollte er sich nicht verlassen.

Die Aufzugtür öffnete sich, und Julia schob Max vor sich her in den Gang. Hektisch sah sie nach links und rechts, ehe sie den Jungen an der Hand nahm und hinter sich herzog. Immer wieder sah sie sich um, meinte Schritte zu hören oder Türen, die sich öffneten. Doch eigentlich war die Wahrscheinlichkeit gering, denn es war später Nachmittag, und nur wenige Kollegen durften sich noch im Gebäude befinden.

Eilig gingen sie zu einer weißen Tür. Julia drückte die Klinke herunter. Verschlossen. Hastig kramte sie in ihrer Handtasche, bis sie schließlich einen Schlüssel hervorzog und mit zitternder Hand ins Schloss schob.

„Setz dich dort rüber, Max", sagte sie und deutete auf den Stuhl auf der anderen Seite der Schreibtischkombination, während sie selbst an ihrem Tisch Platz nahm und den Computer einschaltete.

Sie griff mit einer Hand den Bildschirm. Er stand schief. Ihre Finger glitten über die Lüftungsschlitze. Der Monitor war warm. Julia spürte, wie sich die Hitze in ihrem Kopf staute.

„Können wir wieder nach Hause?", fragte Max.

Julia stand auf und ging ziellos im Zimmer auf und ab.

„Hand aus dem Mund!", rief Max lachend. „Du kaust wieder auf den Fingernägeln!"

Julia blieb stehen und sah auf den Monitor. Er verlangte ihr Passwort.

Er wusste, dass sie Urlaub hatte. Was machte sie also hier? Sollte er ihr folgen oder lieber warten? Das Risiko, erkannt zu werden, war hoch. Er beobachtete sie nun schon seit Wochen und wusste, dass er irgendwann auffliegen würde, wenn er nicht gut aufpasste und keine unnötigen Risiken einging. Wieder sah er die Gebäudefront hinauf. Das Fenster stand offen.

Julia spürte, wie kalte Luft ihren Nacken streichelte, als sie sich wieder an ihren Schreibtisch setzte und das Kennwort eintippte. Mit einem Doppelklick öffnete sie eine Datenbank. Sie betätigte die Suchfunktion und gab den Zeitraum vor, in dem sie suchen wollte. Kein Ergebnis.

„Scheiße", flüsterte sie, und Max sah erschrocken auf. „Der Zeitraum liegt zu weit zurück."

Julia dachte nach. Ihre bearbeiteten Fälle wurden damals noch nicht im Computer archiviert. Es gab lediglich Papierlisten, und die lagen wohlbehütet im Keller der Deutschen Bundesbank.

Sie lehnte sich zurück und beobachtete Max, der sich ein weißes Blatt Papier und einen Bleistift geschnappt hatte und ein Bild malte. Sie stand auf, ging um den Tisch herum und sah ihm über die Schulter. Dann blieben ihre Augen an einem Bild haften, das auf dem Schreibtisch stand: Ina Götte. Julia erstarrte.

Dann eilte sie erneut um den Tisch herum und änderte

die Suchfunktion. Nicht ihre eigenen Fälle waren der Schlüssel – es waren Inas.

Roman Will sah auf die Tabellen auf seinem Bildschirm und machte sich ein paar Notizen auf dem Collegeblock, der vor ihm auf dem hellen Kunststofftisch lag. Der Fall war vielschichtig, doch im Kern hatten sie es einfach nicht verstanden – und genau das war das Problem. Eine Bank, die nicht verstand, unter welchen Bedingungen sie ins Schlingern geriet, war eine Gefahr. In diesem Fall zwar nicht für das System, aber doch ein Pleitekandidat, wenn sie aus Unwissenheit nicht die richtigen Gegenmaßnahmen ergriff.

Will führte diese Gespräche nicht gerne, denn er wusste, dass jemand durch seine Entdeckungen den Job verlieren würde. Doch das störte ihn nicht. Im Gegenteil – insgeheim klopfte er sich dafür auf die Schulter. Was ihn störte, waren die Diskussionen, die es nach solchen Gesprächen oft gab: die waghalsigen Erklärungsversuche und die Arroganz mancher Personen.

Er schrieb sich ein Stichwort auf und legte den Stift beiseite. Schluss für heute.

Julia ging die Liste mit Ina Göttes Fällen am Bildschirm durch, während im Hintergrund der Drucker surrte. Die meisten Namen kannte sie aus den Nachrichten, aber nur eine Handvoll der Institute auf dieser Liste hatte sie jemals genauer untersucht. Der Zeitpunkt war entscheidend.

„Ich bin gleich soweit, Max", sagte sie, ohne die Augen von der Liste zu lösen.

Plötzlich wurde sie von einem lauten Knall aus der Konzentration gerissen.

Will schloss seine Tür ab, als er ein Geräusch wahrnahm. Ein Zigarettenfilter klemmte zwischen seinen Lippen – eine Macke, die er sich seit dem Rauchstopp angewöhnt hatte. Er hielt inne. Stille.

Gerade, als er sich abwenden und den Aufzug rufen wollte, hörte er es erneut.

„Was machst du da?", fragte Julia entsetzt. „Lass die Schranktüren in Ruhe!"

„Irgendwas muss ich ja machen! Du hörst ja nicht auf mich!", sagte Max beleidigt, während er die Schranktür unaufhörlich öffnete und wieder schloss.

Es war der Schrank ihrer verstorbenen Kollegin. Selbst nach all den Monaten hatte niemand den Schrank ausgeräumt – geschweige denn die Stelle nachbesetzt. Das war nicht im Budget.

Julia hielt die Tür mit einer Hand fest und zog Max mit der anderen unsanft davon weg. „Lass das jetzt bitte!", sagte sie verärgert. „Du bist hier nicht zu Hause. Benimm dich bitte!"

Sie wollte die Schranktür schließen, als ihr Blick auf die Akten in der unteren Reihe des Regals fiel.

Langsam ging er den Gang hinab und lauschte. Das Geräusch war verschwunden. Alle Kollegen hatten sich bereits von ihm verabschiedet, und die Putzkolonne würde erst in einer Stunde ihre Arbeit aufnehmen. Vorsichtig lauschte er an einer Tür. Nichts.

Julia griff nach einer Plastikkiste, die sie in der Ecke aufbewahrt hatte, und stapelte die Ordner sorgfältig darin. Es hatte einen Grund, dass diese Ordner dort standen – und ihre Erinnerung sagte ihr, dass es ein guter Grund war. Sie spürte, dass dies die Parallele war, die sie gesucht hatte.

„Was machen wir jetzt?", fragte Max.

Julia hob die schwere Kiste an und stellte sie auf den Tisch. „Wir fahren jetzt nach Hause, okay? Kannst du den Schlüssel nehmen?"

Max sprang vom Stuhl und griff nach dem Schlüssel. Dann öffnete er die Tür, und Julia trat in den Flur.

Der Mann sah zur Uhr. Zwanzig Minuten. Eigentlich hatte er ihr nur zwei geben wollen, aber das Risiko schien ihm zu groß. Zu groß für zwei Minuten – nicht für zwanzig. Er prüfte seine Pistole. Geladen. Dann öffnete er die Tür seines grünen Lieferwagens und ging zum Eingang. Aus der Gesäßtasche zog er eine Baseballkappe und zog sie sich tief ins Gesicht. Es musste nicht eskalieren – aber es konnte.

„Frau Bischoff-Vorthmann?", fragte Will überrascht. Julia brach der Schweiß aus. Sie legte die schwere Kiste auf ihrem Oberschenkel ab.

„Herr Will."

Zitternd hielt sie ihm die Hand hin.

„Ähm, Entschuldigung, Frau Bischoff-Vorthmann. Sie haben doch Urlaub. Was machen Sie hier?", fragte er, ohne einen Zweifel aufkommen zu lassen, dass ihre Antwort gut sein musste.

Max schob sich zwischen die beiden und sah mit großen Augen zu dem Mann hinauf. „Hallo", sagte er lächelnd. Will lächelte gezwungen zurück und strich Max über das Haar. „Also?", fragte er nun weniger freundlich, Julia zugewandt.

„Ich mache meine Steuererklärung und habe gemerkt, dass ich alle Unterlagen hier hatte."

„Das alles?", fragte Will und deutete auf die Kiste.

Julia nickte.

„Ich muss Pippi!", rief Max dazwischen.

Julia schob sich an Will vorbei. „Na dann, schnell!", sagte sie und verschwand im Aufzug. Er sah ihr irritiert nach.

Er beobachtete die Lichter über dem Aufzug. Erste Etage. Noch eine, dann öffnete sich die Tür. Eine schwer beladene Frau und ein kleiner Junge stiegen aus und gingen zügig in Richtung Ausgang. Der Mann sah überrascht zur Seite. Dann drehte er sich um und schaute ihnen zögerlich nach.

Will stand in der offenen Bürotür. Der Computer war aus. Der Schrank stand noch offen. Ein Regalboden war leer. Aufmerksam sah er sich um. Der Drucker war noch an. Ein Stapel Papier lag in der Ausgabe. Er nahm die Blätter in die Hand und betrachtete die Ausdrucke mit offenem Mund. Dann zog er sein Handy aus der Tasche und wählte aus dem Kopf eine Nummer.

Zwei Anrufe. Einer beunruhigte ihn, der andere gab ihm die Ruhe zurück. Er fegte mit der Hand die Flusen von den Ärmeln seines Armani-Anzugs und richtete seine Krawatte. Dann rieb er sich mit den Händen über die glattrasierten Wangen und das Kinn.

„Du verfluchtes Miststück", murmelte er. „Was hast du vor?"

Der erste Anruf hatte ihn aufgeregt – er hatte sich nach den neuesten Entwicklungen schon in Sicherheit gewähnt. Nun musste er wieder aktiv werden. Das gab ihm sein Wohlbehagen zurück, das er kurzzeitig abgelegt hatte, denn er wusste, dass er einen Profi engagiert hatte. In der Vergangenheit hatte dieser alle Aufträge konsequent und diskret ausgeführt. Warum also sollte es diesmal anders sein? Ein Grummeln blieb dennoch. Der Magen – oder doch wieder Unbehagen?

Julia verstaute die Kiste in ihrem Kofferraum, und Max setzte sich auf die Sitzerhöhung. Sie schlug die Tür zu und nahm am Steuer Platz.

„Ich kann mich nicht anschnallen. Das klemmt", sagte Max vorwurfsvoll.

Julia sah in den Rückspiegel und verzog den Mund. Dann stand sie auf und legte Max den Anschnallgurt an. Ihre Hände hinterließen nasse Schweißflecken an Lenkrad und Kindersitz.

Das Telefon verschwand in der Tasche, und er sah sich vorsichtig um. Er wusste, wohin sie wollte – also musste er nicht riskieren, erkannt zu werden. Der Mann griff in seine Tasche und zog eine Art USB-Stick heraus. Dann drückte er den Knopf am Aufzug. Er musste unabhängig werden. Unabhängig von seinem Kontakt.

Der Rückwärtsgang klemmte. Wie immer. „Ein Ford-Problem", wie man ihr in der Werkstatt gesagt hatte –

aber „nicht weiter schlimm". So sah es zumindest Ford. Sie fand es einfach nur nervig.

Harsch versuchte sie, die Kupplung noch ein wenig tiefer zu drücken und den Schaltknüppel an die richtige Stelle zu schieben. Wieder sprang der Gang raus. Normal. Julia schlug auf das Lenkrad und sah frustriert aus dem Fenster. Plötzlich saß der Rückwärtsgang.

Will öffnete die Türen der Schränke und ging die Akten mit den Fingern der Reihe nach durch. Sie waren alle da – bis auf die, die einst die Lücke gefüllt hatten. „Steuererklärung", schmunzelte er.

Er schaltete den Computer erneut ein und rief die Formularübersicht auf.

„Meldung von Missbrauchsverdachtsfällen", las er laut vor und drückte den Druck-Button.

Er füllte das Formular aus. „Diebstahl von Betriebsgeheimnissen. Verstoß gegen das Betriebsgeheimnis." Dann lachte er. „Es sind die Hunde, die nicht bellen, die beißen, Julchen", sagte er leise.

Er steckte das Papier in einen anonymen Umschlag und adressierte ihn an die Personalabteilung. Nicht rückzuverfolgen, nicht abzuweisen. Ihr Aus.

Julia bog von der Autobahn ab und steuerte das Auto über die Landstraße. Zu ihrer Linken konnte sie, ein Stück weiter unten im Tal, das Grundstück ihrer Eltern sehen. Sie steuerte auf das kleine Waldstück zu, bog noch einmal links ab und parkte den Wagen auf dem Schotter vor dem Haus. Eilig verließ sie das Auto und nahm die Kiste aus dem Kofferraum. Max drückte sie erneut den

Schlüssel in die Hand, um ihn dann sanft mit der Hüfte vor sich her zu schieben. Mit einem Mal stoppte er – und Julia stockte der Atem.

Sie waren schnell gewesen. Die Wanzen in den Telefonen funktionierten. Die Kameras liefen, und die Mikrofone waren gut unter der Blumenerde versteckt. Es mussten schon viele Zufälle zusammenkommen, damit sie sie entdecken würde.

Die Situation war surreal. Das, was sie vor dem Hauseingang vorgefunden hatten, befremdete sie. Und doch war es besser, nichts zu unternehmen. Einfach liegen lassen – auch wenn sie wussten, dass der seltsame Kerl in dem grünen Lieferwagen dafür verantwortlich war. Jetzt war er fort. Wo auch immer.

Mit zitternden Armen warf sie die Kiste in den Flur, hob Max über den leblosen Körper des Hundes und versuchte gleichzeitig, ihn zu beruhigen. Tränen liefen über Max' Wangen. Er rang nach Luft, schockiert.

„Willst du ein Eis, Max?", fragte Julia, um den Jungen abzulenken.

Er wischte sich die Tränen ab und nickte. „Ja."

„Hol dir eins." Sie versuchte zu lächeln.

Während Max in die Küche tappte, schloss Julia eilig die Tür von innen ab. Hektisch sah sie an den Vorhängen vorbei aus den Fenstern, zog die Jalousien zu und überprüfte alle Türen und Fenster, ob sie auch wirklich verschlossen waren. Dann fiel ihr Blick auf den Korb mit den Akten. Ihre Vermutung war plötzlich zur Gewissheit geworden. Sie hatte eine Spur. Julia griff zum Telefon und wählte eine bekannte Nummer.

„Klein?", meldete er sich und biss gleichzeitig in eine Banane. Keine Antwort. „Hallo?"

„Ja, entschuldigen Sie. Bischoff-Vorthmann hier."

„Julia?", fragte Klein erstaunt und würgte die Banane herunter. „Alles okay bei Ihnen?"

„Nein, nicht wirklich", sagte sie. „Hier war jemand, Herr Klein. Am Haus meiner Eltern – vielleicht auch drinnen. Hier war jemand." Sie weinte.

„Beruhigen Sie sich. Wer?"

Sie wurde laut. „Das weiß ich doch nicht!"

„Warum sollte jemand bei Ihnen sein?", fragte Klein.

„Ben hatte Recht. Er hatte mit allem Recht. Es ging um mich – nur um mich!"

Er hatte die Sticks in allen wesentlichen Rechnern der Bundesbank installiert. Sie funktionierten wie Wanzen – nur dass sie Datenströme abfingen und keine Stimmen. Leicht zu entdecken? Vielleicht. Aber welche Wahl hatte er? Das Netz der Bank hacken? Keine Chance.

Es war nur eine kurzfristige Sicherungsmaßnahme. Denn sein Auftrag ließ keinen Zweifel daran, was nun geschehen musste.

„Mach ihn kalt", hatte der Auftraggeber trocken gesagt. Der Mann zog an seiner Zigarette. Dann startete er den Motor.

Kapitel 26

Der frühe Vogel fängt den Wurm. Sie wusste nicht, warum, aber irgendwie kam ihr dieses Sprichwort in den Sinn, als ihr das kalte Wasser aus der Duschbrause den Kopf und das Haar hinunterlief und ihr eine Gänsehaut bescherte. Der Wecker auf ihrem Nachttisch hatte 4:30 Uhr angezeigt. Eigentlich keine besondere Zeit. Kurz war sie versucht gewesen, sich einfach wieder herumzudrehen und weiterzuschlafen, hatte sich dann aber doch mit geschwollenen Augen aus dem Bett gewälzt und unter die Dusche gezwungen.

Magdalena Czarnecka schlang ein dickes Frotteehandtuch um ihren drahtigen Körper. Die Dusche hier war schlecht. Dass sie kalt duschte, war keine Einstellungssache oder eine Art Abhärtungsritual, sondern vielmehr der Tatsache geschuldet, dass es einfach kein warmes Wasser gab.

Der Verfassungsschutz war knauserig – man könnte auch sagen kostenbewusst oder einfach pleite. Auf jeden Fall wurden die Mittel in den vergangenen Jahren immer weiter zurückgefahren. Auf Kosten der Mitarbeitenden, die häufig ihre Familien hinter sich ließen, teilweise ihr Leben und ihre Identität aufgaben, um sich in den Dienst der Demokratie zu stellen. Und dafür gab es nicht einmal warmes Wasser.

Magdalena war es leid, darüber nachzudenken. Sie hatte die Nase voll von Risiken und Entbehrungen, und das machte sie unvorsichtig. Einem Fehler hatte sie direkt einen weiteren folgen lassen. Sie hätte nicht einschreiten dürfen.

Es war klar, dass Fragen aufkommen würden. Fragen, die sich darum drehten, warum sie Thomas Richter observierte. Fragen danach, wie sie wissen konnte, dass Svenja in seiner Wohnung war.

Sie hatte sich eine Geschichte zurechtgebastelt, die vom Zufall handelte und ganz sicher einer Überprüfung der Ereignisse niemals standhalten würde.

Dann der zweite Fehler. Sie hatte Christian Klein von ihrem Auftrag erzählt. Es war der Situation geschuldet, in der sie den Abstand verloren hatte, und doch nicht entschuldbar.

Nun beging sie den dritten Fehler, denn die Regeln sahen vor, dass sie sich zurückzog. Für sie wäre es ein Rückzug für immer gewesen, denn es war klar, dass sie den Verfassungsschutz nach diesem Auftrag verlassen und zurück in ihr altes Leben kehren würde. Doch jetzt wollte sie nur eins: den Maulwurf.

Der blaue Skoda Fabia bog in die Parkbucht ein und verfehlte mit Glück das neben ihm stehende Fahrzeug. Ein düster wirkender Mann stieg lächelnd aus und fuhr sich mit der Hand durch das dichte Haar. Seine Zähne strahlten, als er einer hübschen Krankenschwester zulächelte, die in ihrer Uniform etwas aus dem Kofferraum ihres Autos holte. Auch er beugte sich in das Innere seines Wagens und zog einen Gegenstand hervor, den er in der Innentasche seines Jacketts verschwinden ließ. Er sah zu Boden. Sein Schuh war offen, und so kniete er sich nieder, um den Schnürsenkel zuzubinden. Dabei hob sich sein Hosenbein ein Stück an und legte den Blick auf seine Tätowierung frei.

Doch da war noch mehr. Es war die Berufsehre, bei der sie sich selbst gepackt hatte. Natürlich stand ihr Auftrag im Vordergrund, doch auch der Fall des Dezernats musste gelöst werden – am besten schnell, um Freiraum für ihre eigenen Ermittlungen zu schaffen.

Magdalena sah in den Spiegel und schüttelte den Kopf. "Was machst du hier bloß?", fragte sie.

Sie hatte sich einen Plan zurechtgelegt, um die Sache wieder ins Lot zu bringen. Als Erstes würde sie die Arbeit im Morddezernat vorantreiben, um den Schein zu wahren. Parallel musste die Liste mit den Verdächtigen überarbeitet werden. Bisher war es nur einer: Thomas Richter. Doch der konnte ihr keine Antworten mehr auf ihre Fragen geben. Also ging es darum, zu beobachten, zu prüfen, zu werten. Das würde dauern – länger, als ihr lieb war.

Der Mann folgte der Krankenschwester durch die Glastür. Immer wieder sah sie sich nach ihm um, und er spürte so etwas wie ein Kribbeln im Bauch, als sie ihm dabei auch noch zulächelte. Doch er hatte jetzt wirklich keine Zeit, sich in einem Flirt zu verlieren. Vielmehr war er darauf bedacht, seine Herzfrequenz im Lot zu halten und seine Hände ruhig.

Die Krankenschwester bog in das Treppenhaus ab. Er zog es vor, Abstand zu halten, und drückte den Knopf des Aufzugs.

"Gibt es etwas Neues?"
"Er müsste eigentlich langsam zu sich kommen."
Der Assistenzarzt schüttelte den Kopf.

"Keine Ahnung, warum das nicht klappt."

Der Oberarzt sah ihn wütend an.

"Sie reden, als würden Sie ein Radio reparieren!" Er drehte sich um und verließ den Raum. Der junge Mann prüfte noch einmal die Einstellungen der Geräte. Dann nahm er den Beutel des Tropfs in die Hand und sah auch hier nach der Dosierung.

"Alles okay", murmelte er. **"Ich geb dir noch eine halbe Stunde."

Er notierte sich die Werte auf seinem Tablet und folgte dem Oberarzt in den Flur. Die Tür fiel ins Schloss, und Ben Bischoff öffnete die Augen.

"Wie sicher bist du dir, Petra?", hatte er sie gefragt. "99 Prozent", konnte sie mit fester Stimme antworten. "Welche Beweise hast du?"

Sie hatte keine. Also war es noch nicht vorbei. Magdalena beobachtete, wie das Licht der Ampel von Rot auf Grün und wieder zurücksprang. Niemand hupte, denn die Straße war noch weitgehend leer. Dann zuckte sie zusammen und drückte mit dem Fuß das Gaspedal durch. "Reiß dich zusammen", ermahnte sie sich und trank einen Schluck von dem Kaffee, den sie sich vorhin an der Tankstelle besorgt hatte.

Sie fuhr vorbei an der Feuerwache mit ihrer historischen Uhr und bog links ab in Richtung Polizeipräsidium. Ben Bischoff war an Richter dran – und das seit mindestens einem halben Jahr. Sie musste wissen, was er herausgefunden hatte. Auch wenn die Falle, die er Richter gestellt hatte, in einem einzigen Desaster geendet war, hatte er den Polizeipräsidenten offensichtlich doch überführt. Nun ging es darum, Details zu erfahren, denn die bohrenden Fragen würden kommen – von der internen Ermittlung und auch vom Ministerium, denn die Situation war politisch überaus heikel. Sie brauchte die Informationen. Doch der Mann, der sie ihr geben konnte, lag im Koma.

Magdalena bog rechts ab, dann noch einmal und schließlich wieder links. "Ins Krankenhaus", murmelte sie.

Langsam ging er den Gang entlang und ließ seinen Blick über die Zimmernummern schweifen. Der harte Gegenstand in seinem Jackett schlug bei jedem Schritt gegen seine Rippen. Zwei Männer kamen ihm entgegen und grüßten freundlich – der Oberarzt mit seinem Assistenten, wie er vermutete. Er blieb stehen und zog einen kleinen Zettel aus der Hosentasche, um sicherzugehen, dass er das richtige Zimmer erwischte. Ein Fehler konnte alles ruinieren – alles, wofür er heute hergekommen war, wofür er lebte, wofür andere sterben würden.

Magdalena schloss das Auto mit einem Druck auf die Fernbedienung ab und überquerte die Straße. Sie betrat das Krankenhaus und zeigte am Eingang ihren Dienstausweis vor. "Ich möchte zu meinem Kollegen Bischoff." Die Dame hinter dem Schalter tippte etwas in den Computer ein. "Es tut mir leid. Sie können ihn nicht besuchen."

Magdalena schob den Dienstausweis über den Tresen näher an die Frau heran.

"Schätzchen, ich will ihn verhören, nicht besuchen." Die Frau schob den Ausweis zurück.

"Er liegt aber noch im künstlichen Koma."

Magdalena steckte die Plastikkarte ein und sah genervt zur Decke.

"Dann will ich den behandelnden Arzt sprechen. Warum ist das bei euch immer so kompliziert?"

"Ich kann wirklich nicht...", begann die Frau und zuckte zusammen, als Magdalena mit der flachen Hand auf den Tresen schlug.

"Süße, jetzt mal Klartext. Bringen Sie mich zu Bischoff. Holen Sie den Arzt, oder ich nehme Sie mit wegen Behinderung der Justiz. Klar?"

Die Frau nickte eingeschüchtert.

Noch einmal fühlte er in sein Jackett, bevor er den schwarzen Gegenstand hervorzog und ihn in seiner schwitzenden Hand hielt. Dann öffnete er die Tür – zunächst vorsichtig, dann energisch – und plötzlich stand er in einem hell erleuchteten Raum. Vier Augenpaare blickten ihn erschrocken an, ehe einer lächelnd auf ihn zutrat und ihm die Hand reichte.

"Sie sind sicher Herr Zimmermann? Kommen Sie rein."

Er lächelte. "Genau. Ich habe Ihnen meinen Lebenslauf noch einmal auf CD-ROM mitgebracht. Hoffentlich ist das in Ordnung. Mein Drucker streikte leider."

Sein Gegenüber griff nach der schwarzen CD-Hülle und nickte wohlwollend. Zimmermann würde sterben, um diesen Job zu bekommen.

Die Krankenschwester verließ das Treppenhaus und ging mit schnellen Schritten den Gang hinunter. Über der Schulter trug sie eine Handtasche. Sie öffnete sie und legte ihre Hand um die Pistole, die sich darin befand. Im Vorbeigehen huschten ihre Augen über die Zimmernummern, auch wenn sie genau wusste, wohin sie musste – sie war Profi, hatte einen Auftrag zu erledigen. Ein paar Meter vor ihr schloss sich eine Tür, und Gelächter drang durch die dünnen Wände. Noch drei Türen, zwei, eine. Sie hielt inne und schraubte eilig den Schalldämpfer auf ihre Waffe. Zwei Schüsse und fünfzehn Sekunden – länger durfte es nicht dauern. Fünfzehn Sekunden, dann wäre Ben Bischoff tot.

Die Frauen diskutierten noch immer, und Magdalena spürte, wie es in ihr brodelte. Die Krankenhausangestellte gestikulierte wild und schimpfte über die Justiz, über Willkür und die Verschwendung von Steuergeldern. Jetzt standen sie vor dem Aufzug und warteten.

Sie öffnete die Tür mit der linken Hand. Sie kannte die Position des Bettes und malte sich in ihren Gedanken aus, wie er dort liegen würde – in seinem Bett, hilflos, ausgeliefert. Mit der rechten Hand drückte sie die Türklinke nach unten und schob die Tür energisch auf, die Waffe nach vorne gerichtet. Dann ein Schuss, kaum hörbar. Das Futter des Kopfkissens sprang heraus, und Federn verteilten sich auf dem Fußboden. Ihr Finger beugte sich ein weiteres Mal um den Abzug, als sie plötzlich erstarrte. Das Bett war leer.

Die Aufzugtür öffnete sich. Eine Krankenschwester schob sich an Magdalena und der Rezeptionistin vorbei in den Fahrstuhl. Sie wirkte angespannt.
"Normalerweise lässt man erst mal aussteigen!",

beschwerte sich die Frau neben Magdalena und schüttelte verständnislos den Kopf. Die Krankenschwester reagierte nicht.

Die Aufzugtür schloss sich, und wortlos gingen die beiden Frauen den Gang hinunter. "Komisch", sagte die Rezeptionistin und beschleunigte ihren Schritt.

"Was?", fragte Magdalena, die Mühe hatte mitzuhalten.

"Warum steht die Tür offen? Es ist doch gar keine Visite." Magdalena wurde schneller und schob sich an der Frau vorbei ins Zimmer. Es war leer. Sie öffnete die Tür zum Badezimmer. Niemand.

"Frau Czarnecka?", fragte die Rezeptionistin leise. Magdalena trat neben sie und folgte ihrem Finger, der auf die Einschusslöcher im Kopfkissen deutete.

Dr. Zimmermann schloss die Tür hinter sich und ballte die Faust. "Ja!", zischte er. "Hammer!"

Das Bewerbungsgespräch war gut gelaufen. Nach einem Assessment-Center und einem ersten Gespräch war dieses Treffen heute entscheidend gewesen, und es lief perfekt. Sie hatten ihn fachlich auf Herz und Nieren geprüft, und er war keine Antwort schuldig geblieben. Sie hatten ihn nach praktischen Erfahrungen gefragt, und er konnte sie belegen. Sie mussten ihn einfach einstellen.

Jetzt hatte er viel zu tun. Er musste seine Wohnung in Leipzig kündigen und hier eine neue suchen. Aber die weitaus größere Aufgabe würde es sein, seine Freundin davon zu überzeugen, ihn zu begleiten. Er dachte darüber nach, wie er es ihr schmackhaft machen könnte, als er plötzlich spürte, wie sich ein Arm um seinen Hals schlang und ihn in eine dunkle Kammer riss. Dann traf ihn ein dumpfer Schlag auf die Schläfe, und er sackte ohnmächtig zusammen.

"Ich brauche Sie hier, Klein", forderte Magdalena und ging mit ihrem Telefon am Ohr auf und ab durch das Zimmer.
"Ja, Chefin. Ich bin aber gerade auf dem Weg zu Bens Ex-Frau. Sie wird offensichtlich bedroht. Da muss ich hin, außerdem bin ich schon fast da. Ich kann mich nicht teilen."
Magdalena rieb sich die Stirn. "Das weiß ich, Klein. Im Moment bin ich mir auch nicht sicher, wo ich anfangen soll. Rufen Sie mich an, wenn Sie dort fertig sind. Wir müssen uns heute Abend noch abstimmen, wie es weitergeht."
Sie legte auf und sah auf das Kopfkissen. Kein Blut. Das beruhigte sie.

Ben Bischoff ging durch den Personaleingang hinaus. Er trug eine Jeans und ein viel zu großes Jackett. Seine Schritte waren schwer und langsam. Ein unangenehmer Druck lastete auf seinem Kopf. Als die Tür sich öffnete, spürte er einen warmen Wind, der sein Gesicht streichelte. Er schloss für einen Moment die Augen und genoss den Moment. Dann schob er die Hände in die Taschen und ging die Straße hinab. Es wurde Zeit.

Sie schlug die Kofferraumtür zu und setzte sich ans Steuer. Die Nummernschilder hatte sie mit zwei Handgriffen gewechselt. Nun zog sie die blonde Perücke ab und warf sie zusammen mit der Uniform in einen blauen Müllbeutel. Sie steckte den Schlüssel ins Zündschloss und schaltete das Radio ein. Dann schlug sie frustriert auf das Lenkrad. Sie hatte den Auftrag vermasselt – und das bedeutete nur eines: kein Geld.

Ben setzte sich in ein Internetcafé und meldete sich mit dem Passwort an, das der Mann am Eingang ihm zugewiesen hatte. Das Kleingeld in der Jackentasche reichte für einen Kaffee, einen Donut und zehn Minuten Internet. Er öffnete Google Maps und gab die Adresse ein, die er auf der Karteikarte in der Anwaltskanzlei gelesen hatte. Fünfzehn Minuten über die A46 und ein paar Kilometer über Land. Abrechnung.

Kapitel 27

"Haben Sie alles?", fragte Christian Klein, während er sich immer wieder nervös umsah.

Julia zog einen Rollkoffer hinter sich her und trug ein paar Stofftiere im Arm, auf die Max nicht verzichten wollte. Der Junge saß bereits im Auto und blinzelte in die gnadenlos brennende Mittagssonne. Er hielt seinen Teddy im Arm und beobachtete, wie Klein Julia den Koffer abnahm und ihr aufmunternd über den Rücken strich. Sein Bauch grummelte. Er spürte, dass etwas nicht stimmte, doch mit ihm darüber reden wollte niemand.

"Die zweite Flucht innerhalb einer Woche", sagte Julia resigniert. "Was soll das alles, Herr Klein?"

"Glauben Sie mir, ich würde Ihnen gerne sagen, was hier vor sich geht, aber ich weiß es nicht", erklärte er hilflos. "Der Hund und alles, was Sie mir erzählt haben ... ich möchte Sie lieber an einem sichereren Ort wissen und nicht hier in der Pampa."

Julia nickte. Dann öffnete sie noch einmal den Koffer und schob ein paar Kleidungsstücke beiseite.

"Entschuldigung, ich muss nochmal rein. Ich habe meinen Kalender vergessen. Ohne den bin ich hilflos", sagte sie.

"Julia?", fragte Max, der das Fenster heruntergelassen hatte. "Kannst du dich zu mir ins Auto setzen?"

Klein deutete ihr einzusteigen. "Bleiben Sie bei dem Jungen. Ich hole den Kalender. Wo ist er?"

"Auf der Anrichte, wenn Sie reinkommen, links", sagte sie und öffnete die Fahrzeugtür.

Stinger klatschte in die Hände und stand auf. "So, Männer. Ich muss los. Ist alles klar, oder?"

Pedro nickte und zog an seinem Zigarillo. "Mittwochabend, elf Uhr. Der Sack kriegt eine Kugel hierhin!" Er lächelte kalt und zeigte mit dem Finger auf seine Stirn.

Stinger lächelte zurück. "Gut, Pedro. Ich muss bis morgen in den Süden. So eine alte Geschichte regeln."

Pedro hob die Augenbrauen. "Du bist nicht dabei?" Auch Pit und Speedy sahen ihn verwundert an.

Stinger stemmte sich mit den Armen auf den Tisch und sah sie der Reihe nach an. "Natürlich bin ich dabei. Ich stoße um kurz vor elf am Eingang zum Fabrikgelände zu euch." Er richtete sich auf. "Und dann wird es nur noch die Dare Devils geben."

"Mir ist scheißegal, was Ihr Betriebsrat dazu sagt. Ich will die Bilder dieser blöden Überwachungskamera haben", sagte Magdalena.

"Das ist mir klar, aber es gibt ja auch noch sowas wie Gesetze, nicht?", erklärte der alte Mann vor ihr arrogant. Er trug einen grünen Pullunder, der nicht in der Lage war, seinen massigen Bauch vollständig zu verdecken. "Hören Sie, ich kriege Sie wegen der Behinderung polizeilicher Ermittlungen dran."

Er verdrehte die Augen. "Das haben Sie meiner Kollegin vorhin auch schon gesagt, und wir beide wissen, dass das Blödsinn ist. Sie geben uns den schriftlichen Auftrag. Dann müssen wir die Zustimmung des Betriebsrates einholen, damit wir Ihnen die Bilder geben können, und danach können Sie ermitteln, wie Sie lustig sind."

Er zuckte mit den Schultern. "Das ist die

Vorgehensweise. Keine andere. So steht es im Gesetz."
Magdalena drehte sich um und ging, als ihr Handy klingelte. "Klein!", sagte sie angespannt. "Wo sind Sie? Ich hatte damit gerechnet, dass…"

"Entschuldigung, Chefin", sagte er. "Wir fahren jetzt los und sind in etwa einer Stunde auf dem Revier."

"Wir?", fragte sie irritiert.

"Ich bringe Frau Bischoff-Vorthmann und ihren Pflegesohn mit. Ich glaube, sie sind hier nicht sicher."

Auf einmal hörte sie ein Klirren, wie von zerbrechendem Glas.

"Alles ok da drinnen?", rief Julia und sah durch die offene Tür ins Haus hinein.

Christian Klein kniete am Boden. "Ich melde mich gleich wieder, Chefin", sagte er und steckte das Handy weg.

"Alles ok?", fragte Julia erneut.

Klein sah konzentriert zu Boden und schob die Scherben der Vase beiseite, die vor ihm auf dem Boden lagen. Julia machte eine abfällige Handbewegung. "Die war eh nicht schön", sagte sie.

Klein hingegen sah weiter auf die Fliesen. Dann zog er ein Taschentuch hervor und hob mit zwei Fingern einen kleinen schwarzen Gegenstand auf. Julia trat näher. "Was ist das?"

Er drehte das knopfgroße Ding in der Hand. "Eine Kamera."

Der Fahrtwind tat gut. Das Problem waren die Ampeln. Dort brannte die Sonne auf seinem schwarzen Helm und ließ den Schweiß in Bächen hervortreten. Stinger hatte es bevorzugt, die Motorradkluft beiseitezulassen und lediglich mit einer Jeans, einem T-Shirt und einer Weste bekleidet zu fahren. Gefährlich, fanden die einen. Kalkulierbares Risiko, fand er.

Die Felder hatte er hinter sich gelassen. Die Besiedelung wurde wieder dichter, und vor sich konnte er das Ortseingangsschild erkennen. Gleich war er am Ziel. Düsseldorf.

Magdalena schmiss die Tür auf und sah in die überraschten Augen von Stephan Neumann. "Machen Sie sich fertig!", sagte sie kurz und warf ihm ein Blatt Papier entgegen.

"Was ist das?", fragte er und drehte den Zettel zu sich um.

"Eine Wegbeschreibung. Ich möchte, dass Sie das Haus auf den Kopf stellen."

Neumann las die Adresse. "Hattingen?"

"Das ist das Haus von Frau Bischoff-Vorthmanns Eltern. Irgendjemand hat dort anscheinend Überwachungstechnik installiert. Ich will wissen, wer. So schnell wie möglich."

Neumann ging zu seinem Schrank und holte seinen Untersuchungskoffer.

"Die Hattinger Kollegen erwarten Sie dort. Sie kriegen jede Unterstützung. Aktivieren Sie Ihr Team und liefern Sie Ergebnisse."

Noch ehe sie den Satz zu Ende gesprochen hatte, stand Magdalena schon wieder im Flur und tippte etwas in ihr Handy. Mit einem Mal versprang der Bildschirm, und eine Nummer wurde angezeigt.

Klein verzog den Mundwinkel.

"Was ist los?", fragte Julia.

Er sah über seine linke Schulter und fädelte sich in den dichten Verkehr ein.

"Nichts", sagte er. "Besetzt."

Julia drehte sich zu Max um. Er war eingeschlafen.

"Was soll das nur alles, Christian?"

Klein zuckte zusammen, als sie ihn mit seinem Vornamen ansprach. "Ich meine, wo führt uns das hin?"

"Das werden uns vielleicht Ihre Unterlagen im Kofferraum erklären", sagte er und deutete nach hinten. Julia nickte kurz. Sie ließ ihren Blick aus dem Fenster schweifen und legte den Kopf gegen die Scheibe. Plötzlich war sie da, wo sie nie hinwollte. Mittendrin.

Stinger klemmte den Helm unter den Arm und genoss die Blicke der Polizisten. Er hatte das Motorrad auf einem Dienstparkplatz abgestellt, aber es traute sich niemand, ihn deswegen anzusprechen. Selbst die Polizisten nicht. Er sah zur Sonne und schloss die Augen, fühlte die brennende Hitze auf seinen Wangen und auf seiner Stirn. Für einen Moment war er in seine Kindheit zurückversetzt. Er dachte an die heißen Nachmittage auf der Terrasse. Stundenlang hatten er und sein Vater in der Sonne gesessen und Schach miteinander gespielt. Er hasste es. Nicht das Spiel an sich, aber die Art und Weise, wie sein Vater es spielte. Schon immer hörte Stinger auf seine Intuition. Er hatte ein Gefühl dafür, welcher Zug der richtige war, und folgte ihm. Sein Vater war da anders. Er überlegte. Lange. Manchmal brach er ab, machte etwas im Garten oder in der Küche und kam dann Stunden später zurück, um seinen Zug zu machen. Stinger hatte nie gegen ihn gewonnen.

Er ging durch den Haupteingang und sah den großen Tresen, vor dem ein paar aufgebrachte Menschen mit dem Polizisten dahinter diskutierten. "Wir tun unser Mögliches, aber bitte, ich kann doch nicht eine Streife abstellen, um Ihr Fahrrad zu suchen. Da passieren weitaus schlimmere Dinge in der Stadt."

Wieder sprachen drei Personen auf den armen Mann ein, als sie plötzlich von Stinger unsanft zur Seite gedrückt wurden. Der Polizist wich zurück und legte eine Hand an die Waffe. Stinger hob entschuldigend die Hände. "Ups", sagte er. "Das war keine Absicht."

Er lächelte ironisch. Der Polizist entspannte sich ein wenig. "Was möchten Sie?", fragte er schließlich.

"Ich will mit dem Polizeipräsidenten sprechen."

"Hat Ben jemals mit Ihnen über seine Nachforschungen gesprochen?", fragte Klein.

Julia, die kurz eingenickt war, zuckte zusammen. "Ähm, nein, nicht wirklich", antwortete sie etwas schlaftrunken. Sie sah hinaus und erkannte am Horizont bereits den Düsseldorfer Funkturm. "Ben hat immer Andeutungen gemacht, aber ich habe vieles abgeblockt, weil ich einfach nicht mehr konnte."

Klein nickte verständnisvoll. "Denken Sie bitte nach. In diesem Puzzle kann jedes Teil entscheidend sein."

Julia öffnete ihre Handtasche und zog einen sorgsam gefalteten Zettel hervor. "Ich habe das hier in seiner Wohnung gefunden."

Sie hielt Klein das Papier entgegen. Er nahm es und legte

es sich auf dem Lenkrad zurecht. "Der Anwalt, der Arzt und ein Name, den ich nicht kenne", sagte er.

"Mein Chef, Roman Will. Ben glaubt an eine Verschwörung und daran, dass diese Personen die Schlüsselrollen spielen."

"Was halten Sie davon?", fragte Klein nachdenklich.

Julia zögerte. "Ich habe keine Idee, warum sein Anwalt und sein Arzt in eine solche Verschwörung verstrickt sein sollten. Was hätten sie davon, meine Tochter zu töten?"

"Und Ihr Chef?", hakte Klein nach.

Wieder Schweigen. Klein nickte. "Wissen Sie, Julia, Ben ist irre."

Julia sah ihn entsetzt an. "Jetzt schauen Sie nicht so, als überrasche Sie das."

Unweigerlich musste sie lächeln. "Aber das, was mit Ihnen passiert, deutet für mich darauf hin, dass er in ein Wespennest gestochen hat."

"Das Gefühl habe ich auch. Und ich habe so ein Gefühl, dass er auch damit recht behalten wird, dass ich der Schlüssel bin." Sie wirkte melancholisch.

"Das werden uns die Ordner dort hinten vielleicht verraten, oder?"

Sie nickte. "Julia, ich möchte der Sache weiter auf den Grund gehen. Wie sehen Sie das?"

Sie sahen sich kurz und tief in die Augen. "Genauso. Es geht um meine Tochter."

"Ich möchte Bens Spuren verfolgen und herausfinden, was er weiß. Vielleicht führt uns das zu ihm."

"Und was machen wir mit Max?", fragte Julia.

"WIR machen gar nichts."

"Herr Klein", nun sprach sie ihn wieder förmlich an. "Das Ganze läuft doch mehr oder weniger als Privatermittlung, oder?"

"Ja", bestätigte er kurz.

"Dann nehmen Sie mich besser mit, wenn Sie nicht wollen, dass Ihr Vorgesetzter davon Wind bekommt."

Klein lachte.

"Haben Sie von Ben gelernt oder er von Ihnen?" Dann nickte er. "Ich weiß, wo Max gut aufgehoben sein wird."

Julia spürte seltsamerweise so etwas wie freudige Erregung. "Und dann?", fragte sie ungeduldig.

"Dann arbeiten wir diesen Zettel ab", sagte er und gab ihr das Blatt zurück. "Wir fangen in der Anwaltskanzlei an."

Magdalena Czarnecka trat in das Büro ein und nahm gegenüber dem Fremden in der schwarzen Lederweste Platz. Sie legte ihren Block auf den Tisch und den roten Kugelschreiber daneben. Dann verschränkte sie die Arme und sah den Mann musternd an. Sie sagte nichts. Stille aushalten, nannte sie dieses Spiel, das lediglich zum Ziel hatte, ihren Gesprächspartner zu verunsichern. Stinger rückte auf seinem Stuhl vor und zurück. "Sie sind nicht der Polizeipräsident", sagte er.

Sie lächelte kalt. Gewonnen.

"Sie sind ein Blitzmerker, oder?"

"Ich spreche nur mit ihm."

Stinger stand auf, um zu gehen. "Er ist im Urlaub", sagte Magdalena, als er die Tür schon fast erreicht hatte. "Ich vertrete ihn."

Er drehte sich um und setzte sich wieder. Ausgleich.

"Darf ich fragen, wer Sie sind?"

Er lehnte sich zurück.

"Ich wette, das wissen Sie schon."

Sie sah zu Boden. "Ich muss gestehen, dass Sie es uns wirklich schwer gemacht haben, etwas über Sie herauszufinden, Herr ... wie nennt man Sie? Stinger?"

Er sah sie lächelnd an. "Der Stachel eines Skorpions", sagte sie weiter.

Er verzog die Mundwinkel. "Ich bin überrascht."

Magdalena verdrehte die Augen. "Also gut, ich schlage vor, wir lassen die Spielchen jetzt sein und reden Klartext miteinander."

"Soll mir recht sein."

"Was wollen Sie hier?"

Er rückte zurück. "Gleich so direkt? Das gefällt mir. Ich will, dass Sie etwas mehr über mich wissen."

"Was sollte mich denn interessieren?"

"Naja, zum Beispiel, dass ich die Führung der Dare Devils übernommen habe, als Antonio Anfang der Woche starb."

Magdalena sah überrascht aus. "Ups", sagte Stinger. "Sie haben noch nichts davon gehört? Schwach."

Er stand auf und lehnte sich lässig an die Wand. "Ich bin hier, um einen Deal mit Ihnen auszuhandeln."

Magdalena nahm den Stift in die Hand. "Einen Deal welcher Art?"

"Ich liefere Ihnen Informationen."

Sie stand auf. "Wer Geschäfte mit Betrügern macht, wird Verluste durch Betrug erleiden", sagte sie. "Steht im goldenen Handbuch des Polizeidienstes."

Er lachte laut. "Das sehe ich anders. Sie müssen nur zum richtigen Zeitpunkt aussteigen. Das steht in meinem Pokerleitfaden."

"Welche Informationen könnten Sie mir liefern?", fragte Magdalena etwas genervt.

"Alles", sagte Stinger.

Ein älterer Herr in einem dunkelbraunen, altmodischen Anzug mit Weste trat aus dem Büro heraus und streckte Christian Klein und Julia die Hand entgegen. "Jürgen Maywald", sagte er mit einem verbindlichen Lächeln.

"Christian Klein von der Kriminalpolizei. Das ist meine Kollegin, Frau Vorthmann."

Julia schwitzte. Sie traten in das große Büro und nahmen an einem kleinen Besprechungstisch Platz. Ohne Umschweife ergriff Klein das Wort. "Herr Maywald, wir ermitteln in einem Mordfall und haben in der Wohnung eines Verdächtigen einen Hinweis darauf gefunden, dass Ihre Kanzlei in irgendeiner Art und Weise darin verwickelt sein könnte."

Der Mann rang sichtlich nach Luft. "Was für ein Mordfall?"

"Wir können nicht näher ins Detail gehen, aber ..." Maywald stand auf und hielt sich die Brust. "Was ist das nur für eine Woche. Erst der Einbruch und dann so etwas."

Julia sah überrascht auf. "Was für ein Einbruch?"

Er setzte sich wieder und trank hastig einen Schluck Wasser. "Vor ein paar Tagen hat sich ein Mann Zutritt zu meinem Büro verschafft. Die Polizei tappt im Dunkeln.

Wir wissen nicht, wer es war oder was er wollte." Klein lehnte sich aufmerksam vor. "Er hat nichts gestohlen?"

Maywald schüttelte den Kopf. "Nein, wir wissen wirklich nicht, warum er hier war."

Julias Gesicht lief rot an. "Ach nein? Was sagt Ihnen denn der Name Boris Topalow?"

Der alte Mann schrak auf und sah zur Uhr. "Nichts, aber ich muss jetzt auch ..."

Julia griff sanft nach seiner Hand. "Komisch, denn Sie beide müssten ungefähr im gleichen Alter sein. Haben Sie nicht sogar dieselbe Universität besucht? Wir wissen doch beide, dass Sie lügen."

Sein Blick hielt dem ihren stand. Sie pokerte. Seine Augen flackerten. "Herr Maywald, ich habe den Eindruck, dass Sie Boris Topalow schützen, oder?"

Verlegen sah er zur Seite. Klein rückte seinen Stuhl etwas näher an ihn heran. "Sie schützen ihn. Warum? Ist er ein alter Freund?"

Maywald spielte verlegen mit der Anstecknadel an seinem Revers. "Ich habe ihn seit Jahren nicht gesehen, muss ihn vergessen haben. Gehen Sie jetzt bitte."

Julia lief eine Träne die Wange herab. "Der Mann, aus dessen Wohnung wir den Hinweis auf Ihre Kanzlei haben, ist auf der Jagd nach ihm. Wenn er herausfindet, wo er ist, dann wird Ihr Freund sterben."

Maywald schwieg. Julia schlug die Hände auf ihre Oberschenkel, griff ihre Handtasche und ging zur Tür. Klein sah Maywald noch einmal von oben herab an und folgte ihr. "Warten Sie!", rief Maywald ihnen nach. In diesem Moment klingelte ein Handy.

"Diese Woche macht mich fertig", sagte Klein, als er das kleine Büro in der dritten Etage des Polizeipräsidiums betrat und sich auf den Schreibtisch fallen ließ. Magdalena Czarnecka rieb sich die Augen. "Wem sagen Sie das?", erwiderte sie. "Das ist doch alles verrückt. Standen Sie im Stau?"

"Ja", log Klein. "Als Sie mich anriefen, war ich gerade auf dem Rastplatz."

Magdalena sah auf. "Wo sind Sie denn hergefahren? Auf der A46 gibt es doch gar keine Raststätte."

Klein spürte einen Schweißtropfen auf seiner Stirn. "Bei Hilden gibt es einen Autohof."

Magdalena nickte. "Wo ist er?", fragte Klein.

"Zwei Zimmer weiter", sagte Magdalena. "Hier."

Sie hielt ihm ein Bild hin. "Ein Foto von der Kamera im Foyer. Das ist er."

Klein nickte. "Den kenne ich. Der ist tatsächlich ein hohes Tier bei den Dare Devils. Als ich mit Ben dort war, habe ich ihn gesehen."

Magdalena stand auf und drückte Klein ihren Block in die Hand. "Gut, dann reden Sie mit ihm. Finden Sie heraus, was er weiß und was er wirklich von uns will."

Klein wirkte überrascht. "Ich?"

"Sie haben von mir die Vollmacht, sämtliche Zusagen machen zu können. Ich trage alles mit."

"Volles Vertrauen?", vergewisserte sich Klein.

"Volles Vertrauen", bestätigte Magdalena.

Stinger hatte seinen Ring abgezogen und ließ ihn zwischen den Fingern kreisen. Ein breiter, silberner Ring mit schwarzer Gravur, wie man ihn auf jedem Jahrmarkt bekommen konnte. Als er Klein erblickte, lachte er breit. "So schnell sehen wir uns also wieder."

"Was wollen Sie, Stinger?", fragte Klein kühl und setzte sich auf die Fensterbank. "Ich merke, dass Sie meinen richtigen Namen immer noch nicht kennen, oder?"

Klein schwieg. "Dachte ich mir doch. Ich bin aber nicht hier, um Sie bloßzustellen. Mein Name ist Torsten Weber."

Klein beobachtete gleichgültig die Vögel auf den Bäumen vor dem Fenster. "Sie sind zuerst mal ein Drogendealer, ein Zuhälter und, was weiß ich, noch alles. Also nochmal: Was wollen Sie?"

"Wissen Sie, Herr Klein – Klein war doch richtig, oder? – Sie haben gerade eine einmalige Chance. Ich gehöre seit Wochen zum Führungszirkel der Dare Devils. Seit Antonio an den Wunden gestorben ist, die Ihr Kollege ihm zugefügt hat, bin ich der wichtigste Mann. Mir haben Sie es übrigens auch zu verdanken, dass Sie nach der Aktion überhaupt noch leben."

Er machte eine theatralische Pause. "Jetzt sitze ich vor Ihnen. Freiwillig. Und welche Frage stellen Sie?"

Er schüttelte verständnislos den Kopf.

"Na gut." Klein stand auf und setzte sich vor Stinger auf den Tisch. "Sie sind nicht hier, um mir einen Gefallen zu tun. Aber dann werde ich mal konkret: Wo ist Mike Brandt?"

Stingers Lächeln wurde breiter. "Jetzt stellen Sie die

richtigen Fragen. Er ist tot."

"Nein. Die Leichenteile, die wir gefunden haben, gehörten nicht ihm."

Der Rocker zuckte mit den Schultern. "Trotzdem ist er tot. Das muss reichen. Aber es bringt uns in die Nähe dessen, wo ich mit Ihnen hinwill."

"Und das wäre?"

"Ich bin bereit, Ihnen Informationen zu liefern, die Sie in die Lage versetzen, die Dare Devils in der gesamten Region mit einem Einsatz auszuschalten. Und ich meine nicht nur Düsseldorf, sondern das ganze Bundesland."

"Unter welcher Bedingung?", fragte Klein.

"Ich will, dass Sie die Ermittlungen im Fall Brandt einstellen."

Klein schluckte. "Volles Vertrauen", hatte sie gesagt.

Paul Schmitz sah zur Uhr. Ein diabolisches Lächeln huschte über sein Gesicht. So musste sich Hitler gefühlt haben, als er das erste Mal die Finger in Reichweite der Macht hatte. Kein Gefängnis, keine Gitterstäbe und keine Mauern konnten ihn aufhalten. Alles würde sich ändern – in weniger als 36 Stunden.

"Vergessen Sie es", sagte Klein und lehnte sich entspannt zurück.

Stinger zuckte mit den Schultern. "Na gut, machen Sie einen anderen Vorschlag."

Klein sah überrascht auf. "Zeugenschutz."

"Zeugenschutz? Die Dare Devils sind in nahezu jedem Land der Welt aktiv. Und Sie wollen mich in einem Zeugenschutzprogramm verstecken? Wie naiv sind Sie?"

Stinger zog einen Zettel aus der Tasche und schob ihn Klein herüber. Klein nahm ihn in die Hand und zog die Augenbrauen hoch. "Was ist das?"

"Ein Zeichen meines guten Willens. Ich will ein Flugticket in die USA und 10.000 Euro in bar. Das Geld wird hier deponiert. Sobald klar ist, dass meine Informationen richtig sind, nehme ich das Geld und verschwinde."

"Nochmal: Was ist das?"

"Eine Adresse. Deal?"

Klein betrachtete erneut den Zettel. Dann nickte er. "Morgen Abend wickeln die Dare Devils dort einen dicken Drogendeal mit den Bandoleros ab", fuhr Stinger fort.

"Blödsinn. Die sind doch total verfeindet."

Stinger rollte die Augen.

"Sind sie nicht. Es hat einen Friedensvertrag gegeben. Sie haben Angst, dass die Nazis die Oberhand gewinnen. Soll ich weitermachen oder machen Sie einen Rückzieher?"

Klein sagte nichts. "Gut", fuhr Stinger fort. "Die Bandoleros haben eine große Menge Drogen aus Afghanistan erhalten."

"Wie viel?"

"Über 300 Kilogramm."

Kleins Augen weiteten sich. "Morgen Abend werden sie dort verteilt und auf den Markt gebracht, und alle werden da sein."

"Das ist unlogisch. Warum sollten so viele Menschen eingeweiht sein?", warf Klein ein.

"Sind sie nicht. Der Deal findet in einem Hinterzimmer statt. Aber Sie hatten recht. Beide Clubs waren lange verfeindet, also sind sie extrem vorsichtig und bieten alles auf, um Stärke zu demonstrieren. Diese Jungs kriegen Sie aber zumindest wegen anderer Dinge dran – illegaler Waffenbesitz und sowas."

"Warum sollte ich das glauben?"

Stinger zuckte mit den Schultern. "Wenn ich lüge, kriege ich kein Ticket und kein Geld. Warum sollte ich also hier sitzen?"

Klein blinzelte ihn skeptisch an. "Sie riskieren gerade Ihr Leben, Stinger. Warum?"

Stingers Zähne leuchteten. "Interne Streitigkeiten. Mehr müssen Sie nicht wissen."

Klein stand auf. "Wenn Sie mich verarschen, kriege ich Sie dran, Stinger. Und wenn ich Ihnen was anhängen muss."

Magdalena hielt sich den Bauch. "Mein Gefühl sagt mir, dass wir ihm nicht trauen können. Seine Forderungen sind für diese Informationen viel zu gering!"

Klein nickte. "Mein Bauch sagt dasselbe. Aber welches Risiko gehen wir ein?"

"Das weiß ich eben nicht, aber um eine koordinierte Aktion vorzubereiten, fehlt uns die Zeit. Wir kennen das Terrain nicht, die Räumlichkeiten. Wir werden es mit sicher zwei- bis dreihundert Rockern zu tun bekommen, wenn Stinger recht behält. Die kriegen wir nicht kontrolliert."

"Bereitschaftspolizei?", fragte Klein.

Magdalena schüttelte den Kopf.

"Die ist dafür nicht ausgebildet, höchstens in Kombination mit dem SEK."

Stille legte sich über den Raum.

"Chefin?", sagte Klein schließlich.

Magdalena sah nachdenklich zu Boden. Ihr Bauchgefühl meldete sich erneut. "Ich fürchte, Sie müssen eine Entscheidung treffen", forderte er.

Kapitel 28

Sie hätte warten sollen. Das sagte sie sich immer wieder, seit sie in Kleins Büro auf dem unbequemen Stuhl gesessen und das Kärtchen mit der Adresse des Anwalts immer wieder zwischen den Fingern gedreht hatte. Sie hätte warten sollen und doch war sie aufgestanden und gegangen. Nicht heimlich, sondern selbstbewusst, weil sie es nicht mehr aushalten konnte, die Lösung dieser so belastenden Vergangenheit vor sich zu sehen und nicht zugreifen zu dürfen.

War es gefährlich? Zuerst hatte sie die Frage mit "ja" beantwortet, doch je mehr sie darüber nachdachte, umso harmloser redete sie sich die Situation ein, wenngleich sie nur zu gut wusste, zu was diese Männer fähig waren – vorausgesetzt, sie waren auf der richtigen Spur.

Vielleicht war Ben auch auf der falschen Fährte gewesen und verrannte sich in etwas. Aber warum dann der Hund? Warum die Kameras in ihrem Haus und warum der Tod ihrer Tochter? Alles nur ein Zufall? Ein schlechter Scherz des Schicksals, dessen Pointe sie nicht erkannte?

Sie warf sich die Handtasche über die Schulter und ging hinaus in den kalten Flur. Ein junger Polizist kam ihr entgegen und nickte ihr freundlich zu. Sie folgte ihm bis zum Aufzug, entschied sich dann jedoch für das Treppenhaus. Julia konnte nicht warten.

Es klopfte an der Tür.

"Herein", sagte Magdalena.

Ein junger Polizist trat ein und legte eine Rolle auf den

Tisch. Magdalena bedankte sich freundlich und öffnete sie. Vor sich sah sie vergrößerte Satellitenaufnahmen eines Fabrikgeländes. "Das ist riesig. Wie sollen wir das absichern?", fragte Klein.

Magdalena fuhr mit dem Finger eine dünne Linie entlang. "Es ist umzäunt. Wir müssen an sich nur den Eingang hier absichern. Mit ihren Maschinen können die Dare Devils dann jedenfalls nicht flüchten."

"Schon richtig", bestätigte Klein. "Aber auf dem Gelände stehen vier Gebäude. Wenn es eskaliert und sie es zu einem der Gebäude schaffen und sich dort verschanzen, dann haben wir ein echtes Problem."

Magdalena nickte. "Ich habe auch kein gutes Gefühl, aber das zu beurteilen, müssen wir den Profis überlassen." Sie sah zur Uhr. "Ich treffe mich in zwei Stunden mit Vertretern des SEK und der Bereitschaft. Kümmern Sie sich um Frau Bischoff-Vorthmann."

"Sind Sie sicher?", fragte Klein überrascht.

"Wir haben hier nicht nur eine Baustelle, Klein. Ihr Job ist es zunächst, die Frau an einen sicheren Ort zu bringen. Danach möchte ich, dass Sie mit Schmitz reden. Heute. Ich will, dass wir das auch noch abklopfen. Die Sache mit Mike Brandt macht mir immer noch Bauchschmerzen."

Klein richtete sich auf und ging zur Tür.

"Ich hoffe, wir tun das Richtige."

Kann ich zahlen, bitte?"

Die Kellnerin eilte herbei und legte ihm den Bon auf den Tisch. Er setzte seine Lesebrille auf und bemühte sich, die Zahlen zu entziffern. Verlegen rieb er sich sein unrasiertes Gesicht. "14 Euro 90", sagte die Kellnerin etwas genervt und öffnete bereits ihr Portemonnaie, um das Wechselgeld bereitzuhalten.

Er stand auf und schob sich mit seinem dicken Bauch an dem kleinen Bistrotisch vorbei. Dann zog er eine Geldbörse aus der Gesäßtasche und hielt der Frau einen Fünfer und einen Zehner hin. "Stimmt so", nuschelte er und ging an ihr vorbei durch den Ausgang auf die Straße. Das Atmen fiel ihm schwer. Es fühlte sich an, als habe ihm jemand einen schweren Stein auf die Brust gelegt. Verbissen kämpfte er damit, ihn abzuwerfen – ein Kampf, den er früher oder später verlieren würde. Doch das war nicht sein einziges Problem. Der Rücken brachte ihn um. Seine Körperhaltung erinnerte eher an den Glöckner von Notre-Dame als an einen Mann Mitte sechzig, der einmal einen durchtrainierten, sportlichen Körper besessen hatte – wenn es auch lange her war. Er schwitzte. Mit seinem Jackett war er viel zu warm angezogen für dieses Wetter, und er fühlte sich darin wie in einer Dampfsauna. Doch er liebte es, sich zu präsentieren. Beinahe automatisch strich er über die kleine Anstecknadel in seinem Revers.

"Entschuldigen Sie, Julia. Es hat etwas gedauert", sagte Christian Klein und sah in ein leeres Büro.

Der Stuhl, auf dem sie gerade noch gesessen hatte, war leer. Klein ging zum Fenster und sah auf die Straße hinunter. An der Bordsteinkante erkannte er Julia, die gerade in ein Taxi einstieg. Klein schlug fluchend auf die Fensterbank. "Die ganze Familie ist doch verrückt!", rief er und lief aus dem Raum.

Das Jackett rutschte von seinen Schultern. Er war nicht gerade schmal gebaut, aber die Schultern des Besitzers mussten um einiges kräftiger entwickelt gewesen sein. Ben Bischoff war versucht, es einfach zusammengeknüllt in die nächste Mülltonne zu stopfen, doch dann hätte er keine Tasche mehr gehabt, in der er das Messer hätte verstecken können, das er aus dem Kaufhaus hatte mitgehen lassen.

Ben spürte ein unangenehmes Kribbeln in den Waden, das sich bis zu den Oberschenkeln ausbreitete und ein flaues Gefühl in der Magengegend verursachte. Er hatte seit Ewigkeiten nichts mehr gegessen, und was sie ihm im Krankenhaus eingeflößt hatten, wusste er nicht. Ohnehin wusste er nicht mehr wirklich viel von dem, was geschehen war.

Er setzte sich auf eine Mauer unter einen Baum und genoss den Schatten, den er spendete. Er erinnerte sich daran, im Auto gesessen zu haben, als plötzlich diese Lichter auf ihn zurasten. Aber warum war er im Auto? Er wusste nur noch, dass er von der Straße abgekommen war. Doch was war davor passiert?

Ben schloss die Augen und fühlte in sich hinein. Das flaue Gefühl wurde stärker. Es weitete sich aus, bis es seine Brust und seinen Kopf erreichte. Dann öffnete er die Augen und meinte plötzlich, eine Tonnenlast auf seinen Schultern zu tragen. Svenja.

"Können Sie mich zu dieser Adresse bringen, bitte?" Der Taxifahrer nahm den Zettel entgegen und nickte. Dann schaltete er das Taxameter ein. Im Radio lief leise Musik in einer Sprache, die Julia fremd war. Arabisch,

313

vermutete sie.

Julia sah sich kurz um, während sie bei der rasanten An-
fahrt in den Sitz gedrückt wurde. Sie konnte gerade noch
erkennen, wie ein junger Mann mit dunklem Haar um
die Ecke gelaufen kam.

Christian Klein winkte heftig und schrie etwas, das sie
nicht verstand. Der Fahrer hatte die Musik lauter gestellt.

Sein Kopf leuchtete hochrot. Ben spürte seinen Herzschlag, der ihm die Adern zu sprengen drohte. Ziellos
lief er auf dem Bürgersteig auf und ab, unschlüssig, in
welche Richtung er sich bewegen sollte und mit welchem
Ziel. Ihm war schlecht. Ben spürte, wie die Magensäure
seinen Rachen emporstieg und sich sein Mageninhalt vor
dem Eingang einer Imbissbude entlud.

"Alter!", der Mann hinter der Theke ließ sein Küchentuch
fallen und lief heraus auf die Straße. Er deutete an, Ben
wegstoßen zu wollen, doch der Ekel, den er empfand,
stoppte ihn in seiner Bewegung.

"Verpiss dich hier, Mann!", rief er verärgert. "Bist du be-
soffen oder was?"

Ben nahm ihn nur aus dem Augenwinkel wahr, während
er sich erneut übergeben musste. Er sackte zusammen
und sank auf die Knie. Svenja.

Erneut versuchte er, seine Gedanken auf das zu richten,
was geschehen war. Er war ihr nachgefahren, hatte sie
verloren, und sie war alleine – mit Richter, einem Mörder.

Ben wischte sich mit dem Ärmel den Mund ab und nuschelte etwas. Der Imbissbesitzer beugte sich ein Stück
zu ihm herunter. "Was?"

Ben sah ihn mit glasigen Augen an.

"Welcher Tag ist heute?"

"Stehst du unter Drogen?"

Mit der Hand griff Ben den Mann am Kragen und zog sich an ihm hoch. "Welcher Tag ist heute?"

Dann fiel sein Blick auf die große Uhr mit Datumsanzeige in der Imbissstube. Es war zwei Tage her. Es war zu spät.

Der dicke Mann stoppte am Schaufenster eines Schmuckgeschäfts und betrachtete die glitzernden Uhren. Dann wanderte sein Blick zu seinem Handgelenk und dem Plastikchronographen, den er kürzlich für ein paar Euro auf dem Trödel erworben hatte. Er empfand so etwas wie Wehmut. Partner war er gewesen. Um neue Fälle musste er sich nicht bemühen, denn sie wurden ihm angetragen. Jeden Monat konnte er beobachten, wie sein Kontostand weiterwuchs. Zwei Autos reichten ihm nicht, er brauchte eines für jede Jahreszeit und natürlich auch eine Alternative zu seinem Ferienhaus auf Sylt.

Und jetzt? Er trug eine Plastikuhr und hauste in einer Zweizimmerwohnung in einem der miesesten Viertel der Stadt. Er hatte sich verzockt. Alles auf eine Karte gesetzt und verloren. Die Gier hatte ihn zerstört. Das Einzige, was ihm geblieben war, war eine kleine Anstecknadel – und deren Wert war unermesslich.

Wie in Trance lief Ben Bischoff die Straße entlang. Die Sonne brannte unaufhörlich auf seinen Kopf. Wut und Ärger wechselten sich mit einer tiefen Traurigkeit ab. Er haderte mit sich selbst, mit seinem Plan und mit den

Folgen, die er möglicherweise verursacht hatte. Diese Ungewissheit nagte an ihm, und doch musste er sich zwingen, rational zu denken.

Egal, wie die Geschichte mit Richter ausgegangen war – es war zu spät. Er konnte nichts mehr ändern. Was blieb, war die Notiz in seinem Kopf. Was blieb, war die Spur, die er sich erarbeitet hatte und die er nicht mehr verlieren durfte. Er war ein Bluthund, den man von der Leine gelassen hatte, und er würde alles tun, um diese Hetzjagd zu beenden. Er wollte die Köpfe derer, die am Tod seiner Tochter schuld waren. Die Köpfe derer, die sein Leben zerstört hatten. Sie waren es, die die Verantwortung für all das trugen, was geschehen war. Sie waren es, die er zur Rechenschaft ziehen würde.

Irgendwo musste er sein. Er wühlte mit der Hand in der Innentasche seines Jacketts, bis er den Schlüssel endlich in der Hand hielt. Wieder legte er die flache Hand auf die Brust. Es war so schwer zu atmen. Mit dem Handrücken wischte er sich den Schweiß von der Stirn und schob den Schlüssel ins Schloss der Tür. Er öffnete sie und setzte einen Fuß in den Hausflur, als er plötzlich einen Schlag in die Nieren spürte. Schmerzverzerrt ging er ins Hohlkreuz und merkte, wie sich ein Arm um seinen Hals legte und ihm ein Messer an die Kehle gehalten wurde. In diesem Moment vergaß er den Schmerz und hielt inne. "Lange her, oder?", sagte Ben Bischoff. Dann schloss er die Tür.

"Mir ist egal, ob es Ihnen leidtut. Sie müssen mich bezahlen!", sagte der Taxifahrer und gestikulierte dabei mit sämtlichen Körperteilen.

"Aber ich dachte wirklich, ich hätte Geld dabei", rechtfertigte sich Julia. "Geben Sie mir doch einfach Ihre Kontonummer, und ich überweise Ihnen den Betrag."

Er schlug die Hände über dem Kopf zusammen. "Ich habe Kinder, vier. Was soll ich denen sagen? Ihr kriegt morgen erst was zu essen, weil das Geld noch nicht da ist?"

Resigniert warf sich Julia zurück.

"Vielleicht kann ich ja helfen."

Christin Klein stand am offenen Fenster des Fahrers und reichte ihm einen Zwanzig-Euro-Schein. Julia verdrehte die Augen und stieg aus.

"Ich wollte es nicht glauben, aber Sie sind verrückt", motzte Klein. "Sie sind genauso bekloppt wie Ihr Mann."

"Ex-Mann", korrigierte ihn Julia mit verschränkten Armen.

"Wenn Ben recht behält, sind diese Typen gefährlich. Was sollte die Aktion also?"

Ertappt sah Julia zu Boden. "Ich konnte nicht warten."

Klein wandte sich genervt von ihr ab. "Ach so!", sagte er mit ironischem Unterton. "Ich bewege mich gerade auf ganz dünnem Eis, Julia. Diese Ermittlung hier ist inoffiziell. Ich riskiere meinen Job für Sie und für Ben."

Er bemerkte, wie oberlehrerhaft er sich anhörte. "Um es kurz zu machen: Wenn Sie noch einmal so eine Aktion bringen, nehme ich Sie in Sicherungshaft. Klar?"

Sie nickte. "Und wie geht es jetzt weiter?"

Klein sah sich um. "Jetzt klingeln wir da vorne an der Tür und sprechen mit Bens altem Anwalt."

"Wir machen also weiter?", fragte Julia überrascht. "Da ist etwas im Gange, Julia. Natürlich machen wir weiter."

"Nett hier", sagte Ben lächelnd.

Wladimir Kramnik, oder Boris Topalow, wie er sich früher nannte, blutete aus der Nase. Seine Lippe war aufgeplatzt, und er lag zusammengerollt am Boden. Ben hatte sich gar nicht erst die Mühe gemacht, ihn zu fesseln. Er war körperlich in so schlechtem Zustand, dass keine Gefahr von ihm ausging. "Werden Sie mich töten?", jammerte er.

Ben kniete sich neben ihn und flüsterte ihm ins Ohr: "Das hängt von deinen Antworten ab."

Dann stand er auf und setzte sich auf einen Stuhl am Küchentisch. "Ich sage dir erst mal, was ich schon weiß. Korrigier mich, wenn ich mich irre, okay?"

Topalow nickte. "Also", fuhr Ben fort, "wir wissen beide, dass mich die Polizei damals festgenommen hat. Mir wurde der Prozess gemacht, weil ich die Polizisten vor Ort angegriffen haben soll. Im Rahmen des Prozesses wurde ein ärztliches Gutachten angefertigt."

Seine Worte waren klar und durchdringend. "In der Klinik bekam ich eine Überdosis an Medikamenten, die zu einer Wesensveränderung führten. Das Gutachten fiel dementsprechend aus."

Schwerfällig richtete sich der Anwalt auf. "Woher wissen Sie das alles?"

Ben lachte. "Ich hatte eine kleine Unterredung mit dem behandelnden Arzt."

"Was habe ich damit zu tun?"

Ben sprang auf und trat dem am Boden Liegenden in die Rippen. "Das weißt du doch ganz genau!", rief er und beugte sich über ihn, um sein Gesicht besser beobachten zu können. "Du hast den Arzt angewiesen, das zu tun, oder?"

"Nein!", der Mann weinte, "ich … mir kam das auch unschlüssig vor."

Ben setzte sich neben ihn auf den Boden. Er lehnte sich mit dem Rücken an die Wand und schob das Messer von einer Hand in die andere. "Warum hast du dann keine Berufung eingelegt?"

Stille. "Du hast mich nicht verteidigt. Du hast das Gutachten zur Kenntnis genommen und mich fallen lassen. Warum?"

Das Weinen wurde lauter. Es war die Reaktion eines Mannes in Todesangst. Es klingelte.

Haben Sie den richtigen Knopf gedrückt?"

Klein sah sie echauffiert an. "Natürlich. Es macht aber keiner auf."

Julia ließ den Kopf gegen die Tür fallen und schlug leicht gegen das Holz des schweren Eichenportals. "Und jetzt?", fragte sie und sah in ein entsetztes Gesicht. Sie lachte verlegen. "Was ist los?"

Klein zog ein Taschentuch aus der Hosentasche und wischte ihr sanft über die Stirn.

"Was ist das?", fragte Julia.

Klein sah ihr tief in die Augen. "Blut."

"Aber ich habe doch nur ganz leicht …"

Er unterbrach sie. "Es ist nicht Ihr Blut, Julia."

Die Klinge schnitt tiefer in die Haut. "Warum?"

Aus Bens Augen funkelte der Wahn.

"Ich kann es Ihnen nicht sagen, Ben. Die töten mich."

Ben drückte das Messer fester an die Kehle des Mannes. "Ihr habt meine Tochter auf dem Gewissen, und sie war nicht die Einzige. Das weißt du ganz genau, also finde dich damit ab, dass du sterben wirst. Du darfst nur entscheiden, wer es tut und wie schnell es geht."

Topalows Blick wurde plötzlich klar und stark. "Dann töten Sie mich, Bischoff."

Ben holte aus.

Ein Schrei erschütterte das Gebäude, und Klein zuckte erschrocken zusammen. Er nahm die letzten Stufen und sprang zu der Tür, hinter der er Ben vermutete. Er sah sich nicht um, doch er wusste, dass er Julia ein Stück hinter sich gelassen hatte – und das war gut so, denn sie dürfte ihn nicht behindern, wenn es hart auf hart käme. "Ben! Mach auf!", schrie er und zückte gleichzeitig seine Waffe.

Keine Reaktion, nur gespenstische Stille. Dann wieder ein Schrei. Er stieß mit der Schulter gegen die Tür, die trotz ihres hohen Alters unglaublich robust war. "Was tun Sie da?", fragte Julia, doch er warf sich bereits ein zweites Mal gegen das Holz. Schmerz durchzog seine Schulter. Er atmete schnell, hektisch. "Zur Seite", sagte er forsch. Dann drückte er ab.

Ben hörte den Knall und warf sich auf den noch immer am Boden liegenden Anwalt. Das Messer schlug unmittelbar neben dessen Kopf ein. "Letzte Chance", flüsterte er.

"Ich kann es Ihnen nicht sagen, aber es hat mit ihr zu tun. Sie ist der Schlüssel."

Ben sah in die Richtung, in die der Finger des Mannes zeigte. Er rieb sich den Schweiß aus den Augen, um sicherzugehen, dass er nicht halluzinierte. Vor ihm stand Klein, der etwas rief, das Ben nicht verstand. Er nahm alles um sich herum nur noch gedämpft wahr, als hätte er Kopfhörer auf den Ohren. Der Blick des Kollegen war unmissverständlich. Ben lächelte kalt und legte sich auf den Boden. Die Hände verschränkte er hinter dem Kopf. Dann spürte er eine Hand in seinem Nacken, wie sie ihn streichelte und ihm sanft einen Kuss auf den Kopf gab. Julia.

Kapitel 29

Die Frauen und Männer waren für eine solche Situation nicht ausgebildet. Darüber bestand Einigkeit zwischen Magdalena Czarnecka und ihren Kollegen. Das war ein Risiko, und sie mussten entscheiden, ob sie bereit waren, es einzugehen.

Pläne wurden diskutiert und verworfen. Strategien wurden bis ins kleinste Detail durchgespielt und als zu gefährlich ad acta gelegt. Es galt, eine Eskalation zu verhindern, und dazu musste der Kern der Rocker, die den Drogendeal über die Bühne bringen wollten, vom Rest, von den Mitläufern, isoliert werden. Den Spezialkräften käme die Aufgabe zu, den Deal zu verhindern und alle Beteiligten festzusetzen, ohne eine konkrete Vorstellung davon zu haben, um wie viele Personen es überhaupt ging.

Die Kollegen der Bereitschaft würden dann durch massive Präsenz einen Wall zwischen den Dare Devils und den Bandoleros errichten und sie so voneinander trennen. Ein immenses Risiko, denn beide Aktionen mussten auf die Sekunde genau aufeinander abgestimmt sein. Einen Spielraum für Fehler gab es nicht, und das verursachte ein nervöses Zucken in Magdalenas Lidern, denn damit warf sie eines ihrer Grundprinzipien über den Haufen: Kalkuliere den Rückweg. Das konnte sie nicht.

Sie hatte in ratlose Gesichter geblickt, die Führungsschwäche der Einheiten hautnah erlebt, und doch war sie sich sicher, dass die Entscheidung für den Einsatz nicht leichtfertig getroffen wurde.

Die Busse der Bereitschaftspolizei würden außerhalb des

Geländes positioniert. Um ein zu frühes Entdecken zu vermeiden, würden Spezialeinheiten das Areal um den Eingang der Anlage herum "reinigen", wie sie es nannten. Dann würden sie sich positionieren – an vier Orten um das Lager herum – und die Rocker wie ein Schwarm Hornissen überkommen.

120 Sekunden vor dem Zugriff würden die Busse der Bereitschaft in die Anlage vorstoßen. Magdalena und ihre Kollegen hatten eine Fahrtzeit von 110 Sekunden kalkuliert, bis der Standort der übrigen Devils erreicht werden konnte – wenn sie ihn denn an der richtigen Stelle vermuteten. Alles, worauf sie sich stützten, war die Aussage eines Schwerkriminellen, der mit Dollarzeichen in den Augen vor ihr im Polizeipräsidium gesessen hatte und seine Sinnesgenossen ans Messer lieferte.

Mache keine Geschäfte mit Betrügern, sagte sie sich immer wieder, und doch sah sie keine andere Möglichkeit. Sie musste reagieren, musste die Informationen ernst nehmen und sich einen Plan B überlegen. Schnell.

"Ich erspare mir die Moralpredigt", sagte Christian Klein, der am Steuer saß und aus dem Fenster auf die blauen Lichter des Krankenwagens blickte. Boris Topalow saß auf der Stufe des Seiteneinstiegs und hielt sich ein weißes Tuch vor die Stirn. Blut sickerte langsam durch den Stoff. Klein drehte sich um.

"Mach die Dinger ab", fauchte Ben vom Rücksitz des Wagens und deutete mit dem Kinn auf die Handschellen, die seine Hände hinter dem Rücken fesselten. Neben ihm saß Julia, die nachdenklich aus dem Fenster schaute. "Im Leben nicht, Ben", antwortete Klein und drehte sich zu ihm um. "Warum auch?"

"Unschuldsvermutung", mischte sich Julia in das Gespräch ein.

Beide Männer sahen sie überrascht an. Sie fing die Blicke auf. "Erstens, Herr Klein, haben Sie nicht gesehen, dass Ben ihm etwas angetan hat. Zweitens hat er es verneint, als Sie ihn fragten, ob er Anzeige erstatten will, und drittens …"

"… hatte er es verdient", murmelte Ben.

Julia nickte. Klein hingegen schüttelte den Kopf, griff in seine Hosentasche und warf den Schlüssel auf den Rücksitz. "Wie geht es jetzt weiter?", fragte er schließlich.

Ben lehnte sich nach vorne. "Er wird Kontakt aufnehmen."

Julia legte die Stirn in Falten. "Wenn er es nicht schon getan hat."

Fragend sah Ben sie an. "Das Haus meiner Eltern wurde mit Kameras versehen, Ben. Ein toter Hund lag auf meiner Türschwelle, und ach, was weiß ich …"

Sie rieb sich die Augen.

"Was war der Auslöser?", fragte Klein.

"Wie meinst du das?"

"Ich meine, welcher Punkt deiner Ermittlungen hat die Täter veranlasst, aktiv zu werden. In welches Nest hast du gestochen, Ben?"

Ohne zu zögern sagte er: "Der Doc. Ich war bei meinem Doc aus der Klinik."

"Was hast du mit ihm gemacht?", wollte Klein wissen.

"Meinen Stand der Dinge erläutert. Mehr verrate ich nicht, zum Selbstschutz. Die Spur ist richtig. Das wissen wir hoffentlich jetzt alle, oder?"

Keiner sprach ein Wort, ehe Ben sich an Julia wandte. "Er sagte, dass du der Schlüssel bist. Wir müssen das ernst nehmen."

Sie nickte. "Ich habe dasselbe Gefühl. Als ich in meinem Büro war, habe ich meine Fälle von damals geprüft und vier Übereinstimmungen mit denen gefunden, die Ina Götte bearbeitet hat. Das ist kein Zufall, Ben."

"Wie kommen wir an die Unterlagen?"

Klein lachte. "Die liegen auf deinem Schreibtisch, mein Freund."

Einen Plan B gab es nicht. Das wurde ihr von Minute zu Minute bewusster. Immer wieder marschierte sie wie eine Feldherrin um die Satellitenbilder auf ihrem Schreibtisch herum und verschob verschiedene Gegenstände, die die unterschiedlichen Einheiten abbilden sollten. Die Bandoleros hatten dieses Areal in Duisburg perfekt gewählt, und man hatte sie gewähren lassen. "Entschuldigung", klang eine heisere Stimme aus dem Türrahmen.

Magdalena sah auf und lächelte schwach. "Herr Neumann, kommen Sie herein."

Sie wies auf einen Stuhl, und beide setzten sich. "Was gibt es Neues?"

"Es ist verrückt", sagte Neumann. "Nahezu jedes – nein, streichen Sie das nahezu – jedes Zimmer des Hauses war mit Kameras versehen. Darüber hinaus haben wir das hier gefunden."

Er legte einen durchsichtigen Plastikbeutel auf den Tisch. "Wanzen?", fragte Magdalena, wenngleich sie die

Antwort kannte.

Er nickte zustimmend. "Modernste Technik."

Sie gab ihm den Beutel zurück. "Was ist daran verrückt, Neumann? Nach den Kameras überrascht mich das nicht."

Kameras. Ihr Bauch meldete sich zu Wort.

"Das nicht, aber was mich irritiert, ist der tote Hund." Sie sah ihn scharf an, was er als Aufforderung verstand, weiterzureden. "Wenn ich mir solch eine Mühe mache und so High-Tech-Geräte installiere, dann verstehe ich nicht, warum ich so plump einen offensichtlich getöteten Hund vor die Tür lege. Dann fliegt doch alles auf."

Magdalena dachte nach. Kameras. "Das stimmt. Das lässt nur einen Schluss zu: Julia Bischoff-Vorthmann wurde nicht von einer Person beobachtet."

"Nein", stimmte Neumann zu. "Es waren zwei."

Zärtlich streichelte sie Ben über die Wange. Er lehnte mit dem Kopf an der Scheibe, und sein Kinn sackte immer wieder nach vorne. Er kämpfte gegen die Müdigkeit. "Wie geht es dir?"

Überrascht sah er auf. "Ist die Frage ernst gemeint?"

Sie verzog den Mund. "Körperlich."

Ben richtete sich auf und strich sich durch das fettige Haar. "Scheiße", sagte er. "Ich habe ständig dieses flaue Gefühl im Magen. Mein Kopf dröhnt."

"Fällt es dir schwer, ohne auszukommen?"

Er nickte. "Du weißt doch, dass ich ohne meine Medikamente Probleme habe, meine Emotionen unter Kontrolle zu halten."

Er hielt kurz inne. "Aber es klappt erstaunlich gut."

Klein lachte auf. "Ja, klar."

Julia verdrehte die Augen. "Das meine ich nicht. Was hast du genommen, Ben?"

Verständnislos schüttelte er den Kopf. "Was meinst du? Aspirin und meine Antidepressiva, aber auch die zuletzt nicht mehr."

Ben konnte Kleins Augen im Innenspiegel sehen, die ihn beobachteten.

"Ich bin noch immer für dich da, Ben", fügte Julia mit sorgenvoller Miene an.

"Das weiß ich, und das ist ja auch ganz toll, aber was erzählst du gerade für einen Scheiß?"

Sofort zog Julia ihre Hand zurück. "Ich meine die Drogen, Ben Bischoff. Verkauf mich nicht für dumm."

Erschüttert sah er sie an. "Was für Drogen?"

Acht Stunden. Mehr blieb ihnen nicht, und plötzlich war ein neues Thema auf dem Plan. Kameras. Ein Beamter war sofort in Zivil zu dem Gelände nach Duisburg gefahren und hatte den Eingangsbereich unauffällig begutachtet. Kameras. Wie viele und wie sie überwacht wurden, war unklar. Also musste noch eine weitere Unbekannte aufgelöst werden. Sie mussten die Stromzufuhr unterbrechen, was das Vorhaben nicht gerade erleichterte. Der Strom würde für das gesamte Gelände gekappt werden. Es war vermessen anzunehmen, dass dies unbemerkt bleiben würde. Noch dazu war damit zu rechnen, dass die Sicht in der Dämmerung schlecht sein würde – eine weitere Gefahrenquelle. Magdalena legte ihren Kopf in die Hände. Der Zeitplan wurde immer enger, ebenso wie der Raum für Fehler. Ein Zurück gab es nicht.

"Sind das die Fälle?", fragte Ben und deutete auf die Aktenordner auf dem Tisch.

"Ja", sagte Julia. "Vier verschiedene Bankinstitute. Das sind genau die vier, die sowohl Ina als auch ich bearbeitet haben."

"Bevor euer Kind starb?", fragte Klein.

Er deutete Julias Schweigen als Zustimmung. "Was sind das für Banken?", fragte er weiter.

Julia nahm einen der Ordner zur Hand und öffnete ihn. "Global Player."

Sie reichte Klein eine Liste mit Namen. Ben stellte sich neben ihn und zog die Augenbrauen hoch. "Ach du Scheiße."

"Das müssten so ziemlich die größten vier in Deutschland sein", ergänzte Klein.

Julia nahm das Papier zurück und ging es mit dem Finger der Reihe nach durch. "Die DBB Investment, Nummer vier in Europa. Die Preußische Investitionsbank, eher unbekannt, weil sie keine Filialen unterhält, aber dem Volumen nach die Nummer zwei in Deutschland. Die London Invest, ein Ableger der britischen Tochter, und die Deutsche Fondsgesellschaft, keine Bank, aber eben auch hochgradig am Markt aktiv."

"Was macht diese Institute für uns so interessant? Sind die irgendwie in Schieflage?", fragte Ben.

"Nein", sagte Julia. "Alle haben die Krise ganz gut überstanden. Die Kapitalausstattung ist in Ordnung, und die Erträge sind ausreichend."

"Aber?", fragte Klein.

Julia blätterte in dem Ordner. "Das muss ich nochmal

prüfen. Ich hatte so eine vage Erinnerung. Bevor unsere Tochter ermordet wurde, hatte ich alle diese Banken auf dem Tisch, und ich weiß, dass ich über etwas gestolpert bin. Es gab einen Vermerk dazu."

Sie blätterte weiter. Dann nahm sie den nächsten Ordner. Resigniert warf sie auch diese Unterlage zur Seite. "Ich kriege es nicht mehr zusammen. Es ist zu lange her." Der dritte und der vierte Ordner. Dann lehnte sie sich zurück und legte die Hände hinter den Kopf. "Da fehlt was."

Ben setzte sich ihr gegenüber auf den Tisch. "Was? Kannst du es rekonstruieren?"

Sie schüttelte den Kopf. "Sämtliche Vermerke und Bilanzen fehlen. Alles ist weg."

Magdalena Czarnecka füllte ihren Becher am Kaffeeautomaten auf und rührte etwas Zucker hinein. "Endlich wieder gut", sagte die korpulente Frau mit den dunklen Haaren, während sie mit einem nassen Tuch die Tische abwischte.

"Ja", antwortete Magdalena. "Die Maschine war ganz schön lange kaputt. Endlich wieder frischer Kaffee." Die Frauen nickten sich freundlich zu. Magdalena sah auf die Uhr. Noch sieben Stunden und fünfundvierzig Minuten. An ihrem Becher nippend schlenderte sie an Christian Kleins Büro vorbei und hielt inne. Sie ging ein paar Schritte zurück, versucht, den Kaffee aus dem Mund herauszuprusten, als sie die Tür öffnete.

Klein, Ben und Julia sahen erschrocken auf, als sich die Tür öffnete und Magdalena Czarnecka mit einem

Kaffeebecher an den Lippen und weit geöffneten Augen im Türrahmen stand. Ein unangenehmes Schweigen legte sich über das Zimmer, ehe Magdalena eintrat und mit versteinertem Gesicht die Tür hinter sich schloss Noch immer wortlos ließ sie sich in einen der Stühle in der Ecke fallen und sah Ben Bischoff ungläubig an. "Ihnen geht es also gut", sagte sie schließlich.

Ben zuckte mit den Schultern. "Warum auch nicht?" Magdalena war ihrerseits bemüht, gleichgültig zu wirken, doch ihre Halsschlagader pochte. "Weil auf Sie ein Mordanschlag im Krankenhaus verübt wurde, zum Beispiel. Oder weil ich Thomas Richter eine Kugel verpassen musste, weil er Frau Calenberg töten wollte."

Ben zuckte kurz zusammen. Er hatte es wieder verdrängt, merkte noch immer, dass sein Gedächtnis nur lückenhaft funktionierte. Was war nur los mit ihm? Zum ersten Mal spürte er so etwas wie Scham, wie Schuld. Sein Herz raste. "Arschloch", murmelte Klein kopfschüttelnd.

Magdalena hob die Augenbrauen. "Das wussten Sie nicht? Sind Sie in Ihrer kleinen Besprechung noch nicht so weit gekommen?"

Ben lief rot an. Er fühlte sich schlecht. "Wie geht es ihr?" Magdalena fixierte ihn. "Es geht ihr gut, aber das ist nicht Ihr   Verdienst,   Ben."

"Und Richter?", fragte er kurzatmig.

"Ist überführt."

Er nickte erleichtert. Dann stand sie auf und wandte sich an Klein. "Verdammt! Ich schenke Ihnen volles Vertrauen, und Sie halten es nicht für nötig, mich darüber zu

informieren, dass Bischoff wieder aufgetaucht ist?"
Klein stotterte. "Ich, wir sind gerade …"

"Wir sind erst seit kurzem hier. Unser nächster Gang
hätte uns zu Ihnen geführt, Frau Czarnecka", sagte Ben.
Sie nickte. "Na dann, schießen Sie mal los", forderte sie
Ben auf. "Was sind das für Unterlagen?"

"Wir haben eine Verbindung zwischen meiner Frau, also
Ex-Frau, und einem der Opfer des Rosengarten-Killers
gefunden."

Sie hob die Hand. "Das interessiert mich erst später, Ben.
Ich möchte zuerst mal etwas über Ihren Drogenkonsum
hören."

Wieder stockte Ben, nach Worten ringend. "Das höre ich
jetzt zum zweiten Mal heute. Wie kommen Sie darauf,
dass ich Drogen nehme?"

Magdalena wirkte verärgert. "Ach, Ben. Sie sind zuge-
dröhnt in den Straßengraben gerast. Die Ärzte haben
Spuren von Crystal Meth bei Ihnen nachgewiesen. Sie
können also offen sprechen. Sie müssen nichts vertu-
schen."

Er hob abwehrend die Hände. "Ich vertusche doch
nichts. Ich nehme keine Drogen."

Die Verteidigungssituation war ungewohnt für Ben. Er
spürte eine innere Unruhe, Angst.

Julia legte ihm die Hand auf die Schulter. "Wir kriegen
das in den Griff, Ben."

Mit einer schnellen Bewegung wischte er ihre Hand beiseite. "Ihr spinnt doch."

Magdalena nahm einen erneuten Schluck aus ihrer
Tasse. "Sie machen mir echt Kopfschmerzen, Ben. Ich bin

froh, dass die Maschine wieder funktioniert."

Ben spürte, wie die Unruhe in ihm zunahm, ehe sie sich entlud. Er sprang auf und rannte auf Magdalena zu, die in Abwehrhaltung zur Seite sprang. Doch er drängte sich an ihr vorbei durch die Tür. Kaffee.

Pfeifend wischte sie den letzten Tisch ab und trat hinter die Theke, um die übrigen Becher in die Spülmaschine zu räumen, ehe sie endlich nach Hause gehen konnte. Sie fühlte sich befreit, sorglos und irgendwie angekommen in diesem Land, das es ihr nicht leicht gemacht hatte. Der Job gab ihr gerade genug zum Leben. Den wenigen Luxus, den sie sich gönnte, hatte sie finanziert, bis ihr alles über den Kopf gewachsen war. Doch heute fühlte sie sich gut, freute sich auf zu Hause, auf ihren Sohn und ihr neues, unbeschwertes Leben.

Magdalena fluchte, als der Kaffee über ihre Hand auf ihren Ärmel schwappte und sie die heiße Flüssigkeit auf ihrer Haut spürte. Dann stellte sie den Becher weg und folgte Ben, der eilig den Gang entlanglief. Dabei stieß sie beinahe mit Klein zusammen, der sich zeitgleich durch die Tür schob.

Ben schwitzte. Er spürte, wie sein Atem flacher wurde und sich ein unangenehmer Druck in seiner Brust aufbaute, doch stehen bleiben konnte er nicht. Mit einem harten Schlag stieß er die Tür zur Kantine auf und konnte gerade noch erkennen, wie Romina ihre Jacke überzog und durch den Hintereingang verschwand. Ben wollte rufen, doch die Stimme versagte schon im Ansatz, also fühlte er in sich hinein, mobilisierte die letzten Kräfte.

Das schweißnasse T-Shirt scheuerte an seiner Haut. Er warf die nächste Tür auf und stand im Treppenhaus. Oben oder unten? Er horchte. Unten. Mit zwei Sätzen hatte er die dritte Etage hinter sich gelassen und sah nun ihr Gesicht, wie sie erschrocken nach oben blickte, um dann ihren Schritt zu beschleunigen, bis sie schließlich lief. Ben tat einen erneuten Satz und bekam sie im Fallen zu fassen. Sie taumelte und stürzte. Ihre Schulter schlug gegen die kalte Betonwand, dann der Kopf. Blut floss ihre Stirn hinab. Ben rappelte sich auf und packte sie am Kragen ihrer dünnen Sommerjacke.

"Rede", forderte er sie auf, doch sie antwortete lediglich in ihrer Muttersprache.

Er schüttelte sie. "Rede!"

Ihre Augen füllten sich mit Tränen. Furcht. "Ben!", rief Klein, der ebenfalls die Treppe hinabkam. "Lass sie los, verdammt!"

Augenblicklich wollte er seinen Kollegen von der Frau wegzerren, sie von ihm erlösen, als er einen harten Griff am Arm spürte. Überrascht sah er sich um. Magdalena blickte ihn mit ernster Miene an. "Lassen Sie ihn."

Ungläubig schlug er Luftlöcher mit seiner Faust. Dann beobachtete er Ben, bereit einzugreifen.

Noch immer hatte er sie fest im Griff. Der Kragen gab unter dem Zug nach und riss bereits an einer Stelle. "Was war in dem Kaffee?", fragte er zitternd.

"Ich weiß nicht", wimmerte sie. "Ich weiß nicht, was meinen."

Er schubste sie gegen die Wand, und sie sank zu Boden. Dann kniete er sich neben sie und packte ihr Kinn. "Was

war in dem Kaffee? Hast du was da rein gemischt?"
Romina weinte. Sie war unfähig, ein Wort zu sprechen.
Lediglich ihr Nicken konnte er erkennen. Ben atmete tief.
Er spürte, wie sich seine Lunge langsam wieder füllte.
Magdalena war neben ihn getreten und schob ihn sanft
zur Seite. Dann reichte sie Romina eine Hand und zog sie
vom Boden hoch. Die Frauen setzten sich auf die Treppe.
"Was war in dem Kaffee?", fragte Magdalena mit sanfter
Stimme.
Romina sah sie von der Seite an. "Weißes Pulver. Nicht
weiß was."
Magdalena griff die Hand der Frau. "Ich glaube Ihnen.
Wer hat Ihnen das Pulver gegeben?"
"Mann auf Straße mir geben Geld und Pulver. Ich Schul-
den." Sie zog ein Taschentuch aus der Jacke und tupfte
sich die Tränen von den Wangen.
"Wie viel?", fragte Ben, der an der gegenüberliegenden
Wand lehnte.
"Zweitausend Euro."
Ben lachte auf. "Für zweitausend Euro …"
Magdalena stand auf und wandte sich an Klein. "Neh-
men Sie die Frau fest. Ich will eine Beschreibung von dem
Typen, der ihr die Drogen gegeben hat."
Klein nickte. "Was machen wir mit ihm?"
Er deutete auf Ben, der sich die schmerzende Schläfe
massierte.
"Er ist auf der richtigen Fährte. Geben Sie ihm jede Un-
terstützung, die er braucht."

Kapitel 30

Stinger lächelte. Er hatte das vierte Level seiner Tetris-App erreicht. Dann warf er das Smartphone vor sich und legte seine Füße auf die Tischplatte. Er verschränkte die Arme hinter dem Kopf und schloss die Augen. Durch die Augenlider blinzelte er zunächst gegen die untergehende Sonne und dann auf die Uhr über dem Eingang. Der Polizist, der in der Ecke des Raumes saß, war in seine Autozeitschrift vertieft.

"Bald soll der T6 rauskommen", sagte Stinger und deutete auf das Titelblatt.

"Ich hatte den T2", sagte der Polizist und lächelte stolz.

"Nicht Ihr Ernst! Als Camper?"

Der Polizist nickte. "Damit bin ich die ganze französische Küste bis nach Portugal runter." Er biss sich auf die Unterlippe. "Der fuhr einmalig, und wenn mal wirklich etwas kaputt war, konnte man ihn selber reparieren – keine Elektrik eben."

"Das liebe ich so an den alten Harleys."

Der Polizist schüttelte den Kopf. "Kenn ich mich nicht mit aus. Irgendwann will ich mal so einen alten Mercedes haben, wenn ich in Rente gehe."

"Die haben auch schöne Autos gebaut. Wann ist es denn soweit?"

"Drei Jahre."

Stinger nahm die Beine vom Tisch und setzte sich aufrecht hin. "Absehbar. Ich müsste mal aufs Klo."

"Da draußen. Ich komme mit", sagte der Polizist.

"Das krieg ich schon hin. Danke", wehrte Stinger ab.

Der Mann zuckte entschuldigend mit den Schultern. "Ich

muss leider. Anweisung der Chefin."

Stinger verdrehte die Augen. "Ach komm!"

Der Polizist dachte nach. Dann klopfte er Stinger lachend auf die Schulter und ließ sich wieder in den Stuhl fallen.

Pedro setzte die Sonnenbrille auf und startete seine Maschine. Noch einmal sah er sich um. Der Lärm der Motorräder war ohrenbetäubend. Er zitterte vor Erregung. "Alles klar?", fragte Pit, der von hinten herangerollt kam. "Alles klar", antwortete Pedro.

Er nickte Speedy zu und drehte den Gashahn auf. Die Kolonne setzte sich in Bewegung. Ein Aufmarsch, wie ihn die Stadt noch nicht gesehen hatte. Ein bewegendes Gefühl.

"Denk nach, Julia."

Sie funkelte ihn böse an. "Was glaubst du denn, was ich tue, Ben?"

"Es muss doch in diesem Wust aus Zahlen irgendwas geben, das dir bekannt vorkommt."

Sie verschränkte die Arme und verdrehte die Augen. "Weißt du eigentlich, wie lange das her ist? Außerdem hatte ich in den letzten acht Jahren fast jeden Tag solche Aktenberge auf dem Tisch. Da kann ich mich doch nicht an jede Zahl erinnern!"

Klein beobachtete die beiden amüsiert. "Das macht gerade nicht so viel Sinn, was du da machst, Ben."

"Geh mir nicht auf den Sack", lautete dessen kurzer Kommentar.

"Julia ist die Fachfrau. Lass sie in Ruhe arbeiten und nutz du die Zeit, dich ein bisschen auszuruhen."

Ben sah ein, dass Klein recht hatte. Er stand auf und ging um den Schreibtisch herum. "Was machst du?", fragte er. Klein zuckte mit den Schultern. "Ich knabbere noch immer an der Geschichte mit Mike Brandt. Das ist irgendwie alles so komisch. Nichts passt zusammen, und die Geschichte mit Stinger ..."

"Ich weiß, was du meinst."

"Das passt alles nicht, aber irgendwo muss es ja eine Verbindung geben. Ich finde sie nur nicht."

"Hast du sein Profil gecheckt?", fragte Ben. "Das Persönlichkeitsprofil? Wozu? Dazu haben wir viel zu wenige Informationen", antwortete Klein irritiert. Ben schüttelte den Kopf und griff nach der Maus, die neben der Tastatur stand. "Das Facebook-Profil."

Igor lud seine Waffe durch. Im Mundwinkel hing lose eine Zigarette. Es würde nicht der erste Schuss sein, den er abgab. Es würde auch nicht der erste Mensch sein, der sie abbekommen würde und garantiert auch nicht der letzte. Dennoch spürte er dieses Kribbeln, dieses nervöse Zittern in den Oberschenkeln. Sie waren alle da, und sie waren bis an die Zähne bewaffnet. Zwar reizte ihn die Aussicht darauf, Antonio zu beseitigen und die Führung beider Rockerclubs zu übernehmen, doch wirklich trauen konnte er diesem Stinger nicht. Warum? Weil er die Gründe nicht verstand, aus denen er seinen Anführer verriet. Dennoch war da diese Chance, und die würde er nutzen – auch wenn er notfalls alle töten müsste.

Magdalena saß in ihrem Auto, etwa einen Kilometer vom Fabrikgelände in Duisburg entfernt. Sie hatten alle

Zufahrten mit ihren Leuten besetzt, für Außenstehende nicht erkennbar. Sie saßen in Straßencafés, in Autos, machten einen Schaufensterbummel oder suchten in Mülleimern nach Leergut. Zwar hatten sie eine Vermutung, woher die Dare Devils kommen würden, doch konnten sie sich auch irren, und für Fehler blieb kein Raum. Also verdrängte sie die Möglichkeit, welche zu begehen, und konzentrierte sich auf das, was hier heute geschah. Doch noch war es ruhig.

"Hast du denn einen Account?", fragte Klein überrascht. Ben sah ihn einige Sekunden regungslos an, ehe Klein sich die Frage selbst beantwortet zu haben schien und sich wieder der Website auf seinem Monitor zuwandte. "Ich hatte mal einen. Aber das Passwort habe ich vergessen."

"Google ihn doch erstmal", sagte Ben und schob Klein zur Seite.

Ben lachte und zeigte auf das Bild eines jungen Mannes mit langem, wallendem Haar. "Der sieht aber nicht böse aus."

Klein zog die Maus wieder zu sich herüber. "Das ist er ja auch nicht. Wie war nur das Passwort?"

"Nimm meinen", sagte Julia und reichte ihm einen Zettel mit ihrem Benutzernamen.

Klein tippte ihn ein. "Und das Passwort?"

Julia schluckte. "Ben1996."

Ben sah verunsichert auf. "Das Jahr unserer Hochzeit?"

Julia schwieg.

"DER sieht böse aus", sagte Klein plötzlich und deutete

auf ein Foto auf seinem Monitor.

"Dann klick ihn doch mal an."

Zehntausend waren ein Witz. Stinger sah in den Spiegel und schmunzelte. Da hätte er es fast versaut, und das komischerweise, weil er zu bescheiden war. Nicht gerade eine seiner Paradeeigenschaften.

Er spritzte sich etwas Wasser ins Gesicht und tupfte sich die Stirn mit einem dieser rauen Papierhandtücher, die mittlerweile überall zu finden waren und das grüne Gewissen der Verantwortlichen ein wenig streichelten. Ein Wunder, dass sie ihm das abgekauft hatten. Der junge Polizist, Christian Klein, war naiv. Er hatte versucht, Stärke und Härte zu demonstrieren, aber am Ende hatte er doch das getan, was Stinger von ihm erwartet hatte – was er kalkulierte.

Die Frau war ein anderes Kaliber. Sie hatte ihm diesen alten Sack, diesen Fast-Rentner vor die Nase gesetzt, was die ganze Sache nicht gerade einfacher machte, dachte er zumindest. Dass es dann aber so simpel werden würde, hatte ihn überrascht. Und jetzt stand er hier. Auf der Herrentoilette. Die Schlüssel zu seiner Maschine in der Tasche und niemand weit und breit, der ihn aufhalten konnte. Er öffnete die Tür, ging den Flur hinunter und betrat das Treppenhaus. Vollidiot.

Magdalena schrak auf, als sie ein unangenehmes Geräusch wahrnahm. Eine Art Knattern, das zunächst leise und dann immer lauter das Unheil verkündete. Sie stellte ihren Kaffeebecher beiseite und sah in den Rückspiegel ihres Wagens. In der Ferne konnte sie ein Licht erkennen

– mehrere, viele.

Mit offenem Mund beobachtete sie, wie die Motorräder sanft an ihr vorbeiglitten, und sie spürte etwas, das in dieser Situation eigentlich völlig fehl am Platz war: Demut.

Sie griff zu ihrem Funkgerät mit geschützter Frequenz und drückte den Knopf an der Seite. "Sie sind im Anflug. Es sind viele", sagte sie.

Es knackte. "Können Sie das spezifizieren? Wie viele?", fragte die Stimme am anderen Ende.

"Hunderte."

Der Empfang würde heiß werden. Igor hatte sich auf seiner Maschine auf dem großen Hof postiert. Neben ihm standen vier seiner engsten Gefolgsleute. Sie alle demonstrierten Gelassenheit – pure Show. Um den Platz herum standen drei große Gebäude. Ihre Tore waren geschlossen, und sie wirkten verlassen. "Wenn was schiefgeht?", fragte Igor den Mann zu seiner Linken.

"Alles organisiert", antwortete dieser. "In jeder der Hallen warten mindestens fünfzig unserer Jungs. Wenn die uns verarschen, bricht die Hölle über sie herein."

"Und was soll das jetzt?", fragte Klein.

Ben sah ihn entnervt an. "Klick dich doch einfach mal durch. Vielleicht findest du ja was."

Klein schob den Stuhl zurück und stand auf. "Was interessiert mich denn, welche Musik der Kerl hört oder welche Bücher er gerne liest?"

Ben rückte näher an den Bildschirm heran. "Ich glaube, du überschätzt ihn. So gut kann er sicher gar nicht lesen."

Klein warf ihm einen missmutigen Blick zu. Er sah zur Uhr und plötzlich fühlte er sich, als stünde er vor einer schweren Prüfung, auf die er nicht vorbereitet war. Jetzt war es an ihm, zu vertrauen. Darauf, dass Magdalena alles im Griff hatte. Darauf, dass sie wusste, was sie tat und der Situation gewachsen war. Er schob alle Zweifel beiseite und schüttete sich ein Glas Wasser ein.

"Urlaubsfotos!", rief Ben enthusiastisch. Julia sah von ihren Unterlagen auf und schüttelte zweifelnd den Kopf.

Stinger setzte seinen Helm auf und steckte die Sonnenbrille in die Seitentasche seiner Kutte, wie die Rocker ihre schmierig abgenutzten Lederwesten nannten. In wenigen Minuten würde der dicke Polizist von seiner Autozeitung aufsehen. Er würde zur Uhr schauen und bemerken, dass eigentlich schon viel zu viel Zeit für einen Klogang verstrichen war. Dann würde er seinen schweren Körper aus dem Stuhl bewegen und langsam zu den Toiletten herüberschlendern. Stinger konnte förmlich sehen, wie das Gesicht des Mannes rot anlief, als er bemerkte, dass Stinger verschwunden war. Er lächelte. Sobald Klein die Nachricht erhielt, dass die Aktion so abgelaufen war, wie Stinger es vorhergesagt hatte, würde er das Geld bekommen. So war die Abmachung. Kein Risiko für Klein, kein Risiko für Stinger, denn ihm war klar, dass er längst fort sein würde, wenn das Telefon klingelte.

Die Dare Devils passierten das Eingangstor des Fabrikgeländes. 110 Sekunden ab jetzt. In dem Moment, als der letzte Devil das Tor passiert hatte, wurde die

Stromversorgung gekappt, und die Zuwegung lag im Dunkeln. In Schwarz gekleidete Männer mit Schnellfeuerwaffen traten aus ihren Verstecken hervor und rannten auf das Gelände. Jeder Schritt, jede Bewegung war koordiniert. Jede Situation hunderte Male trainiert und doch weit davon entfernt, zur Routine zu werden.

90 Sekunden. Zwei Busse hielten zeitgleich an beiden Enden des Geländes. Auf der geschlossenen Seite hatte ein Polizist den Zaun mit einer Metallschere geöffnet. Jeweils fünfzig Polizisten mit schusssicheren Westen, Schilden und Schlagstöcken liefen auf das Areal und teilten sich wieder in jeweils zwei Gruppen auf, um die Devils von vier Seiten überraschen zu können. 65 Sekunden.

"Was ist das für ein Scheiß?", fragte Igor.

Er sah die Männer neben sich an und blickte in ratlose Gesichter. Eines der Tore der Lagerhallen öffnete sich, und zwei Männer schauten verwundert zu ihrem Anführer herüber. Igor stieg von seiner Maschine ab und ging nachdenklich um sie herum, als er meinte, einen Schatten wahrzunehmen.

Die Spezialkräfte postierten sich an den beiden Eingängen der Lagerhalle, die Stinger markiert hatte. Einer schlich sich an seinen Kollegen vorbei und schob ein kleines Rohr durch das Schlüsselloch. Eine Kamera. Auf dem winzigen Monitor erkannte er die Ansammlung von Männern. Er sah sich kurz um und nickte den anderen Männern zu. Dann kniete er sich nieder und sah zur Uhr. Der Countdown lief.

Ben hatte das Kinn in die Hand gelegt und klickte sich noch immer durch das Profil von Mike Brandt. "Der Idiot hat alles freigeschaltet. Aus Datenschutzsicht ist der Kerl eine Katastrophe."

"Und die Fotos? Nett?", fragte Klein ironisch.

"Geht so. Weit ist er nicht rumgekommen. Das sind eigentlich nur Bilder aus irgendwelchen Saufurlauben. Wahrscheinlich Malle oder so."

Ben stockte. Er führte die Maus auf die Lupe am unteren Rand des Bildschirms und vergrößerte die Ansicht. "Den hier kennen wir doch, oder?", fragte er und drehte den Monitor zu Klein, der auf der anderen Seite des Tisches stand. Klein lehnte sich herüber und kniff die Augen zusammen, um den Mann, der im Hintergrund mit einer Flasche Bier saß, besser erkennen zu können. Auf einmal spürte er, wie sein Puls raste und das Blut in seinen Kopf schoss. Hektisch, fast panisch griff er zum Telefon. "Oh, fuck!"

Pedro sah sich um. Stinger war nicht da. Vielleicht war er schon vorgefahren, hatte es für besser gehalten, den Dreck selbst zu erledigen. Vielleicht wollte er Pedro ein weiteres Mal bloßstellen und vor den Jungs völlig zum Affen machen. Wenn er damit recht hätte, würde er sich rächen. Pedro spürte, wie Wut in ihm aufstieg, und ermahnte sich zur Ruhe. Vielleicht lag er auch falsch. Er beschleunigte seine Maschine und zog gleichzeitig eine Pistole aus seinem Hosenbund. Ein kurzes Nicken zu beiden Seiten genügte, und die anderen taten es ihm gleich.

Stinger genoss den Wind, der um seine Nase wehte. Er blinkte rechts und bog auf die Autobahn. Die Uhr an seinem Handgelenk sagte ihm, dass es bald losgehen würde. Sein Auftrag war erfüllt, und es war, als fielen Tonnen von Steinen, von Geröll von ihm ab. Endlich spürte er die wahre Freiheit, die ihm so gefehlt hatte. Er hatte alles auf eine Karte gesetzt und musste jetzt nur noch beobachten, ob das Spiel zu seinen Gunsten ausging. Aber was sollte schiefgehen?

"Sie geht nicht ran! Scheiße!"
Klein fuhr sich aufgeregt durch das Haar. Zwischen jedem Klingeln verging eine gefühlte Ewigkeit.
Ben stand auf und hielt seinen Kollegen an beiden Schultern fest. "Rede mit mir. Woher kenne ich den Kerl?"
Klein riss sich los. "Es geht los, Klein. Was ist?", sagte Magdalena am anderen Ende der Leitung knapp.
"Stoppen Sie den Einsatz!", rief Klein.
"Was?", sagte Magdalena ungläubig. "Das geht nicht mehr. Er läuft schon."
"Scheiße!" Klein war hysterisch.
"Los! Reden Sie!", forderte Magdalena ihn ungeduldig auf.
"Das ist eine Falle! Stinger und Brandt kennen sich! Sie sind befreundet! Er hat uns verarscht!"
"Wie sicher ist das?"
"Ganz sicher", sagte Klein. "Stinger ist ein Teil der Brigade."

Das zweite Hallentor öffnete sich, und die schwerbewaffneten Männer sahen verdutzt aus der dunklen Halle. Die

Spezialkräfte waren darauf nicht eingestellt. "Zugriff!", befahl ihr Anführer spontan.

Zwanzig Männer mit Schnellfeuerwaffen schwärmten aus und drangen von zwei Seiten in die Halle ein. Die Rocker drehten sich, völlig überrumpelt, um und liefen durch das offene Tor aus der Halle heraus. Einer eröffnete das Feuer. Gewehrsalven ergossen sich auf den harten Beton. Warnschüsse. Ein Rocker stürzte und schlug mit dem Kopf auf. Regungslos blieb er liegen.

Igor sah seine heranlaufenden Männer und winkte seinen Leuten in den anderen beiden Hallen, sie zu unterstützen. Plötzlich hörte er ein bekanntes Geräusch. Wenige Meter entfernt sah er, wie sich eine riesige Kolonne von Motorrädern näherte. Das Licht ihrer Lampen blendete ihn und nahm ihm die Sicht. Auf einmal spürte er einen stechenden Schmerz in der Brust und sank in sich zusammen.

"Abbruch! Abbruch!", sprach Magdalena immer wieder in das Funkgerät, doch jegliche Reaktion blieb aus. Sie hörte die Schüsse in der Ferne und spürte etwas, das sie bis dahin nicht kannte: Hilflosigkeit. "Nein!", schrie sie noch einmal. "Es war doch so klar!"
Sie hätte es wissen müssen.

Motorräder fielen um, und die Bandoleros verschanzten sich hinter ihren Maschinen. Sie waren eingekesselt. Auf der einen Seite wurden sie von der Polizei bedrängt, auf der anderen eröffneten die Dare Devils das Feuer. Schutzlos kauerten sie in der Mitte des Platzes und nutzten die wenige Deckung. Einige versuchten verzweifelt, die Reihen zu durchbrechen, manche fielen von Geschossen getroffen zu Boden.

Aus der Dunkelheit tauchten von allen Seiten weitere Polizeieinheiten auf. Sie waren mit Schlagstöcken bewaffnet und schoben ihre Schilde zum Schutz vor sich her. Als die Bandoleros in ihrer Verzweiflung auch auf sie das Feuer eröffneten, warfen einige ihre Stöcke weg und griffen zu den Dienstwaffen. Ein Polizist schrie auf, und sein Bein färbte sich binnen weniger Sekunden rot.

Magdalena Czarnecka stand am Zaun und horchte apathisch den Schüssen und Schreien, die ihr durch die Nacht entgegenflogen. Weit in der Ferne vernahm sie ein Martinshorn. Dann ein weiteres, und irgendwann war das Areal blau erleuchtet, während sie sich weiter an den Maschen festklammerte und in die Dunkelheit starrte. Dann war es still. Völlig still.

Kapitel 31

"Er?" Der Mann deutete mit der einen Hand auf Ben und rieb sich mit der anderen das Nasenbein.

"Ich denke, die Sache zwischen Ihnen beiden ist doch geklärt, oder?", sagte Klein.

"Unter den Tisch gekehrt worden, trifft es wohl eher. Der hat mir das Nasenbein zertrümmert."

Der Justizangestellte hielt noch immer die Plastikbox in der Hand, in die Ben und Klein ihre Waffen legen sollten. Klein verdrehte die Augen und zog einen Brief aus der Tasche. "Ich denke, das sollte reichen."

Der Mann wehrte ab. "Sie wollen mich schmieren?"

Ben schob sich an Klein vorbei und riss ihm den Umschlag aus der Hand, um ihn mit zwei geübten Handgriffen zu öffnen. "Blödsinn! Das ist ein Schreiben des Innenministeriums. Gewähren Sie uns sofort Zugang und schaffen Sie uns den Penner Schmitz ran, sonst können Sie sich Ihr Geld demnächst beim Amt abholen. Klar?"

Der Mann zuckte zusammen und rieb sich erneut die Nase. Dann deutete er auf die Box, und Ben und Klein legten ihre Waffen ab.

Magdalena Czarnecka saß alleine an einem Tisch in der Kantine. Mit beiden Händen umklammerte sie ihre Kaffeetasse und starrte gedankenverloren in den Raum.

"Darf ich mich setzen?"

Sie sah auf und rang sich ein schwaches Lächeln ab. "Bitte."

Neumann nahm ihr gegenüber Platz und stellte seine Tasse neben die ihre.

"Wollen Sie reden?"

Überrascht fuhr sie zurück. "Nicht wirklich."

Neumann nickte. "Wissen Sie, das Problem bei euch Führungskräften ist, dass ihr meistens glaubt, alles alleine durchstehen zu müssen. Ihr habt in euren Seminaren und Schulungen gelernt, dass es falsch ist, Schwäche und Gefühle zu zeigen. Aber ganz ehrlich, ich glaube, daran gehen Sie kaputt."

Verunsichert wandte sie sich ab. "Darum geht es doch gar nicht, Herr Neumann."

Regungslos starrte er sie an, was sie als Aufforderung verstand, weiterzureden.

"Ich habe gestern Nacht einen Polizisten verloren. Sechs sind so schwer verletzt, dass sie die Nacht in der Klinik verbringen mussten, einer schwebt in Lebensgefahr. Von den Dare Devils haben vier ihr Leben gelassen. Das war Krieg, Neumann."

Er beobachtete, wie sich ein Rinnsal um ihre Augen bildete. "Sie geben sich die Schuld."

Magdalena nickte. "Natürlich", sagte sie. "Ich habe mich blenden lassen von der Aussicht, die Devils ein für alle Mal zu erledigen. Ich habe mein Bauchgefühl ignoriert und die Sache durchgezogen, obwohl mir nicht alle Informationen vorlagen, um die Situation richtig beurteilen zu können."

Sie schüttelte den Kopf. "Können Sie mir die Schuld nehmen, Neumann?"

Ihre Worte klangen flehend, doch er schwieg.

"Sie hätten das Gesicht seiner Frau sehen sollen, als ich vor ihr stand und sagen musste, dass ihr Mann gestorben ist." Sie stockte. "Dabei verlieren Sie sich in Floskeln, reden von einem Tod für das Land, von außerordentlicher Tapferkeit, und doch wissen Sie, dass keines der Worte den Schmerz auch nur ansatzweise lindern kann."

"Sie haben recht", sagte Neumann. "Ich kann Ihnen nicht sagen, dass Sie schuldlos sind. Aber die Devils sind zerschlagen. Sie werden sich zumindest in dieser Region nicht mehr breitmachen können."

Sie lachte. "Aber um welchen Preis?"

"Das weiß ich nicht. Und Sie? Vielleicht werden wir das erst mit etwas Abstand erkennen."

Magdalena stand auf und lächelte Neumann schmerzvoll an. "Danke."

"Wie geht es jetzt weiter?", fragte Neumann.

"Der Fall ist noch nicht geklärt. Das Einzige, was ich tun kann, um den Toten und Verletzten gerecht zu werden, ist meine Arbeit zu machen."

Dann drehte sie sich um und ging.

Der Wärter öffnete die Zellentür. "Besuch."

Schmitz, der in seine Zeitung vertieft war, lachte. "Das ging ja schnell."

Er stand auf, trank einen Schluck Wasser und schob sich fröhlich pfeifend an dem Wachmann vorbei. Irgendwann, so hatte er vermutet, würden sie wieder hier aufschlagen. Doch so schnell? Ein Grund, besorgt zu sein? Er hatte die ganze Zeit mit seinen Männern in Kontakt gestanden und wusste, dass alles nach Plan gelaufen war. Er konnte das alles also in vollen Zügen genießen.

Magdalena ging eiligen Schrittes durch das Vorzimmer ihres Büros. "Sagen Sie den Termin mit dem Innenminister ab."

Erschrocken sah die junge Sekretärin auf. "Ernsthaft?" Magdalena blieb stehen und sah sie beißend an. "Was haben Sie nicht verstanden? Machen Sie einen neuen, für morgen oder so."

Die Frau sah ihrer Chefin nach und beobachtete, wie sie die Schublade ihres Schreibtisches öffnete und die Dienstwaffe und den Dienstausweis herausnahm. Dann drehte sie sich um und ging. Im Vorbeigehen warf sie ihr einen Zettel auf den Schreibtisch. "Ich will in vierzig Minuten einen Streifenwagen vor dieser Adresse sehen."

"Die lassen dich noch hier rein, Bischoff?"

Schmitz grinste und streckte Ben die Hand entgegen. Dieser sah ihn lediglich durch ausdruckslose Augen an. Schmitz verzog gespielt beleidigt den Mundwinkel und setzte sich.

"Also?", fragte Klein.

Schmitz rückte zurück und zeigte auf Klein. "Darf der Kleine diesmal etwa auch mitspielen?", fragte er Ben zugewandt.

Gleich darauf spürte Schmitz, wie sich eine Fuhre Wasser über seinem Kopf ergoss. Erstaunt wischte er sich die Tropfen aus dem Gesicht. Klein stellte das Glas ab. "Wir haben geübt", sagte Ben trocken. "Wie hast du es gemacht, Schmitz?"

Wieder lächelte er. "Ich weiß überhaupt nicht, wovon ihr sprecht, Jungs."

Magdalena klingelte an der Tür. "Ja?"

"Polizei. Ich muss ins Haus."

Sofort ertönte das Summen des Türöffners, und Magdalena stand im Hausflur. Sie folgte der Treppe zwei Etagen hinauf. Dann erblickte sie das Namensschild und klopfte. Die Tür öffnete sich einen Spalt und wurde sofort wieder zugeschlagen. Magdalena schob ihren Fuß dazwischen und stemmte sich mit der Schulter gegen das Holz. Mit einem Mal gab es einen Ruck. Sie taumelte und war im Flur der kleinen Wohnung. Vor ihr stand eine junge Frau. Sie hatte zerzaustes, langes Haar und lediglich ein Bettlaken um den Körper gewickelt. "Wir sollten nochmal reden, oder?", sagte Magdalena.

Jesse sagte nichts.

Klein schlug auf den Tisch. Ben legte ihm beruhigend die Hand auf den Arm. "Okay, Schmitz", sagte er schließlich. "Ich habe kapiert, dass du am längeren Hebel sitzt, also lege ich vor."

Schmitz hob die Augenbrauen. "Wir haben am Rhein ja diese Leichenteile gefunden …"

Schmitz lachte laut. "Ja, ja! Ihr Amateure!"

Ben sah ihn überrascht an. "Wieso?"

"Über so Nummern spricht man nicht so gerne. Was, Kleiner?"

Klein sah irritiert zu Ben, dessen Hand noch immer auf seinem Arm ruhte.

Ben schüttelte den Kopf. "Keine Ahnung, was du meinst, Schmitz."

Euphorisch rückte Schmitz an die Polizisten heran. "Das ist zu witzig. Sogar ich weiß, dass man Handschuhe anziehen muss. Jeder Idiot weiß das. Nur du nicht, Kleiner. Alle Beweise futsch, was?"

"Ich habe Ihnen doch alles erzählt", sagte Jesse.
"War er hier?", fragte Magdalena.
"Wer?"
Magdalena sah sie wütend an. "Ziehen Sie sich an. Wir fahren zur Wache."
"Moment mal! Warum denn?"
"Es haben sich Dinge ergeben, die Ihre Aussage noch einmal wichtig werden lassen könnten. Und da Sie mich anscheinend ohnehin für dumm verkaufen wollen, fahren wir eben zur Wache."
Jesse wollte widersprechen, doch plötzlich zuckte sie zurück. "Ich zieh mich an", sagte sie.

"Was redet der denn da?", fragte Klein.
Ben zuckte mit den Schultern. "Ich glaube, das hier führt zu nichts. Lass uns gehen."
Klein war fassungslos. "Spinnst du, Ben?"
"Er wird uns nichts sagen. Warum auch? Er hat gewonnen."
Schmitz verfolgte die Diskussion mit verschränkten Armen. Ben stand auf, Klein blieb sitzen. "Ich will jetzt wissen, was Sie über Mike Brandt zu sagen haben. Ich will wissen, in welchem Verhältnis Sie zu diesem Stinger, oder wie auch immer Sie ihn nennen, stehen."

"Das ging zu schnell", murmelte Magdalena, während sie im Wohnzimmer der Wohnung stand und wartete. Aufmerksam sah sie sich um. Das Sofa, eine Decke. Auf dem Tisch stand eine Tasse. Sie roch daran. Tee. Dann ging sie die Küchenzeile ab. Der Wasserkocher. Heiß. Dieser Duft. Ihr Blick wanderte weiter. Eine Kaffeemaschine. Sie fühlte den Wassertank. Warm. Kaffee und Tee. Eine Tasse. Wieder ging sie zum Wohnzimmertisch. Die Tasse mit Tee. Sie kniete sich hin und sah von der Seite gegen das Sonnenlicht, das auf die Tischplatte fiel. Ein Kranz. Sie fühlte. Feucht und warm. Magdalena stand auf und betrachtete den Boden. Ein Tropfen vor dem Sofa. Sie ging in die Richtung, in die Jesse verschwunden war. Ein Fleck. Mit dem Finger fuhr sie über die feuchte Stelle am Boden und roch an der bräunlichen Flüssigkeit. Kein Zweifel. Magdalena zog ihre Waffe aus dem Halfter. Ihre Hand fuhr aus, um die Tür zum Schlafzimmer zu öffnen. Plötzlich spürte sie einen heftigen Schlag.

"Dann mach doch", sagte Ben trotzig und lehnte sich lässig gegen die Wand.

"Also?", sagte Klein erneut und wandte sich wieder Schmitz zu, der unwillkürlich lachen musste.

"Sie müssen schon etwas konkreter werden, mein Freund. Sonst kann ich Ihnen nicht helfen."

"Tut er eh nicht", warf Ben ein.

Klein funkelte ihn an. "Gut, Sie wissen, dass wir einen abgetrennten Arm und Finger im Rhein gefunden haben. Die Tätowierung auf den Gliedmaßen deutet auf Ihre Brigade hin."

Schmitz verzog den Mundwinkel. "Sagt mir nichts."

Ben lächelte. Klein hingegen fuhr unbeirrt fort. "Der Arm passt zu einer Leiche, die aus der Leichenhalle der Polizei entwendet wurde."

Schmitz lachte Ben an, der sich gelangweilt die Schläfe

rieb. "Sowas ist passiert?"

Klein fing seinen Blick ein. "Ich will wissen, wie Sie das angestellt haben. Wie sind Sie an die Leiche gekommen?"

Schmitz lehnte sich vor. Sein Blick war nun hart. "Pass auf, Bursche, ich sitze seit fast einem Jahr hier ein. Ich habe gar nichts angestellt, okay?"

"Wir haben herausgefunden, dass Ihr Mann, Mike Brandt, zu dem übrigens auch die Tattoos passen, mit diesem Stinger von den Dare Devils befreundet ist."

"Warum interessiert Sie das?", fragte Schmitz scheinheilig.

Wut kochte in Klein hoch. "Weil dieser Stinger durch seine Informationen dafür verantwortlich ist, dass ein Kollege von mir tot ist und darüber hinaus noch viel mehr Leute ihr Leben gelassen haben oder schwer verletzt im Krankenhaus liegen."

Schmitz zuckte mit den Schultern. "Dann fragen Sie ihn."

"Das würden wir, wenn er sich nicht aus dem Staub gemacht hätte."

Schmitz' Augen blitzten. Ben trat näher und legte Klein die Hand auf die Schulter. "Sei mir nicht böse, Christian, aber du hast ihm gerade mehr verraten, als er dir. Was dagegen, wenn ich kurz übernehme?"

Magdalena spürte, wie das Holz der Tür vor ihren Kopf schlug. Sie taumelte. Die Waffe fiel ihr aus der Hand und rutschte hinter das Sofa. Benommen versuchte sie, die Orientierung zurückzuerlangen, doch bei dem Versuch aufzustehen, spürte sie direkt den nächsten Schlag in ihre Magengrube. Sie sah zur Seite und erkannte einen kräftigen Mann mit kurzgeschorenen Haaren, der sich über sie beugte und sie an den Haaren emporzog. Auf seinem Unterarm erkannte sie einen bekannten Schriftzug: *Brigade*.

"Du hast uns von vorne bis hinten verarscht", sagte Ben ruhig.

Schmitz sah ihn gelassen an. "Hast du 'ne Kippe, Ben?"

Ben zog eine Schachtel aus seiner Hosentasche und warf sie Schmitz herüber.

"Ich meine die Geschichte mit meinem Anwalt. Du sagtest, ich würde Informationen von dir bekommen, wenn ich den Fall löse."

Schmitz nahm eine Zigarette. "Habe ich das? Hast du Feuer?"

Ben zog ein Streichholz hervor und zündete es an. Schmitz genoss den ersten Zug, bis er mit einem Mal spürte, wie Ben das Streichholz in seinen Ärmel fallen ließ. Panisch schlug Schmitz auf sein Hemd, damit sich das Feuer nicht weiter entzündete. Er jaulte vor Schmerz.

"Ja, hast du", sagte Ben. "Aber ich glaube, du hast gar keine Informationen für mich. Du weißt gar nichts über den Mord an meiner Tochter und die, die ihn in Auftrag gegeben haben, oder? Die ganze Sache war genauso, wie sie gelaufen ist, von vorneherein geplant. Du hast uns benutzt."

Schmitz rieb sich den Arm und wandte sich Ben zu. "Nur zu dumm, dass du nicht ein Wort davon beweisen kannst, Ben."

Nicht aufgeben. Der Mann holte zum nächsten Tritt aus. Magdalena packte seinen Fuß, richtete sich auf und schlug ihm mit voller Wucht vor das Knie. Sie konnte hören, wie die Bänder rissen. Der Mann schrie. Dann rappelte sie sich auf. Aus dem Augenwinkel sah sie Jesse, die sich in eine Ecke des Raumes gedrückt hatte und den Kampf verfolgte. Magdalena erreichte das Sofa und suchte ihre Pistole. "Suchen Sie das hier?"

Sie drehte sich um. Jesse hatte noch immer das Bettlaken um den Körper gewickelt. Mit der einen Hand hielt sie das Tuch fest, in der anderen hielt sie die Waffe.

"Machen Sie das nicht, Jesse. Das sind Sie nicht."

"Woher wollen Sie das wissen?" Sie zitterte.

"Weil ich Sie erlebt habe, vor ein paar Tagen im Verhör. Sie sind kein Mensch, der verletzt oder tötet. Vor mir saß eine Frau, die sich ehrliche Sorgen um ihren Freund gemacht hat, keine Mörderin."

Tränen flossen Jesses Wangen herunter. "Sie dürfen ihn mir nicht wieder nehmen."

Magdalena trat näher. Sie streckte die Hand nach der Waffe aus. "Wir finden einen Weg, Jesse. Sprechen Sie mit ihm, dass er kooperiert. Dann finden wir einen Weg. Für Sie und für ihn." Sie trat noch einen Schritt näher. "Geben Sie mir die Waffe."

Ben nickte. "Du hast vollkommen Recht. Nicht ein Wort davon kann ich beweisen. Aber trotzdem nagt es an mir, und ich gebe keine Ruhe, bis ich weiß, was hier passiert ist und was du damit bezweckst." Er stand auf und richtete drohend den Finger auf Schmitz. "Du weißt, dass ich das tue."

Schmitz zog unbeeindruckt an seiner Zigarette. Ein Handy klingelte. Klein zog sein Telefon aus der Tasche und las die SMS, die er gerade erhalten hatte. Lächelnd ging er zu Ben und streckte ihm die Nachricht entgegen. Ben lachte. "Wir gehen, Schmitz. Wir haben zu tun." Verunsichert stand Schmitz auf. "Was stand in der Nachricht?"

Ben drehte sich auf dem Weg zum Ausgang noch einmal um. "Nur so viel, Schmitz: Du wirst noch etwas mehr Zeit hier verbringen."

Zwei Männer in sportlicher Kleidung traten in die kleine Wohnung ein. Sie nickten den beiden uniformierten Beamten zu, die daraufhin das Gebäude verließen. Magdalena stand auf und gab ihnen die Hand. "Ist er das?", fragte einer der Männer.

Sie nickte. Er setzte sich neben den jungen Mann auf das Sofa. "Hallo, mein Name ist Hans. Ich sorge dafür, dass dir nichts passiert."

"Mike Brandt", sagte der Mann neben ihm und rieb sich den Schweiß von der Stirn.

"Wo bringt ihr ihn hin?", fragte Magdalena.

"Erstmal raus aus der Stadt in eines unserer gesicherten Häuser. Vorher müssen wir uns noch um sein Knie kümmern. Bleiben Sie mit der Zentrale in Kontakt. Die Spuren zu uns dürfen nicht zurückzuverfolgen sein." Magdalena lächelte. "Ich habe das Spiel selbst oft genug mitgemacht. Ich kenne die Regeln."

"Was passiert mit mir?", fragte Jesse.

Magdalena trat auf sie zu und streichelte ihr über die Wange. "Sie können nicht mit, Jesse", sagte sie. "Erst wenn der Prozess gelaufen ist, können wir Sie beide wieder zusammenbringen. Alles andere ist zu gefährlich."

Jesse lachte höhnisch. "Zu gefährlich? Meinen Sie, für mich ist es jetzt hier ein Spaziergang? Die Brigade wird mich auf dem Kieker haben!"

Magdalena zog ihre Hand weg. "Sie werden rund um die Uhr beschützt werden."

Das Lachen wurde zu hysterischem Weinen. "Die werden mich töten!"

"Nein", sagte Magdalena sanft, doch sie wusste, dass das der Preis sein könnte, und sie war bereit, ihn zu zahlen.

"Sie hat Mike Brandt?", fragte Ben noch immer ungläubig, als er und Klein bereits wieder im Auto saßen und der Autobahn entgegensteuerten. "Wie hat sie ihn gefunden?"

Klein schüttelte den Kopf. "Die Frau ist gut, Ben. Sie nimmt ihn in den Zeugenschutz, und Schmitz kommt so schnell nicht mehr aus dem Knast."

Eine Weile schwiegen die Männer, während sie die Stadt langsam verließen und vermehrt Felder und Wiesen an ihnen vorbeiflogen. "Was war das für ein Verhör gerade, Ben?", fragte Klein. "Du hast dich benommen wie ein Anfänger."

Ben sah ihn überrascht an. "Findest du?"

"Irgendwie schon."

Nachdenklich sah Ben aus dem Fenster. "Es war doch klar, dass er nichts sagt. Warum auch? Es gab doch kein Druckmittel, und wir können ihn ja nicht immer vermöbeln."

"Und das von dir", murmelte Klein.

"Die Wertung des Verhörs hängt wahrscheinlich auch damit zusammen, mit welchem Ziel man da reingegangen ist. Ich fand es gut", sagte Ben unbeirrt.

"Und du hast dein Ziel erreicht?", fragte Klein.

Ben nickte. "Immerhin weiß ich jetzt, wer der Maulwurf ist."

Klein steuerte den Wagen einmal mehr auf den Standstreifen und trat das Bremspedal durch. "Wer?"

Kapitel 32

Er musste dringend auf die Toilette. Doch ein Risiko eingehen konnte er nicht. Sich hier an einen Strauch zu stellen, wo jede Minute ein Polizist vorbeilaufen konnte, war zu gefährlich – das würde Spuren hinterlassen, und die wollte er vermeiden.

Also saß er in seinem grünen Transporter und schielte zu dem Stehkiosk hinüber. Hunger hatte er auch. Er nahm ein paar Euros aus der Mittelkonsole, öffnete die Tür und kämpfte sich durch den mittäglichen Verkehr auf die andere Straßenseite. Vor dem Kiosk stand der Besitzer, rauchend am Eingang.

Der Auftrag war klar: Lass sie nicht aus den Augen. Langsam nahm die ganze Sache Fahrt auf, und er spürte, dass es eng wurde. Doch solange keine Weisung kam, aktiv zu werden, wartete er ab. "Ein Kaffee und zwei Käsebrötchen ohne Grünzeug", sagte er.

Der Verkäufer hinter der Ladentheke nickte kurz. Sein Blick wanderte zum Eingang. Angewidert betrachtete er den Mann, der gerade den Laden betrat. Er war groß, sein zerzaustes Haar wirkte, als sei es seit Tagen nicht gewaschen worden. Der Bart wucherte wild und zog sich bis zum Hals hinunter. Ein stechender Geruch nach Schweiß und abgestandenem Tabak begleitete ihn. Die Zähne waren gelb verfärbt – Koffein, Tabak oder beides. Der Verkäufer kannte den Mann, doch nicht in diesem Zustand. "Machst du mir zehn Brötchen?", fragte Ben, der ungewohnt abgekämpft aussah.

"Mit was?"

"Misch mal durch", sagte Ben und griff sich eine Zeitung

vom Tresen.

Der Geruch erreichte den anderen Mann, der an einem kleinen Tisch saß.

"Was dagegen, wenn ich mich zu Ihnen setze?", fragte Ben plötzlich. "Dauert bei mir noch etwas."

"Natürlich nicht, bitte", sagte der Mann und deutete auf den Stuhl gegenüber.

Ben setzte sich und blätterte in der Zeitung. Der Mann spürte, wie sich unter seinen Armen Schweißringe bildeten. Sein Blick wanderte zur Uhr.

"Ups, ich muss jetzt auch los. Machen Sie es gut!", sagte er hastig.

"Sie auch", antwortete Ben, ohne von der Zeitung aufzusehen.

Der Mann sprang in seinen Transporter, zündete den Motor und suchte sich einen neuen Parkplatz. Auf die Toilette musste er immer noch.

"Seit wann trägst du eine Brille?", fragte Ben, als er das Büro betrat.

Julia sah auf. "Eine Lesebrille", korrigierte sie ihn. "Seit einer Weile."

"Kommst du voran?"

Sie schüttelte den Kopf. "Nicht wirklich. Ich versuche, mir aus den Vermerken hier etwas zusammenzureimen, versuche mich zu erinnern, was es damals war, das mich aufmerksam gemacht hat, aber ich komme einfach nicht drauf. Die Sachen sind zu unvollständig."

Ben warf die Tüte mit den Brötchen auf den Tisch. "Wer soll denn die alle essen?", fragte Julia. Ben antwortete nicht. Er öffnete die Tüte, nahm ein

Brötchen heraus und biss ein großes Stück ab. "Aber schling nicht wieder so", sagte Julia.

Ben hörte auf zu kauen. "Wenn du so über deine Brille linst, siehst du aus wie eine Lehrerin."

"Wird ja auch Zeit, dass du mal wieder Manieren lernst, Ben Bischoff. Mit vollem Mund spricht man nämlich auch nicht. Hast du denn alles vergessen? Waschen könntest du dich auch mal wieder!"

Beide lachten. Einen Moment lang trafen sich ihre Blicke, und Ben erkannte ein Funkeln in ihren Augen, das er seit Jahren nicht mehr gesehen hatte. Auch in ihm regte sich ein längst vergessenes Gefühl.

Ihr Blick wurde plötzlich ernst. Sie zog ein zusammengefaltetes Blatt aus ihrer Handtasche und legte es vor ihn auf den Tisch. "Du warst in meiner Wohnung?"

Sie nickte. "Um dir ein paar Sachen für das Krankenhaus zu holen. Der Schlüssel war in deiner Hosentasche."

Verlegen schob er den Zettel beiseite. "Das hätte ich dort nicht gebraucht", sagte er.

"Was bedeutet die Skizze, Ben?"

Er wandte sich ab. "Du solltest nicht zu tief einsteigen."

Empört stand sie auf. "Ach komm, seit Monaten machst du mich mit deinen Theorien verrückt. Jetzt sitze ich hier im Polizeirevier, werte für dich Unterlagen aus und werde verfolgt und ausspioniert – um das nicht zu vergessen. Ich hänge da genauso tief drin wie du, Ben!"

Nachdenklich sah er zu Boden, dann zu ihr. Er zeigte auf den ersten eingekreisten Namen. "Dr. Kleiber hat viel zu viel Medizin in mich reingepumpt. Das führte dazu, dass ich massive psychische Nebenwirkungen zeigte. Darauf basierte das Gutachten."

"Woher weißt du das?", fragte Julia.

"Hab ihn gefragt."

Sie verstand sofort. Sein Finger fuhr die Linie entlang zum nächsten Namen. "Der Rechtsanwalt, Topalow. Der Doktor nahm nach meinem Besuch Kontakt zu ihm auf. Ich habe die Verbindung zu seiner Kanzlei an der Kö gefunden. Ich gehe davon aus, dass er den Auftrag gegeben hat, mich ruhigzustellen."

"Wie kommst du darauf?" Julia lauschte gebannt.

"Eine Theorie. Aber es macht Sinn. Kein normaler Verteidiger hätte auf eine Berufung verzichtet. Er schon. Also hängt er mit drin."

Sie ging um den Tisch und setzte sich auf die Tischplatte. "Aber warum das alles? Was hast du ihm getan?"

"Ihm gar nichts. Ich glaube, er ist nur ein Zwischenmann. Kommen wir zum nächsten." Er zeigte auf den dritten Kreis.

"Will? Mein Chef?"

Ben nickte. "Auch nur eine Theorie. Aber er war die einzige Person, die sowohl zu dir als auch zu Frau Götte Kontakt hatte. Und der Anwalt hat mir gesagt, dass ..."
Er stockte. "Was?", fragte Julia nach.

"Dass du der Schlüssel bist."

Wenngleich die Aussage sie nicht überraschte, lief ihr doch ein Schauer über den Rücken. "Und in welcher Verbindung steht Will zu dem Anwalt und zum Arzt?"

Ben schüttelte nachdenklich den Kopf. "Keine Ahnung. Aber nach allem, was dir in den letzten Tagen passiert ist, bin ich mir sicher, dass Topalow recht hatte. Der

Mord an unserer Tochter hing nicht mit mir zusammen, sondern mit dir."

"Hast du noch 'ne Sprite für mich, Hans?", fragte Mike Brandt den Mann auf dem Stuhl.

Hans legte die Fernbedienung beiseite. "Klar."

Er ging zum Kühlschrank, holte eine kalte Limonade und öffnete die Flasche. "Hier", sagte er.

Dann setzte er sich neben Mike. "Scheiß-Situation, oder? Zigarette?"

Mike nahm eine. "Kannst du wohl sagen, Alter. Ich bin tot."

Hans verzog das Gesicht. "Blödsinn. Wir passen schon auf dich auf. Aber jetzt mal ohne Scheiß: Was hast du da für eine Nummer abgezogen?"

Mike lachte. "Das glaubst du nicht, Alter."

"Sag schon, spann mich nicht auf die Folter, Mann."

Kichernd sprach Mike weiter. "Also pass auf: Dieser Stinger ist ein alter Kumpel von mir."

"Nicht dein Ernst!"

"Doch, ohne Scheiß, Mann. Der ist sowas von Nazi, das glaubst du nicht." Er zog an der Zigarette.

"Ich dachte, der wäre ein Rocker?"

"Ja, das dachten die auch. Ist er aber nicht. Wir wollten einen Mann in der Spitze der Dare Devils."

"Da kommst du doch nicht mal eben so rein", widersprach Hans.

Mike zeigte mit seiner Zigarette auf ihn. "Richtig. Deshalb musste er sich beweisen. Wir haben also so 'ne Leiche organisiert und der meine Tattoos aufgemalt." Wieder musste er lachen. "Dann hab ich Stinger bei so einer

Schutzgeldsache überrascht und mich von ihm fangen lassen. Geil, oder?"

Auch Hans lachte. "Hammer."

"Geht ja noch weiter. Wir sind dann raus aufs Land. Da hat Stinger mich in so ein Waldstück geführt und so getan, als würde er mir eine Kugel in den Kopf jagen. Dann haben wir der Leiche, die wir da vorher hingelegt haben, meine Sachen angezogen und das Gesicht geritzt, damit man nicht erkennt, dass ich das nicht bin. Und Alter, die Rocker sind so hohl …"

"Haben sie nicht gemerkt, was?"

Mike schüttelte den Kopf. "Nee."

"Und warum hat er den Arm abgeschnitten? Wo ist der Rest der Leiche? Noch was trinken?"

Mike winkte ab. "Danke. Das mit dem Arm war nur Show, für sein Image und so. Der Rest liegt irgendwo im Wald, ganz tief vergraben."

Hans nickte. "Wo habt ihr die Leiche denn her?"

"Alter, keine Ahnung. Hat der Schmitz irgendwie gemacht. Der killt mich, Alter."

Hans klopfte ihm auf die Schulter. "Keine Sorge. Wie ging es weiter?"

"Das war echt geil. Stinger hat erst die ganzen bekloppten Devils gegeneinander aufgebracht. Das war eigentlich der Plan, und dann habt ihr Bullen noch so geil mitgespielt."

Hans rückte etwas näher. "Aber warum das alles?"

Mike lachte wieder. "Alter, die Devils haben uns den ganzen Markt kaputt gemacht. Jetzt sind sie weg. Wir haben die Huren zurück, wir verkaufen wieder die Drogen in der Stadt, und wir holen uns die Kohle von den Ladenbesitzern. Das ist scheißviel Geld, Alter."

"Und trotzdem sitzt du hier mit uns und willst deine Jungs verraten. Warum?"

Mike sah einige Sekunden nachdenklich zu Boden. "Ich hab ein Mädchen, Mann. Jesse. Die ist der Knaller. Und der alte Schmitz will die zur Seite schaffen, weil sie zu euch Bullen gerannt ist. Das geht nicht, Mann. Das kann ich nicht. Die ist mein Mädchen, verstehst du?"

Hans nickte. "Klar. Wir passen auf sie auf. Versprochen. Die ist genauso sicher untergebracht wie du."

Julia sah Ben in die Augen. "Ich habe dir nicht geglaubt, Ben. Dafür möchte ich mich entschuldigen."

"Das musst du nicht", wehrte er ab.

"Doch!", widersprach Julia. "Du hattest die ganze Zeit recht, und ich habe an dir gezweifelt."

Verlegen sah Ben aus dem Fenster. "Lass uns den Scheiß hinter uns bringen", sagte er schließlich. "Ich kann nicht mehr damit leben, die Vergangenheit ständig vor mir herzuschieben. Ich will sie endlich hinter mir lassen. Ich will, dass dieser Druck verschwindet, den ich spüre, sobald ich morgens die Augen aufmache."

Er biss die Zähne zusammen und schlug gegen den Fensterrahmen.

Julia wischte sich die Tränen von den Wangen. "Es tut mir alles so leid. Ich bin schuld, dass…", flüsterte sie, wurde jedoch schroff unterbrochen.

"Niemand ist schuld, Julia, niemand außer denen, die den Mord beauftragt und durchgeführt haben", sagte Ben und packte sie an den Schultern. "Keine Tat der Welt rechtfertigt es, ein kleines Mädchen auf diese bestialische Art zu töten." Er schluckte schwer. "Sie hätten mich einsperren und nie wieder rauslassen können, aber das…"

Julia stand auf und ging auf die andere Seite des Raumes, um Distanz zu gewinnen. Ihr Blick fiel wieder auf das Blatt auf dem Tisch. "Warum hast du Fred eingekreist, Ben?"

"Ich habe ihn gestrichen", sagte er überrascht.

"Aber du hattest ihn in Verdacht. Warum?"

Ben überlegte. "Da ist was in seinen Augen. Ich weiß auch nicht… und dann war da die Geschichte mit seiner Hand damals."

Sie zwang sich zu lächeln. "Naja, irgendwie hattest du damit ja auch recht."

Mit einem Mal war es unangenehm still. "Wie geht es jetzt weiter?", fragte sie schließlich.

"Wir brauchen die Verbindung und wir brauchen die fehlenden Unterlagen", erklärte Ben.

"Das kann uns nur zu einem führen."

Ben nickte. "Zu deinem Chef."

Klein ging mit einer Flasche Cola den Gang entlang, als er eine Vibration in seiner Hosentasche spürte. Er kramte das Handy hervor und öffnete die Kurznachricht: *Hallo Christian, ich wollte dir nur für den superschönen Nachmittag gestern danken. Wiederholen wir das? Kuss, Svenja.*

Ein eigenartiges Kribbeln durchlief seinen Magen, als er plötzlich einen Schlag gegen die Schulter spürte. "Sorry!", sagte er direkt und fing sich einen bösen Blick von Magdalena Czarnecka ein, die mit dem Telefon am Ohr in die andere Richtung ging.

"Redet er?", sprach sie in den Hörer.

"Er singt wie ein Vögelchen", antwortete Hans. "Sonst brauche ich Wochen, um so nah an einen Kronzeugen heranzukommen, aber der Kerl ist so hohl. Der plaudert aus dem Nähkästchen. Die Aufnahme schicke ich verschlüsselt rüber."

"In Ordnung", sagte Magdalena. "Belohnen Sie ihn. Sie haben doch sicher auch ein sicheres Luxushaus, oder?"

Er lachte. "Sie wissen, dass wir das haben."

"Oh ja, das weiß ich", antwortete sie.

"Ich glaube, wir würden ihn aber eher bei Laune halten, wenn wir ihn mit seiner Freundin, dieser Jesse, zusammenbringen würden."

Magdalena blieb stehen. "Er soll sich keine Sorgen um sie machen. Wir schützen sie."

"Dann lassen Sie uns das Mädchen auch wirklich schützen, Petra."

Sie zuckte zusammen. Lange hatte sie ihren richtigen Namen nicht mehr gehört. "Ich habe zwei gute Leute bei ihr. Keine Sorge."

Ihr war, als hörte sie ihn nicken. "Na gut, wir melden uns bei Ihnen, wenn was ist. Spätestens zum Gerichtstermin sehen Sie den Kerl wieder."

Magdalena verlangsamte ihren Gang und steckte das Telefon ein. Petra, bald bist du wieder Petra.

Kapitel 33

Er stellte die Harley Davidson vor dem unscheinbaren Mehrfamilienhaus ab. Unter dem Licht der Sonne funkelte der grüne Skorpion wie das Abbild einer Gottheit. Seinen Helm hängte er über den Lenker, wie er es so oft getan hatte. Dann folgte er der kleinen Treppe und den Werbeschildern in den Keller des Gebäudes und fühlte eine nervöse Freude, als er die Tür mit der Aufschrift "Downstairs" öffnete.

Er folgte den Stufen tiefer in das Gebäude und genoss den Moment, als das Gemurmel, das er gerade noch vernommen hatte, mit einem Mal verstummte. Er sah in die Gesichter der Männer, die ihm anerkennend zunickten. Alle hatten sie kurz geschorene Haare, alle trugen sie schwarze Jacken, alle lebten sie für die Brigade.

Zaghaft begann einer der Männer zu applaudieren, weitere stimmten ein, ehe sich ein lauter Jubel, ein Siegesgeheul über den Raum legte. Zum ersten Mal fürchtete er diese Männer. Noch nie hatte er sie in einer derartig aggressiven Stimmung erlebt, noch nie so stark und selbstbewusst. Reagieren und warten – mehr konnte er nicht tun, und mehr wollte er auch nicht.

Stinger fuhr sich mit der Hand durch das dichte Haar. Seine Augen glänzten. "Die Mähne muss weg!", rief einer der Männer.

Ein anderer Mann stieß den Wirt gegen die Schulter, und dieser verschwand kurz in einem der Hinterzimmer, um nur Augenblicke später mit einem Elektrorasierer zurückzukehren. Der Rasierer wurde ihm sofort aus der Hand gerissen.

Innerhalb von Minuten hatte Stinger sein Haar verloren. Triumphierend zog er die Lederweste aus, warf sie vor sich auf die Stufen und urinierte auf das Emblem der Dare Devils. Dann wandte er sich an die Horde unter ihm. "Sieg!", schrie er.

"Heil!", antworteten die Seinen.

Ben sah gedankenverloren aus dem Fenster. Julia hatte die Füße auf den Tisch gelegt und schlummerte. Ein leichter Schlaf. Immer wieder zuckte sie, schrak auf, sprach. Dann war sie wieder ruhig. Ein Lächeln, ein Seufzer, ein Traum.

Sein Blick schweifte über den leeren Schreibtisch. Lediglich der Postkorb quoll über. Ben nahm den Stapel in die Hand und blätterte die Unterlagen Seite für Seite durch. Formalia, völlig uninteressant. Ein Umschlag. Ben Bischoff persönlich. Er versuchte zu erfühlen, was sich darin wohl befand, doch konnte es nicht erraten. Mit der linken Hand öffnete er den Rollblock seines Tisches und zog einen Brieföffner hervor, als er aus den Gedanken gerissen wurde. Julia wachte auf.

"Es ist soweit, Ben", sagte Christian Klein, der unvermittelt in der Tür stand.

Ben nickte kurz und sah zu Julia, die ihm verschlafen zublinzelte.

"Dann bringen wir die Sache mal zu Ende. Die Chefin?", fragte Ben. Er legte den Brieföffner zur Seite und steckte den Umschlag in die Gesäßtasche seiner Jeans.

"Wartet beim Treppenhaus", sagte Klein. "Schnappen wir uns endlich dieses Arschloch."

Vier Männer traten auf die Straße und setzten sich in einen roten Opel Kadett. Zwei von ihnen hielten Bierflaschen in der Hand. Der Fahrer stieg noch einmal kurz aus und öffnete den Kofferraum. Er schob die Baseballschläger beiseite und holte einen Elektroschocker hervor. Lächelnd betrachtete er das Gerät, bevor er auf dem Fahrersitz verschwand und den Motor startete. Vier weitere Männer folgten und setzten sich laut grölend in einen weiteren Wagen. So leerte sich die Straße langsam, und ein Auto nach dem anderen verließ seinen Parkplatz. Stinger hatte sie ausgerufen, die Machtergreifung.

Rainer Dauber hatte sein MacBook geöffnet und betrachtete konzentriert den Bildschirm. Es war kalt hier unten im Archiv. Er fügte eine Zahl seiner Excel-Tabelle hinzu, löschte sie und ersetzte sie durch eine andere. Dann rieb er sich das Kinn. Er ergänzte eine Spalte und bemerkte nicht, dass er schon längst nicht mehr allein war. Erschrocken sah er auf, als das Notebook plötzlich mit einem Ruck zugeschlagen wurde und er gerade noch seine Finger von der Tastatur entfernen konnte. "Ups", sagte Ben trocken.
Dauber breitete protestierend die Arme aus.
"Ich glaube, wir sollten uns mal unterhalten", forderte Magdalena, die sich hinter seinem Stuhl postiert hatte. Christian Klein stand mit verschränkten Armen in einer Ecke des Raumes. "Möchten Sie anfangen?"
Irritiert sah Dauber sich um. Schweißtropfen rannen seine Stirn hinab. "Leute, was passiert hier gerade?"
Magdalena lehnte sich zu ihm hinunter und flüsterte ihm ins Ohr: "Erzählen Sie es uns."

Er versuchte aufzustehen, doch Magdalena drückte ihn sanft in den Stuhl.

"Was dagegen, wenn ich übernehme?", fragte Ben.

Dauber sah erschrocken zu Magdalena. "Der ist verrückt. Halten Sie den weg von mir."

"Er gehört Ihnen, Ben."

Sie trat ein paar Schritte zurück. Ben setzte sich vor Dauber auf den Schreibtisch. "Wie lang läuft das schon?"

"Was meinst du, Ben?"

Plötzlich spürte er einen scharfen Griff im Nacken. Im nächsten Moment schlug sein Kopf auf die Tischplatte. Magdalena verzog das Gesicht. Klein sah Ben regungslos zu. "Ich helfe dir, okay?", sagte Ben ruhig, während Dauber sich die blutende Augenbraue hielt. "Du hast Informationen an Schmitz und seine Nazi-Bande weitergegeben, oder?"

Er schüttelte den Kopf. "Nein, ich…"

Wieder schlug sein Kopf auf den Tisch. Ben sah Magdalena überrascht an. "Letzte Chance, mein Freund. Ich habe überhaupt kein Mitleid mit Verrätern."

Entschuldigend hob er die Hand. "Sie irren sich." Ben lachte. "Siehst du das hier?" Er hielt ein paar Blätter Papier in die Luft. "Das ist mein Bericht vom Fund der Leichenteile im Rhein."

Er legte eine kurze Pause ein und breitete die Blätter vor ihm auf dem Tisch aus. "Und das, und das."

Er bildete zwei weitere Stapel. "Drei Varianten. Eine für den Richter, eine für Klein und die Chefin und eine für dich."

Dauber blätterte langsam Seite für Seite durch. "In jeden

der Berichte habe ich eine kleine Geschichte eingebaut, die Schmitz mir aufs Brot schmieren würde." Ben lachte. "Er kann einfach nicht anders."

Er deutete auf den ersten Stapel. "Hier habe ich beschrieben, dass ich ins Wasser gefallen bin. Gut, oder?" Sein Finger fuhr weiter. "Das hier ist der Originalbericht, und dort habe ich geschrieben, dass Klein Beweise zerstört hat. Darauf musste er einfach rumhacken!" Dauber wurde rot. Ben nickte zufrieden. "Den letzten Bericht habe ich dir gegeben."

Stille. Klein trat neben Ben und sah Dauber in die Augen. "Sie sehen, dass es keinen Sinn macht, es zu leugnen. Jetzt zum nächsten Punkt. Die Leiche."

Georgios stellte die letzte Glasschale in seine Industriespülmaschine. Leise sang er ein altes griechisches Volkslied. Die Geschäfte liefen gut. Zumindest in diesem Sommer, und das sollte ihn über den Winter bringen. Die Glocke über der Tür klingelte. "Wir haben geschlossen", rief er nach vorne.

Die Schritte kamen näher. Georgios warf sein Handtuch beiseite und ging aus der Küche ins Ladenlokal. Mit einem Mal verließ jegliche Farbe sein Gesicht. "Ich glaube, wir sollten uns über eine Preiserhöhung unterhalten", sagte Stinger, der mit schwarzer Jacke, umrahmt von zwei weiteren Mitgliedern der Brigade, vor dem Tresen stand.

Georgios starrte die Männer noch immer verängstigt an. Dann spürte er einen harten Schlag gegen die Schläfe.

"Ein paar Informationen, ja, aber die Leiche…"

Wieder schlug sein Kopf hart auf den Tisch.

"Fuck!", rief Dauber laut. "Wofür war das?"

Ben verschränkte die Arme auf dem Tisch und legte seinen Kopf darauf ab. "Dafür, dass du mich schon wieder verarscht hast. Die richtige Frage wäre gewesen: Welche Leiche? Du konntest nichts davon wissen."

"Du hast es doch eben selbst erwähnt."

Ben griff dem Mann erneut unsanft in den Nacken.

"Nein!", rief Dauber erneut. "Ich hab es ja kapiert."

"Das hoffe ich für Sie", sagte Magdalena aus dem Hintergrund. "Sonst lassen wir Sie als Nächstes mal ein paar Minuten mit Bischoff alleine."

Ben lächelte ihn an, den Teufel in den Augen.

Ein Bordell in der Nähe des Düsseldorfer Bahnhofs. Der Türsteher trat einen Schritt zurück, als er erkannte, dass er seinen Auftrag, die Tür zu schützen, nicht erfüllen konnte. Er hob entwaffnend die Hände, kassierte einen Schlag in den Magen, einen weiteren in die Rippen und spürte dabei, wie der Knochen brach. Dann ließ die in Schwarz gekleidete Horde von ihm ab. Stinger wandte sich dem Besitzer des Klubs zu, während seine Männer die Frauen an der Theke bedrängten. "Ab sofort sind wir für deinen Schutz zuständig. Die Konditionen bestimme ich, und du widersprichst nicht, klar?"

Der Mann nickte lediglich und deutete den Huren, sich auf die Männer einzulassen. Er hatte keine Wahl.

"Ich bekam die Maße mitgeteilt und hatte den Auftrag, eine passende Leiche zu finden. Wozu, das wusste ich nicht", erklärte Dauber.

"Wie viel hast du für deine Informationen bekommen?", fragte Ben.

"Unterschiedlich. Für die Leiche zwanzigtausend."

Klein setzte sich neben Ben. "Für die paar Kröten? Dafür hintergehen Sie Ihre Kollegen?"

Dauber lachte. "Kollegen? Ich sitze hier unten im Keller. Den ganzen Tag, von morgens bis abends, und sortiere, verwalte und mache jeden Scheiß. Dabei habe ich genau die gleiche Ausbildung wie ihr. Ich sollte genauso da draußen sein und Verbrecher fangen."

Magdalena trat hervor. "Dazu fehlt Ihnen eine ganz wichtige Eigenschaft."

Er sah sie arrogant an. "Welche?"

"Ehre."

Der junge Mann spürte plötzlich, wie er von zwei starken Händen an den Schultern gepackt wurde. Sie zogen ihn unter eine Brücke und warfen ihn zu Boden. Er hielt die Hände schützend vor sein Gesicht, als der Schlagstock auf ihn niederging. Irgendwann verließ ihn die Kraft. Die Arme fielen neben den Körper, und er konnte sehen, wie der Stock erneut auf ihn zuflog. Aus seinen Taschen rutschten kleine Tüten mit weißem Pulver. Der Mann mit den kurzen Haaren hob die Beutel auf und hielt sie ihm vor die Nase. "Ich will dich nie wieder hier sehen. Die Brigade übernimmt das Viertel."

"Ehre? Blödsinn. Mehr Ehre als bei der Brigade werden Sie hier auch nicht erleben", sagte er stolz. "Wir sind Brüder. Wir stehen füreinander ein. Einer für alle und alle für einen, bis in den Tod."

Ben verdrehte die Augen. "Kannst du das in mein Poesiealbum schreiben?"

Magdalenas Handy klingelte. Sie öffnete die Tür und ging hinaus in den Gang. Ben und Klein sahen sich mit Fragezeichen in den Augen an. Wenige Momente später trat Magdalena erneut in den Raum. An ihrer Seite ein uniformierter Polizist.

"Nehmen Sie ihn fest. Wir sind fertig", sagte Magdalena. Ben und Klein traten widerwillig zur Seite. "Ich weiß, dass Sie das Gespräch gerne noch fortgeführt hätten, meine Herren, aber wir haben alle Beweise, die wir brauchen. Es führt uns zu nichts. Wir sollten uns aber sofort in meinem Büro austauschen. Es ist etwas passiert."

"Cheese oder Basic?", fragte der Polizist seinen Kollegen auf dem Beifahrersitz, während er in der Tüte wühlte.

"Was soll denn Basic sein?"

"Na, ein Hamburger ohne Käse."

"Ein Hamburger mit Käse wäre ja auch ein Cheeseburger."

Während die Polizisten diskutierten, hielt ein roter Opel Kadett auf der gegenüberliegenden Straßenseite. Der Mann am Steuer sah die Fassade hinauf zu dem Fenster im zweiten Stock. Noch immer brannte Licht. Es war an der Zeit, den Tag zu einem perfekten Ende zu führen.

"Ich habe gerade einen Anruf erhalten", begann Magdalena sofort, als die Tür zu ihrem Büro ins Schloss gefallen war. "Es rattert eine Meldung nach der anderen über die Brigade herein. Ich weiß nicht, wo ich die ganzen

Einheiten hernehmen soll, um den Hinweisen nachzuge-
hen."

Ben legte die Stirn in Falten. "Was sind das für Meldungen?"

"Schlägereien, Belästigung, Nötigung." Sie schüttelte den
Kopf. "Neun Meldungen allein in der letzten Stunde."

"Sie füllen das Vakuum", sagte Ben.

Magdalena nickte. "Das fürchte ich auch."

"Ihr meint, sie versuchen die Geschäfte der Dare Devils
zu übernehmen? So schnell?", fragte Klein.

"Nein, schnell sind sie nicht. Das war von langer Hand
geplant. Die Penner haben uns verarscht, und wir haben
ihnen voll in die Karten gespielt", sagte Ben.

"Was tun wir dagegen, meine Herren? Ich habe keine
Idee", gab Magdalena unumwunden zu.

Ben rieb sich die Schläfe. "Ich fürchte, es ist zu spät."

Klein sah abwechselnd zu Magdalena, dann wieder zu
Ben. "Dann können wir sie nur stoppen, indem wir ihnen
ihren Chef nehmen."

"Schmitz ist, bei guter Führung, in ein paar Jahren wieder
raus", warf Ben ein.

Magdalena hob ermahnend den Finger. "Wir haben immer noch Mike Brandt. Er ist unser Schlüssel. Wenn er
auspackt, kommt Schmitz über Jahre nicht mehr aus dem
Gefängnis."

Ben spürte wieder dieses Pochen im Kopf. "Das werden
sie versuchen zu verhindern."

Magdalena lächelte gelassen. "Mike Brandt ist in guten
Händen und an einem sicheren Ort. Sie werden ihn nicht
finden."

Klein sah erstaunt auf. "Und was ist mit seiner Freundin? Dieser Jesse?"

Magdalenas Augen weiteten sich. "Jesse!"

Die beiden Polizisten warfen die Tüte mit den Burgern auf den Rücksitz und stiegen gemächlich aus dem Auto. Der Funkspruch hatte bei ihnen nur für leichtes Kopfschütteln gesorgt, schließlich standen sie unmittelbar vor dem Haus – und das bereits seit Stunden. Niemand hätte es betreten können oder in irgendeiner Form Kontakt zu ihrer Schutzperson aufnehmen können. Dessen waren sie sich sicher. Woher sollte auch jemand wissen, dass sie hier war? Schließlich war es die Wohnung einer Freundin, die glücklicherweise verreist war. Während der eine Polizist den Schlüssel ins Schloss schob, nahm der andere seine Mütze ab und kratzte sich am Kopf. Er ließ seinen Blick über die Straße schweifen. Kein Mensch, kein Auto, gähnende Leere.

Behäbig schlichen sie die steile Holztreppe hinauf. Altbau. Die Stufen knarrten unter ihren Füßen, und die Befürchtung, dass eine der Stufen brechen könnte, war nicht ganz unbegründet.

Sie drückten den Klingelknopf. Keine Reaktion. Noch einmal. Nichts.

"Kein Wunder. Die wird schlafen", sagte einer der Polizisten.

"Sollen wir sie echt wecken?"

Er zuckte mit der Schulter. "Befehl ist Befehl."

Wieder schob er den Schlüssel ins Schloss. "Was, wenn sie nackt ist?"

Sie sahen sich an und fingen an zu lachen. Dann öffneten

sie die Tür. "Jesse?"

Stille. Die Räume waren dunkel. "Jesse? Polizei!"

Die Männer spürten, dass sich ihr Herzschlag beschleunigte. "Was ist das?"

Der Mann deutete auf einen Fleck am Boden. Er kniete sich nieder und fuhr mit dem Finger über den Teppich. Blut. Sie zogen ihre Waffen und schlichen durch das Wohnzimmer hindurch, um die Ecke ins Schlafzimmer. Das Mondlicht schien durch das Fenster auf den Körper der jungen Frau. Ihr Nachthemd war zerrissen, und ihre Augen waren geschlossen. Am Hals waren schemenhaft blaue Schwielen zu erkennen. Einer der Polizisten trat neben sie und nahm ihre Hand. Kalt. Jesse war tot.

Kapitel 34

"Ich rede mit ihm", sagte Julia bestimmt und sah Ben eindringlich an. "Wir arbeiten seit Jahren zusammen. Ich will das selbst machen."

Ben widersprach. "Julia, der Typ ist gefährlich."

Sie verdrehte die Augen. "Unsinn, Ben. Vielleicht ist er ein Blender und ja, vielleicht hat er sich auch mit den falschen Leuten eingelassen, aber gefährlich ist er ganz sicher nicht."

Er schüttelte den Kopf. "Ich kann dich nicht alleine da reinlassen. Das geht einfach nicht."

"Gut", sagte sie. "Dann komm mit, aber das Reden überlässt du mir. Ich will kein Wort von dir hören, und du wirst ruhig bleiben. Tust du es nicht, fliegst du raus."

Ben lachte. "In Ordnung, das kriege ich hin."

Sie stiegen aus dem Auto aus und betraten das Foyer der Deutschen Bundesbank. Sie fuhren mit dem Aufzug hinauf und verließen den Lift nach links. Julia atmete tief ein, als sie vor seiner Tür stand. Dann klopfte sie. Nichts. Sie klopfte ein weiteres Mal, als sie eine Stimme hörte. Hastig warf sie Ben einen kurzen Blick zu. Er presste seine Lippen zusammen. Dann öffnete sie die Tür.

Roman Will sah auf, und sogleich schoss das Blut in seinen Kopf. Er lief rot an, und der Schweiß, der sich bildete, sorgte dafür, dass die Lesebrille ein wenig weiter den Nasenrücken entlangrutschte, bevor er sie abnahm und mit zitternden Händen auf den Tisch legte.

"Frau Bischoff-Vorthmann!", sagte er überrascht. "Ich dachte, Sie seien im Urlaub!"

Er stand auf und streckte Ben die Hand entgegen. Ben

betrachtete ihn von oben bis unten. "Hinsetzen", sagte er trocken. Julia sah ihn ermahnend an.

"Nein, ich muss aber dringend mit Ihnen sprechen", antwortete sie ihrem Chef.

Verunsichert nahm er Platz und faltete die Hände. "Worüber?"

Auch Julia setzte sich auf einen der Stühle. Ben schlenderte im Büro umher und betrachtete die Bilder in den Regalen. Will beobachtete ihn aus dem Augenwinkel. Julia zog ein paar Kopien aus ihrer Handtasche und breitete sie vor ihm auf dem Schreibtisch aus. "Darüber."

Er setzte erneut seine Brille auf und überflog Seite für Seite.

"Frau Götte und ich haben diese Institute beide einmal geprüft. Ich denke, Sie kennen sowohl Frau Göttes Schicksal als auch meines?"

Er schüttelte den Kopf. "Nicht so richtig."

Ben nahm eines der Bilder in die Hand. "Natürlich weiß er es. Sprich einfach weiter."

Julia und Will sahen ihn überrascht an. Sie versuchte, sich zu sammeln. "Nun, gut. Auf jeden Fall habe ich mir diese Fälle angesehen. Ich glaube, dass es einen Zusammenhang zwischen den Morden und diesen Fällen gibt."

Will zog die Augenbrauen hoch. "Das gibt es doch nicht!"

Julia kniff ihrerseits die Augen zusammen. "Seien Sie mir bitte nicht böse, Herr Will, aber diese Reaktion wirkt gerade nicht ganz ehrlich auf mich."

Er lachte verlegen. "Glauben Sie mir, Frau Bischoff-Vorthmann, das hätte ich im Leben nicht erwartet!"

"Blödsinn", flüsterte Ben.

Julia redete unbeeindruckt weiter. "Als wir uns vor ein paar Tagen im Gang begegneten, habe ich die Akten zu den Fällen mitgenommen."

Sein Blick verfinsterte sich. "Also, das…"

Ben stand mittlerweile hinter ihm und legte ihm beruhigend die Hände auf die Schultern.

"Und Ihrer Reaktion entnehme ich, dass Ihnen klar ist, dass die Akten unvollständig sind."

"Was unterstellen Sie mir da?", sagte er empört. "Sie haben gegen die Dienstvereinbarung verstoßen und haben jetzt auch noch den Nerv, mit solch einer Unterstellung um die Ecke zu kommen?"

"Herr Will", unterbrach sie ihn, doch er redete sich in Rage. "Das wird Konsequenzen haben. Ich habe keine andere Wahl, als Sie sofort vom Dienst freizustellen."

Julia sah verunsichert zu Ben, der ein breites Grinsen aufgelegt hatte. "Herr Will", sagte er. "Sie haben gerade ganz andere Probleme."

Will sah über seine Schulter. "Ich bin gespannt, welche das sind." Roman Will zog eine Zigarette aus der Schublade, brach den Filter ab und schob ihn zwischen die Lippen. Ben sah überrascht auf.

"Das größte Problem für Sie bin wohl ich", lachte Ben. "Wissen Sie, ich habe acht Jahre in der geschlossenen Psychiatrie zugebracht. Rausgekommen bin ich, na ja, eher aus politischen Gründen als aus medizinischen. Sie haben es also mit einem Irren zu tun."

Will schluckte. Ben drehte an seinem Stuhl, sodass er ihm in die Augen sehen konnte. "Sehen Sie mir in die Augen. Sehen Sie den Wahnsinn? Wissen Sie, woher der kommt?"

Will schüttelte den Kopf. "So etwas passiert, wenn man einem Vater die Tochter nimmt, wenn man sein Leben zerstört."

"Ich habe Ihr Leben nicht zerstört. Ich bin Banker."

Ben richtete sich auf und ging um den Tisch herum erneut zu den Bilderrahmen. "Dann kann ich ja mit Ihrer Kooperation rechnen. Wie meine Frau gerade anmerkte, stehen die Akten in Zusammenhang mit verschiedenen Morden. Leider waren die Unterlagen nicht vollständig, und ich wüsste jetzt gerne, wer darauf noch Zugriff hatte."

Stille. "Wer ist das hier?", fragte Ben und deutete auf eines der Bilder. Will kniff die Augen zusammen.

"Jean-Claude Juncker", antwortete er.

Ben zuckte mit den Schultern. "Also? Wer hatte Zugriff?"

Roman Will stand auf. "Im Prinzip hätte jeder die Akten aus dem Schrank nehmen können."

Ben sah überrascht auf. "Woher wissen Sie denn, wo die Akten waren?"

Will stockte und suchte nach den passenden Worten, doch Ben winkte ab. "Versuchen Sie es nicht. Um dieses Spiel zwischen uns etwas abzukürzen, sollten wir Klartext reden."

Ben sah zu Julia, die ihm aufmerksam folgte. Aufmunternd nickte sie ihm zu.

"Sie sind die einzige Verbindung zwischen den Opfern", sagte Ben schließlich.

Sein Gegenüber hielt sich die Brust. Er schloss die Augen. "Ich habe nichts mit diesen Morden zu tun."

Ben hob entschuldigend die Hände. "Das glaube ich Ihnen sogar. Sie sind nicht der Typ, der sich die Finger dreckig macht, und ich glaub noch nicht einmal, dass Sie von den Mordaufträgen wussten. Und doch haben Sie ein dunkles Geheimnis, oder?"

Julias Chef wischte sich über das Kinn. "Ich kann nicht…"

Ben sah ihn zustimmend an. "Ich weiß. Sie haben sich mit miesen Leuten eingelassen. Wahrscheinlich wissen Sie noch nicht einmal, mit wem, oder? Aber Sie machen gerade einen gewaltigen Fehler. Sie unterschlagen Informationen, die dazu dienen, diese Morde aufzuklären, Herr Will. Das ist das eigentliche Problem. Sie glauben aus irgendeinem Grund, Ihre Haut retten zu müssen."

"Was wollen Sie von mir?"

Julia rutschte in ihrem Stuhl ein Stück nach vorne. "Wir wollen nur eines", sagte sie mit fester Stimme. "Die fehlenden Akten. Tun Sie das Richtige."

Ben zog seine Geldbörse aus der Tasche und legte ein Foto auf den Tisch. "Das ist Anja, unsere Tochter. Sie wurde in ihrem Kinderzimmer überrascht. Der Mörder schlug zuerst mit einer Eisenstange auf sie ein." Ben schluckte schwer. "Er schlug so lange zu, bis sie sich nicht mehr bewegte. Sie war sechs Jahre alt."

Roman schloss die Augen. "Was wird aus mir?"

Ben steckte das Bild wieder ein. "Ich gehe davon aus, dass Sie die Informationen über meine Frau und Frau Götte an diese Dreckschweine weitergegeben haben. Sie haben sich dadurch an den Morden mitschuldig gemacht und wandern ins Gefängnis."

Julia griff Wills Hand. "Aber Sie werden es mit einem

reinen Gewissen tun. Sie sind kein schlechter Mensch, Roman."

Er lehnte sich in seinem Stuhl zurück und nickte. Ben sah ihn erleichtert an, als sein Blick auf die kleine Anstecknadel in seinem Revers fiel. "Was ist das?", fragte er.

Will sah an sich herunter. "Das? Eine Mitgliedsnadel."

"Wofür?", hakte Ben nach. Er kniff die Augen zusammen und hielt sich mit beiden Händen die Schläfen, versuchte sich zu erinnern.

"Für den Benefit Club. Was ist so wichtig daran?"

Julia sah besorgt zu Ben. "Was ist das für ein Club?"

Ben ging im Zimmer auf und ab. Er flüsterte, sprach mit sich selbst. Erinnerte sich zurück. Der Arzt. Auf dem Tisch lag eine Nadel.

"Das ist eine Wohltätigkeitsorganisation. Wir sammeln Gelder, spenden, unterstützen, wo wir gebraucht werden."

"So wie die Lions oder Rotary?", fragte Julia.

Ben stand am Fenster und schlug mit der flachen Hand nervös gegen die Scheibe. Der Einbruch in der Anwaltskanzlei. Das Foto des Kanzleiinhabers. Er trug eine Nadel am Revers.

"So ähnlich, wobei die beiden Clubs sich in den letzten Jahren sehr geöffnet haben. Der Benefit Club ist sehr elitär."

Julia rutschte unruhig auf ihrem Sitz hin und her. "Und wie kommt man da rein?"

Ben hatte die Stirn auf die Scheibe gelegt. Er genoss die Kühle. Dann wieder Hitze in seinem Kopf. Topalow, der Anwalt, auch er trug das Abzeichen des Benefit Clubs.

"Nur auf Einladung. Wir nehmen nur ausgewählte und gestandene Geschäftsleute auf."

"Julia!", rief Ben, und sie hörte an seiner Stimme, dass er mit dem Atem rang. "Das ist die Verbindung."

Kapitel 35

"Hans?", fragte Mike Brandt und ging aus dem Schlafzimmer mit noch immer geschwollenen Augen in den
Wohnbereich. Hans saß am Esstisch und schnitt sich gerade einen Apfel. Er sah auf und lächelte Mike freundlich
an. "Auch einen?"

Mike schüttelte den Kopf. "Nein. Ich habe nachgedacht."

Hans biss in den Apfel. "Worüber?"

"Die ganze Situation hier."

"Mach dir darum keinen Kopf", sagte Hans mit vollem
Mund. "Der Gerichtstermin wird bald stehen, und dann
ist das Ende absehbar. Ich mache das nicht zum ersten
Mal."

"Das glaube ich auch", antwortete Mike.

Hans schluckte den Bissen herunter und sah ihn zweifelnd an. "Willst du mir damit irgendwas sagen?"

"Naja, ich finde, ich habe ganz gut mit euch kooperiert,
und ihr habt noch gar nichts für mich getan."

Hans legte das Messer beiseite. "Stimmt, außer dir den
Arsch zu retten."

"Der nur in Gefahr ist, weil ich mit euch rede."

Lässig wischte sich Hans den Mund ab und lehnte sich
zurück.   "Na   gut,   was   willst   du?"
"Jesse."

Kopfschüttelnd lehnte sich Hans vor. "Zu gefährlich. Das
bringt sie auf deine Spur."

"Alter", sagte Mike. "Von welchem Laden bist du? Verfassungsschutz? BND? Bring uns einfach in ein neues
Versteck."

Hans dachte nach. "Das geht nicht, Mike. Dafür musst du

mehr tun, als…"

"… muss ich das?", antwortete Mike. "Du brauchst meine Aussage vor Gericht, oder?"

Hans sah ihn regungslos an. Mike nickte. "Die kriegst du nur, wenn du mir Jesse herbringst. So einfach ist das."

Hans stand auf und verließ das Zimmer. Er hatte bereits sein Handy am Ohr.

"Was soll der Scheiß, Dauber?"

Magdalena polterte in den Verhörraum. Rainer Dauber saß an einem kargen Tisch, die Hände in Handschellen hinter dem Rücken. Seine Brille rutschte. Mit der Schulter versuchte er, sie ein Stück höher zu schieben, doch scheiterte schon im Ansatz. "Was meinen Sie?", fragte er. "Verkaufen Sie mich nicht für dumm. Ich kriege Sie wegen einer ganzen Menge Sachen dran. Aber das hier läuft auf Beihilfe zum Mord hinaus."

Ein kurzes Lächeln huschte über sein Gesicht. "Ich glaube, ich verstehe Sie nicht, Frau Czarnecka."

"Sie haben Schmitz oder wem auch immer den Aufenthaltsort von Jesse von Kathen verraten."

"Sie haben es immer noch nicht verstanden, oder?" Magdalena war irritiert. "Was?", fragte sie in aggressivem Tonfall.

"Schmitz ist doch gar nicht mehr Ihr Problem. Er ist ein alter Mann."

"Er ist der Anführer der Brigade", widersprach sie. Dauber rollte die Augen. "Ja, eigentlich schon, formal, aber die Zügel hält doch schon ein anderer in der Hand."

"Stinger."

Er nickte. "Stinger ist Ihr Problem. Sie werden ihm

folgen."

"Bis Schmitz aus dem Gefängnis kommt."
Jetzt lächelte Dauber. "Das wird er nicht."

Ben warf die neuen Ordner auf den Tisch. Er spürte eine nervöse Aufregung, die in ihm aufstieg, die ihn wach hielt, die ihn mit Adrenalin durchpumpte. "Dann los", sagte er und deutete auf den Stapel.
Julia setzte sich. Sie zog ihre Brille aus der Handtasche. "Dann los", seufzte sie. "Obwohl ich nicht einmal genau weiß, wonach ich suchen soll."
Ben sah sie ernst an. "Nach einem Grund zu töten."

"Das ist doch nicht Ihr Ernst?", schimpfte Hans. "Sie ist was? Ist die Polizei denn zu gar nichts zu gebrauchen?"
"Lassen Sie sich seine Aussage schriftlich bestätigen", sagte der Mann am anderen Ende der Leitung.
"Spinnen Sie? Damit können Sie sich vor Gericht den Arsch abwischen. Uns gibt es doch eigentlich gar nicht. Die Aussage ist wertlos, wenn er sie nicht vor Gericht wiederholt."
Er steckte das Telefon weg und hielt den Atem an. Dann pustete er sämtliche Luft aus seinem Körper und atmete erneut tief ein. Das beruhigte ihn, seit er mit dem Rauchen aufgehört hatte. Dann ging er langsam zurück. Er nickte dem Mann im Auto vor dem Hotel kurz zu und öffnete die Tür. "Hast du es dir überlegt?", fragte Mike, der über einer Autozeitschrift hing. Hans sah ihn düster an.
"Was ist los?" Mike stand verunsichert auf.
"Setz dich", sagte Hans.

"Was wollen Sie damit sagen?", fragte Magdalena irritiert.

"Wie viel Uhr ist es?"

"Was?"

"Wie viel Uhr?", wiederholte er.

Sie sah auf ihr Smartphone. "Kurz vor zwei. Warum?"

"Wir brauchen das nicht weiter zu vertiefen", sagte er.

"Die Uhrzeit?"

"Das ganze Thema. In etwa fünf Minuten wissen Sie, wovon ich spreche."

Magdalena spürte, wie sich ihr Herzschlag beschleunigte. Sie spürte, wie der Druck auf ihrer Brust den Atem lähmte. "Scheiße", sagte sie und sprang auf.

"Was hast du mit dem Benefit Club vor, Ben?", fragte Julia, als sie kurz von ihrer Arbeit aufsah.

Er hatte die Beine auf den Tisch gelegt und die Augen geschlossen. "Das weiß ich noch nicht. Ich muss zuerst die Hintergründe verstehen, bevor ich dort aufschlage." Er blinzelte kurz. "Sonst weiß ich gar nicht, wonach ich dort suchen muss. Wie kommst du voran?"

Sie nahm die Brille ab und rieb sich die Augen. "Ehrlich gesagt, überhaupt nicht. Früher hatte ich Wochen Zeit, die Zahlen zu analysieren, und das galt nur für einen Fall. Jetzt liegen hier vier und…"

"Du hast keinen Zeitdruck", unterbrach Ben.

"DU hast keinen Zeitdruck, Ben", sagte sie wütend. "Auf mich wartet ein kleiner Junge, und ich kann ihn nicht normal leben lassen, weil er von seinem Stiefvater verprügelt wurde und von einem Irren bedroht wird. Für ihn muss ich schnell sein."

"Entschuldige", sagte Ben. "Ich wollte nur den Druck rausnehmen."

"Ich weiß, sorry", sagte sie. "Hast du einen Taschenrechner für mich?"

"Klar", sagte Ben und reichte ihr das Gerät. Ihre Hände berührten sich leicht. Es kribbelte. Sie lächelte zaghaft.

Paul Schmitz wurde von zwei Männern eskortiert. Sie waren groß und kräftig und unverkennbar von derselben politischen Gesinnung wie er. Sie gingen den Gang hinunter, bogen einmal ab, immer beobachtet von den Wärtern, für die dieses Ritual Routine war. "Mal sehen, was die uns heute vorsetzen", sagte einer der Männer. Schmitz lachte. "Schlimmer als der Fraß von gestern kann es nicht sein."

Er bemerkte nicht, dass nicht nur die Augen der Wärter auf ihn gerichtet waren.

Das Telefon klingelte. Der kleine Mann mit der krummen Nase nahm den Hörer ab, während er noch eine Handvoll Kartoffelchips in sich hineinschob

"Ja?", murmelte er. Krümel fielen aus seinem Mund auf den Boden. Vor ihm standen diverse Monitore, die zwischen verschiedenen Einstellungen hin und her sprangen. "Ich schau mal. Moment."

Er drückte ein paar Knöpfe und drehte an einem Gerät, das einem alten Commodore-Joystick ähnelte. "Hab ihn, aber ist nichts Besonderes. Ich informiere die Jungs, dass sie etwas aufmerksamer sein sollen."

Er lehnte sich zurück und zoomte das Bild heran. Dann

drückte er auf eine weitere Taste. Das Bild fror ein. Paul Schmitz.

"Das ist komisch", murmelte Julia.

Ben sprang sofort auf und rückte zu ihr herum. Klein trat ins Zimmer. "Was Neues?"

Ben winkte ihn herbei. Julia fuhr fort. "Ich habe jetzt die Bilanzen der London Invest und der DBB Investment verglichen. Auf den ersten Blick ist alles okay. Dann habe ich mir grob die Einzelpositionen angesehen."

Sie legte Ben eine Seite mit Zahlen vor. "Was soll das sein?", fragte er.

"Das ist der Depotbestand zum 31.12.2013", erklärte sie.

"Und?", fragte Klein. "Sowas hab ich auch."

"Dabei geht es nicht um Kundendepots. Das sind die Aktien, die Banken für sich selbst handeln."

Fünf Werte waren gelb markiert. Ben zeigte auf eine Zahl. "Was ist das?"

"Das sind die fünf größten Positionen."

"Die kenn' ich", sagte Klein. "Damit habe ich damals massig Geld verloren."

Julia nickte überrascht. "Richtig! Die Firma galt schon als insolvent. Es war zweifelhaft, ob die Banken noch weitere Kredite gewähren würden."

"Welche Bank war das damals?", fragte Klein.

Julia zog ein Dokument vom Tisch. "Diese."

"DBB Investment", murmelte Ben.

"Ja." Sie legte ein weiteres Blatt daneben. "Seht ihr? In deren Depot ist die Aktie nicht vorhanden."

"Klar!", sagte Klein. "Wegen der Vermeidung von Insidergeschäften."

Julia nickte. "Aber die London Invest und die Preußische Investitionsbank haben massig zugekauft."

Magdalena haderte. Sie zitterte. Vor Aufregung, vor Wut und vor Enttäuschung. Enttäuschung über sich selbst, über die Fehler, die ihr unterlaufen waren. Jetzt ging es nur noch darum, Schadensbegrenzung zu betreiben. Und sie hoffte, dass es ihr gelingen würde. Alles brach in sich zusammen. Das Böse gewann die Oberhand, war schlauer gewesen, würde siegen, wenn sie es nicht zu verhindern wusste.

Schmitz griff nach dem fettigen Tablett und legte eine Serviette und Besteck darauf. Er griff sich einen Plastikbecher und füllte mit der Kanne etwas Wasser hinein. Die Schlange an der Essensausgabe löste sich langsam auf, und Schritt für Schritt ging es voran. Mit einem Mal brach ein paar Meter vor ihm ein Handgemenge aus.

"Und weiter?", fragte Ben ungeduldig.
Julia zögerte. Immer wieder verharrte sie, tippte ein paar Zahlen in ihren Rechner und kritzelte ein paar Werte auf das Papier. "Hier", sagte sie schließlich. "Andere Akte, aber das gleiche Spiel."
Ben und Klein lehnten sich über die Unterlagen, folgten Julias Finger. "Dieser Wert war genauso schlecht, nur etwa eineinhalb Jahre früher. In der Bilanz zum 31.12.2012 taucht diesmal die Aktie bei der London Invest nicht auf. Die anderen kaufen wieder massiv zu."
"Das ist doch kein Zufall", bemerkte Klein.
"Nein", sagte Julia. "Das riecht nach Insidergeschäften."

Ein Becher flog knapp an seinem Kopf vorbei. Die Männer hatten sich ineinander verkeilt und fielen zu Boden. Die Wärter liefen herbei und versuchten, die Streitenden zu trennen. Ein weiterer, unbeteiligter Mann zog ein paar Papiertüten aus der Tasche. Er kletterte auf die Schulter eines Mithäftlings und verbarg nach und nach alle Kameras unter den Tüten. Die Wärter bemerkten von alledem nichts.

Paul Schmitz wich zurück, wollte sich hinter seinen Bodyguards verstecken, doch spürte lediglich, wie diese seinen Fluchtweg blockierten. Er drehte sich um und sah in düstere Gesichter. In diesem Moment wusste er, was geschehen würde. Dann spürte er, wie ein spitzer Gegenstand in seine Brust eindrang und sein Herz durchbohrte.

"Das reicht mir." Ben stand auf.

"Ich kann es noch nicht mit voller Sicherheit bestätigen. Es könnte auch Zufall sein", versuchte Julia zu beschwichtigen.

"Wenn ich eins aus der ganzen Sache gelernt habe, dann, dass es keine Zufälle gibt, Julia."

"Erklär mir nochmal deine Theorie", forderte Klein. Ben zog seine Waffe und prüfte das Magazin. "Meine Theorie? Wenn du die Bilanzen vor acht Jahren prüfst, wirst du sicher das Gleiche feststellen: Eine Bank rettet ein Unternehmen, das eigentlich totgesagt ist, mit einem Kredit. Sie gibt die Information an andere Banken weiter, die daraufhin massiv in die Aktien dieser Firma investieren und ein Scheiß-Geld damit verdienen. Richtig?", fragte er an Julia gerichtet.

"Vereinfacht ausgedrückt", sagte sie.

"Um diesen Ring zu sprengen, brauchen wir aber ein paar mehr Informationen, Ben", warf Klein ein.

Ben trat nah an ihn heran. "Ich will keinen Ring sprengen, Klein. Ich will wissen, wer dafür verantwortlich ist, dass meine Tochter tot ist."

Sie sahen sich tief in die Augen. "Was willst du tun?"

"Sie ist tot, Mike", sagte Hans und sah in ein versteinertes Gesicht.

Er versuchte stark zu bleiben, doch mit einem Mal konnte er die Emotionen nicht mehr zurückhalten. "Tu jetzt das Richtige. Hilf uns, Schmitz für lange Zeit im Knast schmoren zu lassen. Hilf uns, diesen Stinger zu stellen."

Mike sah mit tränenden Augen auf. "Wie sagt man? Eine Hand wäscht die andere, oder? Deine Hand ist dreckig von Blut, das daran klebt. Einen Scheiß werde ich tun."

Mit einem Mal war ihr klar, dass sie verloren hatte. Magdalena starrte aus dem Fenster auf den fließenden Verkehr. Ein Polizist war tot, ein weiterer war noch immer schwer verletzt. Sie wurde vorgeführt von Stinger und der Brigade. Sie hatte sich auf einen Kronzeugen festgelegt, der nicht reden würde, weil sie nicht in der Lage war, seine Freundin zu beschützen. Und der Mann, den sie eigentlich als den Kern allen Übels ansah, war nun tot. Sie hatte die Situation verkannt. Die Brigade war stärker als je zuvor, und sie hatte sie nicht durchschaut. Magdalena griff nach ihrer Tasche. Sie öffnete die Tür zu ihrem Büro und meldete sich höflich bei ihrer Sekretärin ab. Als sie den Knopf am Aufzug drückte, sah sie sich noch einmal um. Ihr letzter Auftrag. Sie würde das Gebäude verlassen und dem Verfassungsschutz für immer den Rücken kehren. In ihren Gedanken hatte sie sich einen schöneren Abschied ausgemalt und doch spürte sie so etwas wie Erleichterung, denn jetzt war sie einfach nur Petra.

"Ich will eine Liste mit allen Namen, die von diesen Geschäften profitiert haben. Kriegst du das hin?"

Julia nickte. Wieder wandte er sich an Klein.

"Einer dieser Männer ist der Täter, Klein."

"Und wie findest du raus, wer?"

"Über den Benefit Club. Das ist der Schlüssel. Das ist die Verbindung."

Klein schüttelte den Kopf. "Ich kann dir dabei nicht helfen, Ben."

"Das weiß ich", antwortete Ben verständnisvoll. Dann drehte er sich um und ging.

"Ben?", sagte Klein.

Ben hielt inne. "Viel Glück."

Kapitel 36

Ruhe. Er zwang sich dazu, wenngleich sein Herz raste und er nicht wusste, wohin mit seinen Gedanken. Sie spukten durch seinen Kopf, machten Wendungen und führten dennoch zu keinem brauchbaren Ergebnis. Ben hatte das Polizeirevier verlassen und seither alles um sich herum durch einen Nebel wahrgenommen. Die Geräusche dumpf, das Licht grell gestreut, sodass es ihm schwerfiel, die Augen offen zu halten. Als er sich ein Taxi heranwinkte, spürte er, wie sein Blutzuckerspiegel abstürzte und sich dieses flaue Gefühl in seinem Bauch breitmachte. Also befahl er sich Ruhe, bevor die Welt um ihn herum einmal mehr auseinanderbrechen würde.

"Hier sind Sie sicher, Julia", sagte Klein, als er die Tür öffnete und beide das gepflegte Hotelzimmer betraten. "Sehen Sie das Auto dort unten?", fragte er und deutete aus dem Fenster auf die Straße hinunter. "Das gehört zu uns. Darüber hinaus wird ständig ein Kollege Ihre Tür bewachen."

Sie nickte. "Danke", sagte sie verunsichert. Sie hatte die Arme verschränkt und rieb sich mit den Händen die Schulterblätter.

Klein sah sie einen Moment regungslos an. "Es tut mir alles sehr leid, Julia. Sie haben das nicht verdient."

Sie lächelte gequält. Klein presste die Lippen zusammen und verließ das Zimmer.

"Wie geht es Max?", fragte sie, bevor er die Tür hinter sich schließen konnte.

Klein trat zurück in den Raum. "Gut, Julia. Ich habe ihn

außerhalb der Stadt untergebracht. Morgen bringe ich Sie zu ihm. Bis dahin lasse ich mir eine Lösung für Sie beide einfallen."

Dann war er fort und sie alleine mit ihren Gedanken. Noch einmal sah sie aus dem Fenster und beobachtete die dunklen Wolken, die von Westen her aufzogen. Fast wie damals.

Ben betrat seine Wohnung und schob die Berge schmutziger Wäsche mit dem Fuß zusammen, um sich einen Weg zum Sofa zu bahnen. Er zündete sich eine Zigarette an, nahm einen tiefen Zug und löschte sie wieder. Dann brach er den Filter ab, wie er es schon so oft getan hatte. Und auf einmal musste er schmunzeln. Die Lösung schlummerte in ihm. Seit acht Jahren. Schon damals hatte er gefühlt, dass Roman Will, Julias Chef, ihm den Weg zu den Tätern weisen würde. Es war seine Marotte, die er übernommen hatte, um unter dem Einfluss der Medikamente diesen Schlüssel nicht zu vergessen. Und doch hatte er es getan. Aber all das war jetzt irrelevant, durfte seine Gedanken nicht weiter belasten, denn mehr denn je wusste er, dass er kurz davor war, seinen Dämon zu besiegen und den Krieg, in dem er schon so viele Gefechte ausgetragen hatte, zu gewinnen. Er schloss die Augen und suchte die Leere, die völlige Leere.

Sie hatte, genauso wie heute, an ihrem Fenster gestanden und hinausgesehen. Die Bäume begannen sich zunächst sanft und dann immer heftiger im Wind zu biegen, bevor die Blitze in der Ferne zu Boden fielen. Sie hatte zum Telefon gegriffen und ihre Telefonnummer gewählt, doch sie hatte nicht abgehoben. Das hätte ihr ein Alarmsignal sein müssen, doch sie hatte es abgetan, sich selbst eingeredet, dass alles in Ordnung war, dass er alles im Griff hatte. Hätte sie es verhindern können?

Der Moment, in dem er die Tür aufschloss, erschien ihm in seinen Träumen. Er rief nach ihr, freute sich auf sie und ärgerte sich gleichzeitig über die laute Musik, die aus ihrem Zimmer drang. Nothing but a rosegarden. Sonst war sie immer zu ihm gelaufen, hatte an der Tür bereits auf ihn gewartet. An das letzte Mal, an dem sie das getan hatte, konnte er sich merkwürdigerweise nicht mehr erinnern. Er war die Treppe hinaufgegangen, vorbei an den vielen Fotos, die sie als das zeigten, was sie waren: eine Familie.

Sie verdrängte den Gedanken und versuchte, sich an das Schöne zu erinnern. An die wunderschönen Urlaube am Meer, an die vielen vergeblichen Versuche, ihr das Fahrradfahren beizubringen, bevor es plötzlich funktionierte. Sie dachte an ihr glückliches Gesicht und den Stolz in seinen Augen. Die ersten Tage im Kindergarten, die Einschulung. Den ersten Moment, als er sie in den Armen hielt und sie die beiden beobachtete, wie er ihr vom Leben und den glücklichen Momenten erzählte, die sie gemeinsam verbringen würden.

Noch immer spürte er diese Schuld, die ihn zermarterte. Er hatte ihr versprochen, ihr Schutzengel zu sein und alles dafür zu tun, dass sie gesund und glücklich alt werden könne. Doch nun sah er sich wieder auf dieser Treppe, wie er sie langsam hinaufstieg. Wie das Licht aus ihrem Zimmer schien und er die Tür aufschob. Wie sie dort lag.

Eine unterdrückte Rufnummer. Daran erinnerte sie sich gut. Sie würde es sein, die zurückruft. Doch die Stimme gehörte einem Mann, der ihr am Telefon erklärte, dass ihre Tochter tot war.
"Ich hätte Sie gerne persönlich aufgesucht, aber…" Den Rest hatte sie nicht mehr gehört, denn in diesem Moment hatten ihre Sinne versagt, und bis heute waren sie nicht mehr vollständig zurückgekehrt. Etwas würde bleiben. Für immer.

Schritte. Ben hatte das tote Mädchen auf den Boden gelegt und zu seiner Waffe gegriffen. Rache. Zu mehr waren seine Gedanken nicht fähig gewesen. Im Wahn hatte er einen Mann bedroht, der ihm helfen wollte, ihn fast getötet. Er wurde Zeuge davon, wie zwei voreilige Polizisten zuerst den Rechtsstaat mit Füßen traten und dann ihn. Einer der Männer hatte seine Strafe erhalten. Thomas Richter war das Opfer seines eigenen Handelns geworden, und doch würde etwas bleiben. Für immer.

Sie hatte diesen Tag verdrängt, einfach beiseitegeschoben und versucht, ihr Leben weiterzuleben. Den Schmerz hatte sie ignoriert, sich eingeredet, dass sie ihn nicht mehr spüren würde, wenn sie ihn nur lang genug leugnete. Und es ging gut. Bis zu diesem Tag im vergangenen Winter, als er plötzlich wieder da war. Der, den sie so gut es ging verleugnet hatte, den sie hatte fallenlassen. Und nun war nicht nur der Schmerz wieder da, sondern auch ihr schlechtes Gewissen.

Sie hatte ihn geliebt. Sie hatte die schönsten Jahre ihres Lebens mit ihm geteilt, und er hatte ihre Liebe erwidert. Dann war er in der Psychiatrie, und ihre Zweifel wurden laut. Als er ihre Hilfe brauchte, igelte sie sich ein. Als er darum schrie, hielt sie sich die Ohren zu. Dann war er wieder da. Plötzlich. Er stand einfach vor ihr und forderte nichts. Doch seine Schreie hörte sie noch immer. Die Schreie nach Hilfe.

Ein klammes Gefühl. Es war, als durchlebte er es noch einmal. Die Tage und Nächte, die er angebunden auf einer kalten Liege verbracht hatte. Die Stunden in dem kargen Raum, ohne menschlichen Kontakt, bis er mürbe war. Sie hatten versucht, ihn zu brechen, und sie hatten es geschafft, denn er hatte aufgegeben.

Hilflos und von der Außenwelt abgeschottet, verbrachte er Woche um Woche in der Psychiatrie, ohne jede Chance, seine Situation zu verändern. Lediglich der flüchtige Blick aus dem Fenster verriet ihm, dass wieder ein Jahr vergangen war. Gelegentlicher Besuch, mehr war es nicht. Anfangs kam Julia häufig, dann selten und dann gar nicht mehr. Und doch ließ sie ihn nicht los, konnte er ihre Verbundenheit nicht lösen, so sehr er es sich auch gewünscht hätte. Dann ging es schnell. Die junge Frau, die ihn besucht hatte, der Hilferuf, den er ihr sandte – und bald war er frei.

Er verließ das Gebäude und blinzelte gegen die Sonne. Schemenhaft nahm er sie wahr. Ihr Gesicht, ihr Lächeln, ihre Unsicherheit. Und in diesem Moment war er froh, dass er sie festgehalten hatte, die alten Gefühle.

Lange hatte sie mit sich gehadert. Sie hatte versucht, ihr neues Leben weiterzuleben. Doch nach und nach erkannte sie, dass es keine Trennung geben konnte. Es gab kein „alt" und kein „neu". Es gab kein „früher" oder „heute". Es gab nur dieses eine Leben, und sie war bereit zu akzeptieren, dass auch dieses düstere Kapitel ein Teil davon war, dass auch er ein Teil davon war – und es immer bleiben würde. Nie wieder würde sie sich die Ohren zuhalten. Nie wieder würde sie seine Hilferufe überhören. Und nie wieder würde es wie früher sein.

Doch er ließ sie los. Er musste loslassen, denn sie hatte ihm keine Hand gereicht, die er hätte halten können. Und doch waren da diese Momente. Diese Blicke und Berührungen, die in ihm Gefühle auslösten, die er verlorengeglaubt hatte. Und wer weiß, dachte Ben, vielleicht, wenn das alles hier vorbei war, vielleicht könnte es dann wieder so sein, wie es einmal war.

Ben stand auf und ging in die Küche. Er füllte sich etwas Wasser in ein Glas und sah durch die Tür in den Wohnraum. Ben öffnete eine der Schubladen und zog einen großen, blauen Müllbeutel hervor. Dann schüttelte er ihn aus und begann etwas zu tun, das er seit seinem Einzug nicht mehr getan hatte. Er räumte auf. Er begann sein neues Leben, denn vielleicht war es morgen schon wieder vorbei.

Kapitel 37

"Check den doch mal bitte", sagte Christian Klein und stellte den Computer auf dem ohnehin schon überfüllten Schreibtisch ab.

Stephan Neumann sah von seinen Akten auf und betrachtete zunächst Klein und dann den PC über seine Brillengläser hinweg. "Ist ein Computer. Wollen Sie noch mehr wissen?"

Klein verdrehte die Augen. "Da könnte so etwas wie ein Trojaner drauf sein. Ich will das mal überprüfen. Vielleicht hilft es."

Neumann schüttelte den Kopf und vergrub sich wieder in der Akte. "Hab ich keine Zeit zu. Gucken Sie sich mal um."

Die Aktenberge türmten sich schon auf dem Boden. Klein stützte sich mit den Händen auf den Tisch und versuchte, Neumanns Blick einzufangen. "Was muss ich machen, damit Sie sich sofort darum kümmern?"

Neumann zog die Brille ab und rieb sich die Augen. "Bringen Sie mir eine Anweisung von der Chefin."

"Krieg ich nicht. Die ist außer Haus", antwortete Klein.

Neumann zeigte sich unnachgiebig. "Dann kann ich Ihnen nicht helfen."

"Neumann, Sie haben schon einmal Mist gebaut, als Sie diese Leiche verloren haben. Versauen Sie es nicht schon wieder."

Neumann legte den Kopf zur Seite und starrte Klein an. "Na gut, was haben Sie? Und sagen Sie jetzt nicht einen Computer."

"Der kommt von der Bundesbank", erklärte Klein.

Überrascht sah Neumann auf. "Wer hat den benutzt?"
"Julia Bischoff", antwortete Klein.

Der Benefit Club. Ben hatte sich mehr darunter vorge-
stellt. Der Putz blätterte von der Fassade, und die alten
Holzfenster schienen aus einer Zeit zu stammen, in der
das Wort Energiesparen von jedem Scrabble-Spieler abgelehnt worden wäre. Lediglich das Eingangsportal
strahlte ein wenig von dem Glanz aus, den dieses Gebäude einmal besessen haben musste. Als die edlen Herren der Stadt sich hier trafen, um hinter verschlossenen
Türen die Geschäfte abzuwickeln, die nicht nach außen
dringen sollten. In einer Zeit, in der Ehre und Gier in einem Satz genannt und untrennbar miteinander verbunden waren. Doch all das war lange her, wenngleich sich
manche Dinge nie änderten. Die Fassade dieses Gebäudes tat es.

Ben wähnte sich bereits an der falschen Adresse, als er
ein seltsames Knarren wahrnahm und das große Portal
zur Seite bewegt wurde. Ein freundlicher Lockenkopf
lugte hervor. Der Mann kam Ben seltsam bekannt vor.
"Guten Tag!", sagte er lächelnd. "Mein Name ist Albert
von Mirke. Haben wir telefoniert?"
Etwas irritiert sah Ben in die strahlenden blauen Augen
des Mannes, den er auf etwa Anfang fünfzig schätzte. Sie
waren von einer unauffälligen, randlosen Brille umrahmt und leuchteten ihn an.
"Ja, entschuldigen Sie bitte", sagte Ben. "Ich war mir nicht
sicher, ob ich hier richtig bin."
Er deutete auf die bröckelige Fassade. "Der Eindruck
täuscht", sagte von Mirke und winkte ihn herein.

Innen bot sich ein völlig anderes Bild. Der Boden war mit glänzendem Marmor ausgelegt. Vor ihnen eröffnete sich eine breite Treppe, die in jedem Schloss ihren Platz gefunden hätte, und gabelte sich in zwei Aufgänge, die beide zur Empore hinaufführten. An den Wänden im Eingangsbereich hingen alte, historische Bilder, die das Gebäude zu einer anderen Zeit zeigten.

"Sehen Sie?", fragte der Mann stolz. "Die Fassade gehen wir nächstes Jahr an. Wir hatten ein paar Probleme in letzter Zeit."

"Ich hoffe, nichts Schlimmes?"

Von Mirke lachte. "Um Gottes Willen! Nein! Es ist nur wahnsinnig schwierig, neue Mitglieder zu finden. Die Zeiten sind nicht mehr wie früher."

Er deutete die Treppe hinauf. "Aber lassen Sie uns doch oben weiterreden. Hier unten ist es zwar schön, aber doch irgendwie ungemütlich. Finden Sie nicht?"

Ben nickte. Woher kannte er ihn nur?

Neumann und Klein hatten sich hinter den jungen Mann gestellt. Er steckte das letzte Kabel ein und wandte sich Klein zu. "Wonach genau suchen wir denn?"

"Die beiden Frauen, die an dem Ding gearbeitet haben, sind Opfer von Gewaltverbrechen geworden, weil sie auf Unregelmäßigkeiten in Bankbilanzen aufmerksam geworden sind. Ich kann mir nicht vorstellen, dass die nur von ihrem Chef ausspioniert worden sind. Sonst fällt mir nur das Ding hier ein. Die einzige Möglichkeit, wie jemand Wind davon bekommen haben kann."

"Und das soll ich Ihnen jetzt bestätigen?", fragte der

junge Mann.

"Sie sollen es beweisen", sagte Klein.

"Setzen Sie sich doch!"
Er wies auf den alten Ohrensessel neben dem großen Kamin. "Was genau kann ich für Sie tun, Herr Bischoff?"
Ben räusperte sich. "Ich will offen zu Ihnen sein, Herr von Mirke. Ich ermittle in einem Mordfall und brauche Ihre Hilfe."
Das Lächeln verschwand. "Oh nein, natürlich."
Ben wollte fortfahren, doch von Mirke unterbrach ihn sogleich. "Aber haben Sie bitte Verständnis dafür, dass ich mich vergewissern muss, dass Sie tatsächlich von der Polizei sind, Herr Bischoff."
Ben zog die Augenbrauen hoch. "Verscheißern Sie mich?"
Der Mann schüttelte verständnislos den Kopf. "Nein, haben Sie einen Ausweis?"
Ben verzog die Mundwinkel und kramte in seiner Tasche, dann in der anderen. Sein Kopf wurde rot. Kein Ausweis. Natürlich nicht.

"Und?", fragte Klein ungeduldig.
Der junge Mann lachte. "Die Dinger sind super gesichert! Ich meine, das ist die Bundesbank. Die machen es einem nicht leicht. Mich wundert sowieso, dass die Daten auf dem PC sein sollen."
Klein sah ihn wortlos an.
"Wieso?", fragte schließlich Neumann.
"Na ja, jedes andere Unternehmen hat die Daten doch in einem Netzwerk, also auf einem Server. Ich kann mir gar

nicht vorstellen, dass die bei der Bundesbank das anders machen."

Neumann sah Klein mahnend an. "Machen die das anders, Klein?"

"Schon gut", sagte von Mirke schließlich. "Ich glaube Ihnen ja. Sie wirken auf mich vertrauenswürdig." Sein Lächeln war zurückgekehrt. "Welche Fragen haben Sie?"

"Ich habe hier eine Liste mit acht Namen. Ich möchte gerne wissen…"

Von Mirke hob abwehrend die Hand. "Ich mache Ihnen einen anderen Vorschlag. Lassen Sie mich Ihnen doch zuerst erklären, was wir hier machen. Was unsere Aufgabe ist, die Historie eben."

"Hören Sie, ich…"

"Nein, nein, nein! Ich halte das für wichtig."

"Das macht die Sache nicht einfacher!", schimpfte Neumann.

"Ich habe mich doch entschuldigt!", wehrte sich Klein. "Wie kann man denn auf die Idee kommen, einen PC aus der Bundesbank mitzunehmen und dann auch noch glauben, darauf tatsächlich etwas zu finden?"

"Sagt der, der die Leiche verloren hat!"

Stille.

"Darf ich dazu mal was sagen?", fragte der junge Mann. Klein und Neumann sahen ihn erwartungsvoll an. "Ich kann mich nicht ins Netz der Bundesbank reinhacken. Das ist verboten und dauert darüber hinaus Stunden."

Klein lehnte sich an die Wand und drückte mit den Zeigefingern gegen die Schläfe. "Und jetzt?"

Neumann deutete auf den Computer. "Jetzt nehmen Sie den erstmal mit und überlegen sich etwas anderes."

"Wir sind sehr engagiert im sozialen Bereich und…" Ben stand auf. "Wir haben gesagt, dass wir offen sprechen können, oder?"

Von Mirke sah Ben überrascht an. Er nickte.

"Das interessiert mich einen Scheiß", fuhr Ben fort. Mit offenem Mund saß von Mirke da. "Was ist das denn für ein Umgangston?"

Ben trat neben ihn und warf ihm die Liste mit Namen auf den Schoß. "Diese Namen! Ich will einen Abgleich mit Ihrer Mitgliederliste."

Von Mirke nahm den Zettel und betrachtete ernst die darauf stehenden Namen. "Nein", sagte er schließlich.

Ben beugte sich zu ihm hinunter. "Oh doch", flüsterte er ihm ins Ohr.

Neumann zog die Kabel aus dem Computer und hob das Gerät an.

"Vorsichtig damit!", rief Klein und trat ihm entgegen. "Geht schon! Ich…"

"Passen Sie auf damit! Ich muss den wieder zurückgeben!"

Klein griff nach dem PC. Er bemerkte nicht, dass eines der Kabel noch nicht gelöst war. Dann drehte er sich um und wollte gehen, doch das Gehäuse rutschte ihm aus den Händen und fiel unkontrolliert auf den Boden. "Scheiße", sagte Klein lapidar.

Sein Lächeln war zurückgekehrt. "Wir finden ganz sicher eine Lösung, Herr Bischoff", sagte von Mirke. Ben lächelte übertrieben zurück. "Da bin ich mir sicher."

"Darf ich Ihre Liste nochmal sehen?"

Ben schüttelte den Kopf. "Nein, aber Sie dürfen mir Ihre geben."

Mit einer flinken Handbewegung wischte von Mirke Bens letzten Kommentar beiseite. "Eigentlich darf ich Ihnen keine Namen nennen. Das fällt unter unseren Ehrenkodex. Deshalb wäre es mir lieber…"

"Diese Leute", Ben deutete auf die Liste, "haben keine Ehre. Sie brauchen keine Bedenken zu haben."

"Nun, die habe ich sehr wohl. Unsere Mitglieder engagieren sich in hohem Maße sozial. Wir haben das neue Hospiz nicht unwesentlich unterstützt und sammeln jedes Jahr viel Geld ein, um es den Bedürftigen zu spenden."

Ben trat nun so nah an ihn heran, dass sich ihre Nasen fast berührten. "Ich bin nicht hier, um mit Ihnen zu diskutieren, von Mirke. Es tut mir leid, wenn ich Ihnen einen anderen Eindruck vermittelt haben sollte." Er zog ein Bild seiner toten Tochter aus der Tasche. "Dieses Mädchen ist tot. Und eines Ihrer ehrenwerten Mitglieder trägt dafür die Schuld. Ich zähle jetzt bis drei. Wenn Sie bis dahin nicht Ihren Arsch in Bewegung gesetzt haben, werde ich Ihnen sehr eindringlich vermitteln, warum ich keinen Polizeiausweis mehr bei mir trage."

"Bei allem Respekt…", widersprach von Mirke.

"Eins."

Er schluckte. "Jetzt hören Sie doch mal auf, diesen Druck

aufzubauen."

"Zwei."

"Ich kann Ihnen doch nicht…"

"Drei."

"Was ist das?", fragte der junge Polizist und deutete auf den auseinandergefallenen Computer auf dem Boden. Klein sah Neumann verärgert an. "Experte, was?" Der junge Mann verdrehte die Augen und kniete sich neben den Technikschrott. Er schob ein paar Teile beiseite und entfernte das Gehäuse nun ganz.

"Das hier meine ich." Er zeigte auf einen silberfarbenen Stift, in etwa so groß wie ein USB-Stick. Klein kniete sich neben ihn und kniff die Augen zusammen.

"Habt ihr Handschuhe?"

Neumann nickte und reichte ihm eine Dose mit Einmalhandschuhen. Klein zog sie über und zog das Teil heraus.

"Haben Sie so etwas denn schon mal gesehen?"

Der Techniker schüttelte den Kopf. "Nur in Büchern. Das ist so etwas wie eine Wanze, vereinfacht gesagt."

"Aber nicht zum Abhören, oder?", fragte Klein.

"Nein, stellen Sie sich vor, dass Sie es mit einem System zu tun haben, das Sie nahezu nicht hacken können."

"Wie dieses", ergänzte Neumann.

Der junge Mann nickte. "Dann installieren Sie so ein Gerät. Das kopiert quasi Ihren Bildschirm, speichert jede Eingabe, die an diesem Rechner gemacht wurde, und sendet sie über einen Satelliten weiter."

"Das Ding?"

"Ja, solche Teile werden eigentlich nicht genutzt. Die Entdeckungsgefahr ist relativ hoch, aber sie sind günstig und hocheffizient."

Klein räusperte sich. "Nochmal für einen Techniklegas-thenikerwie mich: Alles, was ich aufrufe und eingebe, an diesem PC, wird abfotografiert und dann verschickt?" Wieder nickte der Mann. "So in etwa, ja."

"Wie lange gibt es die Teile schon? Mehr als acht Jahre?" Der Techniker lachte. "Nein, auf keinen Fall, eher zwei oder drei."

"Also wurde das Ding relativ frisch eingebaut", sagte Klein zu sich selbst. "Die Schweine wollten sich nicht mehr nur noch auf Roman Will verlassen. Neumann, prüfen Sie bitte sofort, ob die anderen Computer der Bundesbank dieses Teil auch haben. Und Sie", wieder richtete er sich an den jungen Polizisten, "finden Sie her-aus, wohin die Daten geschickt wurden."

"Der Druck war nicht nötig!", echauffierte sich von Mirke. Er saß an seinem Schreibtisch und tippte ein paar Daten in den PC ein. Der Drucker begann zu rattern. "Wie lange brauchen Sie denn noch?", fragte Ben unge-duldig. Er sah aus dem Fenster hinab in den Hof. Ein 7er BMW, ein Porsche und ein grüner Lieferwagen. Ben spürte, dass sein Magen zu rebellieren begann, doch er wusste nicht, warum.

Von Mirke sah mit zusammengekniffenen Augen aus dem Büro in die große Halle, in der Ben stand. Dann öff-nete er langsam und fast geräuschlos eine Schublade. Er lächelte und griff nach der Waffe.

Klein hatte den Hörer am Ohr, als er sein Büro betrat. Ju-lia Bischoff-Vorthmann starrte ihn erwartungsvoll an.

"Gut, danke", sagte Klein und legte auf.

"Was Neues?", fragte Julia.

"Acht PCs bei der Bundesbank werden ausspioniert. Jede Eingabe, jede Information. Einfach alles wird abgegriffen."

Julia wurde weiß im Gesicht. "Das kann doch nicht wahr sein. Von wem?"

Klein sah sie genervt an, als sein Telefon erneut klingelte. Er ging zu seinem Tisch und nahm einen weißen Zettel und einen Stift zur Hand. Julia versuchte zu erkennen, was er auf das Papier kritzelte. Eine Adresse.

"Mal sehen", murmelte Klein und gab die Daten in die Suchmaschine ein. Regungslos betrachtete er das Ergebnis. Ein weiterer Klick. Julia stand auf und sah Klein über die Schulter. Er hatte die Homepage des Benefit Clubs geöffnet.

"Den kenne ich", sagte sie plötzlich.

Klein fuhr herum.

"Ich habe ihn oft vor der Bundesbank gesehen, in einem Lieferwagen. Ich habe ihn für einen Handwerker gehalten."

Porsche. "Wie weit sind Sie?"

"Nicht so ungeduldig!" Die Stimme kam näher.

Ein 7er BMW. "Das kann doch so schwer nicht sein!", beschwerte sich Ben erneut.

"Ist es auch nicht."

Von Mirke war jetzt wieder im gleichen Raum. Ben sah noch einmal auf den Hof. Grüner Lieferwagen. Das Kiosk.

Aus dem Augenwinkel nahm er einen Gegenstand in

von Mirkes Hand wahr.

"Ich kann Ihnen leider doch nicht helfen, Bischoff."
Ben drehte sich langsam in seine Richtung.

"Hände hoch", befahl von Mirke und fuchtelte mit seiner
Waffe herum.

"Wozu? Sie töten mich doch sowieso", sagte Ben und
steckte die Hände lässig in die Hosentaschen.

Von Mirke biss sich auf die Lippen. Seine Hände zitterten. Schweiß. "Los! Hoch damit!"

"Wen decken Sie?"

"Einen Scheiß tue ich!"

"Und warum überhaupt? Sind Sie sein Sekretär oder so?"
Ben sah, wie sich die Wut in von Mirkes Augen ansam-
melte. "Oder lutschen Sie sonst seinen Schwanz?"

Es brodelte in ihm. Von Mirke kniff einen Moment die
Augen zusammen. In diesem Moment zog Ben sein
Handy aus der Tasche und warf es mit voller Wucht in
von Mirkes Richtung. Das Gerät schlug gegen seine
Nase. Reflexartig hielt sich von Mirke das Gesicht, nur
für eine Sekunde. Ben reagierte blitzschnell. Er duckte
sich weg und verließ die Schussbahn. Im nächsten Moment schnellte er nach vorne und warf von Mirke zu Boden. Die Pistole rutschte über das Parkett. Ben spürte einen dumpfen Schmerz, als er den Ellbogen seines
Gegners am Kinn spürte. Er taumelte, konnte die Spannung in den Muskeln nicht halten. Von Mirke robbte zu
seiner Waffe. Er griff danach, drehte sich herum und
drückte ab.

Vier Polizeiautos schossen durch den dichten Verkehr.
Christian Klein sah konzentriert auf die Straße. Wie er

diesen Job hasste. Einmal mehr spürte er dieses Gefühl der Hilflosigkeit, einmal mehr die Angst, zu spät zu kommen.

Ben schrie auf. Er fühlte, wie das Blut seinen Ärmel durchtränkte und in die Ellbogenbeuge hinabfloss. Ein Streifschuss. Er ignorierte den Schmerz. Von Mirke versuchte aufzustehen, doch schon im nächsten Moment spürte er wieder Bens Umklammerung. Beide fielen erneut zu Boden. Ben drückte von Mirke auf das harte Parkett. Aus dem Augenwinkel sah er, wie von Mirke nach einem Kaminhaken griff. Bens Faust schlug in sein Gesicht ein, dann noch einmal. Dann spürte Ben einen schmerzhaften Stoß in seine Genitalien. Benommen sank er zur Seite.

Von Mirke beugte sich über ihn. Er hielt den Haken in der Hand und holte aus. Ben suchte den Griff seiner Waffe, fand ihn, zog die Pistole aus dem Halfter und schoss. Von Mirke sackte zusammen.

Klein stürmte in das Gebäude und missachtete sämtliche Sicherheitsmaßnahmen. Er hatte die Waffe im Anschlag. Mit großen Schritten hastete er die Marmortreppe hinauf und stand plötzlich in der großen Halle. Blut. Das war das erste, was er sah. Dann ein lebloser Körper. Von Mirke. Er lief zu ihm und fühlte seinen Puls. Der Mann lebte. In seinem Oberschenkel klaffte ein tiefes Loch. Dann ein eigenartiger Geruch. Klein ging langsam zu der offenstehenden Tür. Er sah in das Büro. Vor dem Schreibtisch lag ein zertrümmerter Computer. Daneben ein mit Papier gefüllter Mülleimer. "Ben will keine Spuren hinterlassen", schoss es ihm durch den Kopf, denn der Mülleimer brannte.

Kapitel 38

Christian Klein stürmte in das Labor im Untergeschoss des Polizeipräsidiums. Er warf die Tür auf und wandte sich, ohne einen weiteren Gruß, an Stephan Neumann. Die anderen Kollegen ignorierte er. "Habt ihr was?" Neumann wog den Kopf bedächtig hin und her. "Nicht wirklich."

"Neumann, ich habe keine Zeit. Geben Sie mir irgendwas!", forderte Klein verzweifelt.

Neumann sah seinen Kollegen böse an. "Haben Sie das gesehen?" Er deutete auf das verbrannte Papier auf dem Labortisch. "Es ist ein Wunder, dass die Jungs da überhaupt was gefunden haben."

Flehend faltete Klein die Hände. "Was, Neumann? WAS?"

Neumann ignorierte die theatralische Einlage seines Kollegen. "Auf den Blättern standen Namen und Adressen. Vermutlich die Mitgliederliste des Benefit Club."

"Wie sicher ist das?", fragte Klein.

"Das ist ein Haufen Asche. Was glauben Sie?"

Einen Moment herrschte Stille. Klein dachte nach. "Hat er aus der Festplatte etwas herausholen können?" Er deutete auf den jungen Techniker, der konzentriert an einem der Rechner arbeitete.

Neumann schüttelte den Kopf. "Dann hätten wir uns die Geschichte mit dem Papier sparen können."

Klein wandte sich ab und faltete die Hände hinter dem Kopf. "Scheiße, ich brauche die verdammte Liste. Ben hat offensichtlich herausgefunden, wer hinter dem Mord an seiner Tochter steckt. Ich muss wissen, was er weiß,

Neumann."

"Wir geben unser Bestes, aber es ist eben nicht einfach in der kurzen Zeit", sagte Neumann entschuldigend.

Klein klopfte ihm auf die Schulter. "Das weiß ich." Er zog die Liste mit den in Frage kommenden Namen, die Julia angefertigt hatte, aus der Tasche. "Einer dieser Namen steht ganz oben auf Bens roter Liste. Um alle zu überprüfen, brauche ich Wochen."

Neumann nickte verständnisvoll. "Wir tun, was wir können, ehrlich."

Der Mann zog seine Krawatte zurecht. Sie saß perfekt. Oder sollte er lieber die blaue nehmen? Es war ein wichtiger Tag, ein entscheidender, denn es ging darum, ob er seinen Kurs weiterverfolgen konnte, ob sie ihn mittragen würden. Es ging um Milliarden.

Er zupfte an den Ärmeln des feinen Seidenhemds und richtete seine Manschettenknöpfe. Dann zog er das Jackett über und betrachtete sich zufrieden im Spiegel. Er sah gut aus. Die Figur sportlich, der Anzug entsprechend tailliert. Das Gesicht glatt und makellos, die Augen kalt.

Klein drehte sich herum und ging zur Labortür, als er aus dem hinteren Teil des Raumes einen Schrei vernahm. Kein Schmerz, eher Jubel. "Yes!"

Neumann drehte sich irritiert um. Dann ging er zu dem jungen Mann und sah ihm über die Schulter. Er lächelte zufrieden und winkte Klein herbei. "Geh zum Drucker, Klein. Da kommt deine Liste."

Er verließ das Bad seines Büros in der obersten Etage des Turms und ging zum Fenster. Seine Stadt – und heute würde sie ihm noch ein wenig mehr gehören. Selbstzufriedenheit, würden es andere nennen. Ehrgeiz nannte er es. Er sah zur Uhr, und mit einem Mal spürte er so etwas wie Nervosität. Er hatte den Auftrag erteilt, den Mann auszuschalten. Ben Bischoff war ihm zu nahe gekommen, und nun wartete er auf den Anruf, der seinen Tod bestätigen würde.

14:23 Uhr. Gestern Abend hatten sie telefoniert. Von Mirke hatte ihm berichtet, dass dieser nervende Polizist sich beim Benefit Club angekündigt hatte, und das konnte nur eins bedeuten.

Er wusste nicht, wann es geschehen würde, doch früher oder später würde Bischoff es herausfinden. Er würde ihn mit seinen Anschuldigungen konfrontieren. Und er würde versuchen, ihn zu töten. Das war seine Angst. Davor fürchtete er sich – vor mehr nicht. Wieder sah er zum Telefon. Kein Anruf. 14:25 Uhr.

Julia schlummerte auf dem Bürostuhl, als Klein hereinkam und zwei Listen vor ihr auf den Tisch warf. Die eine kannte sie. "Was ist das?"

Klein lachte euphorisch. "Die Mitgliederliste des Benefit Club. Sehen Sie hier!"

Er zeigte auf zwei Namen, die er mit einem Textmarker markiert hatte. "Wir haben zwei Überschneidungen. Wer ist es, Julia?"

Sie hielt sich den Kopf. "Ich weiß es nicht! Wie soll ich es wissen?"

Klein nahm ihre Hände und sah ihr tief in die Augen.

"Ich brauche keine 100 Prozent, Julia. Mir reichen 70."
Sie nickte und griff nach einem der Ordner, die neben ihr auf dem Boden lagen.

Er schob die schwere Tür auf und blinzelte in die Sonne. Es war heiß. Verdammt heiß. Vielleicht der heißeste Tag des Jahres. Der Mann trug eine fleckige Jeans und ein weißes T-Shirt. Trotz der Hitze hatte er ein viel zu großes Jackett übergeworfen, das an einer Seite verdächtig ausgebeult war.
Ben Bischoff ging ein paar Schritte weiter zum nächsten Mülleimer. Er zog die Autoschlüssel aus der Tasche und warf sie hinein. Der grüne Lieferwagen hatte ihn bis hierher gebracht, und ob er wieder zurückfahren würde, wusste er nicht. Heute würde seine Geschichte zu Ende gehen. Mit welchem Ausgang auch immer.

Julia nickte und schob den Ordner zu Klein. "Hier!", sagte sie. "Der ist es."
"Warum nicht der andere?", fragte Klein kritisch. "Der Werdegang", erklärte Julia. "Er hat in den vergangenen Jahren viel investiert. Nachhaltig. Er war nicht auf das schnelle Geld aus, sondern auf eine gesunde Entwicklung seiner Engagements."
Klein schüttelte den Kopf. "Auf dieses Argument kann ich keine Polizeiaktion durchführen, Julia. Ich brauche mehr!"
Sie sah ihn eindringlich an. "Das sind 60 Prozent, Christian. 20 Prozent davon resultieren aus weiblicher Intuition. Mehr kann ich Ihnen nicht geben."
Eine Träne rollte ihre Wange hinab. Klein presste die

Lippen aufeinander. "Also Frankfurt?"
Julia nickte. "Frankfurt."

Ein leichter Windhauch wühlte den Staub des kahlen Platzes auf. Ben drehte sich um und betrachtete den Schriftzug an dem imposanten und doch völlig deplatzierten Gebäude. "Skyline Plaza", las er laut und schüttelte abfällig den Kopf. Zu seiner Linken lagen die Gebäude der Messe, überthront von einem riesigen Turm, der bis zu den Wolken zu reichen schien.

Ben war nicht vorbereitet. Nicht auf diese Suche, nur auf den Moment, in dem er vor ihm stehen würde. Er wusste, was zu tun war, und er wusste wie. Ben befand sich im Tunnel. Er nahm nichts um sich herum mehr wahr, und auch der Streifschuss verursachte lediglich ein leichtes Brennen. Sein Blick ging gen Himmel. Sein einziger Anhaltspunkt waren diese Türme, und er folgte ihnen – langsam, bedacht und konsequent. Es war an der Zeit, die Sache zu beenden.

14:49 Uhr. Es war Zeit. Jürgen Wagner wählte noch einmal die Düsseldorfer Nummer, die er eigentlich nicht anrufen sollte, und wartete. Wieder vergeblich. Seine Nervosität stieg. Er hasste dieses Gefühl.

Als Vorsitzender des Vorstandes der DBB Investment hatte Wagner gelernt, über den Dingen zu stehen. Er hatte gelernt, die Regeln zu diktieren, anstatt ihnen zu folgen. Doch plötzlich war eine andere Figur im Spiel, die sich anschickte, ihm gefährlich zu werden. Noch einmal wählte er die Nummer. Wieder keine Reaktion. Er betrachtete erneut die Menschen dort unten auf den

Straßen. Sie waren klein wie Ameisen. Alle bereit, zerquetscht zu werden. Außer einer.

Mit einem Ruck zog er das Jackett glatt und drehte sich um. Er öffnete die Tür und begrüßte die Männer, die in seinem Vorzimmer bereits auf ihn warteten. Er reichte jedem von ihnen mit einem unverbindlichen Lächeln die Hand. Dann drückte er den Knopf des Aufzugs. Jürgen Wagner war bereit.

Mainzer Landstraße. Ben lächelte, als er das Schild las und gleichzeitig die Protzbauten um sich herum betrachtete. Denn mit einer Landstraße hatte dieser Weg nicht mehr viel gemein. Die Top-Institute der europäischen Finanzbranche hatten sich mit ihren Wolkenkratzern Denkmäler gesetzt. Doch nicht nur das. Sie demonstrierten damit ihre Macht, die sich nicht mehr nur auf die Finanzwelt beschränkte.

Sie nahmen Einfluss auf die Politik, auf die Justiz, unterhielten zu diesem Zweck Büros in den politischen Schaltzentralen der Welt, allen voran Berlin und Brüssel. Lobbyismus nannten sie es und meinten damit nichts anderes, als die Regeln zu ihren Gunsten zu biegen – immer mit dem eigenen Vorteil im Sinn.

Doch sie bogen die Regeln nicht nur. Einige von ihnen verfestigten mehr und mehr den Glauben, über dem Gesetz zu stehen, über gesellschaftlichen Regeln, Ethik und Moral. Die eigenen Konten waren der Antrieb – nicht mehr das Wohl der Menschen, wie es der Grundgedanke der Branche einmal vorsah.

Wie in einem Film lief alles vor Ben Bischoffs Augen noch einmal ab. Immer wieder sah er das tote Mädchen

in seinem Arm. Mit zertrümmertem Schädel, gebroche-
nen Armen, blutüberströmt. Seine Tochter war eines der
Opfer dieser kranken Welt, die ihr Heil in der Globalisie-
rung suchte und dabei verkannte, dass es mit jedem Ge-
winner auch einen Verlierer gab – wenn nicht sogar ein
Opfer.

Ben führte die Hand unter das Jackett. Er spürte den Griff
seiner Waffe. Er fühlte, wie der Dämon in ihm erwachte.

Die Vorstandsgarage war mit einem Sensor gesichert.
Jürgen Wagner hielt eine Chipkarte vor das Tor und trat
in eine große Halle tief unter der Erde. Sie war heller-
leuchtet und hatte die Größe einer Veranstaltungshalle.
Sie erstreckte sich über einige hundert Meter, unterwan-
derte sogar die Straße und die umliegenden Gebäude.
Seine Chance, unentdeckt, jenseits der Augen der Presse,
das Haus zu verlassen. Der dunkle Mercedes stand schon
bereit. Ein junger Herr in feinem Anzug lächelte Wagner
unverbindlich an und hielt ihm die Tür auf. Er zog seine
Fahrermütze ab und verbeugte sich leicht. Wagner be-
achtete ihn nicht.

Er setzte sich in den großzügigen Rückraum und zog
noch einmal die Karteikarten aus der Innentasche, die
seine Sekretärin ihm vorbereitet hatte. Ausblenden. Er
musste es ausblenden.

Ben sah die Fassade des Wolkenkratzers der DBB Investment hinauf. Ein Palast aus Glas, der sich bis in den Himmel reckte, wuchs vor ihm aus dem Boden. "Hinter jedem Fenster ein Mensch", murmelte Ben. Es mussten
Tausende sein.

Er stieg die Eingangstreppe empor und drehte sich um, als er das Quietschen von Reifen wahrnahm. Ein dunkler Mercedes verließ das gegenüberliegende Parkhaus und raste rücksichtslos auf die Straße. Wieder wanderte sein Blick die verspiegelte Wand empor. Dann schob er die Drehtür an und betrat das Foyer. Ein edles Schild diente als Wegweiser. Monitore kleideten die Wände und zeigten Promotionfilme der DBB Investment Bank. Wir sind anders, war die Botschaft, die sie vermitteln sollten – so wie es alle Banken taten, die in der Finanzkrise Schaden genommen hatten.

"Kann ich Ihnen helfen?", fragte ein Mann, dessen Schild ihn als Sicherheitsbeamten auswies.

"Polizei. Ich muss mit Ihrem Chef sprechen", sagte Ben. Der Mann lächelte arrogant. "Ausweis?", fragte er knapp. Der Mann überragte Ben um einen Kopf und war breit wie ein Bulle.

"Ich würde das gerne diskret behandeln. Können wir das unter vier Augen in Ihrem Büro besprechen?", antwortete Ben.

Der Mann nickte. "Das schlage ich auch vor."

Er schob Ben in einen kleinen Raum, der einem Verhörzimmer glich. "Sie erlauben, dass ich Sie kurz abtaste?"

"Natürlich", sagte Ben.

Der Mann begann an seinen Schultern und Hüften, stockte dann. In diesem Moment hatte er bereits Bens Ellbogen im Gesicht und sank zu Boden.

Christian Klein flog über die Autobahn. Die Baustellen hatte er hinter sich gelassen, und vor ihm eröffnete sich endlich die ersehnte Silhouette der Frankfurter Skyline.

Er fuhr von der Autobahn ab und bremste scharf. Berufsverkehr. Sein Blick fiel auf sein Navigationsgerät. 6,3 Kilometer.

Ben hatte nicht viel Zeit. Die Dame am Empfang hatte
ihm freundlich zugelächelt, doch er hatte ihren Griff zum
Telefon bemerkt, als sich die Fahrstuhltür schloss. Er
hatte die Einlasskarte des Sicherheitsbeamten an sich genommen. Auf dem Hinweisschild an der Wand über
dem Aufzug war jede Etage erwähnt – bis auf eine. Diese
war es, die er auf dem Nummernfeld im Aufzug an-
wählte.

Er spürte, wie sich ein immenser Druck in seinem Kopf
aufbaute, als sich der Fahrstuhl mit großer Geschwindig-
keit in Bewegung setzte. Ben zog das Jackett aus und
legte es in die Ecke der Kabine. Die Waffe hielt er nun in
der Hand.

Als sich die Tür öffnete, lächelte ihn eine junge Frau
überrascht an. Ihr Lächeln gefror, als sie den Lauf seiner
Waffe an der Schläfe spürte.

"Wo ist er?", fragte Ben mit sonorer Stimme.

Die Frau zitterte am ganzen Körper. "Er ist nicht da."

Ben drückte den Lauf fester in ihre Haut. "Verscheißern
Sie mich nicht! Bringen Sie mich zu ihm", schrie er.

Sie weinte. "Er ist nicht da! Wirklich!"

Sie hatte die Augen fest zusammengekniffen, als bereite
sie sich auf den Knall vor.

"Wo ist er?", fragte Ben erneut.

Sie deutete auf eine Broschüre, die vor ihr auf dem Tresen lag.

"Tagesordnung zur Jahreshauptversammlung. Messe

Frankfurt?", fragte Ben irritiert.

Er ließ die Waffe sinken und hörte ein leises Klingeln. Die Aufzugtür öffnete sich, und er erkannte einen großen, breiten Mann mit einer blutigen Nase. Und er war nicht allein.

Der schwarze Mercedes hielt auf der Rückseite des Messegebäudes. Jürgen Wagner stieg aus und schloss sein Jackett. Er spürte die vom Wind aufgewirbelte Asche in der Nase. Hinter ihm lag die Skyline Plaza. Er musste schmunzeln. Das Projekt hatte ihm Millionen eingebracht.

Zwei Männer traten auf ihn zu und leiteten ihn zum Hintereingang. Ein weiterer Mann mit einem Stöpsel im Ohr öffnete die Tür. Wagner folgte dem langen Gang. Er schüttelte Hände, lächelte unverbindlich und tauschte Floskeln mit seinen Vorstandskollegen aus, die bereits auf ihn warteten. Schritt für Schritt wurde das Gemurmel lauter, das aus der vollbesetzten Messehalle erklang. Er warf einen kurzen Blick in den Saal. Showtime.

Ben hob seine Waffe und feuerte. Die Männer duckten sich und schlossen die Aufzugtür, um Schutz zu suchen. Ben lief zu einem weiteren Aufzug herüber. Er stand bereit. Glück. Ben sprang hinein und hielt die Karte, die er dem Sicherheitsmann abgenommen hatte, vor den Sensor. Die Tür schloss sich. Ben drückte zwei Knöpfe. Der Lift setzte sich in Bewegung.

Er stoppte auf der 10. Etage. Dann fuhr er weiter – zur Vorstandsgarage. Ben stieg aus.

Jürgen Wagner nahm seinen Platz auf dem Podium ein. In der Mitte, so wie er es gewohnt war. Seine beiden Assistenten hatten einige Meter hinter ihm Platz genommen und waren bereit, ad hoc wichtige Informationen für ihn aufzubereiten, die sich aus der Versammlung ergeben konnten. Es drohte ein langer Tag zu werden, denn erfahrungsgemäß kosteten die Kleinaktionäre immer viel Zeit. Zeit, die er nicht hatte. Doch er musste es über sich ergehen lassen, um seinem Ziel näher zu kommen: Geld. Mehr Geld.

Die Männer beobachteten die Zahlen über dem Fahrstuhl. Das Licht setzte sich in Bewegung und wanderte von Etage zu Etage. Plötzlich stoppte es auf der 10. Sofort rannten sie in den bereitstehenden Aufzug und fuhren los.

Ben lief durch die Halle. Er stoppte vor einem Gittertor und sah sich um. Er schwitzte. Kein Durchkommen. Dann trat er zurück, schaute erneut und entdeckte einen roten Knopf. Darüber stand in weißer Schrift das Wort Notfall. Ben drückte ihn und beobachtete, wie sich das Tor langsam öffnete. Als es einen Abstand von etwa einem Meter zum Boden hatte, kroch er darunter durch und lief die Einfahrt hinauf. Die Sonne nahm ihm die Sicht. Er hielt inne, um sich zu orientieren. Nun stand er direkt gegenüber dem Hochhaus, aus dem er gerade geflohen war. Ben steckte die Pistole ein und rannte los. Für den Weg hatte er etwa zwanzig Minuten gebraucht. Jetzt gab er sich zehn.

"Ich möchte nun zunächst dem Vorsitzenden des Vorstands, Herrn Jürgen Wagner, das Wort erteilen", sagte der Versammlungsleiter und nickte ihm zu.

Wagner stand auf, griff nach seinen Notizen und ging zum Rednerpult. Die Buhrufe überhörte er. Er hatte es sich abgewöhnt, darin mehr zu sehen, als es war – nämlich die asoziale Verhaltensweise eines Pöbels, der seiner nicht würdig war. Dennoch lächelte er und winkte ein paar Männern und Frauen in der ersten Reihe freundlich zu, wie ein Popstar, der die Bühne betrat.

"Meine sehr verehrten Aktionärinnen, meine sehr verehrten Aktionäre, liebe Vertreter der Presse", begann er. Seine Stimme war klar und fest. "Das vergangene Jahr war weltweit von vielen Höhen und Tiefen geprägt. Ich denke dabei zuallererst an die Finanzkrise, die sicherlich im Laufe dieser Versammlung noch häufiger thematisiert werden wird und die uns auch in den kommenden Jahren weiter beschäftigen wird. Lassen Sie mich dennoch so frei sein und mein Fazit bereits zu Beginn meiner Ausführungen vorwegnehmen: Wir sind bestens gerüstet für die Zukunft."

Applaus ertönte. Zunächst zaghaft, dann deutlich. Diesen überhörte er nicht.

Ben warf die Tür auf und ging auf die Sicherheitskräfte zu. Ein Mann trat an ihn heran.

"Darf ich bitte Ihre…" Weiter kam er nicht. Schon hatte er Bens Faust an der Schläfe und sackte zusammen. Ein weiterer Mann rannte auf ihn zu. Ben streckte ihn mit einem Tritt in den Magen nieder. Er rannte die Treppe hinauf, außer Sichtweite der Sicherheitsleute. Ben gelangte in einen langen Gang und schließlich zu einer Doppeltür. Er schob sie auf und sah über die Köpfe der Menschen hinweg auf die Bühne. Zum ersten Mal stand er ihm gegenüber. Zum ersten Mal konnte er in sein Gesicht schauen. Einen Moment lang hatte er das Gefühl, sein Herz bliebe stehen, doch er wusste, dass ihm nicht viel Zeit bleiben würde. Einmal mehr bereute er es, keinen Plan zu haben, und doch hatte er einen großen Vorteil: Er hatte nichts zu verlieren.

Christian Klein stoppte sein Auto auf der Straße vor der Messehalle und sprang heraus. Hinter ihm hupte ein LKW, und der Fahrer warf ihm eindeutige Gesten entgegen. Klein lief in das Gebäude. Aufgebracht kamen ihm zwei Sicherheitskräfte entgegen, die ihn rüde festhielten. "Lassen Sie mich los!", rief Klein. "Ich bin von der Polizei."

Die Männer sahen sich irritiert an. "Haben Sie einen Ausweis?"

Klein nickte und zog die Plastikkarte hervor.

"Düsseldorf? Rheinland-Pfalz, oder?", fragte einer der Männer.

Klein riss sich los. "Ich habe jetzt keine Zeit für Erdkundeunterricht. Ich muss da rein."

"Sicherlich ist es an dieser Stelle auch angebracht, ein Wort an die Vertreter der Medien zu richten." Wagner stockte. Er hielt sich die Hand vor das Gesicht, um zwischen den Lichtern der Scheinwerfer hindurch etwas erkennen zu können. Dann spürte er, wie sein Atem aussetzte.

Ein Mann lief die Treppe zwischen den Sitzreihen hinunter und steuerte auf das Podium zu. Er erkannte ihn sofort und wusste in diesem Moment, dass etwas schiefgegangen war. Dann deutete er mit dem Finger auf Ben. "Der Mann hat eine Bombe!", schrie er und duckte sich hinter das Rednerpult.

Sofort brach Unruhe in der Halle aus. Die Menschen sprangen auf und liefen wirr durcheinander. Ben stockte. Immer wieder wurde ihm von umherlaufenden Menschen die Sicht versperrt. Die Menschenmasse schob sich die Treppe hinauf zum Ausgang. Er versuchte eine Lücke zu finden, kam zu Fall.

Ben spürte, wie Fußtritte auf ihn niederschlugen, schützte den Kopf mit den Händen. Dann gelang es ihm aufzustehen. Zwischen den Köpfen hindurch konnte er erkennen, wie Wagner hinter die Bühne flüchtete. Doch Ben hatte keine andere Wahl. Er drehte sich um und schwamm mit dem Strom.

Christian Klein drückte sich an die Wand. Irritiert beobachtete er die Menschenmassen, die sich aus der Halle und aus dem Gebäude hinaus auf die Straße drängten. "Was ist hier los?", murmelte er und hatte das verstörende Gefühl, zu spät zu kommen.

Wagner verließ das Gebäude durch den Hinterausgang. Der Fahrer war nicht da. Diese Option war vertan, doch er musste weg. Er lief an dem Gebäude vorbei und suchte Orientierung. Dann erblickte er in der Ferne zwei gläserne Trichter, die er zu kennen glaubte. Sie markierten den Eingang zur U-Bahn.

Ben drückte sich aus dem Gebäude und blieb stehen. Noch immer fehlte ihm die freie Sicht. Was würde ich in Wagners Situation tun? Er überlegte, dann lief er los – zum Hinterausgang. Kaum hatte er den Pulk vor der Messehalle verlassen, stoppte er wieder. Er sah, wie ein gut gekleideter Mann die Treppen zur U-Bahn-Station hinabhastete und sich dabei immer wieder umsah. Das ist er, dachte Ben. Und er durfte die Bahn nicht erreichen.

"Ben!", rief Klein seinem Kollegen nach, der mit gezogener Waffe die Straße hinablief.
Klein rannte los und spürte plötzlich einen harten Schlag. Sein Kopf prallte gegen den eines weiteren Mannes, der in Todesangst aus der Messehalle stürzte. Beide gingen zu Boden und blieben benommen liegen.

Das Gleis war leer. Ben hielt die Pistole vor sich und musterte den Bahnsteig mit weit aufgerissenen Augen. Schweißtropfen standen auf seiner Stirn. Er warf einen kurzen Blick auf die Anzeige über seinem Kopf. In zwei Minuten sollte die nächste U-Bahn einfahren. Ben blieb stehen und horchte. Nichts. Er schloss die Augen, konzentrierte sich, hielt für einen Moment den Atem an. Ein Knirschen, wie Steine, die aufeinanderschlugen. Fassungslos sprang Ben vom Bahnsteig auf die Schienen und lief in die Dunkelheit hinein. Wieder blieb er stehen, lauschte. Wieder hörte er nichts. Wahllos setzte er einen Schuss in die Dunkelheit.
Mit einem Mal war es deutlich: Schritte. Er lief weiter, dann hörte er ein Stöhnen. Der Mann war gestolpert. Ben zog das Handy aus der Tasche und leuchtete sich den

Weg. Dann sah er einen Umriss. Der Mann drehte sich um, humpelte. Ben schoss erneut, obwohl ihm klar war, dass er keine Chance hatte zu treffen. Wieder stolperte der Mann. Er war am Ende seiner Kräfte. Wagner blieb liegen.

Ben verlangsamte seinen Schritt, bis er schließlich nur noch ging. Am Rande der Schienen entdeckte er eine Metallstange. Er steckte die Pistole weg und hob die Stange auf. Dann stand er über ihm, sah ihm in die Augen. Er war am Ziel.

Christian Klein stolperte die Treppe hinunter und stand auf dem menschenleeren Bahnsteig. Hilflos sah er sich um. Wo war er? Plötzlich hörte er einen Schrei aus dem Tunnel. Sein Blick ging intuitiv zu der Anzeige über seinem Kopf. Eine Minute.

Wagner fasste sich an sein Bein. Ben holte erneut aus und schlug auf dieselbe Stelle. Ein weiterer Schrei durchriss die Dunkelheit.

"Warum?", fragte Ben gefasst.

Wagner zitterte. "Wir können das regeln, Herr Bischoff!" Der nächste Schlag traf ihn am Oberarm. Ben konnte hören, wie der Knochen brach.

"Was genau willst du regeln?"

"Ich habe Geld!"

"Dein Geld interessiert mich nicht. Warum musste meine Tochter sterben?" Ben spürte, wie Tränen seine Augen füllten und langsam die Wangen hinabliefen.

"Das war nicht geplant, ich…"

Ben trat dem Mann in die Rippen. "Lüg mich nicht an!",

schrie er. "Ich habe fast neun Jahre auf diesen Moment gewartet. Weißt du, was dein Killer mit ihr gemacht hat?" Wagner schüttelte den Kopf. Auch er weinte.

"Er hatte eine Stange", erklärte Ben. "So wie die hier. Zuerst zertrümmerte er ihr die Hüfte."

Ben schlug zu. Der Schmerz presste Wagners Lunge zusammen. "Dann den Arm. Und das Knie."

Wieder schlug er zu. Wagner lag auf den Gleisen. Ben beugte sich zu ihm herunter. "Das alles, während sie noch lebte", flüsterte er. "Dann zertrümmerte er ihren Schädel."

Ben holte aus. Der Banker hob flehend die noch unverletzte Hand. Die Eisenstange flog auf ihn nieder und stoppte nur Millimeter vor seiner Schläfe. Ben sah auf. Ein leichter Luftzug wehte ihm ins Gesicht. Er wurde stärker. In der Dunkelheit erkannte er zwei Lichter. Die U-Bahn näherte sich rasant. Er drückte sich an die Wand und betrachtete den am Boden liegenden Mann. Die Bahn kam näher, schnell. Im letzten Moment zog Ben ihn von den Schienen.

Klein sprang von den Gleisen zurück auf den Bahnsteig, als die Ampel von Rot auf Grün sprang und die Lichter in der Dunkelheit erschienen. Er kniete geschockt am Boden und hatte die Hände hinter dem Kopf verschränkt. Das konnten sie nicht überlebt haben. Apathisch starrte er vor sich hin, in die Wagen der U4. Er sah, wie die Türen sich öffneten, wieder schlossen und der Zug schließlich seine Reise fortsetzte. Dann war er wieder alleine. Plötzlich schrak er auf. Stimmen. Wieder sprang er auf das Gleis und ging langsam zum Tunneleingang, als er die Silhouette zweier Männer wahrnahm.

Ben hatte den Arm um den verletzten Wagner gelegt. Er stützte ihn. Ben lächelte, als er Klein erblickte. Wortlos griff Klein den Mann an der anderen Seite und hob ihn mit Ben gemeinsam von den Gleisen.

Schmerzverzerrt lag Wagner auf dem kalten Stein. Dann öffnete er die Augen. "Sie haben mich gerettet? Warum haben Sie mich nicht sterben lassen?"

Ben lehnte an der Wand und hielt sich den dröhnenden Kopf. Plötzlich war sein Blick klar.

"An meinen Händen klebt vielleicht dein Blut", sagte Ben, "aber ein Mörder bin ich nicht." Dann drehte er sich um und ging zur Rolltreppe.

Klein kniete sich neben den am Boden liegenden Mann. "Jürgen Wagner, ich verhafte Sie wegen des dringenden Verdachts der Beteiligung am Mord von Anja Bischoff und mindestens einer weiteren Person."

Dann stockte er. Noch einmal sah er sich um. Er konnte nur noch Bens Beine sehen, die von der Rolltreppe langsam nach oben getragen wurden. Es war vorbei.

Kapitel 39

...Die neuesten Enthüllungen bilden die Spitze der Entgleisungen des Finanzsektors und markieren deutlich, dass die so hochgelobte Trendwende um Ethik und Moral in der Finanzwelt noch längst nicht Einzug gehalten hat...
"Kannst du das bitte ausschalten?", fragte Ben und deutete auf das Radio.

"Nee, interessiert mich", sagte der Mann hinter der Verkaufstheke des kleinen Kiosks.

Ben stand auf, legte etwas Kleingeld auf den Tisch, nahm seinen Kaffee und ging zum Ausgang. Sein Blick fiel auf den Ständer mit Tageszeitungen in der Ecke des Raumes. *Spitzenbanker packt aus. Der Wolf aus Frankfurt. Hört auf, uns zu betrügen.* Die Überschriften waren eindeutig. Jürgen Wagner war eben doch ein knallharter Geschäftsmann und hatte das herausgeholt, was er konnte: Hafterleichterung gegen Informationen. Ben schüttelte den Kopf. Das Justizsystem war genauso kaputt wie das der Finanzwelt. Das spürte er mehr denn je.

Er trat hinaus auf die Straße und richtete den Kragen seines Mantels auf. Die Temperaturen hatten deutlich nachgelassen. Der Spätsommer ließ auf sich warten. Er genoss es, so wie er alles genoss, denn der Druck war verschwunden. Dieser ständige Drang, der seinen Kopf blockierte und seinen Körper lähmte, war von ihm abgefallen. Nicht sofort – es hatte gedauert, und es dauerte weiter an. Doch jeden Tag ein bisschen mehr fühlte er sich wieder sicher, wieder selbstbestimmt, wieder frei von den Dämonen der Vergangenheit.

Sie waren nicht verschwunden. Wie die letzten Jahre

würden sie ein Teil von ihm bleiben. Doch es gelang ihm, sie zu akzeptieren, sie zu kontrollieren.

Ben griff in die Tasche und zog eine Schachtel mit Tabletten hervor. Er lächelte. Seit er im Krankenhaus gelegen hatte, hatte er sie nicht mehr genommen – und er fühlte sich gut.

Er überquerte die Straße und stand einmal mehr vor dem beeindruckenden Backsteinbau, in dem die Polizei ihr Zuhause hatte. Es galt noch ein paar Formalien zu erledigen. Er trank einen Schluck und ging die paar Stufen zum Eingang hinauf.

"Ben!", rief eine bekannte Stimme.

Christian Klein trat lächelnd auf ihn zu. Er stellte den Karton, den er in den Armen hielt, ab und umarmte Ben innig. Ben erwiderte die Umarmung.

"Wie geht es dir?"

Ben antwortete ehrlich: "Gut. Was ist das?"

Klein sah betreten zu Boden. "Eine kleine Auszeit."

Ben zog die Augenbrauen hoch. "Du hast gekündigt?"

"Nein, erstmal nicht", erklärte Klein. "Ich habe ein Jahr unbezahlten Urlaub eingereicht."

"Du warst der, der den Finanzhai festgenommen hat. Das ist doch ein Karrieresprungbrett!", warf Ben ein. Klein schmunzelte. "Gut gemacht", ergänzte Ben.

"Das alles hier, Ben…" Er deutete auf das Gebäude. "Das ist nicht das, was ich will."

Ben nickte. "Und was willst du?"

Neben ihnen begann jemand energisch zu hupen. Klein winkte der jungen Frau im Auto zu. Ben drehte sich um. "Was? Nein!", sagte er überrascht. "Du und Svenja

Calenberg?"

Klein biss sich auf die Lippen und nickte. Freundschaftlich drückte Ben Christian Klein an sich. "Das ist toll. Ich freue mich für euch", flüsterte er ihm zu.

Klein löste die Umklammerung und ging langsam an Ben vorbei.

"Christian?", rief Ben ihm nach.

Klein sah sich um.

"Danke."

Ben betrat das Gebäude und fuhr mit dem Aufzug in die dritte Etage. Er öffnete die Tür zur Personalabteilung und sah in das freundliche Gesicht einer jungen Dame. "Herr Bischoff! Wir haben alles vorbereitet", sagte sie mit verschwörerischem Unterton. "Aber im Nebenraum ist jemand, der gerne mit Ihnen sprechen möchte, bevor Sie gehen."

Ben sah die Frau irritiert an. Er schob die Tür auf und sah einen älteren Herrn, dessen Augen glänzten, als er Ben erblickte. Sogleich stand der Mann auf und trat auf ihn zu.

"Herr Bischoff!", sagte er und reichte ihm die Hand. Ben schüttelte den Kopf. "Entschuldigung, kennen wir uns?"

Betreten sah der Mann zu Boden. "Herr Bischoff, an diesem Abend, als das mit Ihrer Tochter geschah – ich war der Partner von Thomas Richter. Ich war der zweite Polizist vor Ort."

Ben sah ihn fassungslos an. Tränen liefen die Wangen des Mannes hinab. "Mein Name ist Paul Fassbender. Ich bin seit sieben Jahren im Ruhestand, und glauben Sie mir, es vergeht kein Tag, an dem ich nicht an Sie, an diesen Abend und an all das, was Ihnen angetan wurde, denken muss. Es tut mir so leid."

Er setzte sich und bedeckte die tränenden Augen mit der Hand. Ben trat neben ihn und legte ihm die Hand auf die Schulter. Er hatte Gänsehaut. "Es ist gut, Herr Fassbender. Es ist vorbei. Ich trage Ihnen nichts nach."

Fassbender griff nach seiner Hand. Er hielt sie fest, als wolle er sie nie wieder loslassen.

Ben verließ das Gebäude, ohne sich noch einmal umzudrehen. Er hatte seine Entlassungspapiere erhalten und wollte das Kapitel nun beenden. Schnell. Auf der gegenüberliegenden Straße sah er Julias Auto. Sie saß am Steuer und hatte sich nach hinten zu Max gedreht, der sich angeregt unterhielt.

Sie hatten viel Zeit miteinander verbracht in den letzten Tagen, und ihnen war bewusst geworden, dass sie das, was sie verband, nicht lösen konnten. Sie hatten eine gemeinsame Vergangenheit, ein Kind. Ob sie auch eine gemeinsame Zukunft haben würden, stand in den Sternen, doch eine Freundschaft hatten sie allemal.

„Wir fahren für ein paar Tage in die Eifel", hatte sie ihm gesagt. „Willst du nicht mitkommen? Als Freund?"

Zuerst hatte er gezögert. Es war ungewohnt für ihn, der zu einem Einzelgänger geworden war. Er war unsicher, ob er sich in den Familienverbund würde einordnen können, doch er war bereit, es zu versuchen. Nun stand sie dort. Das Gepäck im Kofferraum und wartete auf ihn. Er winkte ihr zu, lief über die Straße und öffnete die Beifahrertür. Sie strahlte ihn an.

„Und? Bist du bereit für den ersten Urlaub seit neun Jahren?", fragte sie.

Er lächelte zurück. „Und wie."

„Wann sind wir da?", quengelte es aus dem Rückraum. Ben fing Julias Blick ein und sah ihr tief in die Augen. Schmetterlinge. Dann stieg er ein und zog die Tür zu, als er etwas Unangenehmes auf seinem Sitz spürte. Er griff unter sich und bemerkte den Umschlag, den er seit Tagen ungeöffnet bei sich trug.

„Was ist das?", fragte Julia.

Ben sagte nichts. Er öffnete den Umschlag und zog ein Foto heraus. Es zeigte ein Bild von Julia und Max. Ihre Köpfe waren rot umrandet. Ben drehte das Bild um und las den Text auf der Rückseite: Sie werden sterben, stand dort geschrieben.